David Lodge

**DEAF
SENTENCE**

失聪宣判

DEAF SENTENCE
David Lodge

[英] 戴维·洛奇 著

刘国枝 郑庆庆 译

新星出版社　NEW STAR PRESS

献　词

我知道，这部小说从英文书名①开始就为译者制造了特殊的难题，而多年来，许多人一直在尽自己所能将我的作品翻译成各种语言，有些甚至已成为我的私交，为此，我谨将此书献给他们：马克·安姆弗雷维尔，玛丽·吉斯伦和罗塞塔·巴拉齐，莫里斯和伊冯·古特丽叶，阿曼德·埃洛伊和碧翠斯·汉默，罗贻荣，苏珊娜·玛玉，雷娜特·奥思古特曼，以及高木进。

戴维·洛奇

---

① 这部小说的英文书名为 Deaf Sentence，与 death sentence（死亡宣判）谐音。在全书中，叙述者也经常拿 deaf, dead, death 的谐音做文章。为忠实于作者意图，故将书名译为《失聪宣判》。另：本书中所有脚注均为译者注。

Sentence：名词。源自中古英语。(古法语源自拉丁词 sententia，意为心理感受、观点、哲学判断，也源自 sentire，意为感觉）1. 思维方式、观点、想法…… 2b. 在刑事法庭上对一个服罪或被判有罪的人的处罚的宣判…… 5. 简明扼要、令人印象深刻的名言、格言、警句…… 7. 在两个句号或同类停顿间的文字或话语。

——《新简明牛津英语词典》

1

在美术馆的大厅里，一位戴着眼镜、头发花白的高个子男人站在人群的外围，上身微倾，凑近一位身穿红色丝绸衬衫的年轻女人；他低着头，侧对着女人的面孔，不时睿智地点点头，礼貌地回答几声。你可能会以为这是一位已经下班的牧师，在晚会的中途被女人拦住倾听她的忏悔，或者以为他是一位心理医生，被对方哄着为她做免费咨询，其实不然；男人之所以站成这种姿势，也不是为了更好地一窥女人胸前衬衫内的风光，虽然就他的情形而言，这会是一种意外的收益，其实也是唯一的收益。他保持这种站姿，是因为大厅里太过喧闹，吵吵嚷嚷的说话声从天花板、墙壁和地板的坚硬表面弹回，在宾客们的脑袋旁回荡，为了让对方听见，他们只好不断地提高嗓门。这种现象被语言学家称为朗巴德效应，它得名于埃田·朗巴德。在20世纪初，朗巴德提出，在嘈杂的环境中，为了避免自己的信息被理解不清，说话者会提高自己的音量；当许多说话者不约而同地做出这种反应时，他们自然就成为自己所处的环境中的噪音源，使得噪音越来越大。男人现在已经把右耳进一步凑近红衣女人的嘴边，他的嘴巴几乎蹭到了她的胸部；对他而言，喧闹的声音早在此前就已经超出了一定限度，她说的话他只能偶尔听见些许只言片语。Side 这个词似乎经常出现——但会不会是 cider？还有 flight from hell，也可能是 cry for help。① 你瞧，他"听觉不好"，也可以说"有听力障碍"，或者说得更直接一些，他是聋人——并非完全失聪，但也比较严重，使得大多数社交场合中的交流受到影响，有时甚至无法交流，就像今天这样。

他戴着一个助听器，米色的塑料小耳塞像藏在壳里的小蜗牛一样稳稳地塞在他的两只耳朵里。这是一种昂贵的数字化工具，设有一种可以降低背景噪音的程序，但前景声音也会同时降低，而且达到一定分贝时，背景噪音甚至会完全盖住前景声音，眼下就是这种情形。就朗巴德反射原理而言，女人似乎是个例外，可这无济于事。她没有像房间里的其他人那样提高音调和音量，而是说话的声音保持不变，犹如在安静的休息室里喁喁私语或者在客人稀少的茶馆里促膝谈心。现在他们已经交谈了——准确地说，是她已经谈了——十来分钟，虽然他尽力去听，但还是没有弄清谈话的主题。是关于墙上的艺术作品——城市荒地和垃圾场的彩色放大照片吗？他想不是，她朝它们既没有看过一眼也没有指指点点，而从他勉强听得出来的她的语调来看，也不是大谈艺术——或者借用他偶尔跟他妻子开玩笑时所用的不恭之词，即揶揄艺术——时所特有的陈述句式。那语气更像是关乎什么私事、趣闻或秘密。他瞥了一下女人的脸，想从中看出一二。她的蓝眼睛真诚地盯着他，停住话头，似

---

① 这两组词发音相近，第一组分别意为"旁边"和"苹果酒"，第二组分别是"逃离地狱"和"呼喊救命"。

2

乎期待着某种回应。"我明白了。"他一边说，一边调整着表情，做出既若有所思又表示同情的样子，心里希望无论她说了些什么，他的神色总有一种会显得合适，至少不至于错得离谱。反正她似乎还感到满意，并接着说了下去。他没有保持原来的站姿：当聚会上乱哄哄的说话声不断涌入他的左耳时，指望靠右边的耳塞来听清她的话其实已经毫无意义，而如果试着用手捂住左耳，只会让助听器发出巨大的嗡嗡声，而且姿势看起来还很怪异。现在该怎么办呢？如果她又停顿，他该说些什么？说出真相已经为时太晚。"嗯，很抱歉，刚才的十分钟里——"到现在可能有一刻钟了——"你跟我说的话，我一个字都没听见。""你瞧，我是聋人，这么吵吵嚷嚷的，我什么都听不见。"她自然会纳闷他为什么没有尽早说明，为什么让她不断地讲呀，点头呀，喃喃称是呀，仿佛他都听懂了一般。她也许会懊恼、难堪和生气，而他不希望显得失礼。一方面，她没准儿是他妻子的一位顾客；另一方面，她似乎也很漂亮，这个不到三十岁的年轻女人有一双蓝色的大眼睛，皮肤白皙光滑，中分的亚麻色直发长及肩膀，还天生有一副好身材——透过衬衣扣子松开的缝隙，她的乳沟隐约可见，他不难看出那对乳房没有被人工填过硅胶，也没有用胸罩钢托衬得高耸挺拔，而是显示出未被束缚的真正肌肉所具有的震颤的弹性，皮肤的表层有着几分透明，犹如上好的瓷器。这样一位年轻漂亮的女人不嫌麻烦地跟他这个糟老头子聊天，他可不想给她留下坏印象，就算这只是一次不大可能重复的偶然邂逅。

她滔滔不绝地说了一阵之后，再一次顿住，有所期待地望着他。"真有趣,"他说,"真有趣。"为了争取时间,以便看看这样说是否合适,他把酒杯举到唇边,却发现里面已经空空如也,他不得不把杯子举成几乎垂直的角度,并停留几秒钟,让几滴残存的智利夏敦埃酒①流进他的喉咙。女人好奇地望着他,似乎认为他会表演什么绝技,比如把酒杯顶在鼻子上。她自己的杯子里几乎还是满满一杯白葡萄酒,从开始交谈之后,她连一小口都没有动过。所以,他不能提议他们一起去吧台续杯,而如果他独自去续杯或者要她陪他同去,似乎都有失礼貌。好在她似乎明白了他的窘境——不是他真正的窘境,即对她说的话一无所知,而是他需要再来一杯——并指着他的空杯子微笑地说了句什么,他很有把握地理解为让他再去倒一杯。"我想是的,"他说,"我能为你带一杯吗?"问得真蠢!她要两杯白葡萄酒干什么,一只手一杯吗?而她显然也不是那种贪杯者——当你去为她拿另一杯时,连忙将手中的酒一饮而尽。不过她又莞尔一笑(笑得很迷人,露出一排细密平整的白牙),摇摇头表示谢绝,然后出其不意地问了他一个问题。从她说话的升调、稍稍睁大的蓝眼睛以及扬起的眉毛来看,他知道她提了一个问题,而且显然要求回答。"是的。"他说,只能是碰碰运气;她似乎很高兴,于是他壮着胆子又加了一句:"那当然了。"她又问了一个问题,他同样给予了肯定的回答,但是接着,让他吃惊不小的是,她竟然伸出一只手。她显然是要离开了。"遇到你我很高兴。"他一边说,一边握住她的手,感觉那只手凉悠悠、汗津津的,"你刚才说

---

① 一种产于智利、类似夏布利酒的无甜味白葡萄酒。

4

你叫什么来着——这儿太吵了,恐怕我没有听清。"她把自己的姓名又说了一遍,但是毫无用处:她的名字听起来有点儿像 Axe①,但这肯定不对,而她的姓则完全听不见,但是他不可能要求她重复第三遍吧。"哦,是的。"他一边说,一边点点头,似乎为得到这一信息而感到满意,"嗯,跟你交谈真是太有趣了。"

"刚才跟你聊得很投机的那位年轻的金发女郎是谁?"在开车回家的路上,弗雷德问我。开车的是她,因为她没怎么喝酒,而我却喝了不少。

"不知道,"我回答说,"她告诉过我她的名字,事实上还说了两遍,可我听不清楚。她说的话我一个字都没听见。太吵了……"

"都是因为那些钢筋水泥——容易产生回音。"

"我还以为她可能是你的哪位顾客。"

"不是,我以前从没见过她。你觉得展览怎么样?"

"没意思。很无聊。只要有数码相机,谁都能拍出那些照片。不过,你干吗问这个?"

"我觉得它们带有一种有趣的……伤感。"

这是我们谈话的压缩版,而实际情况则大致如下:

"刚才跟你聊得很投机的那位年轻女人是谁?"

"什么?"

"刚才跟你聊得很投机的那位年轻的金发女郎。"

---

①意为"斧头"。

"我没看见斯朗啊。他在那儿吗?"

"不是斯朗。我说的是跟你聊天的金发女人,她是谁?"

"哦,不知道。她告诉过我她的名字,事实上还说了两遍,可我听不清楚。她说的话我一个字都没听见。太吵了……"

"都是因为那些钢筋水泥。"

"根本就不关暖气的事儿,实际上就我看来,总是觉得热得慌。"

"不,是钢筋水泥。墙壁,地板。容易产生回音。"

"哦……"

(停顿)

"你觉得展览怎么样?"

"我还以为她可能是你的哪位顾客。"

"谁?"

"那位年轻的金发女郎啊。"

"哦。不是,我以前从没见过她。你觉得展览怎么样?"

"什么?"

"展览——你觉得怎么样?"

"没意思。很无聊。只要有数码相机,谁都能拍出那些照片。"

"我觉得它们带有一种有趣的……伤感。"

"伤口能有趣吗?"

"是伤感,一种有趣的伤感。亲爱的,你戴助听器了吗?"

"当然戴了。"

"好像没什么作用啊。"

她说的一点儿没错。我用指甲敲了敲右耳的耳塞,听到一下沉闷的声响。电池用完了,我却没有发现。不知道是晚上什么时候用完的。也许正是因为这样,我才没有听见金发女郎说的话。不过我觉得并非如此。我想应该是我上厕所时发生的事情,当时她已经离开。厕所里面很安静,我注意不到声音的消失,即使注意到了,我也会将其归于厕所里的安静与展厅里的喧闹所形成的反差,而当我重新回到聚会上时,我根本就没有打算跟任何人交谈,而是假装对那些照片感兴趣,那些照片不管是带有伤感也好,伤口也好,还是别的什么也好,其实并不有趣,有的只是平淡乏味。

"电池用完了,"我说,"要不要换新的?在黑暗中有点儿不大好换。"

"算了,别费神了。"弗雷德说,她近来常说这句话。比如说,有时候我正在电脑上忙着,没有戴助听器,因为它会把键盘的柔和敲击声变成刺耳的咔嗒声,响得像老式的台式雷明顿打字机,这时她会走进我的书房,对我说句什么话,而我却听不见。于是我得飞快地做出决定,到底是停止交谈、翻找装助听器的小袋子并戴上耳塞,还是不用助听器去连蒙带猜。通常我会连蒙带猜,于是就会有一段类似如下的对话:

弗雷德:嗡嗡嗡嗡。

我:什么?

弗雷德:嗡嗡嗡嗡。

我:(用拖延手法争取时间)啊哈。

弗雷德:嗡嗡嗡嗡。

我:(猜测着她的意思)好吧。

弗雷德：（惊讶地）什么？

我：你刚才说什么？

弗雷德：你如果没听见我的话，又干吗要说"好吧"？

我：我去拿助听器。

弗雷德：算了，别费神了。没什么大不了的。

随后我们一言不发地开车回到了家。我走进书房，给右耳的耳塞——使用指南上颇为夸张地称之为"助听仪器"——换了一粒新电池。我用完的电池数量大得惊人，因为当我把助听仪器放进装有拉链和泡沫里衬的小袋子时，经常忘记把它们关掉，然后电池就会无谓地耗尽，除非弗雷德碰巧听到它们在袋子里发出尖锐的反馈杂音并提醒我注意。这种情形在晚上时有发生，只要我上床前把它们取出来放在书房或浴室里，使弗雷德听不到它们像蚊子般兀自乱叫的呜呜声。实际上，即使在我刻意避免这样做之后，这种情况仍然频繁出现，有时我不禁以为在我关掉开关后，可能是有一种什么助听器幽灵在夜里又把它们打开了。我明明记得已经关掉，可早上打开袋子时却发现它们开着，简直难以置信。在我的神经通路上肯定有个纽结，让我在有意识地关掉开关之后，又无意识地重新打开。这是拇指的一种反射动作，即使在我把它们放进人造泡沫的小窝里安睡时，仍然把电池盖滑到"开"的位置；也就是贝茨反射，因德斯蒙德·贝茨而命名，他在 21 世纪初提出，使用者对自己的助听器会产生一种无意识的敌意，致使他们粗心大意地让电池耗尽，以"惩罚"这些仪器。这其实是自我惩罚，因为电池非常贵，六粒差不多就要四英镑。它们装在一个透明的圆形塑料小包装里，分成六小格，巧妙地置于一个旋转式传送带般的纸板底座上，轻轻转动，就可以通过包装背后的翻盖取出新电池。每粒电池都贴有一个褐色的塑料片，以防止漏电——也可能只是我的理解——而在把新电池装入助听设备之前，必须取下塑料片。这些黏乎乎的小圆片很难从手上弄下来处理掉。我常常将它们转移到手边任何能找到的东西的表面上，所以，我的台式电脑、文件、活页夹以及其他家庭办公用具上都满是褐色的小圆片，仿佛被某种夜间活动的啮齿类动物随地大小便而弄脏了一般。包装后面的说明指出，取下塑料片后，至少要等一分钟才能把电池装入助听设备（别问我为什么），可我为了让自己摆脱那些小圆片，所花的时间往往更长。

换好电池后，我走进客厅，但弗雷德已经上楼去床上看书了。即使她没有说，我也知道她已经在床上看书了，正如夫妻双方不用明说，也了解彼此的习惯性打算一样，而如果你碰巧耳聋，这一点就更为有用；事实上，如果她用语言告诉了我她的打算，我反而更可能理解错误。我不想上去陪她，因为我在床上看书不到五分钟就会睡着，而这样未免太早，我会在下半夜醒来，躺在那儿翻来覆去，既不愿在寒冷的黑夜爬起来，又无法再次入睡。

我琢磨着是否该看看《十点新闻》，但是这些天来的新闻实在是让人郁闷——爆炸、谋杀、暴行、饥荒、流行病、全球变暖——任何人都会在深夜避开这些新闻，觉得应该等它出现在第二天的报纸和更加冷静的印刷媒体上。我走回书房去查看电子邮件——"没有新邮件"；然后，我决定把我在艺术复兴中心预展上与那位年轻女人的对话——或者说"非对话"——记录下来，那一幕回头想想似乎颇有意思，尽管当时让人很有压力。我先用平常的日记体写了一遍，接着又用第三人称现在时进行重写，以前在文体学的讨论课上，我就经常给学生布置这种练习。将第一人称转换为第三人称，将过去时转换为现在时，或者反其道而行。它们在效果上有什么不同？对原来的经历而言，一种方法是否比另一种方法更合适，或者是否有哪种方法是阐释而不是重现那种经历？讨论一下。

  如果是说话，选择就更为有限，不过我的继孙丹尼尔——玛西娅的孩子——还没有明白这一点。他已经两岁，准确来说是两岁半，就这种年龄而言，他掌握的词汇量已经很可观，但说话时，他总是以第三人称现在时来指自己。当你说"该上床睡觉了"，他就会说"丹尼尔不累"；当你说"来亲外公一下"，他就会说"丹尼尔不亲外公"。当然，代词对小孩子来说是很棘手，因为用我们的行话说，它们是指示词，其意义完全取决于使用者："你"出自我的口中时指的是你，而出自你口中时就成了我。因此，在儿童的语言习得过程中，对代词总是掌握得比较晚，可丹尼尔在这个年龄一概用第三人称还是相当少见。玛西娅对此很担心，问我是否认为这也许是某种症状，像孤独症什么的。我就问她，当她跟丹尼尔讲话时是否也用第三人称来指她自己，比如说"妈咪累了"，或者"妈咪得做饭了"，而她承认有时的确如此。"您是说这该怪我？"她有些忿忿地说。"我是说他在模仿你，"我说，"这很常见。但他很快就会改掉这种习惯的。"我告诉她，就这个年龄而言，丹尼尔的句子已经组织得非常好，我敢肯定他能很快学会使用代词。事实上，当他说"丹尼尔渴了""丹尼尔还没收拾好""丹尼尔今天害羞"时,开口前总是明显地因为思考而暂停片刻,我觉得那种神态很可爱,近乎有一种王者的庄严和仪式感,仿佛他是一位小王子或皇太子。我称他为丹尼尔皇太子。但现在的年轻父母,起码是那些受过教育的中产阶级的年轻父母,都非常神经质,他们从媒体上了解到各种各样的信息,担心自己的孩子可能存在这样或那样的问题——诸如孤独症、阅读困难症、注意力缺乏症、过敏症、肥胖症,等等等等——因此总是处于恐慌状态,时刻盯着自己的孩子,就像保持警惕的老鹰一般。这种心理还具有传染性:安妮那个即将出世的宝宝让我特别紧张,而梅茜以前怀孩子时我却从来没有这样。三十七岁才生第一胎未免晚了一些。

2

2006年11月1日。昨晚写上那么一篇，今天早晨又重读一遍，让我很是自得其乐。当听说交流变得越来越困难时，游刃有余地驾驭书面话语的能力就显得越来越有吸引力，特别是当话题涉及耳聋时。所以我不妨再写一点儿。

我最初发现自己的听力出了问题大约是在二十年前。在那之前的一段时间，我已经意识到学生们的话让我听得越来越费力，尤其是在讨论课上，有十二到二十个学生围坐在一张长桌旁的时候。我当时以为是因为他们说话咕咕哝哝的——由于腼腆、紧张，或是不愿在同学面前显得张扬，许多人的确这样——但我年轻时却不存在这种问题。我心里想，也许是我的耳朵塞满了耳垢，于是就去找了医生。他借助一种冷冰冰的不锈钢光学仪器检查了一下我的耳朵，说里面没有耳垢，因此我最好去校医院的耳鼻喉科查一查听力。

他们做了一个听力图检查：你头戴一副大耳机，手里拿着一个有按键的玩意儿，听到声音就按一下。听觉病矫正专家在你看不见的地方操作他的仪器，所以你无法作弊，再说作弊也毫无意义。那些声音不是字词，甚至不是音素，只是很短的嘟嘟声，有时候越来越低，有时候越来越高，直到你再也听不见，就像飞入云霄的鸟儿发出的叫声。菲利普·拉金[①]是在设得兰群岛与莫妮卡·琼斯一起散步时，第一次发现自己的听力出了问题。当时她说，头顶上云雀的歌声是多么动听，他便停下脚步，侧耳倾听，却什么也听不见。真是叫人辛酸，一位诗人居然以这种方式发现自己聋了，尤其是当你联想到雪莱的《致云雀》，"你好啊，快乐的精灵！"——这首诗大家在学生时代都熟记于心，起码在教育理论反对诗歌背诵之前是这样。而且是一位名叫拉金[②]的诗人——这简直是一种黑色幽默，失聪和喜剧密切相关，一贯都是如此。

失聪具有喜剧性，正如失明具有悲剧性一样。就拿俄狄浦斯来说吧：假设他不是弄瞎了自己的双眼，而是戳穿了自己的耳膜。其实这样更合乎逻辑，因为他是通过耳朵才了解到有关自己过去的可怕真相，但果真如此的话，其宣泄作用就会大打折扣了。也许能引起同情，但不会引发恐惧。又比如弥尔顿的《力士参孙》："……啊，黑暗，黑暗，黑暗，青天白日下的黑暗／不可救药的黑暗，毫无白昼的希望！"真是令人心碎的绝望呐喊！"啊，静寂，静寂，静寂……"似乎不会产生同样的共鸣。接着怎么写呢？"啊，静寂，静寂，静寂……白日喧嚣中的寂静／不可救药的静寂，毫无声音的希望！"不行。

当然，你可能会说失明比失聪更为痛苦。如果必须在两者之中进行选择，我承认我会选择失聪。但它们的差异不仅仅在于感

[①]菲利普·拉金（1922—1985），英国诗人。
[②]拉金的原名为Larkin，其中的lark意为"云雀"。

觉被剥夺的程度。从文化和象征的意义上说，二者互为对立。悲剧与喜剧。诗意与平淡。崇高与荒谬。在英语中，语气最为强烈的咒骂语之一就是"瞎了眼睛！"（比"操你妈的！"语气还要重，而且显然令人更痛快——下一次碰上哪个开着白色货车的笨蛋差点撞上你时，不妨试一试）。"聋了耳朵！"就没有这种效果。或者设想一下，如果诗人写出"只是用你的耳朵饮酒为我祝福……"其实，这跟说用你的眼睛饮酒为我祝福一样不合逻辑。这两个比喻都是不现实的概念，事实上，耳朵比眼睛更像杯子，你可以想象从一只耳朵里喝酒，或者至少是啜饮，不过当然不是从自己的耳朵里……但这样就没有了诗意。"烟雾迷人耳"也不会是某首歌曲中朗朗上口的句子。一堆迷人的火焰熄灭后，如果有烟飘进你的眼睛，也就必定会飘进你的耳朵，但是你注意不到，也不会让你呛出泪水。"它不只是耳朵所接受的这么简单"像是克鲁索探长的话，而不像是波洛的话[①]。

盲人令人同情。视力健全的人会怜悯他们，会尽力帮助他们，带领他们穿过拥挤的街道，提醒他们注意障碍物，抚摸他们的导盲犬。导盲犬、白色拐杖以及墨镜是他们的疾患的明显标志，会让人顿生同情。我们聋人就没有这类既有提醒作用又能激发同情的标志。我们的助听器几乎看不出来，我们也没有忠心耿耿地照顾我们的可爱动物。（对聋人来说，类似于导盲犬的动物会是什么呢？蹲在你肩膀上对着你的耳朵叽叽喳喳的鹦鹉？）陌生人不会意识到你

[①]克鲁索探长是发行于1968年的英国电影《糊涂大侦探》中的人物，波洛则是小说家阿加莎·克里斯蒂笔下的名侦探。

是聋人，除非他们试图与你交谈，过了一会儿却宣告失败，而到那时他们的反应就是恼怒而不是同情了。《圣经》里说："不可咒骂聋子，也不可将绊脚石放在瞎子面前。"（《利未记》，19：14）当然，只有虐待狂才会有意给盲人使绊，不过，就连弗雷德在我听不清她的话时偶尔也会来一句："真该死！"预言家和先知有时是盲人——比如提瑞西阿斯①——但绝不是聋人。设想你向西比尔②提问，得到的回答却是几声懊恼的"什么？什么？"会是什么情景。

这两种器官之间的竞争根本谈不上势均力敌。眼睛是心灵的窗户，它们能表达情感，能浮现微妙的、令人心动的色彩和暗影，能噙着泪水，能闪亮发光。可耳朵呢，不过是看上去很滑稽的玩意儿（特别是对招风耳来说），只有皮肤和软骨，藏着耳垢，长着茸毛，难怪女人会在耳垂上戴耳环；当然，在某些社会和时期，男人也是这样，以便引开视线，不让人注意通向你大脑的那毛乎乎的耳孔。说真的，耳垂除此之外还有何用呢？这片别无他用的无骨组织也许正是这样进化的：对史前人类来说，如果耳朵下部有足够的肌肉可以佩戴耳环，在择偶过程中就具有了优势，从而受到青睐。不过，如果耳朵失去了其基本的用途，也就无所谓优势了。

　　在所有耳背的老太太中，
　埃莉诺·史比林夫人无疑最聋！
　　在她的脑袋上，

---

①希腊神话中的一位智慧过人的盲人先知。
②古代认为可以传达神谕的女预言家。

> 耳朵也的确长在两旁,
> 一对金耳环吊在那儿晃荡,
> 但谈话时它们却派不上用场,
> 跟陶罐的耳朵没有两样。

托马斯·胡德,《号角记》。与拉金不能相提并论——不过就我所知,拉金从来不曾写过关于失聪的诗篇。也许他觉得想起来太郁闷,尽管他也写过不少令人郁闷的其他事情。我在安德鲁·莫逊的传记中查阅了一下关于云雀的那个故事。它发生于1959年,所以拉金当时才三十七岁。莫逊写道:"在接下来的岁月里,随着听力的不断衰退,他觉得越来越孤独,觉得自己被禁锢在无用的躯壳中,愚蠢而可悲……失聪使他的性情变得越来越抑郁。"是的,我们知道,我们知道。我发现自己快要聋的时候,年龄比他稍稍要大,是四十五岁左右,不过接下来的让我觉得愚蠢而可悲的岁月也比他要长。

做完检查后,我去见了耳鼻喉科的会诊医生霍普伍德先生。他身材矮胖,留着小胡子,已经谢顶,显出几分疲惫,无疑知道在外面的走廊上,坐在塑料椅里候诊的病人排起了长龙。那天很热,他脱掉了深蓝色直纹西装外套,穿着马甲,坐在一张堆了不少东西的桌子后面。他指给我看听觉病矫正专家绘在纸上的图,两只耳朵各有一张。看上去有点像星座图,嘟嘟声用叉号标示出来,彼此之间则用直线连接。两只耳朵的图相差无几。霍普伍德告诉我,我患的是高频性耳聋,是他们所谓的"后天性耳聋"(以区别于先天性耳聋)中最常见的一种,因内耳中的毛细胞急剧减损所致,而人们依靠这种毛细胞将声波转换成信息传至大脑。很显然,每个人从出生之际就开始失去这些毛细胞,但每只耳朵里有大约一万七千个毛细胞,其数量超出了我们的需要,只有在我们失去百分之三十左右时,才开始影响我们的听力,多数人年约六旬时才会这样,但对其他人——比如拉金和我——而言,发生的时间则要早得多。

原因可能有很多种。最常见的是因巨大噪音而造成的损伤,比如枪炮声,许多炮兵在若干年后都患有高频性耳聋,特别是如果他们对戴护耳器漫不经心的话;在非常喧闹的工业环境中干活的工人也会如此。这两类职业风险对我来说并不存在。由于要攻读博士学位,我推迟了服兵役的时间,待我读完时战争已经结束,而我也从来没有进过工厂。在20世纪60年代后期,我到旧金山参加一次会议时,去菲尔摩尔-韦斯特[①]听过一场摇滚音乐会,只是出于好奇(现代爵士乐才是我所喜欢的切分节奏音乐,比如布鲁贝克、MJQ、奇科·汉密尔顿、迈尔斯·戴维斯),因为与会的另一位伙计说那是一所很著名的演出场馆,他要去看看,于是我也跟着去了。我已经忘记那支乐队的名字,但他们的音响放得太大,简直震耳欲聋,我不断地向音乐厅后部转移,约半个小时之后,我忍无可忍,终于退了出来,后来耳朵嗡嗡响了一个晚上。我问霍普伍德会不会是那次造成的损伤。他说,就因为一次这样的经历,可能性很小,不

[①] 位于旧金山的一座著名的音乐演出中心,以演出摇滚乐而闻名。

过，经常出入夜总会和摇滚音乐会的人由于过度喧闹的音乐的轰炸，会面临这种风险。由此看来，也许是遗传的问题，虽然我并未听说我们家族曾有过早失聪的病史。爸爸几乎跟我一样聋，不过他已经八十九岁，所以情有可原。我记得他在我这个年龄时不存在这种问题。事实上，他一直工作到七十多岁，当大半个世界的人在迪斯科舞厅里狂扭屁股、大呼小叫时，一些老式的社交俱乐部仍然倾向于交谊舞，并由一帮上了年纪的乐手现场伴奏，爸爸有时会在周六之夜的舞会上演奏。不过仔细想想，耳朵不怎么好对在那样的乐队里演奏并无大碍——也许反而是一件好事。

我的耳聋如果既不是因为损伤，也不是源于遗传，那么最大的可能就是小时候得的某种疾病，某种对毛细胞造成永久损害的病毒或耳朵感染。当我还在蹒跚学步时，的确有过耳朵痛，这是妈妈后来告诉我的。"你患了乳突炎。"她说——我当时觉得这个词很恶心，很不吉利，现在更是这种感觉。而且在20世纪40年代初还没有抗生素。不管怎么说，我失聪的原因值得从学术上进行探讨（有趣的是，"学术"居然可以意味着"无用"），因为这是不治之症。霍普伍德这么告诉我。"毫无办法，"他轻松地说，"情况会越来越严重——不过这是一个缓慢的过程。随着年龄的增长，你还会对各种频率的声音多少丧失一些听觉。""那么，"我说，"到头来我会彻底聋掉，就像一块木头？""也不是像木头，"他微皱着眉头说，仿佛这是一个新造的感情色彩太浓的比喻，"从理论上说，你最终可以失去百分之九十的听力，不过如果能活到那么久，你就算幸运了。我是不会为此担心的。去弄一副助听器吧。你会发现效果大不一样。"

我通过国民健康保险得到了第一副助听器，那是一种由两个部件组成的非常粗笨的装置，其中一个部件与一瓣橘子差不多大，放在耳朵背后，内含麦克风、扩音器、电池和开关，上面连着一根透明的小塑料管，将声音传到置于耳内的另一部件——一个定制的透明塑料耳模中。将它们逐一戴好颇费时间，而且佩戴时很显眼，除非你留有头发能遮住耳朵。在20世纪60年代留长发并不难，但到了80年代中期就显得有点怪异了。如果还像我这样戴着眼镜，耳朵后面的空间就会很拥挤。眼镜腿可能压住塑料管，从而隔断声音，或者取眼镜时一不小心就会扯掉助听器。有一次，我在大街上匆匆取下眼镜，准备换上处方太阳镜，结果却让助听器飞到了路中间，接着一辆包裹投递公司的货车从上面轧了过去。国民健康保险倒是可以为我更换，但我决定自掏腰包购买那种内置型助听器，它当时还挺新鲜，是微电子工程学的奇迹，所有部件都集中在一个比普通耳塞大不了多少的模制耳塞内。但是，那玩意儿用起来仍然难免出意外，因为它们太小。一两年前的一天，弗雷德正在开车，我取出一个耳塞准备换电池，却把它掉进了车门和座椅之间的缝隙里。当时我们正在高速公路上，所以弗雷德不能停车。我在自己的座椅底下摸索着，感觉到手指已经碰到它了，但不知怎么，却把它推进了便于座椅前后移动的金属滑轨上的一个小孔中，然后它便消失在地板下面的一个洞里了。第二天，我把车送到维修站，他们不得不把整个座椅和部分地板拆卸下来，才在底盘将它找到。接待处服务台后面的那个人笑容满面地递给我账单和一只装在透明袋子里的小塑料耳塞，上面还有技工留下的油乎乎的指纹。"这活儿对我们来说是第一次。"他说。那次我花了八十五英镑，可我别无选择，因为每只助听器的价钱都在一千以上。现在我用两只，一边耳朵一只。以前我只需要一只。我与助听器的关系就是价格和技术精细化不断攀升的过程。

我买的第一只内置式助听器有一个小齿轮般的音量调节键，用起来很麻烦，你得用食指的指尖来转动它，仿佛在将一枚螺钉拧进你自己的脑袋，但随着时间的流逝，它们变得越来越高级，我最新的这只是数字式的，有三种模式（分别适用于安静的环境、嘈杂的环境和环路系统），前两种可以自动调节，或者通过藏在我手表里的一个遥控器来手动调节（颇有詹姆斯·邦德的派头吧）。遗憾的是，这项技术似乎已经发展到了顶峰，近期内不可能有大的突破了。一两年前，我在报纸上读到一篇文章，说人们可以通过手术移植的新技术来恢复听力，我顿时生出希望，但是，当我就此向医生咨询时，他却告诉我，这项治疗只适用于一种跟我的情况不同的耳聋——耳硬化症，也就是说，患者中耳里有一块将震感传进内耳的骨头已经固定，可以进行人工更换。他做了一番了解，发现针对内耳的移植正在试验过程中，但成功率很低，所以除非万不得已，就不要去试。简而言之，我的这种耳聋无法医治，正如霍普伍德二十年前跟我说的那样。

他一说到"高频性耳聋"，我就知道情况不妙。"原来是因为这样，我才听不到辅音。"我说。"没错，"他说着露出了赞赏的神情，

20

"你是怎么知道的？""我是语言学者。"我回答道。"哦，是吗？什么语言？""就这一种语言。"我说（这是常见的误解），"我研究语言学。确切地说是应用语言学。""那么，你明白是怎么回事了？"他问。

我明白。人们说话时，辅音比元音的出现频率要高。我当时可以将元音听得清清楚楚——现在还是这样。但我们主要是依赖辅音才能将词与词区分开来。"'你说的是 pig 还是 fig？'猫问。'我说的是 pig。'爱丽丝回答。"也许那只柴郡猫有点耳背：它不确定爱丽丝第一次说这个词时，是用的双唇爆破音还是唇齿摩擦音，而作为维多利亚时代中产阶级家庭出身的一个受过良好教养的小姑娘，她的发音应该非常清晰。[①]"f"被称为唇齿摩擦音，因为发音时，你得将上齿抵住下唇，让气流从它们中间出来。它也被称为连续音，因为你的气流有多长就能将这个音发多长时间：fffffffffffffffffffffff……尽管我无法想象你为什么要这样，除非你可能原本想说 Fuck，接着又改变了主意。我对语音学略知一二，虽然这并不是我的研究领域。

几年前我参加过一次聚会，虽不像昨晚那么吵闹，但是也好不了多少，当时偶然听到一个人在兴致勃勃地谈论一本他正在看的书，书名为 Being Deaf。听起来像是为我而写的，我猜是一本自助手册，但是又不想因为询问那本书的详细信息而贸然打断别人的谈话。听那人讲话的是个姑娘，正一脸敬佩地望着他的眼睛，热切地

[①] 参见英国作家卡罗尔的作品《爱丽丝漫游奇境记》。

点头赞同。没等我有机会搭话,他就早早离开了(带着那个姑娘)。于是我第二天去水石书店①找那本书。"作者叫什么名字?"店员问。"我想是格蕾丝。"我说。结果却是克雷斯,吉姆·克雷斯,而那本书原来是一本小说,书名为 *Being Dead*②。

通常情况下,我只有通过语境才能将 deaf 和 death 或 dead 区分开来,有时候,它们似乎还可以互相替代。失聪是一种前死亡,是一种缓缓地带领我们走进我们每个人终将进入的漫长静寂的过程。"对世上的每一个人 / 失聪都迟早会来临",麦考利可能会这样写道。但迪伦·托马斯不会,"一旦开始失聪,就不存在其他的状态"。其实存在着很多其他的状态,存在着听觉退化的各个阶段,犹如一溜长长的楼梯通往下面的坟墓。

> 到下面的聋人中去,到下面的聋人中去,
> 下去,下去,下去,下去;
> 去躺在下面的聋人中间!

---

① 伦敦著名的书店。
② *Being Dead* 意为"死了",前文的 *Being Deaf* 意为"失聪",两者读音相近。

3

11月2日。今天早晨发生了一桩怪事。我早餐还没有吃完,正穿着晨衣坐在那儿看报纸。退休以来,这是我真正享受的为数不多的快事之一,悠闲自在的早餐,不慌不忙地研读《卫报》,喝着第三杯茶……而接下来的时间往往很难熬。弗雷德在厨房忙进忙出,她已经穿戴整齐,准备着出门。她早就跟人约好,在到店里之前要先去做美甲。因为戴着助听器,我听到了这条信息。其实我不喜欢戴着它吃早餐,因为它会把吃玉米片和吐司的声音在我的脑袋里放大,感觉就像环绕立体声里的恐龙在嚼骨头一般,不过如果我们同时起床的话,为了婚姻的和谐,我愿意忍受。电话铃响起时,弗雷德正在为我列一张去超市购物的清单。"接一下好吗,亲爱的?"她说。她经常喊我"亲爱的",尽管不一定总是带着爱意。事实上,我不知道还有谁在使用这个爱称时,可以带着那么多种意味不友好的语气,包括不耐烦、不赞成、不屑、挖苦、难以置信、无奈和厌倦。不过,这声"亲爱的"却含有几丝讨好。

"你明知道是找你的。"我叹了口气,叠上报纸,不情不愿地站起身。我正在看一篇尽管令人郁闷但还是很有趣的文章,刚刚读到一半，里面谈的是发达国家的老龄人口，他们一方面由于医学的进步而延长了寿命，另一方面又由于身心条件每况愈下而越来越难以享受自己的高寿。"这种时候不会有人给我打电话。"我说。事实上，自退休之后，任何时候都很少有人给我打电话。

"如果是雅姬，就告诉她我很忙。再提醒她我要做美甲，会晚点儿到。"弗雷德一边口里说着，一边皱眉望着清单。雅姬是弗雷德的生意合伙人，她有很多事情让我讨厌，包括总是有事没事地打电话。还包括她说自己名字时的样子。

我从基座上拿起壁挂式电话，放到耳边，顿时出现一阵巨大的反馈杂音。我总是忘记如果戴着助听器，普通电话就会产生这种效果，要不就是忘了我在拿起普通电话时正带着助听器。今天早上是哪一种情形呢？我不记得了。我把助听器从右耳掏出来，匆忙之中，失手将它掉在塑胶地板上，不禁脱口骂出一声"妈的"。上一次我这样失手时，助听器完全报废了。当时是我的保险买的单，但如果我再一次申请上千英镑的理赔，公司肯定会拒绝为我更换。好在这一次似乎没怎么受损：我捡起来时，它在我的手掌上呜呜叫着，表明它仍在工作。我把它关掉后放进晨衣的口袋，再将电话贴近空空的耳朵。我知道弗雷德正在不耐烦地看着我，就像老师盯着某个一贯笨手笨脚的小学生。"你好！"我说。

"您通常都是这样接电话吗？"一个模糊的女声说，"先说'妈的'，再说'你好'？"

"哦，对不起，"我说，"我弄掉了——我正要接……的时候，弄掉了一样东西……是雅姬吗？"

"不。我是……"

我没听清名字,"对不起——是谁?"

她说了一个词,听上去像是 Axe。

我说:"你瞧,这个电话不行,我去书房接。请稍等。"我的书房里装有一部聋人专用电话。使用它时,你可以戴着调到环路模式的助听器,需要的话还可以调高音量。我把厨房的电话放回基座,朝门口走去。

"谁来的电话?"弗雷德问。

"不知道——不是雅姬。"

"反正你已经挂掉了,亲爱的。"(这声"亲爱的"带有几分挖苦)

"不,我没有。"我以前跟弗雷德解释过——只有双方都挂上电话,通讯才会中断——但她不相信我的话。

"哦,如果是找我又很急的话,你就打我的手机,"弗雷德说,"我真的得马上走了,我把单子放在这案板上。"她接着说了些蜜瓜什么的,我没有听清楚,因为我只戴了一只耳塞,而且背对着她快要走出厨房了。但愿并不重要。

我在书桌前坐下,右耳戴上助听器,把它调到环路模式,再拿起电话。"你好!"我说。

"哦,我还以为你挂掉我的电话了。"那个声音说。还是有点模糊,于是我调高了音量。

"没有。刚才我手忙脚乱的,真是抱歉。我的耳朵不好,打电话很难。恐怕我刚才没听清你的名字。"

"我叫亚历克斯①。我们几天前的晚上在艺术复兴中心美术馆见过面。"她说话时,带着明显的美国口音。

"哦,是的。我想起来了。"

"可您忘了我们的约会。"

"什么约会?"我说,内心不禁一阵恐慌。

"您要给我的研究提些建议。"

"是吗?在哪儿?什么时候?"

"难道您什么都忘了吗?"她说,那粗鲁的语气可以理解。

"嗯,老实说,我听到的不多。那房间当时吵得要命,都是混凝土结构,而就像我刚才说的那样,我的耳朵不好……"

"我明白了。"

"我万分抱歉。我肯定显得很无礼,但是……"

"没关系,我原谅您。那么我们什么时候见面?明天怎么样?"

我说明天不能去见她,因为我要去伦敦看望我父亲,接下来是周末,而她星期一也没有空,因此最后我们将时间定在下周二的下午三点钟。

"还是老地方?"她说。

"是哪儿?"

"艺术复兴中心美术馆的咖啡厅。"她说。

"那儿太吵了。"我说,"那些地板砖和塑料贴面的桌子……大学里行吗?高年级教研室,就在——"

---

①原名为 Alex,与上文的 Axe(斧头)只有一个字母之差。

"不，我不想在大学里跟您见面。"她明确地说，"如果您想找安静的地方，那么我有一套公寓，离艺术复兴中心只有几分钟的路程。"

当我还在为这个提议感到吃惊和犹豫时，她告诉了我地址，我把它记了下来。

"你研究的是什么？"我说。

"您的耳朵还真是不好，对吧？我星期二再跟您解释好了。"说着，她挂断了电话。

我回到厨房时，弗雷德已经走了。我把壶里的水烧开，给茶壶灌进新鲜开水，又倒上一杯茶，重新拿起《卫报》，但我的心思已经无法回到那篇关于老龄化问题的文章，也无法集中于任何别的事情。马歇尔·麦克卢汉①曾经在哪儿说过（麦克卢汉，这名字可真让我显老！），我们读报纸时，并不是像读书那样按照顺序有条不紊地看；而是浏览，我们的目光从一个栏目跳到另一个栏目，然后又转回来。但我的目光却到处转动，我的双手也在报纸上翻个不停，直到我发现自己正对着最后的满满一版廉价宽带的广告发愣，而对之前看过的东西毫无印象。这个电话让我心绪不宁，其中有好几个原因。它完全出乎意料；我显然是答应了跟这个女人见面并讨论她的研究，而我自己却一无所知，这不仅十分令人难堪，还令人郁闷地表明我聋到了什么程度。会是什么研究呢？——大概跟语言学有关。可她怎么会知道那是我的研究领域？我不记得告诉过她。

---

①马歇尔·麦克卢汉（1911—1980），20世纪原创媒介理论家，思想家。

我甚至不记得告诉过她我的名字，尽管我猜肯定是告诉过她，因为她找到了我的电话号码。电话簿里有我们的号码，而里面只有一位"D.S.贝茨教授"。

我知道弗雷德出门时并不清楚来电的人是谁，而此时此刻，当我深更半夜在书房里写下这些时，我还知道她仍然不清楚。如果她今天下午回家时问过我，我当然会告诉她，但是她没有。她问我是否记得买加利亚密瓜。我说："没有，不过我买了哈密瓜，它们买一送一。"这是我的借口，是灵机一动想起来的，假装我是为了实惠才无视她的吩咐，而实际上我没有听见她的吩咐，我推断她说的是"只有碰到加利亚密瓜时，才买一个"。她说："我们不需要两个蜜瓜，亲爱的，我们根本来不及吃完它们就会坏掉，特别是哈密瓜。"显然，她把早晨的那个电话完全忘到了脑后，而由于在蜜瓜问题上的小争执引起的不快，我也不想提醒或者告诉她是谁打来的电话。事实上，一听到电话里的声音说出那个听起来像是Axe的名字，我就知道是谁了，但是当我朝书房走去而弗雷德问"是谁？"时，我却回答说"不知道"。为什么会这样呢？是因为我其实也并非百分之百地确定吗？还是因为在告诉弗雷德之前，我想弄清Axe为什么打电话，并有一点考虑的时间？嗯，我已经有了一整天的考虑时间，可还是没有告诉弗雷德。我似乎稀里糊涂就妥协了，同意去那女人的公寓——我并不认为她对我有什么非分之念，在这方面我不抱幻想——但是，不管她想请求怎样的帮助，一旦到她家里，就比在中性的公共场所更难拒绝，而且下午三点左右的艺术复兴中心咖啡厅也许并非那么吵闹。如果知道她的电话号码，我就会打给她，把我们的约会地点改回到艺术复兴中心咖啡厅——可是我不知道，也无从查询。我拨打1471试过，但是"该号码已经停用"。

除了那个令人不安的小插曲之外，这一天还是我退休生活中的一个平常日子。上午我去塞恩斯伯里①购物。在打开包裹、放好食物之后，我吃了午餐（考文特花园芦笋汤、面包、奶酪沙拉，还有一个苹果），听了四号台的《一点钟世界新闻》。一个人在家时，我只能听厨房里的收音机，因为我得把音量调得特别高。然后我坐在客厅里看《卫报》副刊②，我习惯性地把它留到这个时候，看着看着，便像平常那样小睡了半个钟头。接着，我走到大学，好锻炼锻炼，并查看了我在文学院办公室的信箱，里面有一份出版社的目录，一张出席新聘的神学教授的入职讲座的邀请函，讲座题目为"关于祈愿式祷告的问题"，还有一家慈善机构发出的为抗震救灾筹款的倡议书。我在公共休息室喝了一杯茶，翻了翻上周的《泰晤士报文学增刊》，弹簧门每次嘎吱一声打开，我就抬头瞥一眼，但进来的都不是我认识的人。当时是下午三点左右，大多数人都在上课或开会。房间里只有寥寥几个像我一样退了休的老家伙，无精打采地四散坐在扶手椅里，面前摆着报纸或杂志，默然而忿忿地望着一群在角落里谈笑风生的秘书和技术员。如果是在过去，他们是不许进来这里的，但时间的流逝消抹了旧式学院派生活的等级之分。

---

①英国著名的连锁超市。
②《卫报》每天都有副刊，内容包括吃喝玩乐、读书交友、节目预告与填字游戏等，共计三十六版。

今天该我做晚餐,所以我没有在公共休息室久留。走出大楼时,正好是四点钟,一扇扇门在我的身前身后打开,传出咕咕哝哝的说话声和椅子腿在木地板上拖动的声音。学生们从研讨室和阶梯教室蜂拥而出,涌向楼梯平台,摩肩接踵地走下楼梯,一边晃荡着背包和公文包,叽叽喳喳,或者彼此大声打着招呼,释放着刚才那个钟头里被压抑的精力、挫败感和无聊感,也可能是——谁知道呢——对一次鼓舞人心的教育经历的敬畏和兴奋之情。他们无视我的存在,不知道我的身份,像泛滥的河水一般将我裹挟而下。我飘浮在他们的人潮中,犹如一片学术的残骸,直到他们在一楼的大厅渐渐散开,并从旋转门出去,我也出了门,来到十一月的潮湿空气里。太阳已经低垂在西边的天空,缓缓沉入机械工程大楼背后那片橘黄色的雾霾里,照出在我们获奖的教育大楼上检修漏顶的工人们的身影。我突然很想改用第三人称了。

穿过校园朝大门走去时,他突然想到,如果他在大学里一直工作到正常的退休年龄,也就是六十五岁,那么,现在会是他最后一学年的第一学期。最近这段日子里,他越来越经常地自问,四年前提前退休是否算明智之举。就当时而言,这似乎是个非常令人动心的建议。由于耳聋,他发现教学越来越困难——不仅包括研讨课,平常授课也是如此,因为他主张互动式授课。他一直觉得,那种典型的人文课程的授课方式——约五十分钟不间歇的满堂灌,而且常常是垂着眼睛用干巴巴的语气照本宣科——是有史以来发明的最为低效的教学方法。在印刷术发明之前还勉强情有可原,不过,就连古希腊人在口头讲授时也采用对话的方式。实验表明，在倾听一位演讲者的长篇讲话时，人们能持续保持注意力的平均时间为二十分钟，而如果其话语越像书面文体，包含非常大量的信息并且很少有冗词赘语，那么这种时间就越短。因此，必须将信息流拆分，经常停顿、重述和强调——他这么说，并不是指那种把讲课内容总结出来投射到屏幕上并照着朗读的枯燥做法，仿佛听讲者自己不会读似的，虽然管理顾问们很欣赏这种方法。只需采取问答式就能做到。在讲课过程中，他鼓励学生不懂就举手，他自己也会经常向学生提问，好让他们聚精会神。不过，这种方法取决于他能听见他们的话，所以随着时间的推移，他也就使用得越来越少。在研讨课上，他知道自己讲得太多，因为这比竖起耳朵用力地去听学生的发言更容易。出于同样的原因，开会也让他倍感压力，而在20世纪90年代，随着行政部门像八爪鱼一般不断加强对学术生活的控制，会议似乎越来越多——系务会议，教授委员会会议，教务会议，及其下属的各种分委员会和工作小组会议。他发现自己要大致听清别人的某个观点越来越费力，所以常常保持沉默，不敢插话，唯恐自己完全理解反了，到了最后，他干脆彻底放弃，只是沉浸在无聊的胡思乱想之中——当然，除非是他自己主持会议。而当他主持会议时，有时会注意到有人嘴角泛起一丝笑意或者隔着桌子交换好笑的眼神，于是明白自己理解错了或者说了不该说的话，接着某个友好的同事或系里的秘书就会巧妙地帮他圆场。

因此，当校方提出让他提前退休时，似乎是一个千载难逢的好机会：可以直接享受全额退休金，还能自由地从事自己的研究，而不受教学和管理任务的干扰。这种转机的出现是因为学校高层很热衷的一种周期性机构变动。校方认为，他所负责的语言学系规模太小，作为一个独立的单位不太划算，所以应该与英语系合并。语言学系的教职工有三条出路可供选择：如果能找到愿意接收他们的其他单位就可以转系，或者以优厚的条件被解聘，或者年龄符合规定的话可以提前退休。语言学系的同事们对这一方案极力反对，纷纷说这是校方变相裁员的一种方式，还有人说这是英语系为了在下一次科研评估活动中提高他们的成果数量而设计的一个狡猾阴谋。但是他告诉他们，反抗毫无用处。他认识到了这个方案的合理性，因为在英语系，有好几位研究语言的教师所承担的工作与他自己以及他的同事们的非常相似。就个人而言，原则上他并不反对在英语系工作。他自己的第一学位就是英语语言文学，虽然他选修了该专业的所有语言课程，还在读研究生时转到了语言学，但在教学和研究中他一直广泛使用文学文本，并且仍然常常以阅读诗歌为乐——应该说这样做的人并不多，包括一些教文学的人。不过真要转系的话，多少会有失声望和独立，想起来就叫人不情不愿。尽管他也觉得，作为语言学系的一把手，所承担的职责令人越来越烦恼，但是他不确定自己会甘心成为英语系的几位普通教授之一。作为一位新人，对于分配的教学任务他必须表现得很合作，很随和，那么，他很有可能无法再教三年级文学文体学的研讨课，因为那是巴特沃斯的专长——巴特沃斯是一位比较年轻的教授，是英语语言分系的一颗冉冉升起的新星。综合考虑这些因素，结论似乎就显而易见：提前退休将是他的最佳选择，于是他接受了。

刚开始还是挺惬意，犹如一段长假，但过了一年半左右，摆脱了日常工作和职责的生活就开始觉得无聊了。他想念每学年一度的校历，这么多年来，校历使他的生活变得有序可循，流逝的日子被完全在预料之中的事件所标识：每年秋季，那些兴奋并满怀期待的新生们的到来；系里的圣诞晚会上，学生们模仿某些老师的举止和口头禅的传统短剧；在春季学期的阅读周，他们会带着二年级学生去湖区的一所可以住宿的会议中心；在夏季学期的考官会议上，他们围坐在一张堆满批改过的试卷和长论文的长桌旁，将总评成绩计算出来并进行分类，犹如对凡人实施奖惩的上帝；最后还有伴随着风琴乐曲在大礼堂举行的学位授予大会本身，听学校发言人用动听的言辞总结荣誉毕业生们的成就，接着是与自豪的家长及其穿着学位袍的孩子一一握手，在搭建于圆形草坪上的大帐篷下抿着水果潘趣酒，然后大家全都散去，开始一段受之无愧的长假。他想念学年的节奏，就像农民在季节的差异突然消失时可能想念那些差异一样；他发现自己还想念教学周的结构——教学任务的完整日志，研究生指导，论文批改，委员会会议，约谈，以及各种需要提交的报告的截止日期，他以前常常抱怨这些工作，但是一旦完成，不管它们是多么琐碎和微不足道，都会给人一种小小的满足，并且保证让你永远不会面临一个问题：我今天该干些什么？而退休之后，他每天早晨一醒来就面临这个问题。

当然，他还有研究：他曾经设想自己退休后的日子将主要在研究中度过。但令他意想不到的是，他很快就发现自己其实毫无做研究的欲望。他仍然觉得语言学是一门非常有趣的学科——人们不可能对它失去兴趣。就像他以前在第一堂课上欢迎一年级学生时所说的那样,"正是语言才使我们成为人类,才使我们一方面有别于动物,另一方面也有别于机器,才使我们成为具有自我意识的人,能够从事艺术、科学以及所有的文明活动。它是理解一切的钥匙"。宽泛地说,他自己的研究领域是语篇:是句子层面之上的语言,是使用中的语言,是通过言语来研究的语言,而不是通过语言来研究的言语。这也许是本学科近年来最为富饶和多产的领域:历史语文学已经过时;而结构和转换语言学也失去了魅力,因为人们渐渐意识到,试图将生机勃勃、不断变化的语言现象简化为一套规则,并用一些脱离语境、专门为此目的而造的句型来说明,其实是徒劳无益的。"每一句口头话语或书面句子总是有一个语境,在某种意义上,它总是指向已经说过的某事,并要求某种回应,其目的总是在对某某人——不管是读者还是听者——做某某事。对这种现象的研究有时被称为语用学,有时被称为文体学。电脑使我们能够以前所未有的严密性来从事此类研究,对实际话语和书面文字的数字化数据库进行分析,从而产生了一门全新的分支学科——语料库语言学。以上研究统称为话语分析。我们生活在话语里,就像鱼儿生活在水中一样。法律体系由话语构成。人际交往由话语构成。世界几大宗教的信仰也是由话语构成。在一个文化水平不断提高、言语交际的媒介——收音机、电视机、网络、广告、包装,以及书籍、杂志和报纸——日益增多的世界上,话语甚至对我们生活中的非言语方面也起着越来越重要的作用。我们吃话语(比如说那令人垂涎三尺的菜单语言,如'火烤甜椒浇松露油');我们喝话语('这种澳大利亚产醇香西拉红葡萄酒泛着淡淡的烟草、香草、巧克力和成熟浆果的味道'）；我们看话语（美术馆里的那些极简抽象派绘画和神秘装置，作为艺术，它们的存在完全有赖于馆长和评论家们的描述）；我们甚至通过将色情小说和性爱手册中的话语变成行动来做爱。要理解文化和社会，你就必须会分析它们的话语。"（就这样，在对一年级学生所做的介绍性的、鼓动人心的讲话中，贝茨教授突然提到了性的话题，以便吸引学生的注意力，包括那位觉得最无聊、最没有信心的学生，他的高中课程成绩平平，而且他真正想学的是媒介研究，可那个专业填报的人数太多，于是在招生补录时只好转到语言学专业。）

对话语分析的价值他并没有失去信心，而且他仍然时不时地有些独到的研究想法，但是，想到要把它们变成一种可以被学界同行所接受的形式，想到要获取数据，或者做一个实验，阅读所有的相关文献，再写成一篇文章，并且附有脚注和参考书目，以承认其他学者在同一领域的贡献，然后寄给期刊的编辑们，花上几周的时间等着他们将它送审，再根据审稿人的意见进行修改，接着重新寄回和校对，再等上几个月，盼着它在刊物上出现——想到完成这项工作需要这么大费周折，他心里就产生了一种巨大的、不难预料的疲惫之感，于是，未等正式开始他就放弃了。就算你幸运的话，这样一篇文章可能也只有几百个人会去阅读，而如果你在乎他们对文章的评价，如果它能提高你在与你年龄相当的同事中的地位，并且对你们系的科研考核有好处（作为语言学系的主任，他觉得自己在这方面应该做出表率），也算是很大的鼓舞了；可一旦你退了休，职业上的动机就随之消失。显然也不存在什么经济上的动力：学术期刊不向作者支付稿酬，即使你运气很好，文章被某本书转载，许可费也是少得可怜。曾经有一段时间，他通过兼职顾问挣了一点外快，以专家身份在涉及语言学证据的案件中作证——解读秘密录音的谈话，判断文件的作者或者真实性等。他很享受那份工作，经济上也小有收获。但是，在他退休后的头一年，法庭上却发生了一件令他大失颜面的事情，当时，由于他自己一方的律师带着很重的苏格兰口音，使他难以听清他提出的问题，对方的律师便抓住机会，质疑他是否有能力对被录音的电话谈话发表意见，而那段谈话正是案件的核心所在——现在一想起当时的情景，他仍然觉得难受。从那以后，就很少有人找他做这种工作，偶尔碰到几次，他也唯恐重蹈覆辙而婉拒了。除了退休金之外，他现在唯一的收入是一部教材的那份越来越少的版税，他自己私下里称之为《傻瓜之话语分析》，初次出版于约二十五年前。

　　幸运的是，就在他退休的时候，维妮弗雷德的生意开始盈利。她的前夫曾经以她的名义——当时可能是一时慷慨或懊悔，也可能只是为了减税——购买过一种与富时100指数挂钩的免税债券，债券到期后产生了一大笔收益，她用这笔钱与健身俱乐部的朋友雅姬合伙做起了室内设计和布艺装饰的生意。雅姬拥有一张曼彻斯特理工学院颁发的纺织专业的文凭，离婚（从中获得了丰厚的补偿，被她用来投资于生意）之前，在她丈夫的日本汽车特许经营店的办公室里工作过，在电子制表和电算化会计方面有些经验。维妮弗雷德从事这一行的资质则更为含糊：艺术史双学士学位的一个荣誉学位，外加装饰和陈设自家住房的业余热情，但是过了不久，她就在零售业上显示出让德斯蒙德刮目相看的天赋。而这一发现正是时候。当年，他和梅茜初来乍到时，这座北方城市十分沉闷和冷清，这里的人们长期以来都以勤俭节约为荣；而到了20世纪90年代，一股全球性的消费浪潮席卷而来。一些国际知名品牌的商店在这里开设分店，新型购物中心也纷纷涌现，将它们以及各种国内连锁店容纳其中——事实上，一时间出现了太多的购物中心。弗雷德和雅姬在市中心租到了一间宽敞的店铺，价钱非常划算，因为开发商迫不及待地要招租（对顾客而言，一排空荡荡的铺面未免显得太没有人气）。店铺在一楼，所以，任何人只要是被那闪闪发光的不锈钢、陶瓷砖和玻璃幕墙所吸引，或者被那轻松舒缓的背景音乐和叮咚有声的景色水饰所打动，而从街上走进里亚尔托购物中心，就一定会从"德珂装饰"（这是她们的店名——雅姬提议的"豪华风格"所幸未被采纳）的店前经过，然后才走向将他们送到大楼更高层的自动扶梯。不过，尽管位于这处宝地，在开始的两三年里，德珂装饰却只是保本经营，直到一位很有名气、收费也不菲的美发师把自己的生意开到了购物中心的一楼。他的客人都是些来自富裕远郊或绿带乡村的女人，既有闲暇也有闲钱，可以用来装扮自己以及她们的家，而这正是德珂装饰的目标顾客。维妮弗雷德和雅姬专营用来制作窗帘、百叶窗、靠垫、床罩等的高档进口面料，但她们也展示本地艺术家们的作品——绘画、版画、陶器、首饰以及小雕塑，需要的话也可以出售。一旦售出，商店就有百分之四十的分成；如果无人购买，它们也可以充当德珂装饰的免费饰物，吸引人们的眼球。

那些时髦的郊区女人在去做头发的途中，经过她们的商店橱窗时，会停下脚步，饶有兴致地朝店里看上几眼，而回来时，就会拐进店内，瞧瞧那些布料和艺术品。维妮弗雷德和雅姬装了一台小巧但看上去很精美的意大利咖啡机，用免费的蒸馏咖啡和拿铁咖啡招待客人，然后她们就总会买点什么，哪怕只是一件别致的服装配饰，或者是一张颇具创意的手工制作贺卡。生意渐渐红火起来。本地报纸用一篇热情洋溢的文章报道了德珂装饰，还配有两位老板笑容可掬的、比她们本人更为漂亮的彩照。她们得以聘请一位刚从艺术学院毕业的年轻女人来帮忙看店，还与一位值得信赖的个体户罗恩达成协议，让他为顾客提供量尺寸和安装服务。布艺饰品的剪裁和缝制则外包给一家女裁缝合作社——由于本地制衣业的不景气，她们失了业。她们的活儿干得棒极了。

当德斯蒙德自己还在上班时，对妻子在商业生涯的大器晚成，他感到既有趣又高兴。就算由于她的忙碌而对舒适的家庭生活稍有影响——晚餐更多的是从超市买回来的方便食品，偶尔会遇到没有干净袜子和洗熨好的衬衣的情况——相对于她明显获得的满足感而言，那只是一个小小的代价，而且通过她的关系，他自己的社交生活也丰富起来，可以接触一些新的人和地方。维妮弗雷德气质不凡，充满自信，这些特质与生俱来，又受过私立教育的熏陶，却被第一次的不幸婚姻所抑制，而现在人到中年，又重新焕发出来。尽管她和雅姬投入的资金相同，但由于她的年长和在社交上的得体自如，弗雷德心照不宣地成为生意中的高级合伙人；没过多久，她就成为本地社区的一个重要人物，受邀担任与艺术有关的各种董事会和委员会的委员,由此又常常被邀请出席与这些活动相关的预展、首演、慈善音乐会、节庆开幕式、宴会和招待会等,德斯蒙德自然也在邀请之列。在这类场合,他有时会碰到副校长或学校领导层的其他要人,而且发现他们对自己新生出几分敬意。在校园里碰面时,副校长开始对他直呼其名,并问候起他的"太太"。他们偶尔还被邀请出席副校长家的私人晚宴。

然而,他的退休却让这一切带上了一层不同的、令人不大愉快的色彩,并改变了他们婚姻生活的平衡。他的事业已经结束,而维妮弗雷德的却蒸蒸日上,她现在带回家的钱也比他的要多得多。她每天有干不完的事情,他却只能勉强用一些日常琐事来打发时光,比如去购购物,或者跑跑腿——与其说是出于需要,不如说是为了锻炼。陪同她参加各种各样的社交活动时,他有时觉得自己就像是一位陪同着女王的亲王,双手别在背后,在她身后一两步的地方走着,脸上挂着淡淡的、心不在焉的笑容。由于他听力的衰退,这些社交活动本身变成了一种煎熬,而不是快乐,有几次,他打算再也不去了,但一想到这种决定所带来的后果,他就对那种情景感到恐惧:更多的无所事事的时间要打发,对着书籍或电视,独坐家中。于是,他紧紧抱住这社会文化的旋转木马,很不由衷地摆出一副兴趣盎然、充满热情的样子。

让我害怕的是独坐,而不是书籍和电视本身。印刷品和电视是我仍然能够真正享受的唯一媒体——说到印刷品,其原因显而易见,至于电视,则是因为有字幕和耳机。比如说,去看戏就有各种困难。多数剧院都有可以提供耳机的红外系统，但在效果上差别很大，而且就算有效，那些声音也显得细弱遥远，仿佛你是通过舞台上一只从电话机上拿起来了的听筒在聆听表演。通常情况下，最好是坐在前排，依靠你自己的助听器，但如果这样，你就很可能因为连续两三个小时以四十五度的角度扬着下巴而落得脖子僵痛，而且在感情强烈的场面，演员们的唾沫星子会喷到你的脸上。再说，弗雷德也不无道理地抱怨过，当你坐得那么近时，他们的表演总是显得很夸张。所以我们很少那样做。如果对白中有很多不熟悉的方言或地方音，那么，不管你坐在哪里或是使用何种助听器，都是一回事：你会像平常一样，大多数辅音都听不见，而所有的元音都很陌生，结果就跟听匈牙利语差不多。圆形剧场也同样无济于事。即使在听力还好的时候，我也始终没能明白，当演员讲话时，为什么要让他们背对着一大群观众，而现在呢，则犹如透过一扇时开时关的门在听戏。不过，即使演员们说的是纯正的英语，并且在镜框式舞台上表演，看戏时最烦心的还是听不出其中的笑话。那些对白我会听得好好的，接着，有位演员突然说了句什么，观众哄堂大笑，可我却一头雾水。其原因在于，台词只有既出乎意料又具有关联时才会好笑，因此我无法做出预测，也无法通过语境来推断他们说了什么。这种情形在整场演出中会反复出现，令人出奇地沮丧：易懂而平凡的对话中，夹杂着显然很睿智风趣的台词，可我却听不见。在这样的夜晚之后，我有时会将剧本买来阅读，看看我没听明白的是什么，于是以两种不同的形式体验了同一部作品，先是荒诞派戏剧，然后是完整的剧本。偶尔我也会在看戏之前阅读剧本——于是知道了所有的笑话，不过它们当然也就不再有趣了，因为都在我的预料之中。

去看电影也同样令人沮丧，除非是带有字幕的外国影片；但是你迫不及待想看的片子并不多，而且大多数到头来都会在电视上播放。弗雷德是因为大家都在谈论某部电影才想去看，而那些几乎全是英国或美国的，我猜想自己在观看时，大部分影片中的对话会有百分之五十至八十听不清，因为人物带有地方口音（格拉斯哥口音让人最头痛），或者因为演员们用体验派表演方法拖长腔调，叽叽咕咕，或者是配乐中的音乐和其他背景音掩住了说话声，还可能是因为几者兼而有之。比如说，在我们观看《断背山》时，最后一幕场景中，那个牛仔在他已故好友的卧室衣柜里发现了自己的旧衬衣，而我则完全不明白其中的含义。因为在很早之前的情节中，当他们从山上下来时，他说自己肯定是把"衬衣"落在山上了，我并没有听到他话语中的这个词。其实是对方暗中拿走了他的衬衣，为他们在山上那段美好的同性恋情留作伤感的纪念，而当牛仔来探望那位遗孀，在衣柜里发现自己的衬衣时，才在无言的一幕中明白了一切。开车回家的途中，弗雷德不得不给我解释这段的来龙去脉。在从剧院或电影院回家的路上，她经常得这样给我讲解。到了后来，我就不愿对我们刚刚看过的东西发表任何看法，以免暴露自己对故事情节中某个基本元素所产生的一些荒唐和有失面子的误解。

前不久，我发现本地电影院偶尔会为听障人士放映有字幕的新故事片，信息公布在网上，可它们都被安排在非常不受欢迎的时间，比如工作日的上午十一点，弗雷德这时往往无法或者不愿陪我一起去。在这种时间,我看过一场由伍迪·艾伦主演的字幕电影,那是在市郊的一座几乎无人光顾的多放映厅影剧院,我独自一人坐在巨大的观众席中央,而从那以后,我再也没有这样尝试了。一座空荡荡的电影院会让观众心情抑郁:最好还是等着看电视上播放的电影吧。

电视是聋人的救星。以前没有电视,他们是怎么过的呢?大多数联播的节目,包括老电影,都有字幕,你可以通过图文电视看到;就连现场直播的节目,如新闻快讯,也有字幕,当然,如果你多少有一点听力,这会是一种干扰,因为字幕比说话声要晚几秒钟,而且经常包含一些荒谬的错误(比如昨晚天气预报中的"男人走廊"①)。你也可以选择用双耳式耳机,不管是有线的还是红外的,它们比剧院借给你用的整套头戴式耳机要管用得多,而且有独立的音量调节器,这意味着你可以调高音量而不至于让你旁边的观众觉得震耳欲聋,你也可以让喇叭静音而自顾自地观看。这种方法并非没有社交上的不便。如果你的同伴想跟你就节目交流一下看法,或者有别的话要说,她就得招手引起你的注意,接着你得取下耳机,戴好助听器来接收信息,然后又得取出助听器,再重新戴上耳机。如果这套程序需要再三重复,双方就很可能觉得心烦。

基于双重保险的原则,对于我真正感兴趣的节目,我喜欢既用耳机也看字幕,因为用耳机时,偶尔有些字眼或短语我还是听不见,而字幕则并非总是完整准确地记录台词。有时候,字幕会将对

---

① 原文 aisle of man,本应为 Isle of Man,即马恩岛,位于英国西北海岸的爱尔兰海域,是英国属地,英联邦半自治区。

白缩减，以免落后半拍或者占用太多屏幕。在这一点上，我注意到一个奇怪而有趣的现象：当我既戴着耳机又盯着字幕观看时，我能听到字幕上漏掉的单词和短语，而如果仅仅是用耳机，我敢肯定自己听不到。也许我的大脑在不断地将两种交流渠道互相对照，而一旦出现不一致，字幕上漏掉的单词和短语就会被凸显出来，结果在一定程度上就变得更清晰了。如果愿意费神的话，这也许值得写点什么，然后向某个心理语言学的刊物投稿。但是我懒得去试了。

4

11月4日。这似乎变成了某种日记，或者为自传所做的笔记，也可能只是一种职业疗法。

昨天我去伦敦看望了爸爸，这是一种义务性的探望，大约每四个星期一次。如果我把这一次描述得详细一点，就可以充当多数时候的一个记录，因为每次的程序都大同小异。总是漫长而令人筋疲力尽的一天。妈妈在世时，每逢为学术上的事情去伦敦出差，我常常会在他们那儿住上一夜，在她去世后，我将这种习惯还保持了几年，但现在去看爸爸时，我宁愿当天返回。我一大早就出门——由于有老年人的火车乘车卡，即使在高峰时段我也可以买到优惠票——以便及时赶到布里克利，好带爸爸出去吃午饭，接着，我下午会陪陪他，用过下午茶后再离开，去搭乘傍晚的火车回家。他总是说："你干吗不住一晚上，儿子？"而我总是说："哦，不行，爸爸，我太忙了。"于是他说："我还以为你退休了呢。"我就说："我还在做研究。"于是他点点头，算是默认，即使有几分失望。尽管在所有其他话题上他都喜欢跟我无谓地争执一番，但我的职业生活对他来说却是一个谜，他总是怀有敬意。多年以来，对于我出版后送给他的签过名的作品，他从不评价或询问，但是在前厅那装着玻璃门的书柜里，它们却占据着一席光荣之位，我还听到他对在商店里或公交车上碰到的素不相识的人吹嘘他的教授儿子。所以，一旦提及住一晚上的问题，我打出的"研究"的幌子总是有效的挡箭牌。其实，是我不愿意睡在后面卧室——那是我小时候睡过的房间——那张凹陷不平、总是有些潮湿的床上，并与爸爸共用那间冷清的浴室和气味难闻的马桶（铺着漆布的地板有一股尿骚味，因为爸爸的瞄准能力已经不如从前），然后在拥挤的小厨房里做早餐——由于烧热的食用油的分子日复一日地积聚，里面到处都蒙着一层油污，椅子、桌子、盘子、刀叉、杯碟、烤面包机、平底锅、案板，以及所有的一切都是如此。自从妈妈在十三年前去世后，这所房子似乎从来都没有真正干净过，而自从爸爸的波兰家政工伊琳娜生病退休后，情况更加急转直下，因为他不愿意请任何其他的人。当地政府试着派过别的人来，但他怀疑他们都是想偷他的"东西"以及他藏在地板底下各个地方的钱，便告诉他们不用再来，于是到了最后，政府也就不再派人，他又不肯让我私下里帮他找人，哪怕我说钱由我来付。

那一天里最轻松的时光是前往伦敦的行程。我乘坐的列车很准点，我在"安静车厢"找到一个座位，取下助听器，拿着一份《卫报》和一本哈代的新传记坐了下来。搭乘公共交通工具旅行时，如果你是独自一人而不必跟人交谈，那么，是否以及何时佩戴助听器就成为一个复杂的问题。很显然，你需要戴着它买票和在车站内听取可能播出的站台变更通知，可一旦上了车，你就很想取下它，虽然会因此而无法听到列车长在有线广播里播出的消息，比如列车为何在一片田野旁停了十分钟，还可能是更重要的通知，比如由于信号故障，导致所有进出国王十字车站的列车已经停开，停留多久不明；而当送餐员推着餐饮小车过来时，关于你的茶里加牛奶和糖，或者要什么馅儿的三明治的问题，你们可能会交流不畅。当然，我也可以戴着助听器但将它们关掉，等到需要时再打开，这样它们就相当于普通耳塞。可是，如果它们没有起到真正的作用，我就发现自己对于塞在脑袋里的这两小团塑料感到特别敏感和心烦，这种感觉我忍受不了多久，就会将它们取出来。所以，通常情况下，只要我找到座位或是火车一驶出站台，我就会取下助听器。耳聋的唯一好处就在于，你似乎自然而然地与许多令人烦躁和不快的环境噪音（被助听器放大时，它们就变得更加令人烦躁和不快）隔离开来，因此不妨充分利用它好了。在火车上取下助听器有一种神奇的效果，犹如突然之间从普通车厢升到了头等车厢：车轮在铁轨上碾过时发出的金属声响被减弱成模糊而富有节奏的哐当声，而其他乘客的声音则变成轻柔的低语。

只有手机保持着自己的能力，可以骚扰哪怕是有听力障碍的旅客，一方面是因为手机的铃声，另一方面还因为那特别令人心烦的时断时续的节奏——人们隐约听到的通话中的一方说话时都是这样，正因如此，我才总是尽量坐在禁止使用这些设备的"安静车厢"。但让人吃惊的是，许多人对写有这种提示的牌子要么没有看到，要么视而不见，只是坐在那儿继续接打电话，而在他们座位上方的窗户上就贴着"安静车厢,请勿使用手机"的提示。由于同行的多数乘客都不敢干预,只是露出反感的神情,而手机使用者则全神贯注于电话另一头的说话人,对此当然一无所知,于是,给那些违反规定者提个醒的任务就常常落在我的身上。我并不喜欢这项差事,因为这会打扰我通过取下助听器而希望获得的宁静;事实上,我有时还重新戴上助听器,以备必要的时候理论一番。需要一定量的肾上腺素在体内奔涌,才能采取行动,并决定如何行动以及何时行动——是在对方刚开始接打时就干预,还是等到通话结束,或是由于对方似乎打算没完没了地煲电话粥,所以你在中途打断?对这类情形,我现在想好了一句话,"打扰一下,可你知道这里是'安静车厢'吗?"说话的语气要礼貌而私密,同时用手指一指窗户上的提示加以说明,可听到这话的人们的反应却大相径庭。有些人——通常是女性——会笑着点点头,一边安抚似的伸出一只手,仿佛承认自己不对但请求网开一面,一边却不以为然地继续着自己的通话;还有些人显然的确不知道自己是在"安静车厢",而且实在无法理解"安静车厢"的概念(在这个地方,一个人不可剥夺的大声私聊的权利居然可以被剥夺),于是用不解的目光瞪着你,直到明白是怎么回事,然后他们会在电话里向对方损你几句,再悻悻地挂掉电话,或者摆出一副受迫害的样子起身去另一节车厢。有一次,一个醉醺醺的男人威胁说,要把我该死的鼻子从我该死的脸上揍进去,再从我该死的后脑勺里揍出来。好在他还没有来得及试图将我的五官重新组装一遍,就呼呼大睡了。

不过,昨天的旅行平安无事,列车仅仅晚点了几分钟,从相对宁静的"安静车厢"出来，踏上熙攘喧闹的国王十字车站，我一时很不适应。我从地铁入口下到站台，搭乘城北线到伦敦桥，再换上一列开往布里克利的空着一半座位的通勤火车。火车里面到处都是涂鸦，用玻璃刀刻在车厢的窗户上，或者是用彩色记号笔乱画在三聚氰胺层压板上，外面还有喷漆的涂鸦——在你经过的车站里，在静静地停于侧轨的所有机车上，在俯瞰着铁路的楼房上，在墙壁、桥梁、楼梯以及锁着的车库的大门上，每一寸可以利用的表面都没有放过。我想，那花样百出的字体给伦敦东南部这片死气沉沉的地方增添了几分色彩，但是从语言学的角度看，我一向觉得它们不太有创意——大多是艺术家们的名字或笔名，很少见到睿智的警句或犀利的政治评论。我最后一次被一幅涂鸦逗得忍俊不禁是多久以前的事了？许多年前，我看过一幅现在想起来还觉得好笑的作品：在一个写着"随意张贴将被起诉"的牌子下面，有个家伙加了一句："比尔·博斯特斯没有罪"①。从布里克利车站的人行天桥走过时，我没有看到那么有趣的佳作。只是些名字、脏话或喝彩之辞，大多与足球队相关。

布里克利是伦敦的一个比较老的郊区，最初开发于大约一百年前，在地势平坦的地方，街道两旁都是清一色的联排矮小平房，而在山丘上，则是比较宽大的联排房屋和高耸的单体或连体别墅。这些房屋由颇有年头的伦敦的黄砖砌成，加上石头和灰泥的装饰，经过了多次翻新和改建，彼此间隔较大，延伸较远，它们现在仍然是

---

① 这两句话的原文分别是 Bill Posters Will Be Prosecuted 和 Bill Posters is innocent，其中，Bill Posters 既可以指张贴传单、海报的人，也可以是人名。

这一地区建筑的主体，中间穿插着一些二战后建成的比较新的红砖住宅区，那是为初次购买者准备的低矮的公寓楼和联排小屋。我出生于青柠街，爸爸仍然住在这里，但它并不属于那两个建筑时期。这是一条稍稍蜿蜒的街道，房屋都是建于两次大战之间的半独立式住宅，挤在一条主干道和铁路之间的高地上，街道的两头都只是通往主干道。靠铁路那边的房屋都有后花园，与一片特别高而宽的路堤毗邻，路堤上长着大小树木和低矮的杂草；我小的时候，住在那边的孩子们可以进入那片令我羡慕的非法的冒险乐园。我们家是四十九号，像街道这一边的所有房子一样，有一座人工填土抬高的小型后花园，被一堵很高的水泥墙围了起来。有一条公路从我家后面的围墙下经过，公交车驶过时，从一楼刚好可以看到车顶，尽管在花园里总能听到它们的声音。在我的孩提时代，两边的人行道上间隔交错地种有很多青柠树，这条街因此而得名，后来，由于青柠树上黏乎乎的树胶总是掉在汽车的车身上，车主们便发起一场抗议活动，使得那些树被移走，换上了花楸树。房屋之间由狭窄的胡同隔开，没有车库或车棚，所以，街道两边首尾相接地停满了车辆。我还是个孩子时，我们常常在路上踢足球或者玩板球，只是偶尔有汽车或货车经过时，才停下来让道，但现在已经不可能这样了。我每次回到布里克利时，刚从公路拐进青柠街，往事就会浮上脑海，我又成了那个穿着短裤的小男生，下午晚些时候放学回家，袜子耷拉在脚踝上，鞋子因为经常踢足球而受到磨损，盼望着在被喊回家吃下午茶和做作业之前再跟伙伴们玩一场。当年每次回家，我都觉得这是一条美好的街道，即使是现在，它也仍然比周围那一排排缺乏生气、颇有年头的房屋更漂亮，更温馨。房屋的外墙有一层嵌着卵石的灰泥，木饰上涂有各种斑斓的色彩，而整洁小巧的前花园里，则有灌木、花盆和碎石路。不过，四十九号如今看上去有些荒凉：女贞树篱需要修剪，木头门的底部在开始腐烂，通向前门的那一小段水泥路出现了裂缝和不平，缝隙里还长出了野草。爸爸还是坚持由自己来解决基本的维修问题，这就意味着大多数问题得不到解决，或者解决得不好。十年前，在一次手术后的康复期期间，他勉强同意让我花钱请人来将房子重新粉刷了一遍，但是我不敢再次这样提议，唯恐他搬出梯子想自己动手。

我按了门铃，发现不起作用后，便叩响门环，使劲叩了四下。爸爸的耳朵不好——不像我这么聋，但由于他不愿用助听器，也就差不多跟我一样聋，甚至比我更厉害。五年前，经过长长一连串劳神费力的争论之后，我终于说服他去做了检查，并配了一副国民健康保险的助听器，但他抱怨不舒服而且很麻烦，电池也总是没电，还呜呜地叫。没过多久他就不戴了。由于是独居，他没有太大的动力去坚持。自从界墙另一边的邻居抱怨他的电视机喇叭音量太大之后，他就戴着耳机听电视，他还有一部铃声特别响并且闪着小灯的电话。但是，由于听不见门环的叩响，推销员上门时他常常不知道，如果不是知道我要来，我可能会等很长一段时间才能让他打开前门。他准备开门的第一个信号是，门上圆形磨砂玻璃窗户后面的帘子掀开了。这是一幅他自己安装的厚厚的毛毡落地门帘，以便在冬天里挡风保暖。出于同样的原因，他将家里其他的多数帘子也都关着或者半关着，给原本又脏又乱的室内增添了几分阴森的气氛。

门开了。一个穿得像乞丐的老人朝我露出了笑容。

"你好啊，儿子，"他说，"总算是来了。"他站到一边让我进去，接着将头探到门外，不放心地朝路上看了看，仿佛害怕有图谋武装抢劫的罪犯尾随我而至，然后才关门放下门帘。我脱下外套挂到门边的衣帽架上时，他问，"路上怎么样？"

"还好。火车终于准点了一次。"我说。

"什么？"这个词在我们的对话中经常出现。

"火车很准点。"我大声说。

"用不着大喊大叫的。"他说，一边带我穿过过道，走进我们一贯称为餐厅的地方。可能是房产经纪人曾经这么介绍过，尽管它以前和现在都仍然是客厅，面积很小，我猜大概只有十三平方英尺。它在房子的后部，挨着厨房。前厅或"休息室"要稍稍大些，但在我小的时候很少使用，除非是节假日，尤其是到了冬天，因为再生一个炉子很麻烦。餐厅里的确有餐桌，我们多数时候在这儿吃饭，还有一个餐具柜，不过这里还有两把休闲椅、一张办公桌、一台收音机以及一台后来添加的电视机，这是我们作为一家人的主要生活区域。当年，爸爸总是在前厅练习萨克斯和单簧管。他每天上午晚些时候一定要练习一个小时，以保持指法的灵活性和准确性。他一遍遍地吹着，我觉得那像是些没有连贯曲调的零星的音阶和乐句，听起来简直让人受不了。我心里想，小时候我之所以没有认真尝试去学习一种乐器，没准这就是原因之一——似乎毫无乐趣可言。当我第一次听他在露天舞台上用中音萨克斯表演一支完整的独奏时，真是大开眼界。后来，通过听他的唱片，我对爵士乐有了兴趣，还幻想自己能把小号吹得像哈利·詹姆斯和迪兹·吉莱斯皮[①]那样棒。但是到那时，我在学校里成绩优秀，打算考大学，有成堆的作业要做，缺乏足够的动力去从有限的业余时间里挤出一点来上音乐课，所以我从来就不曾学过任何乐器；而现在，我有了大把的时间可以打发，却为时已晚，因为听力障碍已经剥夺了我从音乐中得到的绝大部分乐趣。

我想，对爸爸来说也是这样。他当然不再演奏，几年前已经卖掉了他的乐器——他的牙齿都掉了，手指还有关节炎——他也不像以前那样经常听音乐了。他的组合音响的转盘和盒式磁带播放机都坏了，他既不愿意换也不愿意修。去年圣诞节时，我提出要为他买一套带CD唱机的新组合，他竟然不可理喻地大发雷霆："你疯了吗？我要CD唱机干什么？你以为我想浪费钱去买一大堆CD吗？它们那么贵，依我看完全是瞎花钱，而我本来就有这么好的一套唱片！"（说着，他的手还朝那存放着不多密纹唱片的架子一挥）我说，好吧，那我就给他买一套带转盘的高保真音响。他却说："我该把它放在哪儿？我没有地方可以放任何别的东西了。"我说，您可以把它放在组合音响现在的位置。他又说："什么？你是说把我的组合音响扔掉吗？那可是我花一百镑买来的。"我就说，可它坏了呀，爸爸。他说："收音机还是好的。"尽管他其实从来不用那里的收音机，因为只要是把音量调到自己能听见，就会打扰到邻居们。他的厨房里有一台收音机，他总是把声音放得很大，连坛坛罐

[①]前者是美国小号音乐大师，后者是现代爵士乐的开山始祖。

罐都能震得响，另外他还有一台更小的便携式收音机，可以在餐厅或床上戴着轻便耳机听，多数时候是听谈话节目。他可能偶尔也听古典调频。在过去，他会坐下来，将他最喜欢的作曲家如埃尔加、拉赫曼尼诺夫、德留斯谱写的某首交响曲或协奏曲从头听到尾——都是浪漫主义后期的作品，他不喜欢莫扎特或贝多芬（"受不了那些该死的德国佬，太沉重了"）——并把它们录在磁带上以备将来之用，这种经济实用的方法让他很有满足感，不过，那种日子已经一去不复返了。现代爵士乐似乎再也激不起他的兴趣，尽管他的确喜欢关于20世纪40年代那些节奏强劲的乐队的怀旧的广播节目，比如本尼·古德曼、格伦·米勒、汤米·道尔西等。当然，他对基于电子吉他的摇滚乐和流行音乐嗤之以鼻，而且一直都是这样，因为这种音乐宣告了舞曲乐队这一行的结束，不过他对甲壳虫乐队情有独钟。他常常说，他们是真正的乐手。"都是你能听懂的动人的调子和歌曲，还有很好的押韵。"他最喜欢的一首是《埃莉诺·里格比》。

"您还好吧？"我们在壁炉两边的休闲椅上坐定后，我说。炉子里的电暖器开着一根电热管。尽管在妈妈最后一次生病期间，我不容分说地要他同意让我付钱装上了中央暖气系统，他却一直都不喜欢；为了节约，他多数时候都关掉家里的暖气，只在餐厅里用电暖器，因为只有在看到那橘红色的亮光，并感觉到小腿被烤得发烫，就像以前在煤炉旁一样时，他才会真正觉得暖和。

"什么？"他问。我能肯定他听得很清楚，但是像大多数聋人一样，他已经形成了一种习惯，每一次对话开始时，都要不自觉地说声"什么?"——我注意到自己有时也是如此。

"您最近怎么样?"我更大声地说。

他做了一个苦脸。"不太好。这些天来没有睡过一个晚上的好觉。"

"您该买一张新床垫。"我说。这是老调重弹,谈话又回到了那老一套,大致就像下面这样,还包括再三重复和提高嗓门:

"我的床垫挺好的。"

"我来付钱,爸爸。"

"不是谁付钱的问题。我有很多钱。"

"在结实的床垫上,您睡起来会舒服得多。"

"跟床垫毫无关系。是因为我的……那玩意儿。你们是怎么说的?"他朝自己的下身看了一眼。

"前列腺。"

"没错。昨晚我起了四次夜。"

"您去找医生看过吗?"

"老西蒙兹吗?哦,是的。他说可以做手术。我说不用了,谢谢。"

"哦,我很理解,爸爸。"我试着开了个玩笑,"我想这会影响您的性生活的。"但是他没有听见,我也不想再重复。

"他给了我一些药片,"他说,"我猜大概是收敛药。你知道,用来收缩……那玩意儿。好像作用不大。"他闷闷不乐地摇了摇头。接着,像往常那样,他又想起了一件可以让自己高兴起来的事情:"不过,我已经很知足了。就说埃里克吧,他的情况刚刚相反。"埃里克是一位远房表亲，几年前就去世了。"他根本就尿不出来。他们只好赶紧把他送到医院，把一样东西插到……"他模仿着插导尿管的动作，脸上还显出难受的表情。顿了片刻，他温和地说："好吧，哪天我会买一张新床垫的。不用急。"

我再也按捺不住自己，又说起了他的衣服。"在我们出门之前，我希望您换一下衣服。"

"我当然会换！"他生气地说，"你该不会觉得我会穿着这一身出门吧？"我的确没有这样想，可他在家里穿成这样一副穷酸相让我很心烦，这也许是因为作为亲人，我们之间的相似之处非常明显。他仿佛是在向我呈现出一幅我自己的滑稽形象。我们两人都是又高又瘦，高高的肩膀耷拉着，脸上皱纹很多，下巴很长，所以，看到他这身参加篝火之夜般的穿着，就如同看到了我自己二十多年后穷困潦倒的模样。他穿着一条脏兮兮的高腰裤，布料是厚实的格子粗花呢，因为各种各样的污垢和斑渍而变得硬邦邦的，我设想他脱下来后简直可以让它直挺挺地站在卧室的角落。他的上身套着一件很脏的米色开襟羊毛衫，两只袖子上的肘部还有破洞，里面是一件很旧的格子衬衣，最上面的两颗纽扣也掉了，露出他瘦精精的喉结和一小片淡黄色的贴身背心。我知道，大概除了这件背心之外，其他衣服都不是他早就拥有并穿旧的，而是最近才在慈善商店和旧货甩卖时捞来的。他的脚上趿拉着一双破旧的软拖鞋，后跟都磨塌了。

"哦，我不明白您干吗要穿成这样，"我说，"别人还会以为您根本没有像样的衣服。"我知道，他在楼上有两个衣柜，装满了体体面面的好衣服。

"我在家里穿得正儿八经的干什么?"他忿忿地说,"在这里,我一连几天都见不到任何人。"

这是在含蓄地乞求同情,而且不无效果,但我还是不想让步。"您知道今天早上会见到我。"我说。

"这不一样,"他说,"再说,我还在干活儿呢。"

"什么活儿?"

"给炉灶做清洁。"

"干得怎么样了?"

电烤箱灶是新买的,但并不是新电器。我曾经提出为他买新的,可他一如既往地坚持要从路边的商店里买回一台翻新过的灶具,那种商店常常把大型家用电器摆在外面的人行道上,还有手写的广告吹嘘价格如何低廉。价钱当然便宜,但是没有使用说明书,我也无法帮他弄到一份,因为厂家已经停止生产这种型号了,所以自从买来之后,他就一直在费力地琢磨怎么使用那些开关。烤箱的操作尤其不容易,食物有时被烤焦了,有时又根本没有熟。

"还行,"他一边说,一边有些心虚地笑了笑,"我几乎要战胜它了。"买来这种不适用的灶具,他除了自己怪不上任何人。因此,他就把它想象成一位不知怎么居然自行闯入他家的狡猾对手,他得跟它斗智斗勇。"不过我刚刚以为弄明白了,结果又出了个小问题,"他说,"我发现如果关上盖子,烧烤架就不工作了。"

"是呀,关上盖子就变成了又一个烤箱,"我说,"我告诉过您的,爸爸。"

"在我这把年纪，告诉我没有用，你得写下来才行。"他说。

"好吧，我会给您写几条基本的操作方法。"我说，"您干吗还不去换衣服？"

趁他在楼上的时间，我走进厨房，就烤箱灶的使用写了几条方法。它看上去脏透了，像整个房间一样，里里外外都是油污，他有过几次试图擦洗一下，但是没什么效果。旁边的福米卡台面上有一圈圈烫痕，是平底锅留下的，他把锅放下来时，肯定是差不多火烫火烫了，电热板上方的墙面上有一大片烟熏的黑印，显然是锅里的油着火所致。我打开冰箱，发现里面满是七零八碎的食物，有生的有熟的，用防油纸和锡纸包着，有些快变质的我就扔进了后门外的垃圾桶里。一种巨大的绝望感和无助感向我袭来。很显然，爸爸不可能永远这么独自生活下去，他迟早会要么把自己烧死，要么把自己毒死。但他绝不会心甘情愿地离开这所房子——而且话又说回来，他该去哪儿呢？

当他下楼时，简直像换了一个人，上身穿着一件杂色海力斯粗花呢夹克，里面是干净的条纹衬衣，还打着领带，下面是灰色精纺毛料裤。夹克的翻领上沾有一点食物，但是我对自己说，不能要求太高。他的脚上穿着一双锃亮的棕色拷花皮鞋。他稀疏而灰白的头发从前额整齐地梳向脑后。"棒极了，"我一边赞赏地说，一边装出摸布料的样子，用指甲刮掉他的夹克上那点变干的食物。

"现在你可买不到这样的料子了，"他说，"我是在伯顿斯花五镑买的。当时可是一大笔钱。"

"您想去哪儿吃午饭？"我说。

"老地方。"他说。

"不想换个地方吗？"

"不用。"他说。

老地方就是本地塞恩斯伯里超市的自助餐厅。建议换地方只是一种象征性的姿态：我已经不再打算劝他去别的地方了。附近一带大多是些他"碰都不愿去碰"的印度餐馆或中国餐馆。有一次，我好不容易哄他去了一家意大利餐馆，但菜单上的价格把他吓坏了，他还说自己不喜欢饭菜中的大蒜味和橄榄油味。在吃饭过程中，他一直都是满脸的别扭和不高兴，于是我再也不做这种尝试了。至于酒吧，在他看来是喝啤酒而不是可以吃上热乎乎的正餐的地方，而他早就戒了酒，因为他觉得喝酒会加重他的前列腺问题，而就算在那儿吃饭，被一帮令人羡慕的开怀畅饮的人围着，他也不会开心。就这样逐项排除，到头来我们就总是会去塞恩斯伯里的自助餐厅。

"那好，我去打电话订座。"我说，但是这句玩笑他又没有听见，我也没有重复。

"什么？"

"我打电话叫出租车。"

有一段时间，他总是强烈反对这种奢侈的行为，但是近来，他勉强同意去程让我花钱叫出租车，条件是回来时乘公交车。像往常一样，他说："先来一杯雪利酒？"我也像往常一样同意了。我并不喜欢他的廉价雪利酒，像糖浆一般甜丝丝的，但塞恩斯伯里的自助餐厅不卖酒，而我需要一点酒来帮我熬过这顿午餐。我们喝完雪利酒后,我给本地的出租车公司打了电话,他们说五分钟就到,而五分钟后,爸爸像往常那样觉得在出门前得再去一趟厕所。他在楼上的时候,我趁机又偷偷地喝了一杯雪利酒,其实是一小杯,但是就像我担心的那样,还没等他穿上外套戴好帽子,出租车就在屋外按响了喇叭,宣告自己的到来。接着,他找不到钥匙来锁门。出租车不耐烦地又按了一下喇叭。我往外看去,发现由于街道两边停满了车,它堵住了狭窄的通道,阻挡了另一辆车的通行。我走出门去,叫司机在街区里转一圈,两分钟后再回来。他咕哝了一句我没听清的什么话,然后疾驰而去。我相信我们十有八九不会再见到他了。我回到门厅,门厅里挂着几件外套和夹克,爸爸正在那些衣服的口袋里慌乱地摸索着。"您的厨房里不是有个用来挂钥匙的钩子吗?"

"不在那儿。"

我走进厨房,发现钥匙就在挂钩上。"给您。"我一边说一边递给他。

他如释重负,脸色顿时放松下来。"谢天谢地。它们在哪儿?"

"在厨房的钩子上。行了,我们走吧。"

出租车司机回来了,从那辆红色旧本田的车窗里不悦地看着我们,我连忙扶爸爸坐进后排。随着一阵刺耳的轮胎摩擦声,我们出发了,在滑溜溜的塑料座位上东摇西晃,很难坐稳地前行。

"我敢发誓我看过那个钩子,可它们不在那儿。"爸爸说。

"别管它了,爸爸。"我说。

"我关电暖器了吗?"他疑惑地问。

"是的，是的。"我说，虽然我也记不清他是否关了。我实在无法再叫司机开回去。而且我闷闷地想，如果房子烧毁了，也许倒是解决了如何让爸爸离开那儿的问题。

塞恩斯伯里超市是一座新建的大型超市，建在铁路附近的棕色地带①。自助餐厅干净而明亮，一边与商场里堆满货物的长廊隔离，另一边俯瞰着一个很大的停车场。我得承认食物还不错，而且特别实惠。你占好一张有编号的福米卡台面的桌子，然后拿着托盘排队，从放在柜台上的餐盆里取你需要的凉菜，付账时再点热菜。在餐厅里服务的多是些开朗和气的女人，过了一会儿——等候时间的长短取决于客人的多少——其中一位会把热菜送到你的桌上。柜台后面的墙上张贴着各种供应菜品的色彩鲜艳的照片，爸爸总是要看上好一会儿再开始排队：对他而言，这是一次很大的享受，他决不想因为菜点得不好而浪费了机会。他通常是点牛肉腰子派配两种蔬菜，或者是炸鱼和土豆片，加苹果派和蛋奶布丁。我们两人这顿饭的全部开销可能还不及沙威酒店②一道开胃菜的价钱。

餐厅里的其他客人中，既有本地高级中学的学生，也有带着婴幼儿的年轻妈妈，还有在这里午休的本地店员，以及一些长期失业的人，在他们眼里，我们俩肯定显得很古怪。这是一个多种族的工人阶层生活的区域，人们穿得很随意，一派格郎基式现代风

---

① 城市里原来存在的建筑物如化工厂、农药厂等污染企业的旧址上用于重新建设的地方。
② 伦敦一家著名的高级餐厅。

格[①]：一层层印有醒目商标的化纤衣物，有着雕花厚底的巴洛克式休闲鞋。我非常后悔上午早些时候批评了爸爸那不修边幅的衣着，以至让他转而穿得这么讲究。我自己一贯都穿得很正式，对那种敞开领口的时髦穿法从来都不自在，总是打着领带，穿着夹克或者我昨天穿过的那件海军蓝休闲西装。我觉得我们两人显然都穿得太一本正经，不适合这种场所；仿佛我们原本打算去沙威酒店，却发现没有带够钱，于是只好将就着来到塞恩斯伯里的自助餐厅。

爸爸飞快地、大口大口地吃完了饭，然后靠回到椅背上，满足地吁了一口气。他一边喝咖啡，一边开始回忆往事。像所有听力不好的人一样，他发现自己说比听别人讲要容易，而我也乐意由他去。他所有的故事我以前都听过很多遍，所以我不用太专心也能知道他讲到了哪儿，并适时地回应几句。有什么东西——可能是外面刚刚飘起的、将停车场的柏油路面淋湿变暗的小雨——使他想起了战争结束时从印度返回的情景，那是在空军的一支小型乐队服役九个月后，他退伍归来。在一遍遍重复这个故事的过程中，他的措辞渐渐变得流畅而优美。"我们在南安普顿下了船，然后乘火车前往伦敦。当时下着小雨，但我们毫不在乎。那是可爱而轻柔的英国的雨啊，乡村看上去绿油油的！我们已经好几个月没有看过绿色了。只有灰尘。'灰尘、唾沫和蜘蛛，那就是印度，'就像亚瑟·雷恩常说的那样，'如果印度人想独立，那就让它去好了。'沿汉普郡一路的田野和树木是那么苍翠，简直令人难以置信，就像久渴逢甘霖，

[①]指与格郎基摇滚乐相关的时尚，如宽松、多层的衣服和破洞牛仔裤等。

我们仿佛想畅饮英国一般，对那景色百看不厌。火车行进时，我们把头伸出窗外，被雨淋得透湿，却毫不在乎。亚瑟·雷恩——相信亚瑟——他还打开了我们那节车厢的门。你知道，当时的火车有独立的车厢，各自都有门。他把门大敞着，自己坐在地板上，将脚伸出去悬在车轮上方，目不转睛地望着田野，说：'难以置信，真他妈的难以置信！'"想到那一幕，爸爸呵呵笑了。亚瑟·雷恩是爸爸战时主要所在的乐队的鼓手，是爸爸的许多奇闻轶事中的主角，因为他的冷幽默和独立的个性而受到爸爸的赞赏。我跟这位传奇人物从未谋面，但是我见过他和爸爸的一张合影，两人穿着宽大的卡其短裤，满脸笑容，眯缝着眼睛望着印度的太阳的强光，又高又瘦的爸爸将手搭在又矮又胖的亚瑟的肩上。

接着，爸爸脸上的笑容消失了，他叹口气，摇了摇头。"可怜的老亚瑟，"他说，"已经死了。死了多年了。我跟你说过吗？"

"没有。"我撒了个谎。

"唉，是癌症。"说出这个可怕的字眼时，他压低了嗓门，一边模仿着抽烟的样子，"肺癌。亚瑟的烟瘾一直很大。即使在敲鼓的时候，他也总是叼着烟。"

"战后你们还保持联系吗？"我问，像是在为一位喜剧演员提台词。

"我们以前经常在射手街见面。"他说，提到了皮卡迪利广场后面那条冷清的小街，早在迪斯科舞厅抢走舞曲乐手们的生计之前，他们每周一下午都会在那里集中，安排演奏会，结算债务或者彼此闲聊。"但射手街萧条之后，我就跟他失去了联系。我听说他不干音乐这一行了,像许多人一样找了份白天的工作。后来,有一天,我想,给他打个电话吧,看看他过得怎么样。我也不知道是为什么。我猜是想到了过去的时光,我只是想再听听他的声音。是他妻子接的电话。我从没见过她,但我听得出她的声音。我说:'我是哈里·贝茨,亚瑟在家吗?'她久久没有说话。起初我还以为电话被挂断了。但接着,她说:'亚瑟八年前就去世了。'哎呀,我一下子目瞪口呆。亚瑟死了那么久了,我竟然还不知情。而且他的年龄比我还小。"他噘起嘴唇,又摇了摇头,"我以前认识的那些干这一行的人,如今还在世的已经不多了。"

"是呀,您熬过来了,爸爸。"

"嗯,我会照顾自己,对吧?那阵子那样咳嗽后我就戒烟了——还记得吗?我也从不喝酒,不是你说的那种喝法。喝点儿啤酒,没错,但是不喝烈性酒。"他模仿着用食指和拇指擎着一杯烈酒送到唇边的动作。"烈酒让许多出色的乐手丢了性命。当俱乐部里的某位客人或者犹太人婚礼上的老者拿酒招待乐队时,多数人都会来双份威士忌,可我总是只要半杯苦啤酒。威士忌喝多了会上瘾的。"接着他很郑重地加了一句,"我希望你不喝威士忌。"

"很少喝,"我说,"我喜欢的是葡萄酒,您知道的。"

"是啊,嗯,我不介意偶尔来一杯甜味白葡萄酒,但不是你所喜欢的那种酸酸的红酒。"

"别担心,爸爸,圣诞节我会为您弄点儿莱茵白葡萄酒。"

他用潮湿的眼睛望着我:"这么说,圣诞节我要去你那儿了?"

"当然要去。您总不能自己一个人过节。"事实上,接爸爸去过圣诞节是令我最为头痛的事情。圣诞节本来已经够麻烦了，还要腾出额外的精力去照顾他，并尽量协调他与弗雷德以及弗雷德的妈妈之间不可避免的摩擦。但是，整个节日期间把他一个人孤零零地留在伦敦，那种愧疚让我更加无法忍受。

"我不确定一路上是不是受得了。"他说。

"像以前那样，我会开车来接您。"我说。

"可我几乎每半个小时就要小解一次。"他说。

"一号高速的沿途有很多汽车餐馆，"我说，"而且我们可以在车里放个瓶子应急。"

"什么？"

我环顾四周，看看是否有人坐在我们附近。好在午餐的高峰时段已过，其他的桌子多数都是空的。"您可以在车里放个瓶子。"我提高嗓门说。

"哦，好极了，"他没好气地说，"如果我们堵车了，其他车上的所有人都透过窗户看着我，该怎么办？"

"那您可以用毯子遮着。"我烦躁地说，"话说回来，您也不像您自己说的那么严重。我们来这儿之后，您还没觉得要去嘛。"

"现在就要去了，"他说，并站了起来，"我那杯茶已经流到位了。"这种话让弗雷德听了会很不舒服，而她妈妈则更加受不了。

我们两人都去过洗手间之后，便来到货架旁，帮爸爸挑一些食品杂货。他虽然知道我会在收银台付钱，但还是坚持买最便宜的东西——便宜到很多商品上面根本就没有商标：罐装烤豆上只有一个简单的白色标签，用黑体字干巴巴地写着"烤豆"；长条切片白面包的简陋塑料包装袋上只是印着"实惠白面包"。他们甚至还有瓶装的"德国莱茵白葡萄酒",标签上毫无关于产地的信息,价格不到两镑。我们拎着几个鼓鼓囊囊的购物袋出来时,毛毛雨变成了下个不停的大雨,我正好以此为借口,拦住一辆刚刚下客的黑色出租车,还没等爸爸来得及反对,就把他推进了后座。他的眼睛一路上紧盯着计价器,数字每跳动一次,他就无法相信地咕哝几句,当我把钱付给司机时,他移开了目光,仿佛这是一桩见不得人的交易。

回到家后,爸爸用一条丝手帕蒙住眼睛,坐在电暖炉前的扶手椅上睡着了。我也打了个小盹,但是比他先醒,也没有惊动他。说实在的,如果能够陪着他而不用通过说话尽孝,这样的时间越长我越乐意。他躺在椅子上,仰着头,张着嘴,仿佛呼吸很困难。他的确是熬过来了。战争爆发时,他很聪明地以乐手的身份自愿到空军服役,而不是等着被招募去从事某种可能更危险、也显然不太合意的工作。在东盎格鲁机场,他随军乐队在那些因训练事故而丧生的年轻飞行员的葬礼上演奏,到了晚上,则在舞会和国家娱乐服务协会的音乐会上演奏,招待那些去德国完成轰炸任务归来的英雄——他们中有一半的人将来可能一去不复返。后来他被派往设得兰群岛,当时可能是不列颠群岛上最安全的地方,他从那里寄给我——他三岁的儿子——一些漫画般的素描,画的是他自己在钓鱼和打高尔夫球,还有困惑的羊群在一旁注视着。战争的最后一年,他们的乐队被派到印度,那又是一个无战区。在孟买,他拒绝了别人用军用飞机捎他回家的好意,尽管这意味着更快地退役,而始终乘火车和轮船旅行，终于完成了在皇家空军六年的兵役，却没有上过一次飞机——他不无理由地认为，飞机本质上是一种很危险的交通工具。在和平时期，他也从来没有乘过飞机，尽管停在地面上的倒是坐过几次——在航空公司的电视广告中扮演乘客。他是个适应能力很强、很有智慧的人，克服了自己不利的背景，灵活地顺应环境的变化。年少时，他是一位天资聪颖、基本上自学成才的小提琴手，十四岁离校工作，成了一名勤杂工，并对爵士乐有了兴趣，这种音乐不太适合小提琴（斯蒂凡·格拉佩里除外），于是他开始自学吹奏萨克斯和单簧管，通过夜间在舞会上演出来补充他作为勤杂工的收入。后来又成为职业乐手，在夜总会、乐池、电台的大乐队演奏，或者用很符合20世纪30年代欣赏品味的动听的男高音在广播里演唱抒情歌曲。战后归来，他发现低音歌手正风靡一时，便趁着曼托瓦尼让小提琴这种乐器重受欢迎之际，吹掉自己琴上的灰尘，为晚宴和婚礼招待会演奏棕榈阁背景音乐，之后又学会了为交友舞会演奏里尔舞曲，还与自己的四重奏表演组在西区的一家夜总会有了稳定的工作，一干就是好几年。夜总会倒闭后，他想重回演奏会上表演，却发现演奏会已经少之又少，于是弄到了一张演员协会会员证，找了一位经纪人帮他联系白天在电视和电影里当临时演员的差事。他仍然时不时地会在电视上重播的那些很老的情景喜剧中看到自己，便打电话问我是否看到，而我总是假装看到了。

他还是个在其他方面也兴趣广泛的人——一阵一阵地。在他人生的不同时期，他总是有某种爱好或消遣，能够耗掉他所有多余的时间和精力，直到他突然失去兴趣，任其搁置下来，有时在多年后又重新拾起。有很长一段时间,他迷上了高尔夫——由于他夜间上班,工作日的下午却有空闲,而这时城里的球场上人不太多,所以对他而言这是一种很方便的娱乐。不过尽管他很努力,一练就是几个小时,而且认真研读高尔夫指南,却从来没能把对方让出的杆数[①]降到个位数,后来他的关节也开始捣乱,于是他放弃了这项运动。接着是海钓,他总是在白天去布赖顿的西码头钓鱼,直到码头被烧毁,那场灾难使他非常难过,似乎彻底打消了他对于那项活动的热情。然后是收藏古玩,他在本地的二手商店和跳蚤市场到处搜罗,寻找看起来值钱的小玩意儿(因为家里放不下大东西),还仔细查阅图书馆的书籍,想弄清它们的年代和价值。再后来就是炒股。然后是书法。接着是油画。他总是借助图书馆的书籍和杂志自学这种种技能,或是向更有经验的老手咨询和了解。至于上培训班,比如说参加绘画班,他觉得想起来就讨厌。他是一位天生的自学成才者。也许正因如此,他才从来没有真正地出类拔萃,不管是在音乐上还是在他的休闲活动中,但对他职业上的多才多艺和兴趣爱好的广泛,我则十分敬佩,相比之下,我自己的生活则显得单调,专业也很狭窄。

所以,想到他现在的情形,想到他不再拥有这些令他充满活力的兴趣,就尤为令人心酸。如今他只有一种爱好:攒钱,关注价格,在衣食住行上精打细算。问他攒钱干什么,或者跟他说就算他大手大脚一些,他的钱也可能根本就用不完,而即使用完了,任何

[①] 指为了使实力悬殊的赛手得以进行比赛而向一方让出的杆数。

必要的资助我也会提供,都是白费口舌。事实上,他往往把这些话当成不近人情的暗示,以为是说他的日子已经不多——客观而准确地说,这当然是不假,但并不是我想表达的意思。我之所以自私地让他在扶手椅上继续打盹,原因之一就在于我心里明白,我们还没有触及这个敏感的话题,而在我必须离开之前,可以用来谈这个话题的时间越少就越好。我知道,在我身后的办公桌抽屉里,乱糟糟地塞满了各种陈旧的账单、银行对账单、纳税申报表、股票、国民储蓄券、支票本的票根、付款簿、建房互助协会的存折、有奖债券的存根以及其他一些天知道是什么的玩意儿,而等他醒来时,他几乎肯定会从这堆财务垃圾中翻出什么东西来询问我的意见。果然,他一觉睡醒之后,喝杯茶提了提神,然后走到桌前,拿出几封与国民储蓄券有关的信件。

"北边那个女人总是缠着我,要我再买些储蓄券,"他说,"她是怎么回事?"

"我猜这些信不是她亲手签的字,"我说,"都是电脑打印的。"我看了看那些信,都是些格式信函,上面印有位于达勒姆的国民储蓄券发行总部的商务官员的签名。"您买的储蓄券有几种已经到期了。他们想知道,您是想兑现还是再买新债券。"

"我就那样留着不行吗?"他说。

"嗯,也可以,但那样的话,挣的利息就比新的要少。"

"可如果买新债券,我就得再等上五年,它们才能……你们是怎么说的……"

"到期,是的。"

我们默默地考虑着一种可能性：他也许活不了那么久，享受不到借给政府的钱的累积利息了。

"我想还是那样留着吧。"他说。

"您干吗不把它们兑现，然后犒劳点儿自己什么？"

"什么？"他说，这一次的意思不再是你说什么？而是犒劳什么？

"我也不知道……租一辆高级车送您去布赖顿。"

"别在那儿瞎胡说了。"他说。

"您一直都念叨想念大海。您可以在码头边钓鱼。"

"我试过一阵子。跟以前的西码头完全不一样。你得走好几英里，才能找到一个抛鱼钩的地方。然后为了找厕所又得往回走好远。"

他显然觉得，对我那不靠谱的建议，这是个强有力的反驳理由，而我也没有再争下去。

"您肯定有自己想干的事儿。"我说。

"不，我没有。"他情绪低落地说，"我已经过了那个年龄了。如果晚上能睡个囫囵觉，而不需要起来三次以上，如果早餐后在厕所里能顺畅地解决问题，如果能好好地做顿饭而不把什么东西烧坏，如果电视上有什么值得看的节目……那就是我最大的希望了。那就算是过得好了。"

对此，我想不出任何可以使他振作的话。

"听我的建议吧，儿子，"他说，"千万不要老。"

"可我已经老了，爸爸。"我说。

"还不是我说的那样老。"

"我已经退休。靠养老金过日子。我有老年人铁路卡和公交卡。

晚上我总是得起来至少一次。而且我聋了。"

他脸上浮起一丝淡淡的笑容。"是啊,你那对耳朵的确不大管用,对吧?"他说,"我注意到了。我不明白你怎么会这样?我在你这个年龄,耳朵可好着呢。"

在表明这方面胜我一筹之后,他的情绪好了起来。"下午茶你想来点儿什么?"他说,"我们可以弄些烤豆,再加点儿培根。"

我看了看手表。"我一会儿就得走了。"我说。

"干吗不住一晚呢?你房间里的床都已经铺好了。"

"谢谢,不用了,爸爸。我明天还有很多事情。"这是撒谎。

"哦,先吃点儿什么再走吧。"

我说行,但是要让我来做,并给他示范怎样使用烤箱灶里的烤架。

"没必要,我已经弄清楚了。"他说。

但是为了保证食物不至于难以下咽,我坚持要动手,他只好咕咕哝哝地勉强同意了。

我离开的时候是六点左右。在狭小的门厅里,他看着我在低功率的灯泡下穿上外套,然后撩起前门的毛毡帘子让我出来。我们握了握手,我感觉到他那曾经演奏音乐的手指凉凉的,软软的。"嗯,再见了,爸爸,"我说,"您保重身体。"

"再见,儿子,谢谢你来看我。"他几乎是慈爱地朝我笑了笑,并站在门口,直到我走出院门。我最后一次向他挥手致意,然后带着既愧疚又轻松的心情朝车站走去。义务完成了。

5

11月5日。照顾爸爸的责任重重地压在我的心头,因为我没有人可以分担。我是父母的独生子,而他们自己也没有兄弟姐妹。我和爸爸几乎没有一直保持往来的亲戚,住在伦敦的就更不用说了。从他母亲一系来说,他有两位上了年纪的表姐妹,已经退休,分别住在德文郡和萨福克郡,我们之间只是互寄圣诞卡而已。我自己的孩子们偶尔也去看望一下爷爷,但他们住的地方离伦敦有段距离,而且各自都有忙碌的生活。他几乎也没什么朋友。那些从事音乐这行的朋友要么已经去世,要么失去了联系;他也从来没有所谓的社交生活。工作就是他的社交生活,他工作时,我难得地见过几次,从中知道就是这样:演奏的间隙在舞台上跟同伴说说笑话,在夜总会里与顾客聊聊天,总是爽朗地笑着,或者微笑啊,握手啊,因为正如他曾经跟我解释过的,人们希望舞曲乐手就该如此。"客人们出来就是为了享受,他们喜欢你看上去也是很享受的样子,即使你觉得很痛苦。"因此,在不工作的时间里,他不想要任何社交活动,而只想打打高尔夫、钓钓鱼或者从事其他的某项爱好。他上班的时间正是一般人享受闲暇的时刻,如果他碰巧晚上在家,则是因为没有演出或者稳定的工作，所以也就不会有心情出去花钱。即使在星期天，他也常常在犹太人的婚礼或成年礼①上演奏。妈妈是这种生活方式的最大受害者，她几乎没有什么社交，从事的工作也很单调，在本地一位建筑商的公司里拿一份很低的薪水，当了大约二十五年的职员。她在这条街上有些朋友，但从她去世之后，她们多数也都去世或搬走了，而爸爸与大部分邻居仅仅是点头之交，只有住在隔壁那套半独立式住宅的巴克夫妇除外——巴克先生是铁路上的职员，已经退休，与他妻子在这里生活了约三十个年头，他对他们谈不上喜欢，但是很信任。住在胡同栅栏另一边的那家人是锡克教徒，他与他们保持着礼貌而冷淡的关系。事实上，他在青柠街非常孤独，除了医生和抄电表的工人之外，如今我可能是唯一跨进他的门槛的人。这是一种孤单落寞、无依无靠的生活。该怎么办呢？前天晚上回自己家后，我跟弗雷德谈起了这个问题。

我乘坐的出租车拐进瑞克特里路九号的碎石车道时，十点半刚过。像每次看望爸爸归来时那样，一走进前门，我就感受到一种强烈的反差，一边是我刚刚从其中返回的狭小拥挤、阴暗脏乱的半独立式房屋，另一边则是布局现代、装修精美的摄政式风格的豪宅——这是我现在的家，刷过油漆的地方光亮照人，地上铺着长条木地板，玉兰木的墙上挂着漂亮的现代派绘画和版画，还有高高的天花板和雅致的旋转楼梯，舒适的、风格现代却不张扬的家具，长

---

① 为十三岁的犹太男孩举行的成人仪式，以示开始遵守宗教戒律并参加公共礼拜。

毛绒地毯，以及轻触按钮就可以自动开关的艺术化窗帘。室内的空气很温暖，但闻起来很清新。

　　作为离婚时所分财产的一部分，弗雷德得到了这幢房子的所有权，并把对它的改造扮靓当成自己的主要爱好，到德珂装饰开张之后，这里又变成了她工作的延伸，成为新点子的实验室和吸引潜在客户的广告。我和梅茜是在一栋现代的、有四间卧室的独立式房屋里养大了我们的孩子，那里还算方便，但是非常单调，所以与弗雷德结婚时，我欣然将它卖掉，搬进了弗雷德的房子，卖房子的钱则用来支持弗雷德雄心勃勃的改造工作。三个楼层为我们双方的孩子——我有两个，当时一个正在读大学，一个即将上大学，还有她的三个——提供了足够的卧室。如今只有我们两个人，这幢房子大得有些奢侈，但在圣诞节或类似的情形时，弗雷德喜欢举办大型聚会，或者让一大家子人回来团聚。另外，她总是强调，宽敞的生活空间是她所追求的享受：有人喜欢跑车或游艇，或者喜欢在多尔多涅有第二个家，可她宁愿把钱花在自己可以每天享受的生活空间上。

　　我把外套挂在门厅，叫了一声"弗雷德！"，好告诉她我回来了，并不出所料地发现她在客厅里。灯光被调得很柔和，炉格里的燃气炼煤闪烁着，迎接着我的归来。弗雷德盘腿靠在沙发上，正在观看电视上的《晚间新闻》，我瞥了一眼，看到身着战地服装的士兵们在中东的一条满是灰尘的街道上巡逻，她马上用遥控器关掉了那个画面。我走到沙发旁，她扬起脸让我吻了一下。

　　"想看就接着看吧。"我说。

"不看了,亲爱的,太令人郁闷了。巴格达又发生了一起自杀式爆炸事件。"

我坐到一把扶手椅上,脱掉鞋子。弗雷德说了句什么,我没有听清,我猜跟新闻有关,是呼哨什么的。"怎么可能用呼哨自杀呢?"我问。看到她的表情,我就知道弄错了。"等等。"我说,连忙在口袋里寻找助听器,我在火车上将它们取了出来。戴上耳塞后,我发现有一只已经打开。"你说什么?"

"我说你的助听器在呜呜叫,亲爱的。或者说刚才在呜呜叫。"

"这玩意儿有一个我肯定是忘了关。要不就是它不知怎么自动打开了。我怀疑它们有时就是这样。"

"出去这一天怎么样?"她的语气很同情,但是那呜呜叫的助听器提醒着我的疾患,它所带来的那份丢脸犹如虫子蜇过似的,让我隐隐感到不快,从而减小了回家的喜悦。耳聋啊,你的螫刺在哪里?[①]答案是:无处不在。也许正因如此,我把爸爸的情形说得更严重——通常情况下我不会这样。我描述了他家里的状况,特别是烤箱灶和冰箱。

"他再也不能一个人这样过下去了。"我总结道。

弗雷德满脸严肃。"嗯,亲爱的,我不想显得铁石心肠和不近人情,但是我得说清楚——他不能跟我们住在一起。"

"我知道。"

"我完全招架不了。如果是圣诞节,还有一年中其他几次,我

[①]原文为 Deaf, where is thy sting? 是"我"对一首著名的赞美诗"Abide with Me"中的句子 Where is death's sting?(死亡的螫刺在哪里?)的误引或戏仿。

还可以凑合,但是不能让他长期住在这儿。"

其实我也有同感,但是我很感激弗雷德准备把这个决定的坏名揽到自己身上。"话说回来,他也不会愿意。"我说。这是事实。在弗雷德的家里,爸爸总是觉得不自在。宽敞的房间和高高的天花板让他感到不安;它们让他担心有风,并且一想到巨额的电费单就害怕。有一次,他居然一本正经地建议弗雷德将客厅分隔一下,可以从天花板上垂下一个毛毡大帘子,在壁炉旁边隔出一间小起居室;我想,大概是她的天鹅绒窗帘的电动滑轨让他有了这个念头。他自己那个乱糟糟的小窝挤满了家具,只需走上三四步,就可以从门口到达房间最远的角落,但是在那里,他确实觉得比在这间布局大气、装设奢华的大客厅里更加舒服。

"可我们该拿他怎么办呢?"我问。

"你得找家养老院什么的。"

"你是说在这儿?"

"他愿意搬到这儿来吗?"弗雷德怀疑地问。

"如果按他的意愿,那他哪儿都不会去,"我说,"但这样更合理。我们照看他可以更容易,偶尔还可以叫他过来吃顿饭。"

"是你可以,亲爱的,他是你的爸爸。"弗雷德说,"当然,这里随时都非常欢迎他,但是得由你来侍候他。你知道我有多忙。"

我设想着那种情景——爸爸每天跑来聊聊天,或者更准确地说是发发牢骚——我考虑了几分钟,不太愿意接受。可是另一方面,我也厌倦了每隔一段时间就去伦敦看望他一趟,就算我能在伦敦找到一家养老院,去那里看望他也不会轻松多少。

"我想，我可以先了解一下有哪些，"我说，"等他圣诞节来这儿时，再带他去一些地方看看。它们的费用我一概不知，你知道吗？"

"只要是像样的都很贵，"弗雷德说，"可如果他卖掉房子，应该可以管上好几年。"

我试着想象自己去说服爸爸接受这种安排，用他日益减少的资本过潇洒的生活，但想象不出来。

"那几年之后呢？"

"如果必要的话，我们可以承担。"很显然，她认为没有这种必要。"提到圣诞节，"她说，"节礼日① 我想在这儿举办一个大型聚会，把朋友、邻居和客户都邀请过来。提供自助餐和酒水。"

我设想着那种情景——这个舒适、宁静的房间挤满了人，大家笑吟吟、汗津津的，在朗巴德反射效应中拼命地提高嗓门——心里不由得暗暗叫苦。"头一天还要忙圣诞大餐，对你来说不是太辛苦了吗？"我想找个可以接受的反对理由，便这样问道。

"我们会请人操办。雅姬认识一些亚洲人，他们不介意在圣诞节工作。她说他们做的泰国咖喱和沙拉棒极了。吃惯了火鸡和肉馅饼，大家会乐意换换口味。"

"爸爸不会乐意的。"我说。

"那么，他可以在自己的卧室里独自享用一只冷的火鸡腿，"弗雷德脱口说道，"还有肉馅饼，可以敞开肚皮吃。"我觉得爸爸如果选择这样，倒是正中弗雷德的下怀。

---

① 圣诞节的次日。

弗雷德说要去帮我弄点吃的，可我在火车上买过一个三明治，所以不饿。我给自己倒了一大杯威士忌睡前酒——也许是被爸爸在这个问题上的说教而激起的一种跟父亲作对的叛逆行为，因为这不是我平常的习惯——端上楼，在睡觉之前泡澡时慢啜细品。我懒懒地躺在热水和蒸汽里，把这一天的紧张和疲惫释放出来，然后穿上一条干净的睡裤上了床。睡前我常常会读一读诗。我把自己喜欢的诗人——比如哈代、贝杰曼、拉金——的作品放在床头柜上，好随时翻阅。弗雷德进卧室时，我正在读《比尼悬崖》[①]：

　　啊，碧波荡漾的西海边，奶白石、蓝宝石晶莹，

　　有女子金发飘飞，骑马立于高高的崖顶，

　　我对她十分钟情，她对我也爱得真挚忠诚。

弗雷德在为上床做准备，她脱掉衣服，走进她的卫生间，然后出来，穿上睡袍，我时不时地把目光悄悄从书上抬起来看她，不经意中还看到她那曲线圆润但紧致的臀部，以及一只裸露出来的漂亮乳房的侧影。臀部是她天生的杰作，而乳房则多少归功于外科医生的手艺。几年前，她做了一个缩胸手术。当时，出于健康和安全的原因（考虑到医院里如今动不动就发生的感染，只有危及生命的疾病才会让我同意接受手术）我很反对，而最初看到她那些绷带和缝针的疤痕，我也感到恶心，不过我得承认，当伤口不留痕迹地愈合

[①] 英国作家和诗人托马斯·哈代悼念亡妻的名篇。

之后，最终的效果很令人惊奇。差不多与此同时，她还参加了健康俱乐部，开始认真地锻炼，上瑜伽课，在跑步机上一跑就是好几英里，在带砝码和滑轮的器械上像中世纪的殉教者似的伸展身体，把自己发福的身材打造成迷人的沙漏形状。她这样做不是为了给我看，而只是伴随她的新事业而实施的全面个人改造的一部分，其中还包括节食、染发和将普通眼镜换成隐形眼镜。不过，这一切对我也有作用，它开启了一种始料未及的激情，贝杰曼称之为"第二春"，就他而言是外遇，对我来说则是对妻子柔情满怀。弗雷德在为上床做些日常的、毫无撩拨意味的准备，我偷偷地打量着她，感觉到下体有了躁动，当她上床盖好并侧过身去时，我不得不抵制住诱惑，不让自己的手伸进她的睡裙，因为我知道，在这种很累并有几分醉意的状态下，我无法在亲热的序曲之后演奏出令人满意的结果。于是，我微弯着身子贴住她臀部的曲线，并把一条胳膊搭在她五六年前还不存在的腰上，就这样舒舒服服地依偎着她。我默念着《比尼悬崖》，念到最后一节时，不知不觉进入了梦乡：

就算那荒凉神秘的西海岸依然是奇观异惊又怎样，
那女子如今——身处别处——骑在漫步的马儿上，
既不记得也不关心比尼，那里再无她的笑声回荡。

可能是因为酒精的作用已经消退，三点半时我醒了，起身小解了一次，然后在床上翻来覆去了好一会儿，再也无法入睡。我试图重新搂住弗雷德，可是她挣脱了，我相信她并非有意识地生气——

可能只是睡眠中的本能反应——但是她那温暖的身体躲开了我,让我有一种落寞和受伤的感觉。我重新想起在入睡时停止的那些念头:跟弗雷德亲热,或者不跟弗雷德亲热,还有哈代写给第一任妻子的挽歌,这勾起了我对梅茜的令人难受的记忆。

我尽量不让自己多想梅茜。她生命中的最后几年非常痛苦,不仅对她自己,对我们大家也都一样。从她告诉我她发现腋下长了个包块的那一刻起,我就恐惧而清楚地知道到头来会怎样结束,但不知道会熬多久:没完没了地跟医院预约,空气不好而拥挤的候诊室,忧心忡忡的咨询,手术、化疗和放疗,短期的缓解和希望,当下一次的检查表明那是他们的错觉时那种难以言表的沮丧和绝望。家里渐渐变成了护养院,先是安装了楼梯升降座椅,接着,当她这样都难以对付时,起居室就变成了病房,还专门建了一间配套的洗手间,有位麦克米伦护士①每天会上门看看。梅茜决定要死在家里。这是她的愿望,我们最终能为她做的就是答应她,但我和孩子们却受到了折磨。我想,我对自己的失聪之所以特别难以接受,原因之一就在于,我经历过那一切并熬了过来,然后与弗雷德一起找到了新的幸福,所以暗自认为我已经挺过了摊在我身上的厄运,用美国人的话说就是历尽了磨难,那么生活从此就该一帆风顺。但事情当然并非如此,远非如此。

他从当时的压力下熬过来的唯一方式就是工作,除了照顾梅茜

---

① 名为"麦克米伦癌症关怀团体"的慈善机构派出的护士。

和孩子们之外,他把其他的分分秒秒都用在教学和研究上。在她患病的初期,他们靠做爱来相互安慰,但随着梅茜病情的恶化,她觉得很痛苦,他也觉得困难,两人便心照不宣地停止了性生活。在梅茜去世之前约半年的时候,有一次,她令人伤感而难为情地提到了这个话题,她说,如果他需要别的女人的所谓"安慰",她会表示理解,只要不让她知道,也不让她的朋友们知道。他非常诚恳地向她保证他没有那种需要。她对她妹妹说他是个"圣人",但是当这句话被转达给他时,他强烈地拒绝了这种赞美。他并不觉得自己的节欲是什么美德。只是当时的痛苦让他觉得麻木了。梅茜正在一步步地走向死亡,他却与另一个女人发生感情,这种事情根本就无法想象,而他也不是那种可以找妓女或按摩女来解决问题的男人。

梅茜去世后,也就是说大约过了一年,他从强烈的痛苦和失落感——以及想到她受的罪已经结束,他的负担得以卸下的解脱感——中恢复过来之后,他意识到自己又成了自由之身,并且成了不少人兴趣盎然地关注的对象,有些人是带着善意,还有些人则不怀好意——似乎他的朋友们都在私下里帮他物色另一位伴侣,或悄悄地打赌那个人会是谁。他还知道,安妮和理查德都已经是十几岁的孩子,心里牢牢记着他们的妈妈,每当他夜里回来晚了,或者谈话中提到某位女同事时赞扬了几句,他们就会疑心重重。他发现,他们的这种反应使他在与自己遇到的未婚女性交往时很有顾虑,他担心自己任何友好的举动都可能引起误解——她们可能也有同样的顾虑。后来,维妮弗雷德·霍尔特进入了他的生活,起初是作为一名学生,正在攻读艺术史和语言学双荣誉学位。

这两门学科的结合不太常见，因为两者在内容和方法论上都没有很多关联。事实上，正如他在给她上第一次指导课——系里当时仍然实行导师制——时所说，他能想到的唯一关联就是雅各布森将其著名的隐喻/转喻之分运用于超现实主义和立体主义之中。她也爽快地承认自己修这种双学位并没有什么理论依据，只是出于不同的原因碰巧对它们都产生了兴趣。她一直都喜欢去美术馆看画，而身为母亲，有了几个年幼的孩子，她对他们那么轻松地习得语言感到好奇，因而想进一步了解。其实，她根本就没有学习语言学的天赋，但是她充分发挥自己有限的能力，再加上他的一点点帮助，在艺术史方面的一篇关于超现实主义和立体主义的差别的拓展论文很容易就获得了"优秀"。他对视觉艺术一直都有点兴趣，通过与维妮弗雷德的交往，这种兴趣得到了加强。

她是一位"成人学生"，快四十岁了，看上去甚至比这个年龄还要成熟。她个子很高，骨架很大，胸部丰满，深棕色的卷发已经有了几丝花白。她使用一副金边近视眼镜，那眼镜如果不是架在鼻梁上，就是由一根细小的金链系着从脖子上垂下来搁在她傲人的胸脯上。刚刚来到系里时，她在其他方面也跟别的学生大相径庭。她很优雅——显而易见的、无可否认的、不容忽视的优雅。她的言谈很优雅，她的举止很优雅，她的穿着虽然老式却不可思议地显得优雅：上身是两件套羊毛衫，下面是呢子裙，脚上是船形浅帮皮鞋。她认为开始上课时，应该向教授或讲师介绍自己，就像向医生或律师介绍自己一样。在她一年级时的研讨课上，当她用准确的音调提出一个措辞完美的问题时，那些穿着印有交织字母的T恤、牛仔短裙、条纹紧身袜和马丁博士靴的年轻女同学都会难以置信地看着她,或者相互挤眉弄眼。到了后来,她的着装渐渐随意了一些,与周围的环境更吻合,但是她始终无法掩饰自己的口音。

她上二年级时,他才成为她的导师(他当时是高级讲师)。在那段幸运的日子里,系里的制度是每周召集两到三名学生指导一次,跟他们讨论论文或其他作业,教师还要安排坐班时间,以便各自指导的学生随时上门求教或咨询。也许是因为在同学中没有关系密切的朋友,维妮弗雷德比较频繁地利用了这种条件。过了不久,他就对她的经历有了大致的了解,而随着两人关系的深入,她又补充了一些更为私密的细节。她出身于英国的一个天主教家庭,家世可以追溯到诺曼征服时期,即使在宗教改革中处罚严厉的日子里,其家族的信仰仍然不动摇——据记载,她的家族曾经出过一位耶稣会殉道士。她的祖母是一位子爵的女儿,但她的直系亲属都不是太有钱。维妮弗雷德的父亲在领事馆工作,所以她在一些别的国家长大,曾经上过一所英国的修女寄宿学校,因此与20世纪60年代的青年文化完全相隔离。在学习上她不是很突出,家里也没有送女孩子读大学的传统,所以她在日内瓦的一所女子精修学校①读过半年书,接着又在伦敦的一所商业学院修读文秘课程,希望在找到一位丈夫之前挣钱养活自己的时间不用太长。由于维妮弗雷德的父母都在国外,一位疼爱她的姑妈便承担起照顾她的责任,并把她介绍给一些条件合适的信天主教的年轻人,其中有一位是投资顾问,名叫

---

① 一种训练少女进入上流社交界的私立学校。

安德鲁·霍尔特，上过唐赛德学校[①]和牛津大学。关于这个人，她说："我以为自己爱上了他，而其实我只是想跟他上床，由于我当时相信跟一个男人上床的唯一途径就是结婚，所以就嫁给了他。"不出一年，他们就有了第一个孩子玛西娅，接着很快地又有了贾尔斯和本。"关于天主教徒和计划生育，你是知道的，"她说，并扮了个鬼脸，"但是有了本之后，我就服避孕药了。然后我们到了这儿。"安德鲁的公司要发展，如果他换到他们在英格兰北部新开的一家分公司，就可以得到升职。他们在大学附近找房子，因为从这里去市中心很方便，当时也不是太贵，还没有进行大规模的房地产开发；这一带都是比较破败的老房子，多是由本地的灰砖砌成的维多利亚式大别墅，供城里的商人和工厂主居住，其中不少被改造成了公寓，很受学生们欢迎。瑞克特里路的这幢房子结构合理，正面刷过灰泥，比旁边的大多数房屋都要漂亮，但他们购买时却很破旧，他们也没有能力好好地修缮一番。在这个寒冷潮湿而且线路老化、常常出故障的家里，维妮弗雷德辛辛苦苦地照顾着三个年幼的孩子以及成天工作、甚至加班到深夜的丈夫。"只不过他不仅仅是工作，还跟一位同事勾搭上了。"在尝试婚姻咨询后，他们度过了危机，但过了不久，安德鲁又故伎重演，维妮弗雷德终于跟他离婚。根据离婚协议，她得到了房子和一笔赡养费，有一段时间还通过接收研究生房客来补充自己的收入。与那些房客的交谈使她意识到，自己没有上大学是一种很大的缺憾，于是，把孩子们上学的问

---

① 一所历史悠久的男女混校，成立于 1606 年。

题安排妥当后,她以成人学生的身份申请入学,这样就可以避开某些入学的要求。"于是我来到了这儿——也很开心。"

在确定想要公开两人的关系之前,他们的交往不得不非常谨慎,所以开始时经常要找很多的借口,这使得他们的恋情更富有刺激和满足感。对他而言,仿佛是在处于冰冻状态、生命力中止之后,又重新有了活力。两人第一次一起外出度周末是在一家乡村旅馆,他们编好了巧妙的借口,瞒住两边的孩子,他永远不会忘记当时的兴奋之情。那么长时间没有性生活之后,他对做爱感到紧张,但是弗雷德让事情变得很轻松。他有时觉得,在对待性的问题上,她当时——乃至一直到现在——的态度很简单,把它当成一种健康而令人愉快的运动,可以跟骑马或人体冲浪相提并论。她很享受做爱,但长时间没有性生活她也不会认为是很大的缺憾。"真舒服,"他们第一次做爱后她感叹道,"我都忘了有多美妙了。"而梅茜却相反,如果他们隔一段时间没有做爱,她就会担心,唯恐他的热情在减退,但是她对性生活又很腼腆,也许是她的苏格兰长老会背景所致。他们婚后的头几年,所有正派的已婚夫妇正风行从相关的小册子或其他类似的媒介上热切地了解如何增添性生活的乐趣,梅茜也曾鼓足勇气,根据他的建议尝试过几种不同的体位;但他看得出来她并不认同,过了不久,他们又恢复成传统的彼此搂抱姿势。她对任何形式的口交都有着无法抑制的反感。因此,当他们第三次上床,而维妮弗雷德把他的阴茎仿佛当成一根特别美味的棒棒糖时,他感到又惊又喜。"你喜欢这样吗?"她抬起头发零乱的脑袋问道。"非常喜欢。"他说。"是安德鲁教我的,"她说,"可他却不愿意这样对我,那个混蛋。""我愿意。"他说。

就是在那个周末,她提到自己在寄宿学校时的昵称为"弗雷德",于是,在他们的关系尚未公开期间,他在便条和日记里就用这个名字作为代号。他从来就不大喜欢维妮弗雷德或维妮这两个名字,而弗雷德就成了他对她的爱称。他们一直等到所有的孩子完成那个夏天的全部考试,才向他们宣布他们准备结婚。而到那个时候,孩子们已经猜到他们的父母是在认真而投入地交往,于是接受了他们的结合,有的无可奈何,也有的表示赞成。他们不太满意的是要同住一个屋檐下,但是过了不久,他们就陆续离家上了大学或参加工作,这个问题也就迎刃而解。他和弗雷德在那个长假中悄悄地结了婚,接着,在随后的那个学期,弗雷德又继续她的学业。通过跟系主任的交谈,他们一致同意,为了避免偏心的嫌疑,弗雷德第三学年不能修读他教授的任何课程,在讨论她的学位成绩时,他也不能参加最终的评审会议。她获得了2.1[①],这在当时可不像后来这么平常。接着,她又花了两年时间,在职攻读19世纪后期艺术史方面的文学硕士学位,然后又随兴所至地开始攻读新艺术和维也纳分离画派方面的博士学位,但是当德珂装饰开始耗费她的时间和精力时,她放弃了这份学业。

他们是在婚姻登记处结的婚,因为在天主教会看来,弗雷德与安德鲁仍然是夫妻。她当时对此不以为意,尽管她的父母感到不安。由于第一次婚姻的不顺,她几乎完全失去了信仰,她将自己

[①] 这是荣誉学位中的中等偏上成绩。

在选择配偶时的一时冲动和考虑不周,以及在那么短的时间内生那么多的孩子而经受的压力,归咎于家庭和学校的教育。他们商定两人不再要孩子:在她这个年龄会有风险——他们结婚时,她已经三十八岁——而且他们觉得,两人已经各自为这个世界带来了太多的孩子。因此,他们婚后的头几年就像一段长长的、充满激情的蜜月,他们重新发现了性生活的乐趣,而且不会像第一次婚姻中那样,要为照顾大大小小的孩子而分心和打断。高频性耳聋的诊断给他的幸福蒙上了一层淡淡的阴影,但对他们享受性生活影响不大,因为其间发出的大多是非言语的、在波长上属于低频的声音。

随着时光的流逝,他不可避免地开始精力不济,弗雷德也渐渐发福,魅力不如当年,于是像大多数夫妻一样,在性生活上他们形成了一种更为平静的、例行公事般的习惯,他以为两人之间会这样日趋平和,缓缓走向安详而无性的老年。可是,就在他日益衰老、耳朵越来越聋、偶尔还出现勃起功能障碍时,维妮弗雷德却拥有了使她青春焕发的新事业和新面貌。结婚时,他对两人之间八岁的年龄差距不以为然,但如今这个问题却开始困扰他。他们的距离不像是一月和五月——更像是三月和四月;可是当他越来越老,尤其是弗雷德居然开始愈发显得年轻时,那微小的差别似乎变得越来越明显了。当性生活不太成功,或者用有些人的话说,没有高潮时,她总是很体谅和心平气和。在她看来,还有其他的方式可以给予和获得性快感,大多数的方式她也都可以接受,但对他而言,那些都只是前戏而已。根据医生的建议,他试用过伟哥,也产生了希望的效果,但是却引起了过敏反应,于是不得不放弃。所以,他如今的性生活有赖于非常精心的筹备，包括事前禁酒，冲一个令人提神的澡而不是在热水里久泡，以及把卧室里的暖气和灯光调得恰到好处，然后才提议早些上床。但这些准备措施并非总是有效。性生活变成了一种令人担心而不是愉快地期待的事情。每天都有一些宣传伟哥、犀利士以及江湖医生承诺可以增强男性雄风的草药的垃圾邮件冲破他的电脑防火墙，却也无助于他内心的平静。"用持久的坚挺、多次的爆发和延长的时间让你的女伴刮目相看。将你的雄风提振到令人惊奇的状态……这是一个真正的男人绝对的需要……嗨，朋友！眼前是一个让你永远忘却这种烦恼的绝无仅有的机会……艾克泰是无与伦比的综合性非激素药物……她有没有说过你的尺码不够大？没有吗？也许她只是顾及你的面子？想象一下，如果拥有更大的尺码、女伴对你更多的爱慕，以及更强的自信，你会拥有怎样全新的性福生活。赶快行动吧……"

我突然想到，如果这是一部小说，读它的人可能会想："啊哈，可怜的老德斯蒙德显然没有意识到维妮弗雷德有位情人，她那些塑身美容之类的手术并不是为了他，而由于雅姬的掩护，她下午常常可以从店里溜出去幽会，在家里则用偶尔的口惠让老头子心满意足。"但是我很肯定事实并非如此。暂且不说我凭直觉相信她的忠诚，弗雷德美容修身的过程与她重新信教差不多是同步的，而对她的信教，从理智的角度我虽然非常反对，但是觉得这在某种程度上可以保证我没有被扣上绿帽子。事情似乎起于玛西娅结婚的时候，当时有一场婚礼弥撒，弗雷德如果跟她母亲和家里的其他人一起领受圣餐，就一定会——用她自己的话说——"丢人现眼"。在那以前，一旦觉得很想去时，她偶尔也会独自去做弥撒，特别是当我们在天主教国家度假期间，但我以为那只是怀旧情绪下的兴之所至而已。然而，在玛西娅的婚礼之后，她开始思考自己的婚姻状况，并决定向教会申请宣告她与安德鲁的婚姻无效，理由是他们当时在感情和心理上太不成熟，无法理解婚姻的意义。在我看来，年纪轻轻就结婚的人——包括我和梅茜——至少百分之五十似乎都是这样，但是这话我没有说出口，因为我不难看出，弗雷德觉得恢复自己在教会内的名誉十分重要。整个过程持续了很长时间，教士们需要跟她母亲以及她的兄弟姐妹交谈，证实她当初结婚时在感情和心理上的确不成熟。家里的人当然乐于配合。安德鲁已经再婚，也不再是一位虔诚的天主教徒，起初他不愿承认自己年轻时不够成熟，但是为了跟他与弗雷德所生的孩子们保持良好关系，他还是点头认可，他们的婚姻终于被宣告无效。我不知道孩子们对此到底有何感受，也曾经问过弗雷德这个问题。父母婚姻的无效不是让他们成为非婚生子女了吗？她说不会，婚生地位是一种民事法律概念。从法律上看，她与安德鲁的确有过婚姻，他们的孩子是婚生的，但是在上帝的眼中，他们却不存在婚姻关系，哪怕他们自以为结了婚，哪怕包括为他们主持婚礼的神父在内的所有其他人都这样认为，因为他们不符合有效的婚姻必须具备的一个基本条件。我逗了逗她："这么说来，安德鲁跟另外那些女人乱搞时，其实并没有犯通奸罪了，因为他并没有真正结过婚呀！""他当然犯了通奸罪，"弗雷德恼火地说，"就是因为这样我才跟他离婚的。别说蠢话了，亲爱的。""从法律的角度看也许是通奸，但在上帝的眼中呢？"我说。"还是通奸。"弗雷德说，眼里闪过一抹冷冷的光。我没有再纠缠下去。在过去，只有极少数特别有钱又有权的人才能买通梵蒂冈，以宣布其婚姻无效，如今这个程序却变得自由和容易得多，在我看来，它显然已经成为一种既可以绕开天主教会反对离婚的传统、又避免显得与之矛盾的手段，但既然结果很人性化，我也就不打算小题大做了。我甚至同意在弗雷德教区的教堂举行一次结婚仪式——那是一个低调、私密的仪式，在场的只有作为证婚人的玛西娅和她丈夫——尽管我觉得把我们在婚姻登记处结婚时说过的誓词重说一遍有点儿傻。"你有什么不一样的感觉吗？"我后来问弗雷德。"是的，当然，亲爱的。"她说。"你的意思是，之前你并不真正觉得我们是夫妻？"我说。"嗯，当然不是——我的意思是，不，我当然觉得我们是夫妻。只是我现在觉得……踏实了。内心平静了。"

我是在英国国教会领受的洗礼，但没有接受宗教的教育。我小的时候，妈妈教我做睡前祷告，圣诞节和复活节时带我去教堂，但仅此而已；爸爸嘴上说——现在偶尔还是这样说——信仰上帝，但除了参加婚礼和葬礼之外，他从没跨进教堂一步。我上过一所文法学校，学校里经常有宗教集会，还鼓励文科学生在参加中学毕业证书考试时选考《圣经》，所以，我对基督教的了解主要就是源自当时的教育以及大学期间对英国文学的学习，特别是弥尔顿和詹姆斯·乔伊斯的作品。我对教徒们的信仰既羡慕又怨恨。调查显示，与那些信仰体系完全世俗化的人相比，他们觉得幸福的可能性要大得多——对此你应该不难理解。每个人的生活中都难免有悲伤、痛苦和失望的时候，如果你相信有来世，现世中的缺憾和不公到那时可以得到补偿，那么，这些悲伤、痛苦和失望就容易接受得多；它还让死亡本身变得不至于让人太难受。正因如此，我才羡慕那些信教的人。当然，他们的信仰并没有坚实的基础，但是你不能挑明，否则就会显得粗暴、失礼和多管闲事——甚至似乎是在攻击他们幸福的权利。正因如此，我才怨恨宗教信仰，哪怕是对跟我最近最亲的人而言——事实上，尤其是对跟我最近最亲的人而言，因为跟他们平心静气地讨论宗教显然最不可能。弗雷德每个星期天的上午去做弥撒，把我留在家里用周日的报纸打发时间，九十分钟后她回来时，看上去一副自我感觉良好的样子。我可能会问她布道时讲了些什么，她会含含糊糊地回答几句——坦率地说，我怀疑她并没有仔细听——但我绝不会问她诸如在接受圣餐时是否毫无保留地赞同圣餐变体说[①]之类的问题。我觉得弗雷德的信仰根本就没有很强的理性基础，而只是成长环境、学校教育和家庭传统的结果。刚刚成年时对于性的狂热和一次不幸的婚姻让她偏离了天主教信仰，波澜过去之后，她又回到了它那安全的天堂。我曾经有几次因为家庭内部的事情陪她去做弥撒，从中看得出来，那对她只是纯粹的仪式，一种恢复信心的仪式。她坐着，站起，跪下，哼唱赞美诗，小声应答，似乎处于恍惚之中，很高兴能进入一种包含着超验信仰和希望的整体氛围，而无需深入探究这一切的理性基础。所以，当我待在家里，疑虑重重，耳朵又聋，只有周日报纸上那些肤浅的八卦可以

[①] 在弥撒中，圣餐物被变成耶稣的身体和血，但留有面包和酒的形式。

打发时间时，又有什么权利说她是自欺欺人呢？

玛西娅一家今天过来吃午饭，他们星期天经常这样。在我们双方的所有子女中，弗雷德的女儿玛西娅住得最近，甚至只隔了几英里，所以相比而言，我们跟他们见面更多。见到丹尼尔皇太子和他姐姐海伦娜——大家常常叫她"莉娜"——我总是非常开心。我跟玛西娅和她丈夫彼得还算得来，但是我觉得，当玛西娅十几岁时，在兄弟姐妹中她最反对她妈妈嫁给我——一个老男人，身为弗雷德的老师，不是天主教徒，还有自己的子女——而且她一直都没有完全消除当初对我们的结合的怨恨。事实上，随着弗雷德日益光彩照人，事业有成，而我却退休在家，深受耳聋之苦，我怀疑在玛西娅看来，我越来越成为家庭的累赘，成为倒霉的负担。由于在她家里是她说了算，彼得也受她的影响，在对待我时很戒备。有一天，我旁敲侧击地跟弗雷德提起这一点，她却说："胡说八道，玛西娅非常敬重你，就算彼得像你说的那样有些'戒备'，那也是因为他以为你肯定一直在默默地批评他的英语，因为你是语言学教授。"我听了哈哈大笑，因为现代语言学几乎是太不具有规定性，不过我猜这话可能有几分道理。彼得出身于工人阶级家庭，说话时带有明显的地方口音，还常常夹杂一些方言。他在以前的专科学校学过会计，如今在工厂上班，所以在文化知识上有点营养不良，对他妻子的家庭有些敬畏。随后的一次见面时，我想让他放松，便抨击起琳恩·特拉斯①的畅销书中关于撇号的用法，没想到反而让他不安——原来他是特拉斯的忠实粉丝，把她的书几乎当成了《圣经》。哎呀……他们是一对在许多方面都令人钦佩的夫妻，两人的工作都很辛苦，但是都很关心孩子的健康成长，晚上和周末总是陪着孩子，而据我所知，他们自己却从来没有好好享受的时间。但愿我能更爱他们。爱孩子们对我来说不成问题，他们漂亮可爱，而且正处于这种有趣的年龄，开始以快得惊人的速度学习语言，有时会犯一些表达上的错误，如果我能听见该多好！今天，当我夸奖莉娜的裙子很好看时，她回答说，是妈咪在玛莎百货买的。除了我之外，所有人都大笑起来。看到我不解的样子，弗雷德解释说，她说的是，"是妈咪在玛莎百贵买的，"②于是我自己也笑了起来。

---

①英国女作家和记者，著有畅销书《吃，射，走》，讲解标点符号的使用。
②玛莎百货（Marks & Spencer）是英国最大的跨国商业零售集团，莉娜将其说成 Marks & Spensive。

6

11月7日。今天早晨我比弗雷德先起床，正在吃早餐时，她穿着晨衣走进厨房。她说了声"早上好，亲爱的"，然后走到炉子边，又说了一句什么，但是我因为没戴助听器而听不见。昨晚上床之前，我在家庭浴室——如果家里没有别人或其他客人时，那就是我的浴室——把它取了出来，眼下它还在那儿。我说："什么？"她把那句话重复了一遍，我还是没听见。她一边说话，一边开关抽屉和橱柜，所以等于白说。"对不起，"我说："我没戴助听器——它在楼上。"她朝我转过脸来，更大声地说出"长棒"什么的。我说："你要长棒干嘛？"我脑子里已经在思考各种可能性——莫非是要捞出滚进床底下的什么东西？要不就是有什么掉到了抽屉柜的背后？她走近我，说："平底锅。长棒平底锅。""长棒平底锅是什么？"我说，"你指的是长柄平底锅吗？"她无可奈何地朝天花板翻了翻眼睛，又回到炉子边。我想了一两分钟，接着恍然大悟："哦，你说的是不粘[①]平底锅！在橱柜右边的最上层。"但为时太晚——她

[①] 原文为 non-stick，德斯蒙德听成了 long-stick。

已经在用一只不锈钢平底锅煮粥,之后洗起来会麻烦得多。这事儿也怪我,昨天把不粘平底锅放错了地方。

弗雷德坐到餐桌旁,把《卫报》的图文版靠在果酱瓶上,开始默默地专心看起来。我原本打算在早餐时随口提一下今天下午要去见亚历克斯。我准备好了一小段说辞:"嗯,你还记得在上周的艺术复兴中心预展上跟我交谈的那个年轻女人吗?那位金发的?当时太吵了,她说的话我一个字都没听见,但她似乎在做什么研究,我猜是从语言学的角度,因为我似乎答应要给她一些建议。她打电话来抱怨我没有去赴约,尽管我丝毫不记得有过约定。实在是令人难堪。我就只好同意去见见她……"但由于不粘锅问题引起的不快,现在说这件事情似乎不合时宜,因此我也就没有开口。我只能在见面之后再告诉弗雷德了,而到那时,解释起来得费更多的口舌。

"您瞧,我母亲有一点点耳背——根本不算什么。我只要提高嗓门,重复两到三遍,她一准就能听见;不过话说回来,她习惯了我的声音。"《爱玛》中的贝茨小姐说。为了让老贝茨夫人听见,她身边的人不得不耐着性子,不断提高嗓门一遍遍地重复那些无聊的话语,对于他们礼貌地掩饰着的沮丧和懊恼,简·奥斯汀暗示得多么巧妙啊。跟小说中与我同名的人物相比,我的情况肯定更糟,因为我虽然习惯了弗雷德的声音,可不戴助听器时还是听不见她的话。

耳聋有什么值得一提的吗?是否有任何可取之处?是否能让其他的感官变得更加敏锐?我觉得没有——起码就我而言是这样。或许戈雅[1]的情况不同。我读过一本关于戈雅的书，里面说，正是因为失聪才使他成为一位大艺术家。在四十四五岁之前，他还只是一位有才华但不太具有创新性的随大流的画家；后来，他患了一种奇怪的瘫痪性疾病，使他连着几个星期既看不见，也说不出，还听不到。病好之后，他彻底聋了，并且后半辈子一直都是如此。他最伟大的作品都产自他一生中的失聪时期，如《狂想曲》《战争的灾难》《箴言》及《黑色绘画》，都是些阴暗、梦魇般的作品。那位批评家说，他的耳聋仿佛掀开了一道面纱：当他在不受嘈杂话语干扰的情况下观察人类的行为时，便看到了它的真相，粗暴、恶毒、利己和疯狂，犹如疯人院里的一场哑剧。几年前，我因为参加英国文化委员会组织的巡回讲座而在马德里看过《黑色绘画》，后来又两次重返普拉多美术馆[2]再度观赏。那些作品原本是戈雅为自己的乡下寓所——当地人称为 La Quinta del Sordo，即"聋人之家"——所作的壁画，所以把颜料直接涂在灰泥墙面上，但后来被从墙上取了下来，移植到了画布上。如今，它们被保存在普拉多美术馆里，包括《撒旦食子》《女巫夜会》《用棍棒决斗》及其他作品，在色彩和题材上都以黑色为主调。但是有一幅画总是吸引大多数观赏者，让他们充满好奇和不解地驻足观看，其色调比其他作品更为明快。那幅画名为《被沙掩埋的狗》（这些名字都不是出自戈雅）。它包含三个以褐色为主的大平面，其中两个为垂直面，一个为水平面，如果不是底部有一条用近乎卡通风格描画的小黑狗的脑袋，那么它可能成

---

[1] 戈雅（1746—1828），西班牙画家。
[2] 位于马德里的西班牙国家美术馆，成立于1818年。

为一幅现代派的抽象表现主义画作,只见那条狗被沙一样的东西掩埋到了脖子,它仰着头,可怜而恐惧地望着一大堆这样的东西倾泻而下。关于这幅画的意思有多种说法,比如启蒙的结束,或现代性的来临,但是我知道它对我来说意味着什么:那是耳聋的形象,耳聋被描绘成一种即将到来、不可避免、无从阻止的窒息。

我想,不知道戈雅是否认为自己作为艺术家的伟大之处是得益于他的失聪?对于剥夺了他听觉的疾病,他是否心存感激?我有些怀疑。不过,他肯定曾经想到,好在他失去的是听觉而不是视觉。实际上,失聪对一位画家根本就没有影响,甚至可能是一种优势,有助于他们聚精会神——比如说,不需要跟你的模特交谈。而对音乐家而言,这会是他可能遇到的最糟糕的事情。贝多芬就是典型的例子。我也读过一本关于他的书,泰耶尔[①]所写的《贝多芬的一生》——我对历史上那些失聪的伟人怀有一种病态的兴趣。我吃惊地发现,他变聋的时候是那么年轻,才二十八岁。他着了凉,后来发展成一种严重的疾病,没有戈雅那么重,却损害了他的听力,可能是毛细胞损伤,并且在随后的岁月里每况愈下。在最初得知自己的疾患时,他主要是作为音乐和指挥大师而赫赫有名,随着听力的丧失,这种事业显然无法继续,所以他从此就全身心地投入到作曲之中。因此我想你可能会说,他作为一位艺术家的伟大之处也得益于失聪,就像戈雅一样。但贝多芬显然不那么看,他不认为自己是因祸得福。意识到自己在失去听力时,他心急如焚,不顾一切地

---

① 亚历山大·维洛克·泰耶尔(1817—1897),美国音乐学家,卓有成就的贝多芬研究专家之一。

寻医问药（当然毫无效果），并且经常情绪低落，咒骂造物主，有时还产生自杀之念。他向朋友倾诉自己的痛苦，又要求他们发誓为他保密，唯恐消息传出去后他会彻底失去职业上的信任。在很长一段时间里，他也掩饰得出奇的好，一方面是避免社交活动，另一方面，当没有听清别人对他说的话时，他就假装是走了神。但是，正如所有的聋人所知的那样，这些策略都会付出一定的代价：它们使聋人显得性格内向、不善交际和脾气古怪。从开始变聋到过了六年之后，贝多芬放弃了治愈的希望，于是写了一封信，收信人是他的两个兄弟，但在某种意义上也是写给所有认识他的人，显然是打算在他死后公之于众，信中解释了他令人不快的脾气和举止的"秘密原因"。那封信被称为《海利根施塔特遗嘱》①，因为他根据医生的建议，躲到维也纳郊外一个名叫海利根施塔特的小村庄里静养了半年，那封信就是在当地写成的。我从泰耶尔的书里把它抄了下来，并归档保存。信的开头这样写道：

> 哦，你们这些人啊！你们认为我或者说我心思恶毒、固执己见或者憎恨一切，真是大大地冤枉我了！你们不了解我给你们留下这种印象的秘密原因……我无法对别人说："大声点儿！你得提高嗓门，因为我聋了！"啊，我怎么可能承认我的一种感官有了疾患，而这种感官在我身上本该比在别人身上更为完美，我也曾经至为完美地拥有过这种感官，我的同行中很

---

① 又称《圣城遗言》，因为海利根施塔特的原文 Heiligenstadt 从德文翻译过来即意为"圣城"。

少有人享受过那种完美……哦！我无法做到，所以如果你们看到我孤僻独处，那么请原谅我，其实我内心里非常乐意跟你们为伴。我的不幸给我带来了双重的痛苦，因为我必定会遭人误解；对我来说，不可能有与朋友交往时的轻松，不可能有高雅的交谈，不可能有思想的交流。我必须像一个被流放的人那样孤独地生活。

这是一份令人心酸的文献，是被压抑的情感的宣泄，是从内心爆发出的呐喊。他说，有时候他恨不得听从内心的愿望，与朋友相聚相伴。

但是，如果站在我身旁的人能听到远处的笛声，而我却什么都听不见，或者别人能听到牧人的歌声，而我还是什么都听不见，那对我该是多大的羞辱啊！这类事情几乎让我濒于绝望，再这样下去，我一定会结束自己的生命——唯有我的艺术才阻止了我。啊！在将我感受到的内心里的一切全部表达出来之前，我似乎无法离开这个世界。

这里提到的笛声和牧人使我想起了菲利普·拉金，当他与莫妮卡·琼斯在设得兰群岛散步时，他听不见云雀在空中歌唱。它们还让我想起了《田园交响曲》，这是贝多芬在六年之后创作的曲子，他用自己已经十多年未曾听见的声音谱写了一支无与伦比的优美乐曲。在演奏时，那音乐本身他也听不见。我猜他听到了一些东西——但是是什么呢？一支隐隐约约的变了调的曲子，就像从一台电池快要用完的廉价便携式收音机里收听音乐会一般？也许通过观看音乐家们的演奏，他可以在想象中完整地重现交响乐的丰富旋律，并且像使用 iPod 的现代人一样在脑海中听得清清楚楚？恐怕前者的可能性更大。

从这些案例中我能得到多大的安慰呢？十分有限。他们两人碰巧都是天才，并且在艺术中为自己的痛苦找到了某种补偿。而我既不是天才又不是艺术家。我想，一个听不见别人在说什么的语言学家与一位失聪的音乐家而不是失聪的画家更为相像，所以我更容易同情贝多芬而不是戈雅。但是我不能说，在这过去的二十年里，唯有话语分析方面的研究才把我从绝望中解脱出来，也不能说在对平常交谈中的跑题和跳接等问题进行彻底思考之前我无法离开这个世界，我现在仍然可以利用录音谈话的转写文字从事这些研究。实际上，不久之前，我已经把自己对诸如此类问题的思考交给了这个世界。那么，当社交活动和性生活其实都已经走到尽头的时候，我还该为什么而活着呢？对这个问题我们就不要深究了。

7

11月8日。昨天，我跟亚历克斯·卢姆如约见了面。卢姆是她的姓；她住在名为沃夫塞德小区的公寓楼里，她的姓氏就写在小区大门外面的三十六号公寓的电铃按钮旁边。这个姓氏不常见，所以很好记，而且因为就写在上面，我知道自己没有弄错。而对整个下午我所了解的其他情况我就没有这么肯定了，因为她告诉我的大部分事情都很令人吃惊，而且每说到关键时刻，她往往压低声音，所以我一直都不很确定是否正确地理解了她的意思。下面是一份将我们的谈话经过整理和明晰化之后的不太可靠的记录。

像许多工业城市一样，近年来，我们的城市也与英国水运局合作清理运河，使它们成为迷人而方便的休闲场所：美化牵道，刷新船闸，竖起复古式样的路标和灯杆，鼓励人们在沿岸小道上散步、慢跑和骑车。运河两边还有许多新开发的住宅，从市中心蜿蜒而过，都是一幢幢的公寓楼，定位于买来出租的购房者。亚历克斯住在其中一幢看上去更为便宜的公寓，那是一栋弗雷德所说的"乐高[①]后现代"风格的四层楼的房子,鲜亮的红砖上贴有绿色的塑料装饰,俯瞰着一潭死水;死水的尽头积聚了不少非生物降解垃圾,它们漂浮在那儿,十分刺眼。由于亚历克斯给我的地址不在我那本折了页脚的通讯簿上,我花了好长时间才终于找到。我开车穿过一片既有空场地也有废弃的仓库和小作坊的地区,然后才到达沃夫塞德小区背后的停车场。我吃惊地发现这里似乎非常安静:仅仅相隔半英里的市中心的车水马龙听起来只是轻微的嗡嗡声,四周也不见人影。正值下午三点左右,多数居民还在上班,但是在这座逾五十万人口的城市的中心,这种几乎无声的静寂似乎有些怪异;事实上,从这个角度看去,这座城市本身显得很陌生,所有的地标性建筑——基普城堡,市政厅钟楼,金字形希尔顿大酒店——都被重新排列,仿佛被翻了一个个儿。这是一个寒冷、明净的下午,能见度非常好。太阳很低,在无人的牵道上投下一道道又长又尖的影子,犹如希里科[②]的一幅梦幻般的画作。

我突然意识到,这种不自然的宁静由于我没有戴助听器而得到加强。独自开车时,我喜欢不戴助听器,因为这会让我这辆开了四年的福特福克斯就像梅赛德斯一样没有噪音。把这小小的塑料助听器塞进耳朵之后,我按响三十六号公寓的门铃,便从带有杂音的对讲机里听到了亚历克斯的声音:"嗨,我住在三楼,恐怕您得走上来了,电梯出了故障。"那是没有装修的水泥楼梯,由于无人打扫

[①]一种塑料积木玩具的商标。
[②]乔吉奥·德·希里科(1888—1978),出生于希腊的意大利画家,其作品中不连贯且令人心惊肉跳的梦幻形象对超现实主义有重大影响。

而积满灰尘,我爬上三层楼梯,有点气喘吁吁地到达时,她已经打开公寓门,正在门口等着我。她穿着一条黑裤子,上身是一件V字领黑毛衣,没怎么化妆,但眼睛周围例外,从而使她的双眼显得更蓝。就像微软桌面的蓝色,明亮但是看不透。"电梯多数时候都是坏的,"她说,一边抱歉地笑了笑,"我不停地给物业公司打电话,但毫无效果。进来吧!"

这是一套小公寓:一间卧室,一间带厕所的浴室,客厅的一侧有个小厨房。她接过我的外套挂在狭小的门厅里,然后把我领进客厅。这间客厅比爸爸的大不了多少,但色调更为轻松和明亮。桌上有一台打开的笔记本电脑,那抽象的屏保图形不停地消失又重现,靠着一面墙摆着一个书架,上面放有书、文件盒与活页簿。其他几面墙上装饰着几幅现代派画作的复制品和海报——我认出其中一幅出自蒙克①,画的是一个瘦瘦的年轻姑娘裸体坐在床上。两张直背椅,一个小沙发,一把休闲椅,一张茶几,一个白色的两屉文件柜,再加一台收音机兼CD播放器和一台很小的平板电视,便是全部的家具,其中多数看上去像是刚从宜家买来不久。她微微一笑,伸开双手。"Chez Moi②。"她说。

我走到窗边,隔着运河的死水,窗户的对面是一栋类似的公寓楼。"景色不错,"我客气地说,"你在这里住很久了吗?"

"不算太久。"她说。

---

① 埃德瓦·蒙克(1863—1944),挪威画家、雕刻家,善于将强烈的感情表露注入其作品主题,探索如何使用鲜明色彩和变形线条表达生与死的感情。
② 法语,意为"我的家"。

"这房子是你买的吗?"

"天啊,不是!"她笑了起来,"是我租的——但是非常便宜。市面上这样的房子有很多,房东们的心情很迫切。这栋楼里的大部分公寓都空着。"

"那你不会觉得很孤单吗?"

"不会,我喜欢这儿。这里很安静,有利于我写研究论文。"

"你研究的是什么?"我问道。

"让我先沏壶茶吧。伯爵红茶还是阿萨姆茶?或者花草茶?"

我选了阿萨姆茶,于是她走进小厨房,厨房与客厅相连,但中间没有门隔开。我坐在那张休闲椅上,但并不觉得休闲自在。我莫名其妙地突然想到,没有人知道我在这里。她说了一句什么,我好像听到其中有"自杀"这个词。我顿时站起身,朝厨房走了一步。"你刚才说什么?"我说。

她从厨房走出来,手里端着放有沏茶用具的托盘。"自杀遗书。"她一边说,一边把托盘放在茶几上。当她在茶几旁弯下身时,她毛衣的领口张开了,我瞥见了她若隐若现的乳沟,就像在美术馆时一样。"那是我博士论文的题目。自杀遗书的文体分析。"

我本来想问她怎么会对这个题目感兴趣,但是把话又咽了回来,以免侵犯到敏感的私人领域。她注意到我的疑惑,不禁笑了。"我看得出来,您不明白我为什么会选这样一个病态的题目。大家都感到奇怪。不久之前,我曾经跟哥伦比亚大学的一位临床心理学家谈恋爱,他当时正在从事自杀遗书的内容分析,通过比较自杀成功者和未遂者的遗书,来进行风险评估。他掌握了一个不大的语料库，于是我就想，如果从文体学的角度来分析它们一定会很有趣，对吧？比如说，它们算一种文类吗？在这种极端压力下的人会使用修辞上的程式化用语吗？绝望会不会使他们在表达能力上超越自己平常的局限？"

我说："你并没有掌握这些不幸者所写的其他东西，所以怎么能判断呢？"

"你当然无法判断，除了通过一些内在的证据——你时不时地会发现一个比其他部分更有意味的句子。但这只是我论文的一个方面。"

我问她在哪里读博士，结果吃惊地了解到她竟然是我们英语系的研究生，导师是科林·巴特沃斯。

"干吗要跑到英国来，而不在美国读？"我问，"我想，你是美国人吧？"她的口音里并没有很重的拖腔和鼻音，但这一点显而易见。

"没错。布什重新当选后，我觉得自己非离开美国不可。我为克里的竞选忙乎了几个月，当时太郁闷了……"

"你是志愿者？"我问。

"不，有人付钱给我。其实我一直在考虑进政府部门工作，但还是决定重返学校，想走学术道路。我喜欢英国，小时候在这里待过一段时间——我爸爸在驻伦敦使馆工作。而且在这里读博士比在美国便宜得多。当初申请时，我并不知道这是因为他们不教你任何东西。"我听到这话露出了诧异的神色，于是她笑了起来，"我的意思是，这里不上课，不考试，只有论文，而你得独立完成，只是偶尔跟导师见见面。"

"肯定有某种形式的研讨会吧?"

"您指的是每个人都得谈一谈自己的研究,其他的人则特别客气和支持,只问些简单问题的那种活动?是呀,我们有的,"她淡淡地说,"幸好我喜欢自力更生。这种方式很适合我,或者说如果导师能有点用就好了。"

"你跟巴特沃斯教授相处得不好吗?"我问。我开始明白她为什么不愿意在学校见我了。

"这是委婉的说法,"她说,"我读过他写的一篇文章,讨论电子邮件对书信风格的影响,于是我想去跟他学习肯定很不错,所以就申请来这儿了,可实际上他什么忙都帮不了。"

"他可能只是没有太多的时间,"我说,"他可能太忙了,要参加会议呀,准备预算呀,评价员工呀,还有其他各种教授们如今不得不做的事情,所以没有时间思考学术问题。"

"也许吧,不过他本来也没什么本事。"亚历克斯说。

听到这话,我不由自主地露出一丝颇有同感的笑容。我一直认为巴特沃斯的声誉有点名过其实,这种声誉更多的是源于他对热点问题的直觉,以及作为当代语言用法方面的专家而受到媒体的青睐,而不是源于创新性的研究。但她接下来的话就让我感到为难了。

"所以我想要您来指导我。"她说她最近读过我的许多作品,对它们留下了非常深刻的印象。"当然,我以前也读过一些,早先在哥伦比亚大学攻读硕士学位的时候,但直到最近我才知道您居然在这里教书，当时我非常兴奋……图书馆里的您的所有作品我都拜读了。我觉得您正是我所需要的导师。"

"但是我退休了。"我说。

"没错，"她说，"可我听说有些退休教师还在指导研究生。"

"那肯定是他们退休之前就在指导的学生，"我解释道，"他们只是继续将他们指导到完成学位论文。而在完全退休后就不能带新学生了。"

"是吗？"她说，一边噘起嘴巴一笑，"就不能网开一面吗？"

"恐怕不行，"我说，"暂且不谈我是否愿意——"

"您原则上愿意吗？"她打断我的话问道。

"撇开这个问题不谈，如果把已经退休的我捞出来接手巴特沃斯的一位研究生，对他会是莫大的羞辱。他绝不会同意的。学校也绝不会接受。恐怕这样行不通。"

我很高兴有这个充分的理由来拒绝她的请求，因为否则的话，我可能会有点动心。重新参与某种研究，将我的知识和专长用于这个非常奇怪但无疑很有趣的课题，然后与这位显然十分聪明、能说会道而且——不妨坦率地说——长得很漂亮的年轻女人定期地见面讨论，这个念头不无诱人之处。但是经验告诉我，指导研究生可能是一件复杂和令人操心的事情：不经意之中，你就发现自己似乎要为学生的成绩、自尊、命运负责，并且一负就是好些年。眼下我甚至不需要权衡好坏就可以拒绝，真是太好了。

"哦，我非常失望。"她闷闷不乐地说。

"很抱歉。"我说。我把杯中已经变凉的茶一饮而尽，看了看手表,"也许我该走了。"

"哦,不要,请不要走,"她说,"再喝点儿茶吧。"她为我续了一杯。

"再接着谈一谈你的研究吧,"我说,"你的原始数据是哪儿来的?"

"哦,有这方面的文集。而且互联网也很有用。我拿给您看。"她起身从书架上取出一个很大的硬皮文件夹。"这是我目前收集到的语料。当然,我都存到了硬盘里,不过我把这个当作剪贴簿,时不时地翻一下。"

文件夹在我的膝头上沉甸甸的,从比喻的层面上说,它还负载着沉甸甸的人类的痛苦。我翻了翻这些复印的自杀遗书,有些是从印刷材料上复印的,还有些是打印或手写材料的复印件。我只记得亚历克斯做过记号以及用小得几乎难以辨认的笔迹注解过的少数几个句子和短语。"我厌倦了生活,所以选择了自尽。这个令人恶心的家庭只是利用你……""煤气在嘶嘶作响,将恐惧传到我的心里……""在这件事情上我别无选择。要让一切好起来,我只有死去……""躺在我身边的男人只是一个不幸的巧合……"最后这句话是一个女人写的,她显然是选择了一位倒霉的陌生人,跟他上了床,然后在他熟睡的时候拧开了煤气。我抬起头,发现亚历克斯正专注地看着我。

"读起来很有趣,对吧?"她说。

"非常有趣——但让人不舒服。你成天跟这些材料打交道,难道不觉得郁闷吗?"

她耸了耸肩膀。"病理学家们成天进行尸体解剖，他们觉得郁闷吗？"

"我猜，你对这些数据已经进行了一些统计搜索吧？"

"没错——知道出现频率最高的非语法词是什么吗？"

"杀？死？"

"是爱。"

"嗯。那与之搭配的词语呢？"

"哦，没什么特别的：名字呀，代词呀，还有些否定词。我爱你，妈妈。我爱你，爸爸。我爱你，杰克，你从来没有真正爱过我，爸爸妈妈从来没有爱过我，谁也不爱我……"

我接着读了几封信——人们习惯称之为自杀前的"遗言条"，但其中很多都是完整的信件——然后说，关于收信人似乎常常有些模棱两可，"表面上是写给某位亲人或伴侣的，但有时候，里面含有亲人和伴侣都十分了解的信息，所以好像又是写给全世界的。"

"是呀，有时还会穿插几句向上帝的倾诉。他们仿佛想用最后的话将方方面面都涉及。"她说，"对这个题目您显然很有感觉。您确定不做我的导师吗？"

"非常确定，"我说，"你的研究进展到什么程度了？"

"嗯，我以前在美国的时候就已经启动，后来退了学。我春季在这里注册入学，又从头开始。"

"我不记得在校园里见过你。"

"是的，可我见过您。在图书馆里，有人把您指给我看过。所以我才在艺术复兴中心的招待会上认出了您。"

"噢。"我说。我还以为那次的交谈是偶然的邂逅,但显然并非如此。

"我不常去学校,除了上图书馆之外。我喜欢在家里学习。而且我得做些其他的工作来付房租。"

"什么样的工作?"

"都是临时性的。餐馆服务员,酒吧招待。我本来希望在英语系教点课,但是没成。"

"是的,我们很少让研究生教课,这跟美国的做法不一样。"我说。

接着她咯咯一笑,随口说了句什么,我只听到"闻内裤"这几个字。通过她的解释,我才明白,有个姑娘在一家酒吧跟她共事过一段时间,那姑娘告诉她,有个男人花钱买别人穿过但是没有洗的内裤。你用保鲜袋把它们封好,每周一次邮寄出去,三天后就会收到一张支票。你从来不会见到他。这钱很好赚。"是我听说过的最好赚的钱。"她说。但由于没有听到这个故事的开头,我无法确定亚历克斯是自己也真正干过这个行当,还是仅仅描述朋友的经历。所以我只是根据亚历克斯的语气和表情揣测着,一边点点头,面带微笑,时而应付性地敷衍两句,始终保持一种彬彬有礼、觉得有趣但处变不惊的态度,直到我随口问出一个问题:"他有没有告诉过你他喜欢什么式样的内裤呢?"这意味着我脑海中至少想过,亚历克斯自己可能也用这种办法来资助自己的博士学位的研究。

她愣愣地瞪了我片刻,大笑起来:"贝茨教授!您不会以为我给那个家伙寄内裤吧?"

我面红耳赤——我很少脸红,但当时红了——连忙说:"是的,是的,当然不会。"

"我觉得您就是这样想的!"她顽皮地说。她似乎并没有生气。

"我说的'你'是泛指。"我学究式地解释道。

"嗯,我没有说一个人不可能动心,如果她真的穷得叮当响的话。"亚历克斯轻描淡写地说。

"我很奇怪,美式英语中的'一个人'怎么是这样使用?"我说,内心里迫不及待地想转移话题,"只是在句子开头出现一次,然后就换成恰当的人称代词,他或者她。而我们则说'一个人不可能动心,如果这个人真的穷得叮当响的话'。"我意识到自己所举的例子又让我们回到了我刚才失言的话题。

"其实我也不知道。"她一边说,一边笑眯眯地看着我尴尬的样子。她借机又一次请求我指导她的研究,问我能否在非正式和保密的情况下,读一读她写的东西并给她一些建议。由于急切地想脱身,我便说我会考虑一下。她给了我一张名片,上面有她的手机号码——她没有座机。我试图想出某种借口,既不让她往我家里打电话,又不至于显得无礼或心中有鬼,但没有想出来。

开车回家的路上,我觉得一定要把我和亚历克斯见面的事情告诉弗雷德,而不要等到因为又一个电话打来而被她发现。但是要把事情的来龙去脉——在艺术复兴中心预展上我一个字都没听见就应承下来的要求,亚历克斯因为我没有赴约而打来的电话,去她的公寓见面的约定,然后是见面本身——全部说清楚,似乎太长太复杂,自然会引发出一个问题,即此前我为什么对弗雷德只字不提。

因此我准备了一个精炼版本,暗示而不明说事情全是今天下午在学校里发生的:"你还记得前不久那个晚上在艺术复兴中心预展上的那个金发女人吗?当时她在跟我交谈,但她说的话我一个字都没听见。嗯,今天下午我又碰见她了,原来她是英语系的一个研究生,是美国人,在巴特沃斯的手下读博士,研究各种各样的自杀遗书。我们一起喝了杯茶。她想向我请教——实际上是非常明显地暗示情愿要我做她的导师。当然,我告诉她这是不可能的。不过,我可能会非正式地给她一点帮助。那是个很有意思的题目……"

晚上吃饭时,我说出了这番话,或者说表达了这番意思,弗雷德听的时候似乎没有疑心,或者确切地说是没什么兴趣。今天上午送到德珂装饰的一种昂贵的意大利窗帘布料出现了问题,她正心事重重。她们发现布料在编织上有瑕疵,延及整匹布料,所以只能把它退回去,但供应商没有其他的存货,所以必须得在米兰从头织起,这要花上几周的时间,而她们已经向顾客承诺在圣诞节前交付窗帘。"也许我们还是能够办到,但不确定性会非常大。"她说。"瑕疵很明显吗?"我问。"不是。"她说。"哦,那么,"我说,"也许顾客愿意以折扣价接受这批布料。""有可能,"弗雷德说,"但只要窗帘挂在她的前厅,她就会感到别扭。她只要拉动窗帘就会想起那个瑕疵。她心里会一直在想不知道别人是否注意到,并且得控制住自己不说出来。她会一直觉得我们做的事情不够尽善尽美。我无法接受这一点。""那你准备怎么办呢?""我们要尽力争取,"她粲然一笑,说,"我们要及时拿到布料,哪怕我得亲自飞到米兰去取。"我妻子真是个意志坚强的女人。

亚历克斯·卢姆是个很有意思的人，但有些令人琢磨不透。就连她的姓氏也让人不解。我在《企鹅姓氏字典》里没有找到"卢姆"这个姓。可能是某个移民姓氏的一种美式变体。也许是德国人或斯堪的纳维亚人——她长得像北欧人，像冰姑娘[①]。出于无聊和好奇，我在《牛津英语词典》中查了查 loom 这个词，发现它除了指一种织布的机器这种熟悉的意思之外，还具有多种不同的含义，有些现在已经过时：比如器具或工具，蜘蛛网，敞口容器，船，船桨中位于桨柄和叶片之间的部分，北部海域的一种潜鸟，由于灯塔里灯的反射而引起的天空中的亮光，水面或冰面上的幻影，一卷并联的绝缘电线，最不可思议的是，它还可以指阴茎。这种释义的引例是："他不寻常的阴茎大到足有一码长"，出自 15 世纪的一部头韵体传奇，书名碰巧就是《亚历山大》（我猜她的全名就叫亚历山德拉·卢姆）。这句话可以成为网上那些性辅助药物广告的一个绝佳的宣传口号："你也可以拥有一码长的宝物。"做动词用时，这个词的含义比较少：朦胧地呈现，大型和不确定的物体（常常是阴森地）出现；船只或海水缓缓起伏。

尽管离开前的那一幕很尴尬，我却不悔此行。很长一段时间以来，我都没有做过这种超乎我可以预料的日常事务之外的事情——就连运河边的位置也是这座城市里我以前从未见过的地方。而亚历克斯的论文题目无疑很有趣。我想我可能会给她一点非正式的帮

[①] 安徒生童话故事里的人物。

助——想到私底下补充乃至推翻巴特沃斯的指导,我心里就跃跃欲试。当她表现出一些其实得益于我的闪光之处时,我不难想象他目瞪口呆的样子……只要想到这里我就忍俊不禁。

8

11月9日。我对亚历克斯·卢姆的拜访还有一段奇怪的下文。今天下午,我准备去位于我们这一带的商业街上的银行和邮局,决定穿我那件大衣。星期二之后,我就没有穿过那件衣服,因为昨天的天气比较温和湿润,但今天又变得凉飕飕的。当我一边扣衣服一边在门厅里对着镜子检查自己的形象时,我发现胸前稍稍鼓起,似乎大衣里面的胸部口袋里有一条卷成一团的手帕或小围巾。我把手伸进口袋,接着,像一位不由自主的魔术师一样,掏出了一条女式短裤。我用两只手的食指和拇指把它撑开,愣愣地望着它。这是一条白色的纯棉短裤,裤边是窄窄的蕾丝。我马上意识到它是怎样进了我的口袋:离开之前,我在亚历克斯家上了一趟厕所,那几杯茶给我的膀胱造成了很难受的压力。她肯定是趁机把自己的短裤——或者用她的话说就是"内裤"——塞进了我的大衣里,作为我们谈话的某种续篇。可这样做用意何在呢?

内裤不是新的,但刚刚洗过——我不用闻就知道,因为它干干净净,布料摸起来柔软而有弹性。我看了看裤腰内侧,发现上面有一个褪色的"花谷"①布标，进一步表明这是亚历克斯的——倒不是说我还能想出其他的怀疑对象，在过去的四十八小时里居然开出这种玩笑。我突然想到，我很可能会在不经意中就当着弗雷德的面把它从口袋里掏出来。就拿我们昨晚去剧场参加报界晚会来说吧，如果当时我穿的不是雨衣而是这件大衣，那么，临出门时在这门厅里我就可能做出这种举动，或是在剧场的门厅里准备将大衣放进衣帽间时面临这种尴尬，而周围的人则好奇而好笑地看着我。"这到底是……"我想象着自己口里在说，一边从里面口袋掏出这条叠起来的内裤并展开，然后呆呆地望着它，其他人则哈哈大笑，用胳膊肘你碰碰我推推你地看着热闹，而弗雷德则大惊失色，接着便勃然大怒。无论是哪种情形，她都会要求一个解释，除了说出我登过亚历克斯的家门，并使得这件事情更像是做贼心虚，我还能如何应答？对亚历克斯这种鲁莽的行为，我顿时怒火中烧。

我望着门厅镜子里的自己，看到的是一个身材瘦削、头发花白的男人，穿着一件正式的深色大衣，手里拿着一条白色内裤，犹如掌握着一条罪证的侦探，心里想着该拿它怎么办。我的第一个念头是把它扔进垃圾之中，但以前有过几次，弗雷德弄丢了钥匙或某件首饰，于是在后院将垃圾箱里的东西一股脑地倒在铺开的报纸上，仔仔细细地翻找，也许天意弄人，在我们下一次清理垃圾之前她又会这样。我想到可以把它烧掉，但我们家里根本没有固体柴火，如果在室外处理，比如说在烤架上烧掉，就很有可能被邻居撞见，看

---

①纽约的一家非常著名的百货商场。

到我用钳子搅动一条烧焦的内裤。我想到可以用剪刀把它剪成碎片,然后从马桶里冲下去;但这幢老房子的管道设施不是它的最强项,一旦下水道被堵,而迪诺·罗德[①]的人掏出一团湿漉漉的碎棉布片,其中一片上还有"花谷"的布标,那该如何是好?我越是这样胡思乱想,这些情景就变得越怪异,越挥之不去。最后,我把我的全部焦虑之源装进一个有衬垫的大信封,寄给沃夫塞德小区的亚历克斯,里面还附有一张明信片,简短地写道:"我想这件内衣是你的。我不明白它怎么跑进了我大衣的内口袋,但这是一种非常愚蠢的行为,可能会让我难堪至极。有鉴于此,我无法答应就你的研究给予任何帮助或建议。D. B.[②]"去银行的途中,我在邮局寄出了包裹。我寄的是快件,想让她尽早地感觉到我有多么恼火。

11月10日。亚历克斯·卢姆今天早上打来了电话,她刚刚收到了包裹。幸好弗雷德已经出门去店里了。

我刚拿起电话,她开口就说:"对不起,"甚至没有通报自己的姓名,"我非常非常抱歉。那样做真是太蠢了。"

"是的,的确。"我冷冷地说。她咕哝了一句什么,我没有听清。我调高电话的音量,问道:"什么?"

"那只是个玩笑。"

"哦,恐怕我不觉得好笑。"

"那是干净内裤。"(说这话好像是恳求开脱)

[①]英国的一家专业管道疏通公司。
[②]德斯蒙德·贝茨的首字母缩写。

"我知道是干净的。"我多此一举地说。在接下来的停顿中,我能感觉到她猜测出我已经仔细查看过。"问题不在这里。如果我当着……当着别人的面把它从口袋里掏了出来,会是多么尴尬。"电话里传出低低的声响,可能是一声压抑的窃笑。

"您指的是,当着您妻子的面?"

"没错。"

"我没想到这一点,"她说,"我以为您在到家之前一定会发现的。"

"哦,我没有。"

"您瞧,我真的非常抱歉。我保证再也不这样做了。"

"你不会再有机会这样做了。"我说。

"哦,您说不再辅导我的研究,不会是当真的吧?"她说。

"恐怕是的,"我说,"再见。"接着我放下了电话。

电话几乎马上又响了。"请别这样对我,"她说,"我们重新开始吧。就当从来没有内裤这回事。我的论文需要您的帮助。您答应过的。"

"我只是答应考虑一下。"

"但是您很感兴趣,是吧?对这个题目?我看得出来。"

我心里默默地想,我得尽快找机会向弗雷德提议,将我们的电话号码换掉并且不记入号码簿,一边寻思着该找什么借口,突然我发现还有一个更容易的解决办法。

"那好,"我说,"我会考虑考虑。但是有一个条件。"

"什么条件?"她问。

"你得答应再也不往我家里打电话。"

电话另一头沉默了片刻，接着她说："好的。一言为定。"

后来我意识到自己已经默认了要帮助她，因为否则的话，我就无法制止她继续打电话。或者正如言语行为理论家们所说，我的话语就失去了其言后的有效性。

自杀遗书是一种什么样的言语行为呢？这当然取决于你采用怎样的分类系统。在著名的奥斯汀的系统中，任何话语——不管是口头的还是书面的——都可能含有三种言语行为：言内行为（就是你所说的话，也即命题意义）、言外行为（指话语希望在别人身上产生的效果）和言后行为（其实际产生的效果）。不过，还有许多进一步的区别和次种类，以及其他的分类法，譬如塞尔将其分为承诺类、宣告类、指令类、表达类、阐述类、间接言语行为等。大多数话语既有言内含义又有言外效力。言外行为和言后行为的分界则是模糊地带。从严格的意义上说，言后行为算得上是一种语言行为吗？奥斯汀举了这样一个例子：有个男人说"开枪打死她！"（仔细想想，就会发现这真是个相当奇怪的例子，也许是牛津那帮教师中的大男子主义和厌女主义的一种表现）。言内行为：他对我说"开枪打死她"时，"开枪"即开枪，"她"即指她。言外行为：他敦促（或建议、命令等）我开枪打死她。言后行为：他说服我开枪打死她。有趣的是其言外层面：即使就这个例子而言，你也可以发现在不同的语境下，相同的词语可以具有完全不同的言外效力。我以前经常给一年级学生布置的一个小练习就是想象这类语境。比如说,"他命令我开枪打死她"可以是描述集中营里的一名党卫军军官对一名卫兵下达的命令。"他建议我开枪打死她"就更需要一点想象,在冷冰冰的限定动词与残忍的不定式之间存在着巨大的道义差距;也许黑手党的某位教父会对家里的一位成员这么说,如果这位成员的妻子对他不忠的话(转而一想,这种可能性有些勉强:通常情况下,必须既有武器又有目标才能实现"开枪打死")。

那么,仅仅是由"我打算开枪打死我自己"这些词语组成的自杀遗书呢?言内行为:他陈述了要开枪打死他自己的打算,"打算"意为打算,"开枪打死"即指开枪打死,"我自己"指他自己。言外行为:这里有好几种可能性。他可能是在向那些发现他已死去的人解释,说他是有意而并非不小心开枪打死了他自己,或者说他不是被他人开枪打死。他可能是在表达导致他走这种极端的绝望之情。他可能是要让他的亲友为没有意识到他可能自杀、因而没有阻止他而感到难过。由于没有更多的语境,我们无从判断。至于言外效果,我想这将取决于他是否的确已经自杀。不过,真是这样吗?要产生开枪打死自己的效果,你不必说出或写出"我打算开枪打死我自己"这句话。你不是像诸如举行婚礼一样用话语来实施自杀。自杀遗书的言后层面与其言外层面——希望对读信人所产生的效果——密不可分。不过这可能会因你是否自杀成功而受到影响。

实际上,自杀遗书——哪怕是很短的自杀遗书——都绝不会像我的例子一样明了和简单。我在网上看过一些,它们都是具有多种不同言外力量的一连串的言语行为。例如:

他为什么这样对我？他说过他爱我。他怎么能跟她来往而不顾及我的感受。我真是受不了，而且还要应付 GCSE[①]考试和妈妈的问题。课业的压力太大，让我难以抄袭[②]，我的考试会不及格的。我但愿能一死了之，这样就不会给任何人添麻烦了。

妈妈酗酒越来越凶了，我真是受不了。她把酒瓶藏起来，如果被我找到，她就大发脾气，盖瑞也没有用，只是帮她说话，因为他自己也酗酒。我心里乱极了，我们成天吵架。只要我在家里就吵个不停。我想摆脱这一切。请让这一切停止吧。让这乱糟糟的局面结束吧。

我太独孤了[③]，谁也不关心我的死活。我所做的一切就是给别人添麻烦。我怎样才能让他回来。他不知道自己对我和我的生命有多么重要。没有了他，我也就没有了生命。

妈妈和盖瑞把我留在这里不管。他们看不出我有多么难过吗。他们不在乎吗？上帝啊请帮帮我，让我现在就离去。我学习不好，长得又丑，谁也不愿意关心我。我还以为他可能关心过我，真是太蠢了。

就这样接着又写了十段，反反复复地抱怨、指责、自责、自怜、恳求、生气、恐惧、绝望，有时是写给她的家人，有时是间接地写给抛弃她的男友，有时是向上帝倾诉，有时又是对她自己说

---

①指普通中等教育证书考试。
②原文为 copy with，是拼写错误，正确形式应该是 cope with，意为"对付"。
③原文为 all a lone，是拼写错误，正确形式为 all alone，又因为兼顾下文，故有此译。

话，句子一会儿是陈述句，一会儿是疑问句，一会儿又是祈使句。我想起了亚历克斯·卢姆关于自杀的绝望可能会让写作主体平常的表达水平得到提高的假设，但是在这里却看不出任何证据。不过，如果从文学的角度来阅读这个文档，则上下文会让这幼稚的文体产生一种令人心酸的效果——就连她的错误也具有了某种文采。"我太独孤了"颇有杰拉德·曼利·霍普金斯[①]的风格。她无法"抄袭"课业像是弗洛伊德式的失言，暴露出她对于抄袭的依赖。随意的标点则用意识流般的效果表达了她的痛苦的急切和思绪的混乱，而随着信件的继续，现在时态创造出一种强大的叙述力度："我一直在想着柜子里的药片，但是我很害怕。"这封信的结尾是：

> 我好冷，请帮帮我吧。我受不了现在这种空荡荡的感觉。我的脑袋很难受。不要砰砰响了，太痛了。我无法控制我生活中的任何事情。我要崩溃了。
>
> 有谁帮帮我吧。

如果这是一篇短篇小说，人们会说，最后这个由六个字组成的段落简洁而精妙。不过很显然，这封信的主要收信人或最先发现这封信的人根本不会这样理解；从审美的角度对它做出回应，把它当成文学文本来分析，似乎是一种冷血的做法，是漠视其中所描述的人类的痛苦。令人欣慰的是，我从脚注中发现，在这个具体的案例

[①] 杰拉德·曼利·霍普金斯（1844—1889），英国诗人，他强烈而充满圣灵的抒情韵诗使他跻身于伟大的现代诗人行列。

中，作者在过量服药后被挽救过来，又"继续生活下去"。实际上，这是贴在一个防自杀网站上的一封信。

11月12日。周日晚上六点钟左右，我像平常那样给爸爸打了电话。由于他正等着这个电话，所以马上接了起来。前不久我给他买了一部新话机，像益智玩具一样有很大的数字键，而音量控制键则被他始终调在"最高"的位置。我在餐厅里为它安了一个新机座。在那之前，当电话放在门厅时，可能要响五分钟之后他才听见。今晚他肯定是坐在话机旁，因为电话只响一声他就接了，大声喊道："喂。"

一开始，他听起来情绪还不错。他午餐时对付着烤了一小块羊肉，既没有烤焦也没烧着任何东西，所以感到洋洋自得。"我想我现在战胜那烤箱灶了，"他说，"而且那块羊肉也够我吃上好几天。"可是过了不一会儿，他就开始抱怨睡不好，晚上得起来四五次。我们又谈起床垫的老话题。"您该买一张新床垫，爸爸。一张定型的床垫。""什么样的床垫？""更结实的。""在我这把年纪，浪费钱买新床垫有什么意义呢？""我会出钱，爸爸。""我也不想要你浪费钱。"一提到钱就引起了倒霉的结果，让他想起税务局最近寄来的信。"苏格兰那个人总在给我写信谈所得税的问题。苏格兰跟我有何相干？"

"我猜是管理您的税务的机构搬到那儿了，"我说，"好创造工作机会，您知道。"

"工作！我敢说它倒是为某人创造了一份轻松的好工作，给我写信呀，寄表格让我填呀什么的。"

"信里说些什么，爸爸？"

我好不容易才听明白，税务局的人说，从他的某个建房互助会账户上直接扣除的税款现在可以享受退税，为此请他填写一份表格，但他怀疑苏格兰西海岸有人在设计诈骗他。"把那些信都装进一个信封里寄给我，"我说，"我会尽量处理好的。"

"不行，没准会寄丢了。你下次来的时候可以看看。这儿的邮递员都鬼鬼祟祟的。还有一件事。我找到了英国利兰①的一些股票。该怎么办呢？卖掉吗？"

"我想已经太迟了，爸爸。英国利兰好些年前就不存在了。"

"见他妈的鬼！我真倒霉！"

"您有多少股？"

"二十五股，每股五先令。"

"哦，您的损失还不大。"

"它们没准会升值的。"

我向他保证没有升值。接着，他又说了些经济上的忧虑，而我则又像以前那样说，如果他把代理权交给我，我会在为他赢得最大利益的情况下处理好一切，但他马上就起了疑心和敌意。"接下来你就会要我立遗嘱了。"他挖苦道。

"嗯，我的确认为您该立遗嘱了。"我说。他当然明白这一点：这是我们经常谈起的另一个话题。

---

①指英国利兰汽车公司，现已破产。

"没必要，"他生气地说，"你会得到我所有的一切。你是知道的。你是我唯一的……你们怎么说来着……近亲。没必要花钱请律师来立一份花里胡哨的遗嘱。"

"好的，爸爸，您自己看着办吧。"我叹了口气。他去世时如果没有留下遗嘱，会为我带来一些不便，但如果再逼他会很残忍：我知道他出于迷信而不愿立遗嘱，他觉得这仿佛是在签署自己的死刑执行令。我漫无目的地跟他聊了一会儿天气和电视节目，直到他完全平静下来，我才结束通话。

接着我给安妮打了电话。她已经怀有六个月的身孕，说感觉还不错，就是有点儿背痛，她的情绪很好，因为他们的浴室已经完工。她在德比郡的社会福利处工作，跟她的男友吉姆住在城外的一个村子里。吉姆可能有点另类，但性情温和，他谋生的方式是买进旧房产，一边住在里面一边进行修缮，完工后卖出赚钱，然后接着再买，所以他们似乎总是生活在一种半混乱的状态之中，只有一半的住处可以住人。"我希望你们近期不要再搬家了。"我说。

"是的，我已经让吉姆答应我们会在这所房子里住上一阵子，"她说，"起码要等孩子到两岁。"

"很好。"我说。我确认她会来我们这儿吃圣诞餐并住上一晚。"弗雷德要在节礼日举办一个大型聚会。"我告诉她。

"哦，您不是也有份吗，爸爸？"她说。她总是在暗示弗雷德在当家做主。

"嗯，我想也是，"我说，"但很显然，这是弗雷德的主意。"

"爷爷圣诞节也去吗？"

"当然。"

"里克呢?"

"你哥哥我就不知道了。已经邀请他了。"

我儿子理查德是剑桥大学的一位科学家,研究的是低温物理学。他谈起这些时我几乎一窍不通,而对理查德本人我就更不了解了。我觉得自从他母亲去世后,他就处于一种低温状态。他没有结婚,据我所知是一位独身主义者,住在学校的房子里,喜欢葡萄酒、巴洛克音乐和低温物理学,除此之外兴趣很少。有时候我寻思他会不会是同性恋,但我并不真的这样认为。如果他是的话,我会介意吗?有可能。我试着给他打电话,却听到电话录音开着。我猜他正在用自己的现代化音响听亨德尔的歌剧,不想被人打扰。我得说,他对自己的生活似乎很心满意足,尽管在其他人看来,这种生活好像缺乏乐趣。

9

11月16日。亚历克斯·卢姆信守诺言没有给我打电话，可两天后我收到她的一封电子邮件，写着："我们将在什么时候见面讨论我的研究？"我回复道："不知道。我感到好奇的是，你是怎么知道我的邮箱地址的？"她回答："我猜你可能会用校园网，跟其他所有教师的地址形式是一样的。"她当然猜得没错。退休教师可以继续使用校园网，这样你就可以使用图书馆目录，并省下支付给电邮服务商的费用。接着她又问："那我们什么时候见面？"我写道："我看不出见面有什么意义，除非是有东西可以讨论。你能发一个章节给我吗？"她发给我一份论文的开题报告，写得非常笼统和抽象。我回复道："我需要看一些更具体的内容，比如一个章节。"她回答："到目前为止，我写的东西还不适合给你看。"我回答："那好，我等着。"然后就没有了音信。

我发现自己比以往更频繁地查邮件，看她是否有回复，当收件箱里没有她的信件时，便感到稍稍有些失望。她不同寻常的题目似乎重新唤醒了我的研究欲望。今天我去了学校的图书馆，在语言学部分的书架上翻阅着，在索引中查找涉及自杀遗书的文献。我一无所获，但借了几本我认为可能相关的文献分析方面的书。我吃惊地发现，其中一本有好几段被人用青绿色荧光笔做了标记，不只是在页边上，而且整段文章从左到右被逐行彻底涂过。我在借书处指出了这种损毁行为。"我觉得这太不可思议了，一个受过良好教育因而能进入大学图书馆的人居然这样对待图书。"我说。管理员苦笑了一下，耸了耸肩膀。他解释说，由于学生现在可以在电脑终端自己将书借出，然后在大厅通过一个类似洗衣房斜槽般的地方归还，所以对图书是否受到爱惜无法监控。"但你们的电脑上对一本书的所有借阅者肯定有记录，"我说，"难道不能把他们找来一一询问吗？损毁者也许不会承认，但他们就不会再犯了。"他望着我，仿佛觉得我的神经不正常。嗯，在这个问题上我也许有点反应过度。在我看来，是否爱惜图书是对文明行为的检验。我承认，我自己偶尔也在馆藏图书的页边用铅笔轻轻地做些标记，但一页一页地读过并做好笔记之后，我会把它们仔细擦掉。看到图书馆的书被之前的借阅者大段大段地重重画线，而且经常是用尺子比着画，我就非常气愤，那些借阅者显然误以为这样似乎能把文字刻进他们的大脑皮层，而如果书写工具是圆珠笔而不是铅笔，其错误就会更加严重。使用标签荧光笔是一种新的、尤为肆无忌惮的破坏行为，它用色彩鲜艳的线条毁坏了书中的文字，完全无视对后续借阅者所造成的干扰。

这件事情让我产生了一种世风日下的感叹，在《老大哥》[①]节

[①] 一档收视率很高的真人秀娱乐节目。

目、《卫报》上的粗话、博姿店里销售的颤动的阴茎环、周六晚上在市中心狂吐的酗酒者以及为猫狗实施化疗等现象的影响下，我如今越来越容易陷入这种情绪。人们似乎更容易把自己的愤怒和绝望集中在一些有违理智和有伤体面的相对琐碎的小事上，而不是集中在对文明形成较大威胁的事情上，比如伊斯兰恐怖主义、巴以关系、伊拉克问题、艾滋病、能源危机以及全球变暖，它们似乎超出了所有人能够控制的范围。我认为即使是在冷战的高峰期，我也从来没有像现在这样对人类的未来感到如此悲观，因为有太多种方式可以让文明走向灾难性终结，并且为时不远。也许不是在我的有生之年，但不难想象会发生在安妮尚未出世的孩子的有生之年。

11月17日。昨天晚上，我与科林·巴特沃斯不期而遇。我去参加新聘的神学教授的就职讲座，主要是为了其后招待会上的一两杯酒（负责为教员休息室买酒的副主任品味很不错），而不是出于对"关于祈愿式祷告的问题"的兴趣，不过，人文报告大厅的环路系统颇为高级，所以讲座如果有意思的话，我也肯定能够听见。我是独自去的，因为弗雷德有个她在其中任职的慈善机构董事会的会议，尽管她本来也不会去。她说："因为我知道那神学系完全是一个无神论的温床。"这话有几分夸张，但研究神学的人如今大多是些典型的怀疑主义者，宣称从事的是所谓"宗教研究"而不是基督教或别的什么信仰。这位老兄显然抱着一种有趣的、与自己的论题保持一定距离的态度。"祈愿式祷告就是请求上帝做点什么，"他解释道，"当你帮别人祈愿时，叫作代人祷告。罗马天主教徒对此有一种特别的方式，即请求圣母玛利亚或圣徒们帮你说情，把你的请求传达给上帝。"听众不出所料地低笑起来。他说，关于祈愿式祷告存在着几个问题。首先是它通常不起作用。其次是在许多情况下，如果对你来说应验了，就会使别人的祷告失效——比如两个交战国或两支橄榄球队向同一位上帝祈求胜利。不过，其中最大的问题还在于认为有一位至高无上的上帝可以干预人类历史，在奖赏部分祈求者的同时，对另外一些显然同样应该奖赏的祈求者置之不顾。令人吃惊的是，信教者都非常聪明，他们能够找出各种理由说服自己接受这些失望和矛盾，然后继续进行祈愿式祷告。听到这里，我想起网上那封自杀遗书，"上帝啊请帮帮我，让我现在就离去……"不知道那位作者在过量服药后苏醒过来，发现自己的祈祷没有应验时，是会觉得感激还是失望，而在由此引起的胡思乱想中，我没有跟上讲座的大意，所以根本没弄清对祈愿式祷告的问题是否有解决方法。

随后在教员休息室举办的招待会又像往常一样，是朗巴德反射所造成的煎熬。这类场合往往会吸引一些上了年纪的客人，其中有几位跟我同病相怜，我跟他们老一套地寒暄了几句，"这里太吵了"——"什么？"——"我说这里太吵了"——"对不起，我听不见你的话，这里实在是太吵了……"后来，前任历史系主任的妻子西尔维亚·库柏跟我聊了起来，在这种交谈中，对方说了一句话，听起来像是引自达达主义诗歌或乔姆斯基的某个不可思议的句子，你就说"什么？"或者"对不起，请再说一遍好吗？"于是对方把刚才的话又重复一遍，而第二次说时就显得很乏味了。

"我们上次去打锣时可乐了,"西尔维亚·库柏好像在说,"所以大部分时间我们都待在憋屎里,都在江里的白夜船头。"

"什么?"我说。

"我说,我们上次去法国时可热了,所以大部分时间我们都待在别墅里,缩在家里的百叶窗后。"

"哦,很热,对吧?"我说,"那肯定是2003年的夏天。"

"是的,我们的屁股里花儿擦伤很硬,一个提神的戏场,但是恐怕被女囚血毁掉了。"

"对不起,我没听明白。"

"我们的住处离卡尔卡松①很近。一个迷人的地方,但是恐怕被旅游业毁掉了。"

"啊,是的,现在到处都是这样。"我摆出一副无所不知的样子说。

"不过我向您推荐雪利。不拉客和屁拉锁在那儿坐着骂,您知道的。还有一个漂亮的小型现代秘书官。"

"雪利?"我迟疑地问。

"赛瑞,是比利牛斯山脚下的一个小镇,"库柏太太有些不耐烦地说,"布拉克和毕加索在那儿作过画。我推荐您去那儿。"

"哦,是的,那儿我去过,"我连忙说,"是有一座相当不错的艺术馆。"

"是现代秘书官。"

---

①法国西南部一座有城墙的城市。

"您说得没错。"我说。我看了看自己的酒杯。"我好像需要再来一杯。要我帮您加一点儿吗?"

她谢绝了,我不禁如释重负。续杯之后,我走到人群的外围,在这里,别人过来搭话时我能听得清楚一些。我看到巴特沃斯和他妻子在房间的另一边,正在与做就职讲座的老兄聊天,无疑是老一套地就对方的表现言不由衷地大加赞赏。巴特沃斯——高大,健壮,皮肤黝黑,一头蓬松而有光泽的黑色卷发留得很长,披到了丝质黑西装的衣领上——看上去比他妻子更为年轻帅气,尽管我猜他们都已四十出头。我记得有人告诉过我,巴特沃斯太太是或者曾经是一位护士。她穿着一件很严肃的制服式无袖连衣裙,笔挺地站在那儿,认真打量着神学教授,仿佛正在观察他的症状,并随时可能从她硬挺的制服里抽出一支体温计塞进他的嘴里。而巴特沃斯则刚好相反,他的眼睛不断地东张西望,寻找着他有兴趣交谈的下一个对象。有片刻时间,他的视线与我的相遇,但是又很快移开:我们的交情一贯都不是太深,而作为一位已经退休的前同事,我对他的事业发展也帮不上任何忙。就在这时,按照惯例在就职仪式上为讲座者作介绍的副校长走到我身边,问我的太太可好,以及我们觉得在剧场观看的那部新戏怎么样,因为他在上次的报界晚会上看到了我和弗雷德。他的话我多半都没有听清,但我还是尽力煞有介事地敷衍了过去。透过眼角的余光,我看到巴特沃斯手里拿着一杯酒,尽快地穿过人群朝我们走来。他直呼名字地跟我打招呼,仿佛我们是多年的老朋友一般,接着便把注意力转向副校长,但副校长几乎马上就被系主任拉走去见别的什么人。"嗯,你的退休生活还好吧？"巴特沃斯嘴上说着，目光还在失望地追寻副校长离去的背影。人们在聚会上至今还问我这个问题，仿佛我才退休四个月而不是四年。"非常好。"我说，不希望让他了解真相而获得满足感。"你过得怎么样？""忙得要命，"他说，"你不知道我们现在有多少文书工作要对付。你脱身得真是时候。"这是以前的同事们在聚会上经常对我说起的另一个话题，隐隐约约地暗示提前退休与将军从遭到围困的城市里被直升机解救出来或者耗子离开沉船有些相似。接着，他又列举了他所参与的各种评估活动，他在其中任职的各种委员会，他得写出的各种拨款申请，他得评审的各种文章以及他得指导的所有研究生。"是啊，"趁着他缓口气的工夫，我说，"前几天我就碰到了一位。"自从副校长离开后他第一次正眼看着我："哦？是谁？""亚历克斯·卢姆。"我说。

他看了我一眼，这一眼我只能用戒备来形容。"你是怎么碰到她的？"他说。我告诉他是在艺术复兴中心美术馆的预展上，但是没有提及我们后来的接触。"她跟我谈了谈她的研究，"我说（这是事实，尽管那次我一个字都没有听见），"是个很有趣的题目。""是的。"他说。"虽然有点病态。"我加了一句。"是的。"他说。我从来不知道他说话这么惜字如金。"她进行得还顺利吧？"我装着毫不知情地问。"还早着呢，"他说，"她还在收集语料。她需要更多英国的自杀遗书来保持样本的平衡。她手头上的大多是美国的。"谈到方法论上的问题时，他稍稍放松，说话也慢慢像以往那样流畅起来。我假装对亚历克斯知之甚少，想尽量从他口里套出一些信息。"她为什么到英国来做研究。"我问。"她想跟我学习。"他说,似乎这个答案显而易见。"我猜这里比美国还更便宜。"我说。"是的。"他说,又回到了只言片语的模式。"她的第一学位是哪里的?"我问。"我忘了,"他说,"是新英格兰的某所文科学院,后来在康奈尔读了硕士。""哦,我还以为她说的是哥伦比亚大学。"我说。他又戒备地望着我:"也许是这样。我的确对她了解不多。她不怎么到学校来。总是干自己的,不大跟人交流,也不跟其他的研究生来往。""一个谜。"我笑着说。"你可以这么说。"他说,他的目光越过我,朝房间的另一边看去。"我太太在向我示意,我想她可能要回家了。失陪。"他走开了。

关于亚历克斯,他不愿谈论任何可能暴露出他作为导师的点金术已经失灵的问题,这一点十分明显,我不由得怀疑她其实已经暗示过希望让我取代他来指导她。我看着他走向他妻子,说了句什么,似乎让她吃了一惊,片刻之后,他们就动身离去。

让一贯能说会道、自以为是的巴特沃斯表现失态,我不禁有些得意,结果就将教员休息室的博若莱红葡萄酒多喝了很多杯。我把车留在学校的停车场,步行回家。到家时仍然有几分醉意,这种醉意转而变成了爱意,因为我发现弗雷德正在她浴室里那个四脚大浴缸里泡澡,看上去就像勃纳尔[①]的一副玫瑰色裸体画,她圆润的乳头刚刚露出水面,她的体毛像海藻一般在水下漂动。我脱掉衣服,走进浴缸坐在她身后,她把头靠在我的肩上,我一边为她秀美

[①] 皮埃尔·勃纳尔(1867—1947),法国画家、绘图艺术家、纳比画派成员。该画派以丰富明艳的色彩出名,作品多取材室内场景、裸体以及风景,他的作品继承并发展了印象派传统。

清新的乳房抹香皂,一边跟她说起讲座以及跟我交谈过的人(巴特沃斯除外),她也谈了谈她的会议的情况。后来我们光着身子上了床,我勃起的势头还颇为可观,可我们刚刚搂抱了一会儿我就睡着了,我入睡得太快,在睡着之前甚至没有感到睡意。下半夜时我醒了过来,觉得冷飕飕的,因为我没有穿睡衣,而弗雷德则裹着一件严严实实的棉睡衣,在一旁睡得正香。今天早上吃早餐时,她淡淡地说了一句我昨晚喝得太多,但没有抱怨我早早地睡着,她真是有风度。

11月18日。今天上午我的收件箱里有这样一封邮件:"你有生以来最持久、最强劲的高潮——岩石般坚挺——钢铁般坚挺——像色情电影中的男星一样喷射——多次的高潮——一遍又一遍地让你爽到极点——'雄风'是最新型、最安全的药物——纯天然,无副作用——24小时内全球送货。"我不明白诸如此类的许多垃圾邮件怎么会到达我的邮箱,因为在收信人一栏连姓氏都是错的,只有正确的首字母缩写,如"D.S.琼斯","D.S.福特","D.S.贝尔威瑟",而我最喜欢的是"D.S.修曼①"。今天的邮件的收信人是"D.S.林普②"。

11月19日。今天我给爸爸打电话时,他有些没头没脑地发泄了一通,抱怨他的有奖债券已经半年没有中奖了。他手头有价

---

①这里"修曼"的原文是Human,意为"人""人类"。
②"林普"的原文是Limp,意为"瘸子"。

值好几千英镑的债券。我敢说，他如果把钱存进某个比较好的建房互助会的账户肯定会收益更高，不过他从有奖债券中得到了更多的乐趣。每当收到一张——有时是同时两张——邮寄来的五十英镑的凭单，他就会非常兴奋，但是他显然有一段时间毫无收获了。"半年了！太不像话了！"我把他似乎忘记了的事情解释给他听，说这是一种彩券，无法保证多长时间中一次奖，甚至无法保证你一定能够中奖，你只是绝对不会亏本而已。"它是由一个设计出来随机抽取号码的电脑程序操作的。""你是说摇奖机？"他说，"这个我都知道。但你不会认为……嗯，那个，北边的什么地方——布莱克浦——的那些家伙，你认为他们不能让电脑按他们的意思选号吗？""他们干吗要那样做呢？"我说，"他们自己是不能购买有奖债券的。""没错，可他们的亲戚呢？配偶呢？""爸爸，如果这个系统可以作弊，我想现在早就被发现了。""我并不是说他们会把自己家里人的号码输入到机器里，他们可滑头了，才不会这么干。但他们可以偏向某些地区。""地区？"他把我一时弄糊涂了。"是的，地区，地区，"他不耐烦地说，"债券售出的那些地方。他们知道哪些号码出现在哪里。他们可以为自己认识的人降低比率。我敢担保，布莱克浦中奖的人比全国其他的任何地方都要多。"他这些想法有一种疯狂的逻辑，我没有想到他对这个问题想了这么多。"我可不这么想，爸爸。"我说。"嗯，我就是这样想的，而且我要写信去投诉。"他说。"好吧，爸爸。"我说。我想这样做可以让他活动活动脑子。

通过黄页和社会服务部门提供的地址，我已经开始收集城里我们这一带的养老院的介绍资料。这是一件令人难受的事情。在爸爸来这儿过圣诞之前，我得列出一张经过筛选的名单，并亲自去看一看。我一直没敢在电话中跟他提起这个话题。也许下一次去伦敦时——在圣诞之前还要去一趟——我会跟他谈谈。他不仅会对离开自己家这个主意强烈反对，而且要搬到他口中的"北方"——说这个词时语气中还带着一丝颤抖——会使事情更加为难。他的英国就是伦敦和东南部：大都市，南部海岸有码头和步行街的海边小镇，再加上两者之间的一小片美丽的乡村，绝对不超出南部的丘陵。战争期间被派往东英吉利亚和设得兰群岛，被他视为流放，几乎是到了另一个国家。当他来跟我们住在一起时，他觉得在我们这条位于市郊的树木掩映的街道之外，所有的一切都很怪异和非常不安全：公共汽车上的不同颜色，本地方言的宽式"A"音和不易察觉的缩约形式，有待拆毁或改造的废弃工厂的巨大空壳，及其周围那横七竖八的脏兮兮的排屋。附近的乡村虽然因为辽阔的旷野、湍急的河流和风景秀丽的修道院遗址而受到许多人的喜爱，对他却毫无吸引力。如果带他去观看山峰和峡谷的美景，他的评价可能会是："这一带没有哪儿可以喝杯茶，对吧？"

11月20日。今天我收到一封亚历克斯·卢姆发来的邮件："还在写那一章，不过这里有一样东西，可以让你在等待期间消遣一下。"她给了我一个名叫"自杀遗书写作指南"的网址。我已经把它读了好几遍，完全弄不清是怎么回事。这到底是一个严肃的文件，还是一个无聊的玩笑？抑或是一种推延潜在自杀行为的巧妙手段？它显然具有一种可怕的吸引力。

　　首先，你必须决定用什么方法。你准备用打字机或电脑把自杀遗书打出来吗？还是打算手写？手写的自杀遗书更加私人化，从而会对阅读的人产生更强烈的情感效应。不过如果是在电脑上写，你就可以反复阅读和修改。这毕竟是你此生最后要说的话，是你对家人、朋友和全世界的最终声明。它可能会在验尸官法院宣读，或者被媒体引用。甚至还可能进入自杀遗书选集！所以你得尽可能地使它清楚明确。你也许会考虑在电脑上撰写，然后亲手誊写终稿以留下个人的色彩。但是不要把自杀遗书写得太过精雕细琢。把你电脑上的拼写和语法检查功能关闭。信里的少许错误会赋予它一种迫切和真实的效果。

读到这最后一句时，我不可思议地感到一阵发冷：仿佛作者偷看了我几天前的日记，留意到我曾经说那个姑娘的自杀遗书虽然写法笨拙但是别具效果。

　　给自己留出充裕的时间来写自杀遗书。不要等到药物或其他的什么东西已经发作的最后时刻。你可能会惊慌，并忘记你原本想说的各种事情。你可能会来不及写完就失去知觉。最好在你真正实施自杀的头一两天就动手写。考虑一晚上，第二天早上再看一遍，就像职业作家那样。你会发现完善它的各种方法。

读到这里，我开始想，这份文档的作者不知道是在施虐性地嘲弄那些在网上输入"自杀"二字搜索同情和救助、从而可能登录他的网站的满心绝望的可怜虫呢，还是通过这种冷酷和就事论事的态度来对待整件事情，旨在给他们当头棒喝，让他们明白死亡的不可逆转，由此也许会放弃原来的企图，从而使他们的问题得到解决。还可能这只是对写作指南的一种低俗的戏仿？

写信时最好使用第一人称。用第三人称指代自己会显得虚伪和做作。出于同样的原因，要避免从文学作品中引文。用你自己的声音来写作，使用你自然而然地想到的词汇。如果你原本想到了一个词，就不要为了一个听起来使人印象更深刻的词而去查字典或辞海。与此同时，避免"我再也承受不了""我的生活太不值了""我想结束这一切"之类的陈词滥调。它们以前被用过无数次，完全丧失了表达效果，会让你的读者觉得乏味而失去兴趣。

"指南"的作者显然研究过很多的自杀遗书，对其中一些典型的策略和缺陷都了如指掌。

你可以表明自己想要一个什么样的葬礼，但要求不能太奢侈（比如一群穿苏格兰短裙的风笛手在你的坟前演奏哀乐），否则你的亲人会怨恨你给他们造成的麻烦和开销……不要给你的伴侣留下叮嘱或提示，比如"别忘了你的雨衣在干洗店里，星期四可以去取"。你也许以为这会显得你很周到和无私，但你的伴侣会把它当成有意使其痛苦的一种伎俩，其他人则会觉得你很愚蠢，居然去考虑那些鸡毛蒜皮的小事而不是专注于当务之急……一定要把自杀遗书放在一个显眼的、肯定能被发现的地方，否则你写这一番就是白白地浪费了时间；但是不要邮寄，以免你自杀所花的时间比原计划的要长，这样你就可能被阻止。

亚历克斯显然认为这篇文档是一个玩笑，一种可以让我"消遣一下"的东西，而我也得承认，有些地方让我看得笑出声来，不过还带有一丝负罪感，我没有想到有人能从这种话题里制造出幽默。那么制造者是谁呢？

11月22日。昨天晚上，我们去老毛纺厂观看了一场预展。过去的十多年来，本城许多的建筑物都改变了用途，老毛纺厂是其中之一。随着作为这座城市建立基础的传统制造业——主要是钢铁和羊毛产品——让位于信息、娱乐和时尚消费的后现代经济，有些仓库变成了夜总会，银行变成了餐厅，还有工厂变成了艺术中心。在媒体狂轰滥炸式的推动下，公众对新式的服装、食品、居家装饰和电子产品等各类商品产生了狂热的欲望。自现代主义诞生以来，艺术家们一直致力于"创新"，但是坚持着自己的步调，如今他们发现自己被流行文化的变化速度甩在了后面，于是努力寻找在纸张或画布上留下印记，或者在空间里组装三维物体的方式，这都是前所未有的创意。在老毛纺厂举办的展览名为《将错就错》，展品包括各种照片、复印件、传真和其他图像，出于这样或那样的原因，它们在复制过程中出现失误，于是形成了新的、出人意料而且似乎很有趣的作品。既有在胶卷倒回之前就打开相机而导致过度曝光的照片，也有因为胶卷轴没有向前转动而有意或无意地使影像相互重叠的照片，还有通过随意更改数码相机的默认设置而拍出的无法识别的图像，还有把五页纸的传真内容印在一张纸上的重印件，以及从书上复印的一些页面——由于复印机卡纸或者盖板放下时书被扭曲而印坏，形成波浪般的变形的文本，或者是大片的墨团和空白。有一件展品是一张从复印机里拿出来的A4空白纸，因为操作者忘了将要复印的文件放进去。它名为《哦》，售价150英镑（不装裱就是100英镑）。据目录介绍，通过引入或接受复制过程中的"失误"，艺术家们是在质疑"原创"和"复制"的艺术品之间众所公认的对立，以及将技术运用于艺术创作之中时所谓精确、一致和可重复性的必要性，由此而把沃尔特·本杰明在《机械化复制时代的艺术品》一文中发起的争论推向了一个新的水平。它最好地说明了我的一个论点，即许多现代艺术都是由巨大的话语构架所支撑，没有这种构架，艺术就根本不成其为艺术，而与垃圾无异。当我正在一群聊着天、品着酒的参观者之中对弗雷德这么说时，她把一个手指放到唇边，我猜这表明旁边有不喜欢听这种话的人，可能就是艺术家，结果果真如此。你如果是个聋子，听不见别人说的话，就不会意识到自己说话的声音有多大。

弗雷德的合伙人雅姬带着她的伙伴——即新男朋友——也去

参观了展览。莱昂内尔是一位中年会计师，体形粗壮，已经开始谢顶，"男朋友"这个称呼对他而言似乎过于年轻，不过天知道，他像交谊舞冠军一般步伐轻盈，行动敏捷，可以手上端着四杯酒而不溅一滴地在人群中穿梭，跟我一比就显得够年轻了。雅姬也比弗雷德更年轻，我猜是四十大几岁，她五官分明，肤色黝黑，身材匀称，双腿修长，为了充分展示自己的美腿而喜欢穿短裙。她有一张宽大、总是动个不停的嘴巴，好在她的牙齿很漂亮，粲然一笑时就会露出来——她的笑容有时很谄媚，有时则具有挑逗性，这取决于她的心情和环境。她嗓门很大，说话时带有兰开夏口音，会让我想起小时候在收音机里听过的喜剧女演员，尽管她没有什么幽默感。雅姬与弗雷德两人似乎在各方面都迥然不同，但她们的关系却出奇地好。

我们早就说定，看完预展后四个人一起去雅姬听说的一家名叫"天堂"的意大利餐馆，它位于市中心，才开张不久。我们刚刚走进大门，我就知道，对我来说叫它"地狱"更恰如其分。墙壁上都贴着大理石，地上铺的是瓷砖，餐桌是玻璃台面，座椅都是由实木制成：声音就像机关枪射击一样从这些表面反弹回来。餐馆里满是食客，空气中回荡着他们吵哄哄的谈话声、服务员对着敞开的厨房报菜单的喊叫声、上菜和撤走餐具时杯盘碗盏叮叮咣咣的撞击声，还有其他好几种我实在分辨不出来的凑热闹的声音，只是后来我才从同伴们那儿知道，那些声音来自于空调等，滑稽的是，还有"背景"音乐。就连他们——我的几位同伴——也觉得这嘈杂的声音对谈话是一种干扰，为了交谈，他们不得不就着桌子探身向前，鼻子几乎碰到了鼻子。不过他们一直都在交谈，而我在尝试了几次之后，就无助地耸耸肩放弃了，转而一心一意地埋头吃饭和喝酒。菜品很不错，尽管上得比较慢，而酒呢，我比他们三个人都喝得多。我很想取出助听器，因为它除了放大周围的喧闹声之外别无用处，但又想起伊芙琳·沃参加聚会晚宴时，曾经把自己的号角状助听器搁在一边，以表示对坐在他身旁的人的厌烦；而公然从自己耳朵里取出这小小的塑料假体，可能会传达同样的信息，于是我只好做罢。

我们进餐馆时正是晚上生意的高峰期，等到我们吃完主食后，周围已经不那么吵闹，我得以重新加入到谈话之中，而莱昂内尔已经将话题转到了我的残疾上。我通常不喜欢这个话题，不管提起它的人是多么同情和出于善意。我早已厌倦，不想再解释即使是最高科技的助听设备也无能为力，无法让我的大脑恢复将其想听的声音从不想听的声音中过滤出来的能力，或者解释我的听力损伤不属于通过移植可以矫正的类型，而是一种无法医治并且会不断加重的情形。"唯一不确定的是，"在这种场合我总是总结道，"我到底是会在彻底咽气之前彻底变聋，还是会在彻底变聋之前彻底咽气。"

莱昂内尔说："你有没有试过学习唇读？"我得承认自己从来没有想过这个问题。我以为唇读只跟那些深度耳聋者——尤其是公众人物——有关，以为它是一种几乎很神奇的技巧，必须从孩童时起努力无数年才能获得。"我曾经有位客户，一位女士，跟你一样在上了年纪后变聋了，她就经常去上唇读课，"莱昂内尔说，"她说帮助很大。""这个主意太棒了，亲爱的！"弗雷德说着，一边按按我的手,并朝莱昂内尔感激地笑着。"嗯,我想,在一定程度上我也在唇读,是无意识地,"我说,"我的意思是,当我面对面地看着弗雷德时,她说的话我总是可以听得更清楚。""没错,但这不是一回事,德斯。"雅姬说。(我从来没有请她叫我"德斯",可她总是这样叫。她还叫莱昂内尔"莱尔[①]",可他似乎并不介意。)"这跟学习唇读不是一回事。"说"学习"这个词时,她很有弹性的下嘴唇向前突出,我心里想到,观看雅姬唇部的动作可能不仅没有助益,反而会帮倒忙。弗雷德问唇读班在哪里上课,莱昂内尔说他会去弄清楚。遗憾的是,前面提到的老太太几年前已经去世,不过他与她的儿子还保持着联系。肯定是在本地的某个地方。"这真是太好了,不知道我们以前怎么没有想到。"弗雷德说。"莱尔是一个信息库。"雅姬得意地说。"嗯,这当然是个好主意,"我谨慎地说,"我得去了解了解。"

"你刚才可以显得更热心一些的,亲爱的。"弗雷德在开车回家的路上对我说。

"嗯,我需要更多地了解这个班的情况,它有些什么要求,是谁在开办,"我说,"而且我也不确定是否喜欢这个主意。现在重返课堂有点晚了。"

"也许你可以请人单独辅导。"弗雷德说。

"是啊,也许,"我说,"但那样会很贵。"

"很贵!天啊!如果有效的话,就算每次课一百英镑,甚至更

[①] 原文是 Lie,有"撒谎"之意。

多,都值得。"

她说话时情绪比较强烈,以至于省去了那声习惯性的"亲爱的"。我有几分不悦,没有接话。"今晚的谈话你几乎没怎么开口,到后来还是莱昂内尔把你拉了进来。"弗雷德接着说,"我知道那儿很吵,但有时候我觉得你几乎已经破罐子破摔,懒得去听别人在讲什么了——耳聋成了一个独自出神、埋头想自己心事的方便借口。""胡说,"我说,"它是我的痛苦之源。""哦,既然如此,你干吗不看看唇读是否有用呢?"

我被将了一军。我不喜欢重新当学生的想法,对于这把年纪能否学习唇读也缺乏信心,但是我明白自己必须试一试,否则别人会说我自私,不顾及我的残疾对弗雷德和其他人造成的影响。而且我心里不安地想,她的话也许不无道理。可不可能存在着一种耳聋本能,就像弗洛伊德所说的死亡本能一样?在人类对于友情和交际的正常欲望之下,是否存在着一种与之相抵触的对于麻木、沉默和孤独的无意识的渴望?我是否多少喜欢上了清静的耳聋状态?

今天下午,亚历克斯·卢姆终于给我发来了一个样章。篇幅不长,但很有潜力。讨论的是自杀遗书的分段特征。她对"抑郁型自杀"和"反应型自杀"进行了对比,前者是因为失望、失败、挫折等主观情绪所引起,后者是由于不治之症、破产、公开受辱等客观境遇所导致,她的观点是,短小的段落在前一类自杀遗书中比在后一类更为常见(这一说法本身需要更多的统计数据为证),因为写信人的思绪不太具有连贯性;确切地说,抑郁型自杀遗书由一连串她所说的"情绪爆发"所组成，它们彼此之间可能没有关联，甚至可能互相矛盾，只是写信人在回想使她产生自杀冲动的原因以及她的行为对别人的影响（在笼统性的陈述中，通篇使用的都是阴性人称代词）。她列举的例子证实了我从自己所见中得出的印象：在自杀遗书中，单句式段落的出现频率非常高，比如"有谁帮帮我吧"。

我给她回了一封邮件，谨慎地提了一些肯定性意见，她马上千恩万谢地回复，并要求我再次去她的公寓见面，好更详细地讨论这个章节。我找不到比较好的拒绝理由，也想不出更好的见面地点：如果有人看到我们在学校或者艺术复兴中心美术馆之类的公共场所交谈，可能会引起猜疑和闲话，而我显然不能邀请她来我家里。她的公寓有一个好处，就是非常隐蔽。问题是我该怎样告诉弗雷德，才不会暴露出关于以前跟亚历克斯的接触这件事，我并没有对她完全说实话。

11月23日。莱昂内尔找到了唇读教师蓓瑟妮·布鲁克斯的电子邮件地址并交给雅姬，雅姬又转给弗雷德，弗雷德把它带回家来交给了我。所以我只好履行诺言去"了解"这件事情，接着便是邮件往来。我先问蓓瑟妮·布鲁克斯她是否提供单独辅导，她说不行，因为她在这一地区的很多地方开班，没有时间进行个别辅导，不过跟一群人一起学习唇读其实更好。她在离我们家不远的一个成人教育中心开办了一个每周一次的班，她说欢迎我加入。"实际上，我们的班里需要更多的男士。"她写道，但我对这一说法将信将疑。让我感到意外的是，"除了茶点和咖啡的一点小费用之外"，这个班完全免费，它是由一家关爱聋人和听障人员的慈善机构所资助。每周四上午十点半到十二点半上课。我抱着希望地建议，作为一个初学者，我也许该等到新一期开班，而不要试图在中间插班，但是她说没有必要，因为这种课程其实不存在开始或结束，多数参加者已经坚持了许多年。"这不像学习一门新的语言，"她写道，"它的关键在于形成观察的习惯。区分难易。学会如何预测问题并加以克服。练习得越多，效果就越好。"

我把消息告诉弗雷德时，她说："听起来很有道理。"尽管心存疑虑，我却无法反对，也想不出任何下周不去上课的好理由。

10

11月24日。我刚从亚历克斯·卢姆家回来,这次拜访让我非常不安。她要么是毫无责任心,要么是精神不正常,还可能是二者兼而有之,与她扯上关系我真是后悔莫及。

吃早饭时,我尽量装出随意的样子,跟弗雷德说我今天下午要在学校里见亚历克斯,就她的研究给予一些建议,虽然我其实已经答应再一次去她的公寓。我打算晚上再告诉弗雷德,说亚历克斯上午晚些时候打来电话,请我去她的公寓而不是学校,因为她要在家等一个邮件。弗雷德也许会扬起眉毛,对我愿意不嫌麻烦地去方便一个研究生感到惊讶,不过我能想办法搪塞过去,比如可以说我一直都很好奇,想去运河边那些新开发区的里面看看。然后我可以向弗雷德描述一下公寓,仿佛我今天是初次看到,而对我以后与亚历克斯的关系也就不需要再找托辞了。可现在我从心底里但愿不要有以后。如果我们第一次见面时我听见她说的话就好了,那么根本就不会有开始。聋人与少女,危险的结合。

我像以前一样停好车,撑起一把伞,朝她的公寓大楼的正面走去。今天没有风,天气阴沉,蒙蒙细雨从低垂的云层飘落,悄无声息地融进运河,并为路面铺上一层湿润的光泽。我把伞举得很低,遮住面孔。我觉得此行有某种见不得人的意味,这种感觉挥之不去,所以我不希望被人认出,尽管其可能性微乎其微。雨水从沃夫塞德小区屋檐的塑料边缘滴落下来,小区俯瞰的那潭死水似乎比以往更加寂静和荒凉。跟我上一次来的时候相比,水潭尽头漂浮的垃圾稍稍有所增加。我检查了一下助听器是否戴好,然后按响三十六号公寓的门铃,宣告我的到来,只听亚历克斯的声音回答道:"算你走运,电梯修好了。上来吧。"

电梯在三楼停好开门后,她正站在敞开的公寓门前迎接我,像以前一样穿着黑衣黑裤。我本能地注意到她的毛衣是高领,所以这一次不会瞥见她的乳沟,不过作为补偿,那件紧身的全棉针织衫让她的胸部曲线毕露。她微微一笑,露出一口漂亮的美国人的牙齿。"嗨。把你的伞给我,我放到卫生间去晾一晾。天气可真糟糕!"当她处理雨伞时,我把雨衣挂在小门厅里的钩子上,心里想要不要开个玩笑,说希望到家的时候不要发现任何不属于我的东西,但转念一想,觉得最好还是像亚历克斯自己要求的那样,假装"根本没有内裤这回事"。

我拿着自己的公文包走进客厅,在休闲椅里坐下。亚历克斯很快跟了过来,坐到沙发上。"非常感谢你能来!"她说,"也感谢你阅读我写的东西。我真的十分感激。"

"我只有几点意见,"我一边说,一边从公文包里拿出她的样章,"你的确明白这完全是私人性质,是非正式的,对吧?"

"当然。顺便问一下,你觉得'写作指南'怎么样?"

"我认为很有意思。"她朝我满意地一笑。"可我猜不透它背后的意图。"我补充道。

"哦,我只是找点小乐子。"她说。

过了片刻我才有所明白:"你是说,那是你写的?"

"是啊,"她说,"我以为你会猜到的。你觉得我没有那么聪明?"

"不,根本不是,可是……为什么呢?"

她把耷拉在额前的一绺柔软的浅金色头发拂到后面。"哦,你知道,当你日复一日地读那些自杀遗书的时候,你就会有点不耐烦,对写信的人,以及他们的自怨自怜、糟糕的语法和极度的愚蠢。我想我是在发泄一点怨气。"

我问她,她觉得阅读这种指南对一个已经在真正考虑自杀的人会产生什么影响。

"我想可能会有好的影响,"她说,"我想他们会对自己说,'这是哪个混蛋,居然拿我的痛苦和绝望取笑?'然后他们会对我非常生气,也许根本就不会自杀了。你知道,就像电影里那样,警察对坐在摩天大楼护栏上的家伙说,'那好,只管跳呀,如果你想跳,那就跳吧,但是别让我久等,再过一刻钟我就下班了。'于是那家伙火冒三丈,朝警察一拳挥来,警察便将他拽到了安全的地方。"

"如果那些读者很单纯,"我说,"如果他们把这整个事情完全当真呢?"

"那他们就该死。"她尖刻地说,"不,我的意思是,我不相信有人会读了我的指南然后真的照着实施,你信吗?"

"很难说，"我说，"文学史上到处都是反讽被误解的例子。"

她微微蹙起眉头："我感觉到你不赞同。"

"嗯，坦率地讲，"我说，"我觉得自杀不是一个适合戏仿的话题。"

"哦……"她显得有点难堪。

"不过话说回来，我是个老头子，思想观念都过时了。"我给她找了个台阶，说道。

"我可不会说你'老'，"她带着一丝娇嗔地说，"是成熟，但不是老。我去沏点茶，好吗?"

我建议我们应该先讨论她那个章节。她从白色的文件柜里拿出自己的打印稿，把沙发拖过来在我的对面坐下，手里还拿好了铅笔。这很像指导的情景，我相信这正是她所想要的效果，确定好角色让我们扮演，一个是老师，一个是学生，制造出我们之间有一种契约关系的假象。我一边翻动着自己这份打印稿，并讲解我写在页边上的笔记，一边提醒自己要特别小心；而她则专心地听着，一边飞快地记着笔记，一边点头和低声附和："是的，完全正确，你是对的，太棒了，等等等等。"我知道她在讨好我，但这些赞美之词我听了还是很受用。我发现过去的几年来，我一直怀念那些非常优秀、但知识没有我丰富的头脑所带来的满足感，而由于现在主要是我在讲而亚历克斯在听，我觉得更添快意，因此，在二十分钟左右的时间里，我完全忘记了自己的听力残疾。公寓里十分宁静，像录音棚一般毫无杂音，这也帮了大忙。

"哦，这真是太棒了，非常感谢，"她在我讲完后说，"下一步我该怎么做?"

这种让人一眼看穿的把戏使我笑了起来。"这我可不能告诉你!我不是你的导师。"

她的脸沉了下来。"没错,唉。我可以告诉你,德斯蒙德——我可以叫你德斯蒙德吗?'贝茨教授'听起来太拘谨了。"

"随你吧。"我有点犹豫地说。

"嗯,德斯蒙德,我可以告诉你,我们刚才的讨论比科林对我的所有指导加起来还管用。"

"你这样说太抬举我了,"我说,同时注意到她提起"科林"时那种习惯成自然的语气,"但我能给你的帮助在数量上非常有限。"

"那么是怎样的限度呢?"她莞尔一笑,说道。

"嗯,首先,我不能经常来这儿。"

"为什么不能?"

"我妻子会怀疑的。"我语气轻松地说。

"她知道你在这儿吗?"亚历克斯问。

"哦,是的。"我说,但说话时我不敢直视她一眨不眨的蓝眼睛,我怀疑她知道我在撒谎,"可如果成了一种习惯,她自然可能会想,我为什么对一个漂亮而年轻的研究生给予这么多不计报酬的帮助。"

她面露难色:"恐怕我现在无法给你支付报酬,不过——"

"不,不,我不是这个意思。"我申辩道。

"不过如果我在系里得到一份教职——"她接着说。

"老天,我根本就不要你给我报酬,"我慌乱地说,"真的,我完全不是这个意思。只是因为弗雷德……"这句话我没有说下去。她总是有办法让我在谈话中措手不及,现在我已经忘了自己到底是什么意思了。

"弗雷德?"

"是我妻子。全名是维妮弗雷德。"

她仰头大笑起来。几乎是哈哈大笑。"你叫她弗雷德?她也不介意?"

"我想是的。"我无力地说。

"弗雷德是干什么的?"她问。

"她不介意我叫她弗雷德,但不喜欢别人也这样叫。"我说。

"对不起,维妮弗雷德——贝茨太太——是干什么的?也可能只是一位教员的太太?"

"才不是呢。她与一位合伙人在市中心开了一家兼作陈列室的商店。"我跟她讲了一些德珂装饰的情况。

"听起来很有趣,我得去看看。我这些窗户需要一些帘子。"她指了指溅有雨迹的窗户,上面装有软百叶窗但没有窗帘。

"要是我才不会去呢,"我说,"她们的价格相当昂贵。"

"你不用担心,"她说,"我会慎重的。"

我想不出再说什么,以免言多必失。

"我去沏点茶,"她说,同时站起身,"阿萨姆茶,对吧?"

她进厨房后,我也站起来伸展一下腿脚,并走到她的书架前看看有些什么书。在经过那张被她当作书桌的桌子旁时,我的目光落在一支青绿色标签荧光笔上,那支笔放在一个小托盘里,旁边还有几支钢笔和铅笔。

此刻我坐在自己的书桌前，在可调式台灯的锥形灯光下写着这些，仍然能感觉到我瞥见那一幕时的愕然，以及心里产生的混乱。我假装按照原意浏览架子上的书，但书脊上的书名我都没有看进去。我告诉自己这只是巧合，那种青绿色荧光笔到处都有，我不应该轻易下结论，但某种直觉告诉我，这就是谋杀武器，上面布满了指纹而且还在滴血。接着，我的目光被书架上一本熟悉的平装书所吸引，《话语分析导论》，德斯蒙德·贝茨著。我把它拿下来打开。封面的里侧用小而工整的字迹写有亚历克斯的名字——"亚历克斯·卢姆"。我随手翻了翻书。许多页上都有成段的文字被青绿色荧光笔画过。听到茶具放在托盘上的叮当声，我连忙把书放回书架，回到自己的座位上。

虽然我尽力保持镇静，亚历克斯回到房间时，显然还是注意到我的神态有了一些变化。"你的样子非常严肃，"她一边倒茶一边说，"是关于我那个章节你还有什么没有说吗？"

"不，不是关于那个章节，"我说，"我在想你是不是知道一本名为《文件分析》的书，是一个叫利夫莱特的人写的。"

"我读过！"她得意地说。

"你这里有吗？"

"没有，那是图书馆的书。买起来实在太贵了，再说从中我也没有多大收获。"

"是学校的图书馆？"我问。

这时，她注意到我问话中的审问语气，顿了片刻才回答："是的。怎么了?"

"嗯,前几天我自己碰巧在图书馆借了那本书,我发现之前有位读者在上面涂画过。上面满是青绿色荧光笔留下的记号。"

"是吗?"她没有脸红,也没有显出任何愧色。她明亮的蓝眼睛与我对视着,没有躲闪。"我借的时候没有记号。"

"那么也许是你做的记号。"我说。

她笑了起来,但是笑得很勉强。"你怎么会这样想呢?"

"我注意到你桌上有一支青绿色荧光笔。"

她又笑了起来。"它们十分常见,福尔摩斯先生。"她说。

"我刚才还看了你那本我所写的话语分析的书,上面有同样的记号。"她垂下眼睛,没有吱声。"当然,在你自己的书上,你绝对有权力想怎么画就怎么画,"我接着说,"但在图书馆的书上那样就完全是破坏公物。"

"我忘记那是图书馆的书了,"她说,"我当时看书到很晚,非常疲倦,一会儿查这本,一会儿翻那本,有的是我的,有的是图书馆的……"

"别指望我相信这一套。"我说。

"这是真的。我不是有意要损坏的。再说了,这有什么大不了的?我并没有把书里的一些页码撕掉。它还是可以看啊。"

"这是原则问题。"我说,并站起身来。

"哦,别走!"她急忙说,也跟着站了起来,看上去像是随时都可能下跪,"别生着我的气离开。"

"我不是生气,"我说,"而是难为情。"

"告诉我该怎么办。我会答应你的所有要求。我会给图书馆买一本新的。"

"这无疑会是个好主意。但别的书你还损坏了多少本呢？"

"一本都没有！"她说，"相信我。"

"对一个在图书馆的书上留下不可磨灭的记号的人，恐怕我永远都无法相信。"我说。

"哦，看在老天的分上，德斯蒙德！"她噘起嘴笑着说，想换一种招数，"听听你那些话。'在图书馆的书上留下不可磨灭的记号……'别生气了！"

但是我不会让她这么一逗就消气。"而且前些时候你还用自己的内裤做出那种蠢事……我已经受够了，"我说，"我现在就走，再也不会来了。也再不会对你的研究提出任何建议。"我拿起公文包关好，把她那个章节的打印稿留在茶几上。

"哦，别这样！"她哀求道。

"哦，就这样。"我说，然后走出那个房间。我听见她在我的身后说："愚蠢！愚蠢！愚蠢！"我想她是在自言自语。我从前厅的挂钩上取下我的衣服，离开了公寓。当我随手关上前门时，听到'咣当'一声，好像是她把茶盘以及上面的东西猛地甩了过来。我选择了楼梯而没有等电梯。外面还在下着蒙蒙细雨，我发现自己忘了拿伞，但是没有回头去取。

11月25日。我想亚历克斯不会就这样接受我们之间的一刀两断，而是会努力争取和解。我以为她可能会提出要归还我的雨伞，以此作为再一次见面的借口。但是今天上午，我收到她发来的这样一封邮件：

亲爱的德斯蒙德：

你生气得对，我那样做很可鄙，那是愚蠢、懒惰、自私和白痴的行为，我该当受到惩罚。我要你来惩罚我。下周同一天的同一个时间，请来我的公寓。如果你不能来，就写邮件告诉我你哪天下午有空，我再另选时间。来到沃夫塞德小区，三点整时将我的门铃按三遍。我不会在对讲机上回应，但我会打开下面的大门——你会听到蜂鸣器的声音。你会发现我的公寓门没有锁，只需一推就会打开。随手关上门，松开弹簧锁，让门锁上。不要大声喊叫，什么都不要说。把你的外套挂在门厅里。走进客厅。百叶窗会放了下来，所以光线会比较昏暗。不要开大灯。有一盏装有红色灯泡的台灯会亮着。你会看到我弯腰趴在桌上，头枕着垫子。我的腰部以下会赤裸着。不要说话。走到我的身后，摆好打我屁股的姿势。如果你愿意，可以脱下夹克卷起袖子。但是别想操我。我**不是**请你来操我，而是请你来惩罚我。只能用你的巴掌，不要用棍子或其他的工具，但是你可以想打多重就打多重，想打多少下就打多少下。如果我叫出声来，如果我对着垫子哭泣，也不要停下。把你心里的怒火发泄出来。等你打够了，觉得气消了，就不声不响地离开，像来的时候一样。随手关上公寓的门，离开这栋大楼。

等我们下一次见面时，对过去的事情以及图书馆的书我们会只字不提。这一页就翻过去了。我们可以继续交往,仿佛一切都没有发生。这样很好。

亚历克斯

这封信我肯定从头到尾读了五六遍,每读一遍都会勃起。我不打算按她的提议前去赴约,但是那种施虐场景却在我的脑海里挥之不去。想象那一幕简直是轻而易举——想象我自己像在电影中一样走近那栋大楼,看看手表,三点整时按三遍三十六号公寓的门铃,听到蜂鸣器的声音以及门锁打开时的咔嗒声响,上到三楼,悄悄地走进公寓,随手关上门,在门厅里脱下外套——门厅几乎一片黑暗,只有从客厅透过来的微弱的红光。我走进房间时,看到的正是她所描述的情景:百叶窗放了下来,房间里只有一角点着一盏红灯,而她就在那儿,弯腰趴在桌上,头枕着垫子侧向一边,后脑勺对着我,所以我看不到她的脸,她上身穿着一件黑上衣,但腰部以下除了一双发亮的黑色高跟鞋(这个细节是我的想象力所加)之外一丝不挂,她那红润的屁股露在外面。我脱下夹克,卷起衬衣的右边袖子,然后用两只手的手指调整好她臀部的角度,轻轻地抚摸着她弧形的屁股,就像一位养狗爱好者稳住其颤抖的纯种狗准备展示一般。我抡起手臂,接着向前一挥,让我张开的巴掌"叭"地一声落在她的屁股上。那声脆响以及我与她肌肤接触的感觉在我的脑袋里爆炸开来。我听见她倒抽了一口气。我让自己的手在它落下的地方停留片刻,然后抽回再打,一下,两下,三下,每打一下都有意略作停顿,轮流着一会儿打左边,一会儿打右边,每一次都让自己发痛的手在它落下的地方停留得稍稍更久……

我以前从来没有这样的幻想。这个女人是怎样凭直觉知道它就藏在我的内心深处,无人知晓,只是等待着被释放出来?

11月26日。昨天傍晚,弗雷德从店里回来得有点迟,但心情很好,为了庆祝下午卖掉的一幅非常昂贵的画,她和雅姬去喝了一杯"快乐时间"[1]。我为我们的晚餐准备了炖鸡肉,吃饭时她又喝了一杯,一边咯咯笑着告诉我雅姬跟她说的她与莱昂内尔性生活的私房话。他们显然时不时地来一个性爱主题之夜,都是他想出来的主意。比如印度之夜:卧室里燃着香,录音机里放着拉格[2],床头柜上摆着一部摊开的《爱经》[3]作参照。或者是日本之夜:穿着和服式浴衣,在放有软垫的小地毯上云雨,旁边还有几小杯清酒提神。或者是意大利式做爱,吃着小爱神蜜饯,品着阿斯蒂葡萄汽酒,放着普契尼咏叹调的背景音乐。为了寻开心,我们想出了一些其他的将会考验他们想象力和(或者)体力的主题:爱斯基摩之夜,罗马狂欢之夜,D.H.劳伦斯之夜……尽管是在拿他们说笑,我还是不免有一丝妒意,我觉得弗雷德也有同感。"哦,祝他们好运,"她一边说,一边又给自己倒了一杯酒,"他们显然很享受,那就享受好了。""你想这样试一下吗?"我试探地问。"我们已经太老,受不了那种狂欢了,亲爱的。"她很大度地把自己与我划到同一个年龄

---

[1] 酒吧行业的术语,通常指一小时或更长的优待顾客时间,或者饮酒减价,或者免费供应小吃。
[2] 印度的传统曲调,具备特有的音程、韵律和装饰音等。
[3] 一部印度8世纪时关于性爱和性爱技巧的著作。

段,说道,"再说,要享受这种事情,你的态度必须特别严肃,我怕自己会觉得荒唐而大笑起来。""是啊,笑是性生活的克星。"我有点遗憾地说。"但我们今晚可以来点儿传统的,如果你愿意的话。"她说。"好的。"我说,并盖好酒瓶。

后来,在卧室里,当我们从各自的浴室里光着身子出来搂在一起时,她说:"如果你真的有主题之夜,那会是什么主题?"我说:"打屁股之夜。"她扬起头,直瞪着我:"亲爱的!亏你想得出来!谁打谁呢?""我想打你,"我说,"不过我想我们可以轮流来,如果你喜欢的话。"她几乎歇斯底里地哈哈大笑:"你想把我放在你的腿上吗?会不会有点沉?"我环顾了一下房间:"你可以把梳妆台上清理干净,然后趴在那儿。"她在我的屁股上重重地打了一巴掌,我叫了一声,"哎呀!""瞧见了?"她说,"你不会真正喜欢的。""你是偷袭,"我说,"但效果其实很刺激。你看。"她笑眯眯地又给了我更狠的一巴掌。我动手还击。我们扭打和嬉笑着倒在床上。后来,我们停住笑闹,我对弗雷德行了亚历克斯不让我对她所行之事,我闭上眼睛,想象自己置身于一个亮着红灯的房间里。这是我们很久以来最为尽兴的一次性生活。

11

11月28日。昨天我去伦敦看望爸爸。后面这四个字很多余。现在我还有别的原因去伦敦吗?以前我常常去伦敦出差,参加某个委员会的会议或者考核某位博士生,费用可以报销,或者是去见出版商,旅差费自理但可以得到一顿有酒的免费午餐,然后在乘火车回家之前还有时间赶得上一场电影,或参观一个展览,或去查宁十字街①的书店看看书,可那种日子已经一去不复返了。如今,我在国王十字车站钻进地下,穿过地铁里黑乎乎的通道,又在伦敦桥车站的带梁拱顶下重新出来,甚至都不会看到西区。实际上,我上次看到西区是在去年的7月7日,那天上午十点左右,当我到达伦敦时,发现站内一片混乱,到处都是茫然失措的旅客,整个城市已经瘫痪,起因一开始说是地铁的大规模断电,后来又说是发生了四处连环爆炸袭击。所有的公共交通都暂时停止。我既无法穿过伦敦去看望爸爸,也无法回家。在一部公用电话前排了半个小时的队——到了这时,我才第一次希望自己有一部手机,尽管有手机的人都在

---

①伦敦的一条很有名的旧书街,路的两旁聚集了大大小小的二手书店。

忿忿地相互抱怨系统太忙,电话无法接通——之后,我给爸爸和弗雷德都打了电话,向他们报了平安,然后在静得出奇的伦敦市中心进行了一次长途散步。

到处都有很多的行人,尤其是在下午,办公室和商店关门以后,员工们开始长途步行,走回他们位于远郊的家,但是路上没有车辆,只是偶尔有警车或救护车闪着灯和多此一举地响着警报呼啸而过。当时还没有人知道爆炸的程度和性质,但大家普遍猜测是"基地"或某个类似组织所为,是纽约"9·11事件"的后续在等待已久之后终于来到了伦敦。街道上没有恐慌,只有一种隐忍、冷静,犹如当年闪电战时的情绪。在莱斯顿广场上,有个怒气冲冲、满脸通红、穿着一件脏雨衣的醉汉在高喊"操他妈的阿拉伯人!"但人们没怎么理睬他。在牛津街上最后一家仍在营业的商店约翰·路易斯店里,在几乎无人光顾的一楼,我享受着三位店员的专门服务,为弗雷德买了一支银质钢珠笔作为生日礼物。有位店员说她已经去过运动区,买了双运动鞋,准备穿着走回位于奇西克的公寓。这是一种非常明智和实用的应急措施,在我脑海里留下了深刻印象。

所有的剧院和大型影院白天都关了门,只有柯曾苏荷电影院[①]还开着,我在那儿舒服地消磨了几个小时,看了一部阿根廷电影《保镖犬大B》,那是一部以巴塔哥尼亚为背景的感人的艺术喜剧片,是暂时逃避现实的最好消遣,而且还有字幕。在迪安街上,我发现

[①]伦敦著名电影院,坐落于伦敦的媒体中心,周围是英国电影业的各大巨头公司。

有一家意大利餐馆还在示威性地开门营业，便在里面吃了一顿不错的较早的晚餐，然后沿着托腾汉法院路和尤斯顿路返回国王十字车站，那里的主要路段这时已经恢复运行。我两腿发酸，但觉得特别满足。这是一次出乎意料的休假，逃脱了看望爸爸的乏味义务，不过最重要的一点是，我享受到了城里不寻常的安静。奇怪的是，失聪并没有减少安静的魅力，而是恰恰相反。听觉体验是由安静、声音和噪音所组成。安静是中性的，是一种备用状态。声音则有意义，它包含着信息或者可以带来审美的快感。噪音既无意义又很难听。失聪把太多的声音变成了噪音，于是你宁愿拥有安静——所以，在那些没有车辆的街道上散步令人非常愉快。恐怖使整个伦敦市中心一时间成了步行区。

后来，当爆炸的恐怖场面——在正处高峰期的拥挤的、陷在隧道里的列车上爆炸所产生的巨大威力，黑暗，烟雾，尖叫，恐慌，残肢断臂——被全面报道出来时，回头想想，我之前的反应似乎有些轻率和恣意。像许多其他人一样，我一连几个月都避免乘坐伦敦的地铁，转而选择价钱昂贵的出租车；但过了一段时间，又像许多其他人一样，我又开始乘坐地铁。实际上，这并不明智：没有发生严重事件的时间越长，就越有可能再一次发生严重事件，因为伊斯兰极端主义、异化的英国穆斯林、巴以纷争、伊拉克问题等潜在根源依然存在。地铁系统怎样才能保障安全呢？那些人弹总是可以通过。于是你只能相信运气，希望自己千万不要在错误的时间登上错误的火车走进错误的车厢。前不久，我读过一篇关于7月7日皮卡迪利线列车爆炸案的一位遇难者的报道，她当时碰巧正在阅读一本杂志上刚刚登出的关于她自己的故事，讲到整整三年前的2002年7月，她如何遭人强暴乃至几乎丧命的经历，就在这时，杰曼·林赛[①]——又名阿卜杜勒·沙希德·贾马尔——在这同一节车厢把自己炸得粉碎，也给她留下了终生的创伤。我不禁想到，避开这种事情的几率是多少呢？

我到青柠街时已经较晚，不过没有关系，因为爸爸已经忘记了我要来。我不得不叩了大约五分钟的门环，他才把门打开，门链还没有取下。他从门缝里愣愣地看着我。

"你来这儿干吗？"

"我来看您呀，爸爸。我们上星期天在电话里说好的。"

"哦，是的。"他想掩饰自己的健忘，连忙说道。他关上门，取下门链，把门完全打开。"好了，进来吧。"他不高兴地说，好像我让他久等了。他看上去比以往更加邋遢，那条脏得发硬的毛呢直筒裤一边高一边低，因为裤腰上掉了一颗纽扣，而且他的脸也没有刮。他带我走进起居室。在写字台掀开的桌板上，有一大堆纸张单据，看样子有了麻烦。"我在找那些储蓄存单，但好像找不到了。"

"哦，我不奇怪，"我说，"您干吗不用我给您的那个分类系统呢？"一年多以前，我给了他一个硬纸档案盒，里面被隔成多个部分，分别标有"账单""银行""储蓄存单"等，可是却扔在房间的一角没有使用，里面空空的，只有几张打折出售双层玻璃窗和花园

[①] 2005年7月伦敦地铁爆炸案的一名人弹。

家具的小广告。

"那玩意儿我用不来,"他说,并关上写字台的桌板,那一小堆纸张也就滑进抽屉里,那就是他所喜欢的分类系统,"要不要喝杯咖啡?"

"我自己来吧。"

"是啊,你自己来吧,我不知道要放多少。"他指的是放多少他的速溶咖啡,一种名为"速溶咖啡"的经济品牌,喝的时候最好是加一点糖而不加奶。他跟着我来到厨房,这里是一种脏乱不堪、无可救药的状态。"您要来一杯吗?"我一边问,一边寻找没有裂纹或缺口或到处都是油腻的杯子。

"不用了,谢谢,咖啡在我身体里待不住。"

"老地方吃午饭?"

他好像有点担心:"嗯,我还有一点周末剩下来的冷羊排,但不够两个人吃。"

"我不是这个意思,您想去塞恩斯伯里吃午饭吗?"我提高嗓门说。他舒了口气,脸上顿时高兴起来,并微微一笑,露出了一口假牙:"是的,那样很好。"

"嗯,那您去刮刮脸,换身衣服吧。"趁他在楼上的工夫,我系上一条挂在门后的很脏的花围裙,戴上一双黄色橡胶手套,想把厨房稍稍收拾一下。我从放在滴水盘上的一摞脏碗碟开始,后来才意识到它们已经被洗过,但是你不大看得出来。接着,我用在水槽下找到的一把硬毛刷和一点洗洁精来对付台面。我发现烤箱灶旁又多了一个烧坏的痕迹。我没听到爸爸从楼梯下来的声音。

"你看到我那双棕色的羊皮鞋了吗，亲爱的？"他站在厨房门口，在我的背后说。我听到这种称呼吃了一惊，转过身来，看到他的表情从询问变成了惊讶，然后是失望。他已经刮过脸，穿得很整齐，只有脚上还是一双厚厚的羊毛袜。"我以为你是诺玛，"他说，"系着这条围裙，带着这双手套。"

"对不起，爸爸，"我说，"我不是有意……"

"你没见到她，对吧？"

"您是说妈妈？"他点了点头。"妈妈已经去世了，爸爸，"我柔声说，"她十三年前就去世了。"

"是吗？没错，当然是这样。她的确……但是我在这楼下的时候，听见她在楼上走动的声音，你知道。我听见地板嘎吱响。而当我在楼上时，又听见她在厨房里洗洗刷刷。"他似乎并不觉得这些经历有什么奇怪或令人不安——刚好相反，它们似乎消除了他的孤独。听到他这些话，我既感动又担心。

我们乘出租车到了塞恩斯伯里。在自助餐厅里，我们两人都点了炸鱼和土豆片配豌豆，他吃完布丁、苹果派和冰淇淋后，情绪好像很不错，于是我提出了要他搬到离我们较近的某个家庭养老院的建议。他的嘴角顿时耷拉下来，一个劲地摇头："不用了，儿子。谢谢，但是不用了。"

我从口袋里掏出一本小册子给他看，上面是我在过去一周左右的时间里接触过的最漂亮的养老院，我指着照片，让他看那些光线明亮、设施齐全、带有浴室的卧室客厅两用房间，还有舒适的休息室，以及摆着单独餐桌的餐厅。"主餐有人帮您做，但您的房间里也有一个小电炉和烧水壶,所以您可以自己做早餐和小吃。"

"这一切要花多少钱?"

"现在别管这个,"我说,"您付得起的,如果需要的话,不够的部分我来出。"

他看着小册子,似乎在努力想象自己住在照片上的地方,但是想象不出来。"不行,儿子,这不适合我。我喜欢自己的家。我知道各种东西都放在哪儿……"

"您不知道,爸爸,"我很不客气地说,"您不知道您的储蓄存单在哪儿,还有您的羊皮鞋。您的各种东西一到需要的时候就找不到。"

"那是因为我有太多的家当。在一个那么丁点儿的小地方,我所有的东西该怎么办?"他指了指小册子上的一张卧室客厅两用房间的照片。

"嗯,很显然,大部分您都得处理掉。"

"你是说——把它们扔掉?"他生气地说。

"卖掉,或者捐给慈善机构,随您怎么处理都行。您可以带上几件喜欢的家具。"

"哦,真是太感谢了!"

我顿了片刻,觉得自己没有把握好谈话,不仅在纠缠于一些琐碎的枝节问题,还引起了老人的反感。"我很担心您,爸爸,"我说,"没准哪一天您会出事的。"

"出什么样的事?"他问。

"前不久您在厨房里出了一点事,对吧?我是说,有东西烧着了。"他绷着脸没有说话,表明了他的心虚。"您不像过去那么硬朗了。您可能会从楼梯上摔下来。"

"你是怎么知道这个的?"他说。

我脱口问道:"您是说您已经从楼梯上摔下来过?是什么时候?"

他躲闪着移开目光:"前几天。当时很暗。我以为自己完全下来了,没想到还有一级台阶。"

"那是因为您不肯把门厅的灯开着,"我说,"这是假节约。"

"我没有伤到自己,只是屁股上青了一点点。"

"您没准会让自己伤得很重的。如果您的髋关节摔断了——您会连电话那儿都去不了。"

"你是想吓唬我吗?"他抱怨道,"听你这么说,就好像跟《急诊室》一样可怕。"他很讨厌有关医院的肥皂剧。我记得他曾经说过:"看《急诊室》的人肯定是想让自己起鸡皮疙瘩。"

"我只想现实一点,爸爸,"我说,"您已经不再有能力安全地照顾自己。现在该搬进一个有人照顾您的地方,否则就晚了。我只是请您在去我们那儿过圣诞节时去看看这个地方。"

他又摇了摇头:"嗯,儿子,我会去看的,只是为了让你高兴。但我不会搬到任何地方。到了北方我就不知道自己该干什么了。"

"也不是太北方啊,爸爸。"

"对我来说是一回事。你周围的那些人跟我讲话我都听不懂。我不知道公交线路。夏天也不能去格林威治观看涨潮时的河里的大船。而且她也不会去那儿。"他把桌上的小册子推给我。我不必问他说的"她"指的是谁。

"好吧,爸爸,"我叹了一口气说,"我们现在不谈这个了。但是请考虑一下。"

我们起身离开时,邻桌的一位中年妇女同情地朝我笑了笑,当我们经过时,她说:"他们到了这个年纪就非常固执,对吧?"我发现其他桌上的人也在既有趣又好笑地看着我们,于是意识到我和爸爸交谈时都是用的大嗓门。离开自助餐厅时,感觉就像是走下舞台。

11月30日。今天我上了第一次唇读课。这一经历让我依稀想起第一天上小学时的情景,当时由于生病,我也是中途插班:同样是那种新生的感觉,在一群已经形成集体并且了解上课程序的人之中感到无所适从,很不自在。班上一共有十五个人左右,正如蓓瑟妮·布鲁克斯事先所说,多数参与者都定期地学习了好几年。其中大部分是中年或中年以上的女性。我猜蓓瑟妮自己有五十岁左右,大家都叫她"贝丝",她是个高大、和蔼的女人,有一头蓬松的银发,一张红润的圆脸,看上去就像儿童读物里的农夫妻子。她把我介绍给大家,称我为"德斯蒙德",他们都微笑着点点头。大家彼此都是以名相称。"德斯蒙德是退休教师。"她说。我在与她的通信中就是这样描述自己的,不希望冠上语言学教授的头衔。这是明智之举。

我们坐在可堆叠式座椅上,呈弧形围在贝丝的周围,她则面对着我们,旁边有一块白板,还有一个便携式环路系统装置(电线顺着地板从椅子底下穿过,所以大家都得小心,以免绊着)。所有的参与者——称他们为学生好像不太合适——都戴着各式各样的助听器,有些人还非常聋。当我试着使用环路系统时,发现声音太大,结果不用也对付得挺好。贝丝的基本教学方法就是用唇语无声地说话,如果班上的人面露不解,她就把有问题的词语写在白板上。然后,她再有声地把刚才的话重复一遍。她自己说话非常清晰,只有一两个元音发得稍稍不准,这是深度耳聋者常见的现象。她在茶歇时告诉我,她九岁就因为病毒感染而完全丧失了听力。她还告诉我,百分之三十的英语都不能唇读,这一数据使得那些跟她一样很好地克服了自身残疾的人愈发了不起,但也彻底消除了有关唇读对我的情形会是灵丹妙药的幻想。

让我想起小学的不仅是当新生的感觉。很显然,贝丝还通过增加参与者的常识,测试他们的判断力,以及提高他们的唇读技巧,来使课堂更加生动有趣。因此,她就某些话题给我们讲些小故事或者说些有趣的事实,可能是她从报纸、杂志或百科全书上看到的,一句句地交替使用唇语和有声语言,然后用小测验的形式布置相关的练习,而我们必须两人一组地彼此说唇语来完成。在本周这次课的开始,她简要介绍了感恩节在美国起源的历史,因为上个星期刚刚过了感恩节。不难想象,她自己的唇语辨读起来相对比较容易。她用双唇、牙齿和舌头认认真真、不慌不忙地说出词语,但是并不做作,如果一句话你第一次没有弄懂,那么还有第二或第三次机会,因为她会对围成半个圈的不同位置的学生重复三遍。我得承认,关于"五月花号"船上的清教徒移民,我了解到了一些以前不知道或者已经忘了的知识，比如说他们只有一百〇二个人，而且四十六人在第一个冬天就死去，这不是太令人吃惊，因为他们是1620年12月26日在美洲的东北部海岸登陆。我很想举手询问他们为什么不在夏天开始建立殖民地，但想到贝丝可能会因为她的唇语演示被不相关的问题打断而感到不悦，或者因为不知道答案而感到难堪，我就打消了这个念头。第一年里，当地的印第安人帮助移民种植庄稼和打猎，其中的九十一人还参加了1621年的丰收庆宴，那就是现代感恩节的起源。对友善的印第安人这一点我以前并不知道，也可能是忘记了。后来，贝丝发下来一份打印的关于前辈清教徒移民的测验，我们必须与邻座的人配合，两人一组地用唇语完成。第一个感恩节起于哪一个世纪？前辈清教徒移民于哪一年到达美洲？他们是从哪里启航？他们的船叫什么名字？等等等等。与我搭档的是一位叫玛乔丽的中年妇女，她为人友善，但是特别腼腆，非常满足于让我说出所有的答案，而她自己只是点头同意并在表格上填写下来。不过，她似乎能够读懂我的口型。接着，贝丝围着圈子走动，一个个地点名让人用唇语把自己想出来的答案告诉大家。有些人比其他人表现要好。还有些人可能是因为害羞，嘴唇几乎不怎么动。但是，由于可以猜出他们要说的话，唇读出他们的答案丝毫不难。我们做的一个游戏也是同样道理，这个游戏是一种简化版的"二十个问题"。每个人收到一张卡片，上面有某种圆形东西的名字，比如橘子，还有一连串针对这个圆东西用来问别人的问题：它大吗？小吗？是软的吗？重不重？可以摸吗？可以吃吗？等等。我问了一个上面所没有的问题，是人造的吗？让大家一时感到愕然。当由此引起的疑惑被解除之后，大家乐成了一团。课堂上的气氛非常愉快，彼此都很支持。笑声此起彼伏，是那种特别单纯的笑声。开始讲另一个小故事时，贝丝在白板上写下："一个巨型南——"，没有任何人窃笑乃至微笑。结果那东西是一个人在自己的园子里种出来的一个巨型南瓜。讲完后，贝丝把从一本杂志上复印的南瓜的照片发给我们，让我们互相传看。当我们每个人必须想出一首童谣并用唇语在全班面前背出来时，似乎与幼儿课堂毫无两样。我开始背道："骑着一只木马去班布里路口/看见一位美女骑着一匹美马。"但紧接着我的大脑一片空白，怎么也想不起后面的句子。于是大家更乐了，一边还七嘴八舌地提醒我："她手上戴着指环脚趾系着铃铛/不论走到哪里都会乐声荡漾。"对了，就是这样。我真是太笨了！这种练习有两点有趣之处：其一是诗歌的节奏使人们的唇语更容易辨读，其二是即使忘记了开头的几句，你也迟早会辨别出那种韵脚，因为你很熟悉。第一点在普通的谈话中用处不大，而第二点只是说明了一个普遍规律，即：信息越是可以预料，在不完整的情况下接受起来就越容易。

弗雷德那天傍晚一回到家，就迫不及待地询问我上课的情况。在听我描述上课的过程，尤其是说到我想不起那首童谣时，她哈哈大笑，但是当我谈到我觉得这种练习作用有限，因为它们本来就是为了偏向听话人而设计时，她露出失望的神情。"不过你会继续去上的，对吧？"她说。"哦，我会坚持一阵子，"我说，"我会试一试。""很好，"她说，"有志气，亲爱的！"而事实在于，我不可思议地非常享受重返幼儿课堂的感觉。

12月1日。今天是亚历克斯定下的受"惩罚"的日子。随着三点钟越来越近，我也越来越紧张。我一个人待在家里，不安地从一个房间走到另一个房间，看看每个房间里的钟。我已经确定，对她的古怪建议，最好的回应就是不予理睬，但现在看来似乎是一个错误。她要求我只有在需要更改时间的情况下才回复，所以，她可能很容易地把我的沉默理解成了认可。我想象她在公寓里准备着，关上客厅的百叶窗，在角落里摆好一盏红光台灯，然后脱光下半身，弯腰趴在桌上，脸枕着垫子，等待我按响对讲机——不，我修改了一下想象中的步骤，她会等到听见我的铃声并让我走进大楼后，才弯腰趴在桌上，不过她的腰部以下会赤裸着，准备马上在桌边摆好姿势。所以，现在她可能也像我一样在不安地踱步，不过是半光着身子，也可能是并拢光溜溜的膝盖坐在沙发上，就像蒙克画中的裸体少女，等待着，不知道我是否会来。她也许会走到窗边，扒开百叶窗的遮光栅格向下张望，看我是否正沿着牵道走来。三点钟之后，她会等待多久才终于意识到我不会来，于是又重新穿戴整齐？她会觉得自己很蠢吗？会很生气吗？接下来她会干什么？

大约四点半的时候，我桌上的电话响了。我惊跳起来，没有先戴上助听器就拿起了电话。当然是亚历克斯。

"你没有来。"她说。

"是的。"我说。

"真遗憾。对我们俩可能都有好处的。"听上去她不像是在自己的公寓里打电话，而是在一个公共场所：背景里有许多噪音，还有音乐。

"我以为你已经答应不再往我家里打电话。"我说。

"哦,那是以你帮我辅导论文为条件,"她说,"再说你妻子现在也不在家。"

"你是怎么知道的?"我说。

"因为我正在看着她。"

我心里顿时涌起一阵强烈的迷惑和恐惧。"你这是什么意思?"

她笑了起来。"我正透过窗子看着她……"她的声音越来越小,而我的听力不好,没有听清她接下来的话。

"什么?什么?"我说,一边慌乱地掏出装助听器的袋子,"我听不见你的话。"我把一只助听器塞进右耳,勉强可以听见她的声音。

"我猜这地方的信号不太好。"她说。

"你在哪儿?"我说。但是我已经猜出了答案。

"我在里亚尔托购物中心,在德珂装饰的外面,"她说,"店子很不错。我能看到你妻子在里面,正在向一位顾客展示漂亮的软垫。那个穿灯芯绒套裤的高个子是她,对吧?不是穿着短裙、皮肤黝黑的那位。"

"这一切是怎么回事?"我冷冷地说。

"是为了你那把折叠伞,"她说,"你上周把它落在我的公寓了。"

"我知道,"我说,"那是把旧伞,没什么关系。"

"哦,我现在正好带着它。我原本打算趁这个机会归还。"我沉默了一会儿。"你还在吗?"亚历克斯说,"你听到我刚才的话了吗？我原本打算走进店里，向你妻子作个自我介绍，然后说：'你丈夫上周把这个落在我的公寓了，请交给他好吗？'"

"请别这样，亚历克斯。"我说。

"为什么不行？她知道你那天在我那儿，对吧？"

"不，她不知道。"我说。

"啊哈，我抓住你的把柄了。"她咯咯笑着说。

"你到底想要什么？"我说。

"我想要继续我们的讨论。我觉得它非常有用。"

我想了一会儿。"好吧——但不是在你的公寓。"我说。让我嘘了一口气的是，她接受了这个条件，于是我定好在城里另一边我所知道的一家饮食店见面。"把伞带来。"挂掉电话之前，我说。

12月2日。弗雷德现在喜欢在我不注意的时候时不时地给我的屁股一巴掌，不过，如果她希望唤起那天晚上的激情，她可就失望了。我满腹心事，只顾想着如何让自己从亚历克斯的纠缠不清中解脱出来，所以对性生活毫无欲望。实际上，得到这种爱的表示时，我几乎忍不住要怒骂出声。在弗雷德看来，这只是开玩笑地拍一下，但其实力道很大。我甚至怀疑她其实是在以这种方式来释放她的受挫感。自从接到从里亚尔托购物中心打来的那个电话之后，在这过去的几天里，我变得非常爱走神，对弗雷德跟我说的话也特别心不在焉，所以她不难理解地很恼火。"你戴助听器了吗，亲爱的？"她总是在说。而当我说戴了时，她就会抬眼望天，一副无可奈何的样子。

我一次又一次地决定把我与亚历克斯的交往原原本本地从实招来，但一次又一次地失去了勇气。为什么呢？我并没有对弗雷德不忠——我没有碰过那姑娘，甚至没有跟她调过情。肯定是因为我担心自己会显得很愚蠢。就是这个原因。我一直都很愚蠢。我被一个不择手段的年轻女人的几句好话哄得团团转。坦白这一点会有损我在弗雷德心目中的形象，会进一步降低我在我们的婚姻中的地位。但不仅如此。我知道，如果要坦白，就必须坦白一切，否则我无法获得内心的宁静，无法达到弗雷德在间隔大约二十五年而重新变为虔诚的天主教徒并去忏悔后宣称自己所达到的幸福状态，她说这种感觉"就像受到精神的洗涤，就像灵魂被清洗、漂净、旋转甩干、上浆和熨平。或者——更像是在瀑布里被冲洗，然后铺在散发着清香的草地上让太阳晒干。"但是，要达到类似那种令人羡慕的状态，我就得坦白一切，包括亚历克斯邀请我去"惩罚"她。"那么你去了吗？"弗雷德会问，而我会说："当然没有。"但是她会知道我曾经希望那样。我在心里已经干出了打屁股之事。这也很愚蠢，而且很丢脸。而更糟糕的是，她会意识到我把自己的幻想施加到了她的身上。

12

12月4日。圣诞节啊,我多么恨它。不仅恨它,还不愿想起它,但它却一年一年地不断提前硬闯进人们的意识。好几个星期以来,塞恩斯伯里有一整条通道都摆满了圣诞饰品、圣诞包装纸、圣诞爆竹、圣诞餐巾、石膏圣诞老人、塑料驯鹿,以及各种设计难看、用处不大的圣诞礼物,大部分是在不信仰基督教的中国制造的。报纸及其色彩艳丽的增刊上现在全是关于礼物、聚会、潘趣酒的创意,还有对男士们提出的为他们的女同胞购买内衣的别有用心的建议,所以几乎找不到什么值得一读的内容。热衷灯饰的人们竞相在自己郊区住宅的正面和前花园挂上最为漂亮的闪烁彩灯,摆出栩栩如生的圣诞小人或动物,引得伸长脖子观看的驾车者一不小心就会撞车。整个十二月份,餐厅会推出特别的圣诞菜单,仿佛每年一大盘带有各种配菜的火鸡还不是太够。就连性辅助商品的广告邮件也带上了季节色彩:今天上午收到的邮件上有一幅画,上面是一个只穿着长筒袜和高跟皮靴的金发靓妞,四肢缠绕着一个雪人,旁边的说明文字是:"我们的犀利士让它在一刻钟之内热情似火!"对雪人来说,这样的性肯定很不安全吧?

是什么给悄悄来临的圣诞节蒙上了这种阴影？在我小时候，圣诞节和节礼日是假日，然后生活就会恢复常态。但是现在，圣诞节不断地延伸，直到与新年这个更加没有意义的节日无缝对接，于是，整个国家至少有十天的时间实际上陷入瘫痪，人们因为喝得太多而昏昏沉沉，因为吃得太多而消化不良，因为花钱大买无用的礼物而手头拮据，因为被讨厌的亲戚和淘气的孩子困在家里而百无聊赖和心烦气躁，因为看电视上的老电影而变成了电视眼。一年之中的这个时期，天气最为糟糕，白昼也最为短暂，所以强行过一个长假最不是时候。斯克里奇①是我的英雄——我是说《圣诞颂歌》第一部中那个顽固不化的斯克里奇。"呸，胡扯！"他说得太对了。可惜他后来变了一个人。

把心里这些想法写出来之后，我觉得好受了一些。弗雷德是圣诞节的虔诚信徒，如果我向她抱怨，她会不高兴的。当然，圣诞节对她具有真正的宗教意义，不过对生意也有好处，所以她现在是张开双臂欢迎它。另外，她喜欢把一家人或者好几家人聚到一起，尽管我们总是过不了几个小时就让彼此心烦，但她好像不以为意，还可能是她也在意，不过她有本事在下一次圣诞节到来之前将这些不快从她的记忆中彻底删除。

12月7日。即使是在唇读课上我也无法躲开圣诞节。今天下午，贝丝发给我们一张纸，上面列有很多问题，要求我们无声地相

---

①查尔斯·狄更斯的小说《圣诞颂歌》中的吝啬鬼形象。

互提问和回答，比如：你开始圣诞购物了吗？圣诞节的早晨你会早起吗？圣诞节期间你会走亲访友吗？今年圣诞节你希望得到什么礼物？你的圣诞餐有火鸡吗？等等。接着，她无声地读了一篇杂志上有关全世界最大的圣诞布丁的文章，并让我们传看那令人讨厌、恶心的实物的图片。茶歇的时候，玛乔丽提醒我们说，如果想参加期末的圣诞午餐会，我们就得在一张名单上登记。她把名单留在一张桌子上，而我则小心地避免靠近那张桌子。

好在这次课不完全是围绕圣诞节。我们分小组做了一项同型异义词方面的练习——它们相当于是聋人的同音异义词，即从口型上看相同，但意义不同，如 mark、park 和 bark，或者 white、right 和 quite，以及 rewire 和 require。我们得用这些词语造句，然后用唇语对全班说出来。我用其中两组中的所有词语造成一个句子，"Quite right, the white room requires rewiring[①]"，当然没有人能够唇读出来，当他们宣布放弃而我有声地说出答案后，大家不由得一阵抗议和哄笑。由于这样的卖弄，在下一项练习中我得到了应有的惩罚。这是一个需要两人一组来完成的名为"动物也疯狂"的小测验，上面列有很多字母不全的单词，而缺少的字母拼起来正好是某个动物的名字。比如 Ball----ing 的答案是 Ballbearing，Bl--t-- 的答案是 Blotter，Pu-i-- 的答案是 pumice[②]。这让我想起小时候看过的漫画书中的字谜，但是我觉得这种练习难得出奇，可与我搭档的老太太格拉迪斯

---

① 意为"说得很对，这个白色的房间需要重新接线"。
② Ballbearing（滚球轴承）中填入的 bear 意为"熊"；Blotter（吸墨纸）中填入的 otter 意为"水獭"；Pumice（浮石）中填入的 mice 意为"老鼠"。后两项的空格似乎有误，系原文如此。

却简直是这方面的天才，比我先猜出了几乎所有的答案。她告诉我她已经八十六岁了。

要说这些课在多大程度上能提高我在实际谈话中使用唇读的能力，现在还为时太早，而且在某些情况下，如果信息流中的重复度和可预测度很低，我怀疑它根本就帮不了我多大的忙。不过，我觉得上课是一周里让我觉得宽慰和振奋的事情，在退休给了我大量的反省机会之后，它让我暂时忘却这种自寻烦恼的反省，并抛开眼下我个人生活中的种种焦虑。尤其值得一提的是，置身于这样一种社交环境，你丝毫不必因为耳聋而觉得愚蠢、担心或歉然，因而是一件倍感轻松的事情。

12月8日。根据事先的安排，今天我在名为"帕姆食屋"的饮食店与亚历克斯见了面，它位于我们的第二大学也即以前的理工学院的主校区附近，隔壁曾经有一家二手书店，在互联网使它变得多余之前，我偶尔会去里面看一看。那是一家由长条松木装饰、提供自制胡萝卜蛋糕等食品的特色小店，午餐时间客人很多，但下午三点左右则很安静，也没有任何背景音乐。我有很久没有去那里了，所以没有认出柜台后面那个看上去百无聊赖的年轻女人。我到得比较早，点了一杯茶，然后在房间后部一个看得见门的地方坐下。有一对男女手拉着手在窃窃私语，还有几个看起来像学生的年轻人独自坐着，有的在看手机上的短信，有的在听 iPod，除此之外，没有多少其他的客人。亚历克斯进来时，既没有环顾四周也没有看到我的视线，而是径直走向柜台，要了一杯咖啡——我从服务员在咖啡机前的动作推测出是拿铁。等咖啡花了一会儿工夫,其间亚历克斯一直背对着我。她像往常那样穿着一身黑衣,黑裤子和黑皮靴之上是一件发亮的黑色尼龙面料的棉外套,脖子上围着一条针织的红色长围巾,把她浅金色的头发也包在里面。接着,她一手端着杯碟,一手拎着大手袋,装模作样地东张西望了一番,犹豫着要坐在哪里,这时看到了我,便装着认出我来的样子露出意外的笑容,然后才朝我走来,大声说道:"嗨!我可以坐这儿吗?"店里的其他人此前并没有注意到我们两个人,现在却抬起头来。我意识到,她这样多此一举乃至适得其反地假装我们是偶然碰到,是在有意逗我。她解开围巾,脱下外套,在我的对面坐了下来。她从手袋里拿出我的折叠伞,放在我们桌旁一张空着的座椅上。我正要动手去拿,她却压低了嗓门说:"现在别拿。等我们谈完后,我会先走,并把它留在这儿。你等上几分钟,走的时候再随手把它带上。"

"你是间谍小说读得太多了。"我说。

她笑了笑,承认了这种行为的影响来源,一边搅动着拿铁咖啡。"你原谅我了吗,德斯蒙德?关于图书馆的书等事情?"

"不应该由我来原谅你,"我说,"而应该是图书管理员。"

"你要我去向图书管理员坦白?那他们会取消我在图书馆的借阅资格!可能还会把我赶出这个学校。甚至可能赶出这个国家!我会被强行遣返,就像寻求避难的人在商店行窃被人抓住了一样。"她明亮的蓝眼睛里显出淘气的神情。

"你想从我这里得到什么,亚历克斯?"我说。我已经厌倦了这种玩笑。

"就眼下来说，是一封自杀遗书。"

我问她是什么意思。她说，几年前，美国曾经有过一个心理学研究试验，把真实的自杀遗书与研究团队成员的亲朋好友所写的所谓"假自杀遗书"混在一起，让一个班的研究生来辨别真假。"他们的正确率高得惊人。事实证明，对判断真自杀遗书的文体特征来说，这是一种有用的方法。我想重复这个实验，因此在请我认识的所有人帮忙，而我在英国认识的人不是太多。"

"你想让我写一封自杀遗书——"

"是的，要尽量写得像真的一样。"

"我不会写的。"我说。

"为什么？"

我犹豫着。在她说话的时候，我想起了几年前的一桩谋杀案，有个男人诱骗他妻子写了一封自杀遗书，然后杀死了她。我似乎不能以此作为拒绝合作的理由，而且我也并不真正怀疑她有谋杀的企图，但我可以肯定，把这样一份有潜在危害的文件交到她那双不负责任的手中，会是极不明智的行为。我飞快地编出了另一个拒绝的理由："至于原因嘛，就像我不会登录那个你只要输入自己的所有个人信息、电脑程序就会测算出你的死亡日期的网站一样。"

她似乎很惊讶。"你是说，你担心它可能成为现实？"

"差不多吧。"

"那么，你也动过自杀之念吗？为什么？"她不再使用打趣的语气。她的蓝眼睛紧盯着我，等待着我的回答。

"我的听力在慢慢丧失，"我说，"无法医治，最终我会完全聋掉。这令人非常沮丧。"

"唉,是呀,我可以想象,不过……"

"不过什么?"

"我从来没有碰到过因为耳聋而自杀的案例。"她说。

"贝多芬就几乎那样。"我说。

"但是他没有。"

"的确。但他内心里还有那么多希望付诸纸上的美妙旋律。我的脑子里又没有美妙的音乐。我内心里没有任何美妙的旋律。我没有任何美妙的东西。"我被自己想象出来的痛苦境况所打动,几乎相信了自己的故事。反正亚历克斯信以为真。

"嘿,"她说,同时把自己的手放在我那只置于桌上的手上,"你当然有。"她的手指冰凉而柔软,跟爸爸的一样。我暗吃一惊,但没有移开自己的手。她中指上戴着一枚蓝宝石戒指,似乎映出了她的眼睛。"你有很多学问,德斯蒙德,你可以拿来与我这样的人分享。"她用更轻松的语气说,并抽回了自己的手。

我们聊了一会儿我过去的研究——准确地说是我在聊。她妩媚迷人,愿意倾听,我得承认我喜欢她的陪伴,忘记了她在过去的几周里带给我的尴尬和烦恼。我帮她又买了一杯咖啡,给自己又要了一杯茶,还有两份胡萝卜蛋糕。但是,当我看了看手表,说我得走了的时候,她又恢复了进门时的样子,鬼鬼祟祟地一笑,说:"我先走。别忘了你的伞。"这让我再一次想起她那封为自己规定的"惩罚"的邮件以及随后的事情。我们对那件事都只字未提,似乎由于没有表示反对,我实际上已经成了某种同谋。我无力地笑了笑，当她拿起手袋、戴上围巾并扣上外套时，我顺从地留在座位上。"谢谢你的咖啡和蛋糕，"她说，"关于自杀遗书的事儿，如果你改变主意的话——"

"我不会的。"我说。

"嗯……保持联系。"

为了什么，我心里想。我来饮食店是打算将我们的关系一刀两断，但是又一次失败了。我目送她从桌子间穿过，朝门口走去。让我惊讶的是，当她从一个独自坐在那儿、身前桌上还放着一台打开的笔记本电脑的年轻人身边经过时，那人抬起头来，而她则停步片刻，跟他打了一个招呼。刚才因为专心于谈话，我没有注意到他走进店里。亚历克斯出去后，他转头朝我看来，我一眼把他瞪了回去。我心里想，不知道他是否在观察我们，不知道他走进饮食店时，是否正好看到亚历克斯把自己的手放在我的手上。

今天晚上，写完我们的见面后，我开始漫不经心地起草一封假自杀遗书——我丝毫没有打算把它交给亚历克斯，而只是作为一种文体练习。信当然是写给弗雷德的，但仅仅是决定称呼的形式就很难。是"弗雷德"还是"维妮弗雷德"？是"最亲爱的"还是"亲爱的"？最后我决定用"最亲爱的维妮弗雷德"，形容词的亲昵感抵消了名字全称的正式感，似乎比"弗雷德"的称呼更适宜这种场合。至于让我走到这一步、宁愿自尽而不愿继续有知觉的原因，想象起来则更为容易，因为我在与亚历克斯的交谈中已经考虑过：听力丧失的情况日益恶化，导致几乎彻底耳聋。我如今所承受的一切——挫折、羞辱、孤独——都在呈指数增长。几乎听不见任何声音。每次跟人交谈都牛头不对马嘴。在家里时，表现再好也只是一位沉默寡言、反应迟钝的伴侣，表现糟糕时就是一个性情乖戾、顾影自怜的可怜虫。每一次聚会都令人扫兴，在每一个餐桌上都可有可无。是一个无法与正在成长的孙辈交流的祖父，面对他茫然的神色和愚蠢的误解，他们肯定是极力控制着不让自己笑出来。这样的生活不值得过下去，我会对维妮弗雷德说——我的耳聋对你和家里其他的人是一种累赘，对我是一种无从逃避、无可救药的痛苦。所以我要结束这一切。请不要为此难过，亲爱的，这不是你的过错，千万不要自责；没有人比你更好、更善解人意。但每个人的忍耐都有限度，而我的忍耐已经到了头。但是当我起草这封信时，在它的字里行间乃至标点符号上，到处都显出虚假（有谁会在自杀遗书里用分号呢？）。我其实并不相信弗雷德会表现出信中所说的这种圣人般的宽容，我也不会这样指望。尽管我为自己想象出来的情形可能令人郁闷，但也并非完全不堪忍受。还是会有些快乐，而且并无疼痛。如果以某种痛苦的不治之症为理由，我本可以写出一封更令人信服的自杀遗书，但一想到这里，就勾起我对梅茜的伤心回忆，于是我就作罢。

也许有史以来，的确没有人因耳聋而自杀。贝多芬几乎走到了这一步，但是正如亚历克斯所说，他毕竟没有。你可以说《海利根施塔特遗嘱》不是自杀遗书，其目的在于等自己由于自然原因死亡后被人发现，不过它与自杀遗书有着同样的动机：向亲人和朋友表明自己深深的绝望，解释他为什么在表面上看起来是这样一个坏脾气、不合群的混蛋，并让他们因为没有意识到他那么痛苦而难过。也许正因如此，我才动手写起了这部日记；也许它就是一份遗嘱——《瑞克特里路遗嘱》。

12月9日。今天上午爸爸打来了电话，他非常得意，因为他的有奖债券中了三个五十英镑的奖，是今天上午收到的，离他写信去投诉半年没有中任何奖只隔了两个星期。"瞧见了？我跟你说过的！"他高兴地叫道。

"爸爸，"我说，"您不会真的以为是您的信让他们给了您这个奖吧？"

"是三个奖！当然是这样！我让他们不安了。他们对自己说，这位哈里·贝茨可决不是傻瓜。如果我们不小心的话，他会惹麻烦的。我们就给他一点钱，堵住他的嘴吧。"

我正想反驳说这只是个巧合，但转念一想：为什么要剥夺他的得意时刻呢？"哦，祝贺您，爸爸。您干得真棒！"

"的确很棒，对吧？我可不会谢你——你当时不让我写那封信的，还记得吧。"

"我得承认我没有想到会有这种神奇的效果，"我说，"不过，我不确定这种办法是不是还会奏效。"

"哦，那我们等着瞧，好吗？也许布莱克浦那边有人会专门处理这件事情，留意以后让我开心，这样我就不必再给他们写信了。"

"嗯，希望如此，爸爸，"我说，"这笔奖金您打算怎么花？"

"什么？"我把问题重复了一遍。"哦，不知道，"他说，他的语气里顿时失去了那种兴奋之情,"我不知道我想用哪种方式花掉它。我会把它存进银行以备急用。"

"哦,我不会建议您买新床垫的——"

"那就好。"

我的理由是,如果过不了多久他就要搬往养老院,里面可能会有床,要不我们也可以趁机给他买张新床,但我觉得跟他解释这些还不合适。为了转移话题,我告诉他我已经开始上唇读班了。

"什么班?"

我把这个词重复和解释了好几遍之后,他才终于明白。

"哦。我想,对有你这种问题的人来说,它可能会有所帮助,儿子。"他说。

12月12日。今天我在学校碰到了科林·巴特沃斯,这次会面让我很忐忑。当时我去了图书馆,在期刊阅览室看了看杂志,我出来的时候,他正好在上楼。事实上,他是在三步并着两步地跃上台阶——他总是给人一种匆忙的印象——但一看到我就停下了脚步,等着我下来。当时正刮着大风,吹乱了他的黑色鬈发,几丝花白在白天里清楚可见。他穿着一件羊皮夹克和一件领扣解开的衬衣。"你好,德斯蒙德,"他说,"最近过得怎么样?"

"还不错。"我说,心里想着这是怎么回事。通常情况下,我们碰面时只是相互点点头而已。

"你这会儿有空吗?"

我说有,于是他将自己的图书馆之行推迟,而建议我们去他的办公室。"那事儿不急。"他说。在去他办公室的路上,他谈起了最近公布的报录比排行榜中的学校排名,其中英语系好像情况不错,但这显然不是他想跟我谈论的话题。我直觉地感到会与亚历克斯有关,而且猜得没错。我们走进他的办公室后,他关上门,示意我在一把直背椅上坐下,他自己也坐到桌子后面的一把高级转椅上,那不是符合学校规定标准的资产。

"你知道亚历克斯·卢姆?"他说。

"是的,我见过她,"我说,"前些时我也跟你提过。"

"不只一次吧,我想。"他说。

"是的,"我说,一边暗想他是否知道了我们在帕姆食屋见面的事,因为我无法想象亚历克斯会把我们在她公寓里的两次会面告诉他,"怎么了?"

他虽然坐在询问者的位置上,却似乎很不自在,缺乏自信,还把椅子转开,将视线投向窗外,去看从天空掠过的团团乌云。"你可能觉得这跟我无关。我当然不想干预……"

他降低了声音,我没有听见他在说些什么。"恐怕我的听力很不好,"我说,"我没有完全——"

他把椅子重新转回来,面对着我。"对不起!我说……嗯,简而言之,我想建议你不要跟她有什么瓜葛。"

"我只见过她几次,"我说,"是应她的请求,讨论她的研究课题。我跟她说得很清楚,我只能是以完全非正式的方式帮助她,绝不会影响到你作为她导师的地位。"

"你难道没想过要跟我商量商量?"他说,语气里现在有了一丝抱怨。

这一点完全合情合理,我暗暗寻思怎样给他一个令人满意的答复。"嗯,我当时没有想到——现在也不认为——会是一种长期的安排。我以为谈一次就完事。但是她很缠人。"

"她很讨厌,"他说,"他跟你谈起过我吗?"

"没有。"我毫不犹豫地说。

"嗯,如果她谈过,就别当一回事。我觉得她心理很不正常,是典型的精神分裂症。"

"你怎么这样说?"我说。

"你有没有注意到她的行为有些奇怪,就算不是怪异的话?"

我想起自己大衣口袋里的内裤,图书馆那本被损坏的书,还有"打屁股"的邀请,但只能缺乏说服力地回答了一句:"也谈不上。"

"可能你认识她的时间不够长,"巴特沃斯说,"她的情绪极度反复无常。她会干些令人无法容忍的事情,接着又请求原谅。"

"什么样的事情?"我问。

"哦……愚蠢的事情……"他显然不想说得很具体,"但可能让人很难堪。"

"也许她该得到一些帮助,"我说,"学校的心理咨询服务……"

"我暗示过她可以试一试,但她一笑置之,并且否认自己有任何问题。然后她又说自己治疗过了,于是你发现她在美国已经治了好几年……"

"她的脑子好像很灵活。"我说。

"她很聪明,但没有她自己想象的或是她希望别人认为的那么聪明。要提交用来考核的东西时,她总是一拖再拖,担心交上来的东西与她的自我估计不相符。"

我心想,如果提起她给我看了一个大致还过得去的论文章节,可能很不明智,于是我说:"她在互联网上发了一点东西,显示出相当的天资和智慧,不管你怎么看待其中的伦理问题。"

"你指的是自杀遗书'写作指南'?是的,我看过了,她让我注意的。我非常怀疑那是出自她之手。"

这话让我吃了一惊,不过我马上看出它很有道理。我有一种奇怪的失望之感。"你凭什么这么说呢?"我问。

"那是一份匿名文件——谁都可以说是自己写的。"

"她干吗要这样做?"

"引人注意。很显然,已经给你留下印象了。"

我无法否认。我还想起当我对那份文件可能产生的效果表示疑虑时,亚历克斯曾经皱起眉头,说:"我感觉到你不赞同。"也许她心里在想,如果坦白那东西不是她写的,不知道是会抬高还是降低我对她的评价。"嗯,我猜你可能是对的,"我说,"我们无从了解。"

"文本内有证据,"他说,"里面的用词有更多的英国式而不是美国式特征。"一时间,他不自觉地摆出职业性的高人一等的派头,"我很奇怪你没有注意到。"

"嗯,她在英国受过一段时间的教育,"我说,他的态度激起了我为自己辩护的欲望,"这对一个人的写作风格可能产生长久的影响。"

"没错,"他退了一步,说,"但她的确是一个完全不值得信任的人。我好不容易才让她交了唯一的一份书面作业,结果大部分是从另一个地方抄来的。"

"是什么内容?"我问,一颗心也在往下沉。

"哦,自杀遗书的分段特征。根据写信人的动机分为两种类型。里面有一条简短的脚注,提到了载于一份心理学杂志上的文章,可是当我进行查证并阅读时,才发现她所说的一切几乎都是从那里来的。那篇文章的作者原来是她的一位前男友。她说他不会介意的——似乎觉得这样她就不存在抄袭之过了。"

"我明白了。"我说。我觉得自己就像一个没脑子的傻瓜,我想我看起来肯定也是这样。

外面有人敲门。巴特沃斯看了看手表。"我有个学生要指导,"他说,"你瞧,德斯蒙德……"他在椅子上探身向前,真诚地说:"那姑娘是个麻烦,我后悔自己接收了她。我不用告诉你我们现在面临的压力,得为了学费而招收符合条件的海外研究生,而且你大概可以想到,当我面试她时,她能说会道,表现出色,她的推荐材料似乎也不错。但我觉得她无法完成博士学业,这有心理和智力两方面的原因。我给你一个忠告,不要跟她产生瓜葛,否则你会发现自己在帮她写论文。而且她说的话一个字都不要信。"

我对他的建议表示感谢,然后起身离开。外面的走廊上有个人在晃悠,是那个在饮食店里带着笔记本电脑的年轻人。

我得找到一个办法,既与亚历克斯断绝关系,又不至于引起报复性的行为。但怎么才能找到呢?

12月13日。昨晚发生了一件事情，它一方面使亚历克斯的问题变得可控了一些，另一方面又刚好相反。我与弗雷德去参加了剧院的圣诞剧目《彼得·潘》的媒体观看会。演出非常精彩，有相关历史时期的精确细节，但彼得·潘却是一位黑人。扮演这一角色的年轻演员其实相当出色，他特别的外貌原本肯定会引起达林家的孩子们的评论，但剧本没有允许他们注意这些，而我则发现，置身于爱德华时代的中产阶级氛围中，他这种外貌常常会分散人们的注意力。我也许可以接受这种在挑选演员时不计肤色的社会政治理由——我相信他们就是这么说的，只要它的支持者愿意承认这常常会搭上一定的审美代价，可他们不愿承认。中场休息期间，我正在休息厅跟弗雷德谈论这个问题——她是"剧场之友委员会"的成员，对此持相反的观点——就在这时，我惊讶地看到亚历克斯正朝我们走来，脸上带着认出了我们的笑容。她穿着我第一次见到她时穿的那件红色丝绸衬衣，但是在快到我们跟前时，她的手疾速地、几乎是难以察觉地动了动，把领口处两颗扣子中的下面一颗扣上了。

"您好，贝茨教授。"她说。

我觉得我很好地扮演了自己的角色：一位上了年纪、有几分健忘的教授，在这种场合遇到一位值得介绍、有过几面之交的熟人，感到比较高兴，然后把她介绍给自己的妻子，只是他一时想不起她的名字。"哦，你好！"我说，"弗雷德，这位是，嗯……"

"亚历克斯。"她帮我解围道，她也扮演着自己的角色，握住了弗雷德伸出来的手。

"对,亚历克斯·卢姆,她是学校的研究生,英语系的,我想我跟你说过她的研究课题——"

"我以前在什么地方见过你,"弗雷德对亚历克斯说,"我知道了——是在艺术复兴中心,你与德斯蒙德在招待会上交谈,那是他们最后一次开放。"

"没错,"我接话道,"后来你问我她是谁,而我根本就不知道,因为她说的话我一个字都没听见。"我苦笑了一下,表明这个玩笑是在自嘲,"但后来我们在更安静的环境里又见过面。"

"德斯蒙德的听力不好。"弗雷德解释说。

"哦,天啊,"亚历克斯同情地说,"您看戏时怎么办呢?肯定很不容易。"

"是啊。不过我用这玩意儿,"我说,同时从外套口袋里掏出Y形耳机,在空中挥了挥,"我已经在观众席里发现了使用它的最佳位置。而且,这部戏我很了解。"

"我也是,我非常喜欢它。"亚历克斯说。

"你觉得里面的彼得·潘怎么样?"弗雷德问她。

"我觉得他棒极了。选用这个演员真是大胆的尝试。这对他的局外人角色赋予了全新的维度。"

她是怎么知道这个答案正中弗雷德下怀的呢?也可能她是真心诚意?对亚历克斯这种人,你怎么可能知道呢?休息厅里的谈话声现在已经达到很高的分贝水平,使我再也没有说话的机会,不过我能看出两个女人相处得很好。当铃声响起,大家要返回各自的座位时,弗雷德又一次与亚历克斯握了握手,我听见她说:"欢迎随时光临,我们的营业时间是九点半到六点,周四则到七点。"

"非常感谢,我会去的。"亚历克斯带着一脸最迷人的笑容说。

我们的座位在前面几排,当我们朝那边走去时,弗雷德说:"真是个不错的姑娘。我跟她谈到了德珂装饰,她非常感兴趣。她的公寓里需要一些窗帘。"

"你店里的东西她根本就买不起。"我烦躁而不假思索地说。

"你怎么知道?"弗雷德反驳道,但她的语气里没有丝毫的怀疑,"也许她有一双有钱的美国父母。"

我正想说亚历克斯是自己在付学费,但决定不要表现出对她的情况这么了解。

"你跟我说过她的博士论文题目,可我忘记是什么了,"当我们坐下时,弗雷德说,"好像很奇特……"

"自杀遗书的文体学研究。"

"没错。真是个令人压抑的选题。看她的样子,你绝对想不到她会这么选。你觉得她对此是有个人兴趣吗?"

"不知道,"我说,这时灯光熄灭了,下半场即将开始,"我对她了解有限。"

由于一心想着这次见面的含意,我对后面的戏心不在焉。让我长嘘一口气的是,在弗雷德的脑海中已经形成一种印象,认为我与亚历克斯之间是非常纯粹的熟人关系。但另一方面,她们可能再次见面而我却不在场,其中又充满了令人不安的可能性。

爸爸最近经常打来电话,询问该为家里人买些什么样的圣诞礼物。我试图让他相信没人指望他送礼物，但他对此根本不听，说如果大家送他礼物而他不回送，他会觉得难为情。这话说得也在理，同时也充分表明了整个送礼习俗的不合理性。我试着建议他送些便宜、简单的象征性礼品，可他忘记了是些什么，于是又打电话问我。最后我有些不耐烦地说，您干吗不给所有的人送同样的东西呢——比如说一小盒"八点之后"[①]？"别傻了，"他说，"想想看，所有的人打开我送的礼物却发现里面是同样的东西。我会成为笑柄的。""嗯，那就给他们买各种不同的巧克力好了。"让我松了一口气的是，他接受了这个建议。"不过丹尼尔和莉娜就免了，"我想起来又加了一句，"玛西娅不喜欢他们吃糖果。""他们是谁？"他问。"玛西娅是弗雷德的女儿，丹尼尔和莉娜是玛西娅的孩子。""老天，"他说，"我都没有考虑到他们。我最好把他们的名字写下来。""不，不，别费神了！您不用给他们礼物。"我说，但为时已晚。"你呢，儿子？我总不能送你一盒八点之后吧。""当然可以，"我说，"我喜欢这个。总是吃不厌。家里只要有的话，就被弗雷德吃光了。"这当然是瞎编，但是很奏效。

我们讨论了一下他此行的各项安排。我会在平安夜之前的那天开车去伦敦接他，然后在节礼日后过两天送他回青柠街。"如果我到达时您已经收拾和准备妥当，就会省点事儿。"我说。"那天早上我要排干水箱，"他说，"需要一点时间。""为什么？"我说。"嗯，如果天气变冷，水管就会冻住。"他说。"把暖气开着就不会冻了。"

[①] 雀巢公司生产的一种很有名的巧克力。

我说。"什么?"他叫了起来,"我人都不在这里,还要把它开着?"我们就此争论了好半天,最后我威胁说,如果他不同意在离开的时候把暖气开着,我就不去接他。他勉勉强强地答应了。至于他是否那样去做就是另一回事了。

我去看了位于我们这片城区的另外两家养老院。费用与提供的舒适程度密切相关,就像飞机票价一样。在价钱最低的地方,你就得忍受难闻的气味——餐厅里做饭的气味,休息室里刺鼻的空气清新剂的味道——以及卧室里的烟熏橡木家具和褪色的印花墙纸;而在最昂贵的地方,则有空调、光亮照人的组合式家具和高雅的装饰。但在所有的养老院里,都能看到孤独的老人在隐忍地等待着死亡,因此都笼罩着同样令人抑郁的气氛,而公共休息室里那些亮晶晶的圣诞装饰不仅没有冲淡反而强化了那种气氛。不难想象他们在两周之后的情景:都在小心翼翼地嚼着自己的圣诞餐,花白或秃顶的脑袋上戴着纸帽,如果有力气的话还会去放爆竹。嗯,如果能够说服爸爸搬进那种地方,他起码可以过来与我们一起吃圣诞餐。其中看上去最好的就是我上次去伦敦时让他看过宣传资料的那一家,名叫"布莱德尔家园",是专门修建的养老院,所以氛围很轻松、现代和舒适。那里距我们家有几英里,但是位于一条从瑞克特里路尽头经过的公交线上。价格很贵,可并非不能承受。我已经约定好在节礼日的第二天带他去那里看看。

12月14日。今天是今年的最后一次唇读课。我们就圣诞节的话题做了更多的练习，进行了更多的讨论。在餐馆点圣诞餐。圣诞老人的起源。槲寄生①的历史。世界上最大的圣诞爆竹。上课结束后，他们一同去了附近的一家餐馆享受火鸡及各种配菜。我以另有安排为由没有报名参加午餐，但是当大家分手并互祝圣诞快乐时，我为自己这个小谎言感到几分愧疚。贝丝宣布了新年里下学期开课的日期，还说会有一位嘉宾来讲课。对聋人来说，似乎真的有一种与盲人的导盲犬相类似的东西。不是经过特殊训练的鹦鹉；它们被称为助听犬，我们一月份会就此展开讨论。

贝丝给班上带来了一些由皇家全国聋人协会及类似机构出版的杂志，把它们放在桌上，让大家在茶歇时借阅。一篇名为《耳聋疗法研究》的文章谈到一项通过使用干细胞再生出毛细胞的试验，它引起了我的注意。遗憾的是，该项目要等到十年之后才可能有成果，然后又要经过五年的临床试验，所以对我可能用处不大。但这是一篇有趣的文章，开头就说，在我国，耳聋或听力有障碍的人共有九百万。我没有想到耳聋居然让这么多的人遭罪。作者还用一种冷冰冰的语言来描述毛细胞丧失的痛苦情形："使用伤害性药物或置身于噪声环境导致这些毛细胞以一种自杀性程序死亡。从根本上说，它们是在你的耳朵里自杀身亡。"说到底，在菲尔摩尔-韦斯特演出的那支摇滚乐队是否有可能引起了我内耳中的大规模自杀？如果我还想得起乐队的名字，我可能会起诉他们，但诉讼时效无疑已经过了。话说回来，他们到现在可能也全都聋了。我希望如此。

---

① 一种植物，其小枝常用作圣诞节的装饰。

好消息是，红酒里的抗氧化剂可能有助于防止毛细胞丧失。

12月15日。昨天傍晚，弗雷德回家后告诉我，亚历克斯已经去过店里并订购了一些窗帘。"我给她打了个折扣——我觉得只有这样才公平，因为我们一月份会有优惠活动——也不是说那款布料就会特价出售。她有很好的品味。她对我们眼下摆在店里的艺术品的评价非常到位。"弗雷德显然很喜欢这位新朋友。"我想我会邀请她来参加我们的节礼日聚会。"她说，这让我吃了一惊。"这主意合适吗？"我说。"怎么不合适，亲爱的？"我想不出可以回答弗雷德的理由。"这可怜的姑娘跟家里远隔千里，圣诞节只有一个人，会很孤单的，"她接着说，"我会给她发邀请函。窗帘的订货单上有她的地址。她在运河边那些新开发的住宅区有一套公寓。""是吗？"我尽量装出不感兴趣的语气说。想到亚历克斯可以进入这幢屋子，跟聚会上的客人打成一片，对我家里的人百般讨好，还会遇见爸爸，而爸爸肯定会被她金发碧眼的迷人外貌所打动，并且无疑会跟她说起自己战争期间在美军空军基地的舞会上演奏的往事——想到这一切，我心里就非常忐忑。

12月18日。今天早晨，我醒来时喉咙深处有些发痒，这是即将开始咽喉痛感冒的前兆。果然，到了午饭时间，吞咽起来就很难受——马上就是圣诞节了，竟然摊上这种倒霉事儿。今天上午的信件中，弗雷德的一封信的信封背面有亚历克斯的名字和地址，我猜是她接受了邀请。我把它放在门厅的桌上，在她那一沓其他的信件之上,我每次上下楼梯时,都会不安地瞥上几眼。弗雷德进门后,像往常那样把信件带进厨房,准备在喝茶或者是酒——这取决于时间或她的心情——的时候在桌上打开,而我正在桌旁等着她。"喝茶还是酒?"她要了一杯白葡萄酒。她情绪很好,因为几周前引起一场小危机的那卷有瑕疵的意大利布料已经被及时更换,她们得以在圣诞节前做成顾客的窗帘,而罗恩明天会去安装。我转过身去,背对着她从冰箱里拿出一瓶阿里高特,这时她说了句什么,我没有听见。当我回过身来时,她手里正拿着一张明信片。

"什么?"我说。

"亚历克斯·卢姆要回美国去了。"

"永远吗?"我说。我脑海里升起一丝渺茫的希望,并迅速脱口而出——一时间,我展望着亚历克斯突然地、奇迹般地从我的生活中消失的美好情景。

"不,当然不是,亲爱的,"弗雷德说,"只是回去过圣诞节。如果她永远回去的话,干吗还要订窗帘呢?"

"哦,这事儿我忘了。"我勉强地说。

"再说,她还没有读完博士学位,对吧?"

"是啊。我以为她也许决定放弃了。她对从巴特沃斯那儿得到的指导不大满意。"

"哦,那你就得尽可能地帮帮她,亲爱的,"弗雷德说,"你有大把的空闲时间。"

"哦,非常感谢。"我说。弗雷德没有完全听出我话中的嘲讽意味。现在我得到了她的允许,可以与亚历克斯经常见面——可这却是我眼下最不愿意的事情。

"她说非常抱歉不能来参加聚会，"弗雷德一边浏览着明信片一边接着说，"不过她爸爸给她寄来了回家过圣诞节的机票钱，所以她当然得回去。"

"哦，天知道，来参加这次聚会的人已经够多了。"我说着，用爱抱怨的老样子掩饰着自己的情绪。就算不是刚才我在刹那间想象的那种奇迹般的解脱，知道亚历克斯不会过来给圣诞节进一步添乱，起码也让我松了一口气。

13

12月22日。由于想在不得不去伦敦接爸爸之前让自己的感冒快好,过去的两天里我一直卧床休息——是在客房的床上,以免传染给弗雷德,或是因为我晚上咳嗽或吐痰而打扰她。这也是一种逃避的方式,避免与亚历克斯或别的任何人接触。我盖着羽绒被窝在床上,以耳机里的四号电台作伴,或者通过读特罗洛普①的小说来消磨时光。

今天我感觉好多了,准备恢复正常生活。今天上午我查了查电子邮件,以为会看到亚历克斯发来的许多封信,但是只有一封,说她很抱歉不能参加聚会,并期待着新年里再见到我。还有一大堆季节性的伟哥广告——"给她一份她会真正喜欢的礼物!""为圣诞假期充充电吧!"我心里想,等到下一个大的节假,不知道他们会想出什么新词——"这个复活节重新复活?"还有一封学校图书馆发来的电脑生成的邮件,要求归还利夫莱特那本文件分析的书。我懒懒地想,不知道亚历克斯是否准备把它重新借走,并试着用某种化

---

①安东尼·特罗洛普(1815—1882),英国现实主义小说家。

学溶液消除上面的青绿色标记。

12月23日。史无前例的旅程结束了。"接父行动"已经完成——但并非轻而易举。今天有许多次我都在想，乘火车会不会更加明智，但最近几年来，只要一想到这种选择，似乎就会接着想到可能出现意外的太多的可能性，于是我只好打消这个念头：临近圣诞节时，火车上很拥挤，所以我得提前订座，并考虑到伦敦市中心可能出现的交通拥堵，需要订一辆早早地从布里克利出发的出租车，以便将我们送到国王十字车站时还有充裕的时间搭乘预订的火车；但是又不能太早，否则我们会在车站晃悠很久才能上车。然后，就算行程中的这一段顺顺利利，等我们到达国王十字车站后，也总是存在着火车因为晚点或取消而无车可上的可能；如果这样，我们预订的座位就会告吹，那么就得急匆匆地去抢下一趟车上未被预订的座位。总而言之，在公路上碰碰我的运气似乎更为可取。我知道会很慢，知道会有交通堵塞，但只要把爸爸弄上车并把他的行李放进后备厢，我就不用担心几点几分要赶到什么地点，我也可以相信我们迟早会抵达瑞克特里路。

早上六点半时，我肚子里只装了一杯茶就顶着冬天的黑暗出门。穿过几乎空无一人的市中心，很快就行驶在车辆稀少的一号高速上，收听着四号电台，音量调大到任何听力正常的人都无法忍受的程度。路边的告示牌上不断出现令人担忧的提示，南部有雾，机场航班延误，等等，但我却畅行无阻地开到了莱斯特附近的一个服务站，并在那里停下来吃了早餐。然后，车流渐渐加大，雾也渐渐变浓,直到临近十点我才走完一号高速。接下来就开得很慢了,穿过雾蒙蒙的伦敦,街上到处都是为圣诞购物的人群,疯狂买着食物和饮料,仿佛在为即将面临的围困做准备,我直到十一点过后才抵达青柠街。爸爸在黑乎乎的屋子里等我,所有房间的窗帘都放了下来。他穿着外套,戴着帽子,收拾好了大包小包,手里还握着拐杖,似乎几小时前就准备就绪。我们用大嗓门对喊了几分钟。"你去哪儿?"他问。"我跟您说过会在十点半左右到这儿。"我说。"我以为你说的是九点半。"他说。"我怎么可能九点半到呢,除非是半夜里起床,"我气恼地说,"路程这么远。""的确是该死的远,要我说的话,"他说,"那你当初干吗要离开这儿,搬到北边?""我的工作在那儿,爸爸。"我说,这话我已经说过很多次了。

我跟他核对了一下各种事项:"牛奶取消了吗?""是的。""报纸取消了吗?""是的。""暖气是不是开着?"一声不高兴的"是的"。其实他关掉了大部分暖气片,不过我估计系统中循环的热水可以管用。"您告诉巴克夫妇了吗?""什么?""您告诉隔壁的巴克夫妇了吗?"我以为他没有听清,就重复了一遍。"告诉他们什么?"他说。"告诉他们您要出门。""干吗要这样,又不关他们的事。"他说。"您出门的时候,难道不给他们留一套钥匙吗?"我问。我知道他不留,我只是为了缓解自己的懊恼才假装不知道。"当然不!"他忿忿地说,"我可不想让他们趁我不在的时候跑到家里来东查西看。""我还以为他们圣诞节会有更好的事情可做呢。"我挖苦道。我们真是一开局就不顺。

离开之前,我敲了敲隔壁家的前门。巴克夫妇不是那种万人迷的夫妇，但我指望他们好心地留意爸爸，一旦发现什么异常就给我打电话。巴克太太开了门。"哦，你好！"她用尖细的声音说，接着咯咯一笑。这是一种神经质的笑，她只要开口说话就会夹杂着这种笑声。"你爸爸还好吗？"巴克先生庞大的身躯出现在她身后的门厅里，他穿着衬衣和背带裤，手上拿着一把无线电钻，犹如武器一般。我对他们说，我要接爸爸去跟我们一起过圣诞节（"哦，对他来说真是太好了，对吧？"——咯咯一笑），如果他们能帮着照看一下房子，我会非常感激。"屋顶旁边有一处天沟漏水，需要注意一下。"巴克先生说。"是吗？谢谢你告诉我，"我说，"等他回来之后，我会找人来看看。"巴克夫妇家的房子完好如新，巴克先生在退休之后，就把房屋的维护当成了自己的主业，我知道爸爸的房子那相对破旧的样子显得很刺眼。"嗯，我们得动身了，"我说，"圣诞快乐！""你们也一样！"巴克太太咯咯笑着说。她丈夫转身去继续被我打断的什么DIY[①]活动，但巴克太太因为生活过于平淡无事，所以在寒冷中抱着膀子站在门口，一直看着我扶爸爸走出屋子并让他在车内的前排座位上坐好。当我们开车离去时，她朝我们扭捏地一笑，并挥了挥手。

在返回的路上，伦敦市中心的交通状况更加糟糕，我们只好在一号高速的第一个服务站停下来吃了一顿比较晚的午餐，前面还有更远的行程等着我们。大雾使车辆运行缓慢，高速公路上常常有车

[①] Do It Yourself 的缩写，意为"自己动手。"

辆滞留，我渐渐意识到我们要到晚上才能到家。爸爸开始时不停地唠叨，建议我穿过伦敦时该走哪条路线（"千万不要从坎伯威尔和维多利亚那儿走，那里有上千个红绿灯"），批评其他人的驾驶技术（"看到那个蠢货了吗？连个信号都不给！真是糟透了！"），要我把我们经过的加油站上显示的每公升油价改成每加仑（"什么，四英镑一加仑？开玩笑吧！"），想起当年为了在社交舞会上演奏而数次驾车去遥远乡下的艰苦行程（"说到山，你可从来没见过威尔士那样的山。整个地区都是山连山。有一次，阿奇·西尔维——他是贝斯手，已经去世了——让我们五个人坐在他的老沃尔西里。所有的乐器都装在一辆拖车上，在冲下那座山坡般的小山时，刹车却坏了……"）。奇怪的是，他似乎并没有为大雾而担心。我想他大概以为那是他左眼的白内障所致。午饭后他睡着了，我在难得的安静中往前开着。但他醒来时却要小便。我刚刚开过一个服务站，离下一个至少有三十分钟的车程。"你把那个瓶子放到车里了吗？"他边说边在座位底下摸索。"什么瓶子？"我心里一沉，说道。几周前我曾建议他随身带个瓶子以应这种急用，但我把这事儿全忘了。"牛奶瓶，用棕色纸袋装着，放在前门旁边的门厅里。你帮我把东西拿出来时，我告诉你要把它放在我的座位底下。""我没听见，爸爸。"我说。开车去伦敦时我没有戴助听器，直到到达后过了几分钟才把它塞进耳朵里，他肯定是在那段时间提到了瓶子。也可能是后来我戴上助听器之后他提到了瓶子，但是因为难为情而声音很小。还可能是当时我正背对着他，或者我正在想别的事情而没有注意他。"哦，太棒了，儿子。"他悻悻地说。我心里很不舒服。

"我可以停在硬路肩上,"我说,"一般不能这样,但如果是紧急情况……""那我该去哪儿?"他问,"在黑暗中翻过带刺的铁丝网护栏,跑到某块地里?""不,当然不是。您可以撒到汽车的后轮上,像出租车司机一样——法律允许他们这样,您知道的。"我试图让谈话的语气轻松一点,但是他没有理睬。"什么,让这么多车的前灯都照出我来?不用了,谢谢!"事实上,我很庆幸他不愿意停车,因为这样很危险:天色越来越暗,能见度很低。"那您怎么办?""我会坚持到下一个地方。"他阴沉着脸说。

他的确坚持得很好。只是当我们穿过停车场,朝那片灯火通明的商店和饮食店走去时,他再也控制不住自己的膀胱。"哦,老天!"他说,一边弯下身去,捂住自己的裆部。"我都湿透了。""没事儿,爸爸,别担心。"我说。"别担心!"他叫了起来,"我该怎么办?在接下来的路上穿着一条臭烘烘的湿裤子坐在车上?"我很快想到了一个办法。"我们去卫生间。您到一个隔间里脱掉裤子,从门底下递给我。您待在里面,而我则回车上从您的箱子里再拿一条裤子——您还带了别的裤子,对吧?很好。然后我把它从门底下递给您,您就可以换上。行吗?"

于是我们依此而行。进展还算顺利,只是我从车里拿裤子的同时忘了再取一条干内裤,我问他要不要我再回去拿一条。"嗯,你该不会要我只穿外裤不穿内裤坐在那车上吧,天知道得坐多久呢!"他在隔间的门里问,"你知道,这裤子是全毛的,如果不穿内裤会刺痛皮肤。"由于隔着卫生间的门,我们交谈时不得不提高嗓门并再三重复,所以给其他如厕者带来了不少的消遣。于是我回到车里，在他的箱子里翻出一条松垮垮的平脚内裤，再拿回卫生间。趁他更换的间隙，我将他的湿裤子在洗手池里洗了洗，然后放到干手器下吹干。我这样忙乎时，有些人投来好奇的目光，但我此时已顾不上羞惭和尴尬，也许说得更准确一些，是我把它当成了因为疏忽瓶子而该受的惩罚。

这是漫长而令人筋疲力尽的一天，唯一的补偿是因为接爸爸而将我从一些圣诞职责中解脱出来。玛西娅上午陪弗雷德去塞恩斯伯里完成重大的圣诞采购任务，我一向讨厌这项差事：堆得满满的手推车将过道堵得水泄不通，收银台前是移动缓慢的长长的队伍，所有的人都争抢着最好的商品，看上去更像是掠夺者，而不是购物者（去年圣诞节时，我居然看到一个女人趁别人转过身去的工夫，从其手推车上顺手牵羊，拿走了商店里的最后一盒有机蘑菇）。我很庆幸能逃脱这一切。而且我也不必去火车站接弗雷德的妈妈——她从切尔腾纳姆的退休公寓乘火车过来。由于雅姬没有家人需要接待，便慷慨而自告奋勇地在店子里一夫——或者说是一女——当关，所以弗雷德自己去接她妈妈。

我和爸爸七点左右到家时，弗雷德正在客厅里装饰那棵大圣诞树，她妈妈则在一旁观看和指点，只见她以自己最喜欢的不列塔尼亚[①]式姿势坐在壁炉边的一把直背椅上：挺直着背，高昂着头，两膝在长裙里面微微分开，手里像握着盾牌一般拿着她带来的《每日

[①] 英国的象征，常被塑造成一位头戴钢盔手持盾牌及三叉戟的女人。该图像曾出现在罗马帝国的硬币上，后与不列塔尼亚这个名称一起出现在查理二世时期的钱币上。

电讯报》。树下已经有了一小堆包装好的礼物。那只小婴儿床也摆到了书架上，里面有用橄榄木雕刻的基督诞生图，那是弗雷德的父母多年前在伯利恒购买并送给她的礼物。慎重摆放的扬声器里传出圣诞颂歌的乐曲。这是非常温馨的情景，几乎像是为了打动人心而刻意上演的一幕。我得承认弗雷德对过圣诞节很有一套。但我们之间几乎马上就有了一点小摩擦：她问我能否帮她把彩灯挂到树的周围，我说我太累了，能否等到明天。于是她不耐烦地叹了口气，自己动起手来，而我则给自己和爸爸倒了杯酒。但那些灯却不亮。弗雷德十分恼火，最后我不得不在地板上摊开花线，检查那些易脆的小灯泡是否都稳当地安装在灯座上，好不容易才找到断路的罪魁祸首。但愿这不是即将发生不和的前兆。问题在于，只要我和弗雷德之间稍稍有点意见分歧，双方家长就会本能地支持自己的子女，于是摩擦的因素就会陡增一倍。爸爸催我先喝完酒再去管那些灯，弗雷德的妈妈则说她已故的丈夫以前总是把圣诞树的彩灯装饰当成自己专门的职责。菲尔法克斯先生已经去世五年了。

塞西莉亚·玛德琳·菲尔法克斯太太——这是她的全名——是一位七十七岁的寡妇，身材高大，精力充沛，那巨大的胸脯让我大概可以猜出弗雷德到了她这个年纪会是什么形象——如果她没有做缩胸手术的话（这件事她跟她妈妈只字未提，而是骗她说自己"节食"了）。塞西莉亚与爸爸毫无共同之处，有时还用一种骇然的反感神情看着他，犹如一位女庄园主发现自己家里的什么人不可思议地把做下人的花匠请进了她的客厅，所以不好不好下逐客令。而他呢，则认为她是一个"古板的老太婆"，他的职责就是用俏皮话和趣闻轶事给她逗乐。他叫她"西莉亚"。当她有一次更正他时,他说,对一个戴着假牙的老头子来说,"塞西莉亚"太绕口了,"所以我就简称你为'西莉亚'。你不会介意的,对吧?"她冷冷地回答:"如果你非得这样的话。但这显然是两个截然不同的名字。塞西莉亚是早期教会的一位女殉道者。而西莉亚只是一个普通的罗马名字,一个异教徒的名字。"我想她其实更愿意他叫她"菲尔法克斯太太"。她总是称他为"贝茨先生",尽管爸爸多次让她喊他"哈里"。

12月24日。家里开始热闹起来。弗雷德的第二个孩子贾尔斯和他妻子妮可拉今天下午到达,带着他们九个月大的小宝宝巴兹尔。他们是今天下午从赫特福德郡开着那辆黑色宝马4x4过来的,那辆车宽敞高大,是前不久用一辆保时捷交换得来的,以便给他们的小宝贝提供最大的保护。车上有几乎不透明的有色车窗,以防范潜在的绑架者,后窗的贴纸上写着"内有婴儿",希望那些可能想从后面撞上他们的司机能良心发现。在弗雷德的三个孩子中,贾尔斯最有出息。安德鲁供他上了唐赛德学校[①],大学毕业后,他步父亲后尘进了城里,在一家商业银行谋到一个职位。今天,他的神情像是刚刚得到一份令人满意的圣诞奖金,几乎按捺不住想告诉你有多少。妮可拉是一位商务律师,但已经决定从自己的职业生涯中腾出四年时间来生两个孩子——这些数字就像资金平衡表上的一样具体明确。你会觉得两个孩子肯定也会平衡,一男一女。她相貌漂亮却

---

①英国一所历史悠久、负有盛名的男校,成立于1606年,位于英国的西南部郊区。

透着平淡，衣着讲究，谈吐文雅，但为人很无趣。

弗雷德的小儿子本和他的女友马克辛是晚上八九点钟到的，比原先预料的要晚，主要不是因为大雾才耽搁，而是因为他所任职的电视制作公司的一场节日午餐会，"然后我们又捱了几个小时让酒劲过去，以免在高速公路上被逮住"。在弗雷德的几个孩子中，我一直觉得本最讨人喜欢：他是一个开朗随和、性格外向的年轻人，拒绝了他父亲准备供他像他哥哥一样上唐赛德的提议，而选择了本地的一所公立学校。他参与制作那种关于房屋买卖、交换、翻修或重新装饰等的电视节目，英国观众对这类节目似乎非常痴迷，每个频道都有很多。他不屑地称之为"房地产色情片"，不过他说这是学习纪录片制作方法的一个好途径。马克辛是他交往了两年的女友，她是电视台的化妆师，长相秀美，双腿修长，待人友善，带着河口地区的口音，满脑子想的几乎都是与电视、时尚以及化妆品有关的事情。她让本带她去看垃圾恐怖片，因为她想去看看里面的化妆。弗雷德家的人心照不宣地认为她太普通，塞西莉亚则是左右为难，既担心本会娶她，在道德上又不赞成同居。但马克辛与爸爸相处融洽，他特别喜欢她，为她买了最大盒的巧克力。

弗雷德、她妈妈、贾尔斯、本和马克辛已经前去参加午夜弥撒（菲尔法克斯一家将它说成"弥阿撒"），弥撒于十点半以颂歌仪式为开始。本不是虔诚的天主教徒，贾尔斯只是名义上信教，马克辛除了化妆什么都不信，但出于一种节日期间的团结精神，他们陪弗雷德和她妈妈一起去了。过去我有时也跟他们一起去，因为这差不多是我唯一真正喜欢的宗教仪式，起码是唱颂歌的环节，但是我不想让妮可拉——她已经带着小宝宝去睡了——来照料爸爸。爸爸其实也上了床,但昨天晚上,我发现他穿着睡衣,一脸迷惑和茫然地在楼梯平台上找卫生间。他的手上拿着一个搪瓷壶,那是我给他的,让他在尿急的时候备用,不知怎么还让他觉得用过后必须马上在卫生间里倒掉,这无疑是医生开给他充当安眠药的抗组胺药所致——这种药很安全,却把他的老脑筋弄迷糊了。我想,妮可拉如果在类似情况下在楼梯平台碰见爸爸,肯定会不知道如何是好。

明天上午,安妮和吉姆将从德比郡、还有理查德会从剑桥开车赶过来吃圣诞餐,那会是一顿很迟的午餐。玛西娅和彼得以及他们的两个孩子也会过来,所以到时候会是一大家子人。理查德的加入几乎是最后一刻的惊喜。他今天早上打电话来说,他很愿意来跟我们共度节日,但是当晚就得赶回剑桥。我会尽量劝他留下来住一宿。路上的雾实在太大——泰晤士河谷一带显然更是如此。希思罗机场已陷入瘫痪,航班都被取消,旅客们都睡在候机楼里。因此,火车上人满为患,公路上车流拥堵。隆冬时节这种大规模、多方向的人潮流动简直是疯狂。我们的卧室全都安排满了,不过我可以在书房为理查德支一张行军床。我已经几个月没有见到他了。

12月25日。又一个圣诞日快要结束了。现在是十一点十分。理查德谢绝了我在书房为他支一张床的建议,已经驱车返回剑桥,因此我得以在上床之前记录一下这一天的经过。由于连续数小时身不由己的庆祝和团聚,许多人都累坏了,已经上床歇息:最早回自己房间的是弗雷德(当然该好好休息一下了)和她妈妈,她们十点钟就去休息了，接着是贾尔斯和妮可拉（他们说昨晚被他们正在牙的宝宝闹醒了），还有安妮，不需要任何借口，因为她看上去像是快要临产——很难相信她的预产期还有两个月。玛西娅和彼得几小时前带着他们的孩子回家了。十点半时，本、马克辛和吉姆在电视机前坐了下来，开始看一部经典的好莱坞黑色影片[①]。午饭后，爸爸用报纸遮着脑袋在客厅里睡了一会儿，还打着呼噜，到了晚上，他精力很好却无从打发。电影不对他的口味，在对黑白摄影那令人郁闷的效果和夸张的表演风格批评了几句之后，他想说服其他人换个频道，看点轻松欢快的节目，但是未能如愿，于是他把注意力转移到我身上，开始跟我东扯西拉地说起他当舞曲演奏者时遇到的各种奇闻趣事。电影中大量的抽烟镜头使他想起了亚瑟·雷恩的烟瘾，及其用双脚操控的铙钹掐灭烟头的绝技，还有那次众所周知的事件：当时乐队正在演奏《浓烟熏着你的眼》，他却燃着了自己的低音鼓。"我有没有跟你说过萨米·布莱克的假发？萨米是一位很可爱的长号手，可他戴着一副很难看的假发……"如果马克辛没有在那儿看电影，她可能会是一位感兴趣的听众，但我以前已经听过所有这些故事，听过了好几遍。我特别希望得到一点平静和安宁，很想把戴了一整天的助听器从我那发热、冒汗的耳洞里取出来，享受几分宁静。于是，过了大约一刻钟之后，我假装准备上床，以此向爸爸表明他也该去休息，然后送他进了房间，跟他道过晚安，我再悄悄下楼溜进了书房。

[①] 以悲观、宿命和危险为特点的电影，最初被一群法国批评家用来指 1944—1954 年间拍摄的美国恐怖片、侦探片。

这一天过得好吗？不算太糟，我想，但中间还是有些大呼小叫，你争我吵，有些冲突和牢骚。爸爸醒得很早，然后下楼为自己沏茶，结果却弄响了防盗警报器。我昨晚在其他人做午夜弥撒回来之前已经上床睡觉，弗雷德开启了警报器，她以为我已经交代过爸爸，而我却以为我们已经说好了在有一屋子客人的情况下不开警报器，只需把外面的门锁好就行——这无疑是我的听力问题造成的误会。出于同样的原因，我没有听见警报器的响声，一大早还在迷迷糊糊时，弗雷德用胳膊肘捅了捅我的腰部，并咕哝了一句要我做点什么，我才醒了过来。我发现爸爸站在楼梯底下，穿着睡袍和拖鞋，用一只手捂住耳朵，满脸不解的神情。"嗨，儿子，"他说，"你有没有听见一种奇怪的声音？"

我解除了警报，然后给安保公司打了电话，告诉他们这是一次误会。对方接完电话，并记下详细情况后，说了声："祝您今天愉快！""哦，这开局可不吉利。"我说。他含糊地笑了起来。我想他并不确定"吉利"这个词的含义。我猜他正在为圣诞日还要值班而觉得遗憾；但是当我想象着他独自一人坐在安静、温暖的办公室里，旁边有一本书和一台便携式收音机，只是偶尔有个电话才会打扰他的宁静时，我就不由得羡慕起他来。

我在厨房里给爸爸沏了点茶，并给了他一点消化饼干。"那你不吃早餐吗？"他带着失望的神情看着饼干说。"现在太早了。"我说。他看了看墙上的钟。"哎呀！六点差一刻！怎么会是这样？"他没有戴上假牙，于是把饼干放进茶里泡了泡，然后用牙龈慢慢地嚼着。"我要再去睡会儿，"我说，"您打算怎么办？""我想我可以吃半片药,"他说,"再去睡上一两个小时。"我鼓励他这样做,并且陪他上了楼。我轻手轻脚地回到我们的卧室,上了床。弗雷德咕哝了一句什么,我没有听见,不过我猜是在不满地询问警报器和爸爸的事情。"我们现在别谈这些。"我一边说,一边贴近她,不是出于任何温存或爱意的冲动,而只是为了寻求肉体的温暖。我发现每当我醒得很早时,这是重新入睡的最佳方法。它果然有效,但似乎没过多久,她自己就起了床,并下楼去准备火鸡,把它放进烤箱。那只火鸡很大,而她又相信文火慢烤。

上午的时间缓缓流逝,烤火鸡的香味也渐渐溢满了整个厨房,并飘进餐厅和前厅,甚至我在书房也能隐约闻到。"嗨!味道真香。"刚刚进门的亲人们一边脱下外套,放下各种包装好的礼物,一边大声叫道,尽管在我个人看来,这味道只是勉强不至于令人恶心而已。不过,上午整体上平安无事。爸爸一直睡到九点过后,这意味着我可以在吃早餐时看看昨天的报纸,然后才为他准备早餐,并在他穿着睡袍享用时坐在那儿陪他。接着,我刚刚送他上楼回自己房间去洗漱更衣,大家就开始陆续到达。安妮和吉姆到得最早。看到安妮气色很好,我非常高兴。吉姆还是跟以往一样,待人友好但不大合群,显得稍稍有点恍惚,虽然他曾明确地告诉过我他在午饭之前从不吸食大麻。尽管20世纪60年代时他还只是个孩子,他的举止神态却颇有那个年代的遗风:留着齐肩的头发,总是一身牛仔装,蓄着"爱之夏"[①]期间在西海岸大为流行的乱糟糟的长胡子。

[①] 指1967年夏天,约十万年轻人在旧金山的海特－艾许伯里街区和金门公园举行聚会,从而将嬉皮士反传统运动推入公众视野。

塞西莉亚几乎一看到他就会感到畏怯。他和安妮已经共同生活了八年。我得承认在我的心目中，作为我女儿的伴侣他并非最佳人选，有时我还觉得他是在靠她供养，而不是他在供养她，但她对他们的关系似乎很满意，所以我将自己的疑虑藏在心底。

我把安妮带进我的书房，问她最近怎么样。"很好，只是有点儿背痛。"她说。

"小宝宝呢？"

"经常踢我。他挺好的。"

"你怎么知道是儿子？"

"我做了B超检查。我知道您会开心的。"她从我的表情就能看出来。

"嗯，你知道……我的孙辈中的第一个。也许是唯一的一个。理查德没有多少准备要孩子的迹象……而我猜想，你到了这个年龄，不会冒险再生一个，对吧？"

"嗯，我们要先看看这一个的情况。"她说。

她眼下特别像她妈妈，特别像梅茜当年怀着安妮时的样子，只不过梅茜以前穿的是宽大的长裙，而安妮则紧跟现代时尚，穿着一件紧身上衣，下身是一条配套的长裤，炫耀着她隆起的腹部。那蓬松的姜黄色头发，圆圆的脸庞，犹豫的笑容，以及额头中间那两条垂直的愁纹，简直跟她妈妈一模一样。大家总是说安妮长得像她妈妈，而理查德更像我。

"您还好吗，爸爸？"她说。

"哦，还行。越来越聋了。"

"您好像听得不错啊。"

"这里很安静。"

"里克①呢？他今天会来吗？"

"是的，他会来的。"就在这时，门铃响了。"没准就是他。"我说。

但来的却是玛西娅、彼得和他们的孩子。说孩子是所有圣诞庆祝活动中必不可少的因素，当然是陈腔老调，不过像大多数陈腔老调一样，这话也很有道理。成年人——哪怕是像我这样脾气不好、有些愤世的成年人——起码也可以短暂地透过他们天真的目光看待圣诞节，在一定程度上重温我们自己多年前经历过的美妙和兴奋感。莉娜带着一脸欢快的笑容进了屋子，那笑容犹如反射出来的阳光，照在她所遇到的所有的人和物上，而丹尼尔呢，则因为圣诞节而显得比以往更加庄重和威严，尽管他的眼中也有一抹憧憬的光彩。我蹲下身子，直到与他一样高，问道："嗯，圣诞老人给你带来什么了，丹尼尔皇太子？""圣诞老人给丹尼尔带来了冰柱②。"他说。"冰柱？听上去不太像是礼物啊。"我说。"是三轮车，德斯蒙德。"玛西娅说，周围的人都哈哈大笑。我们聋人在聚会上所能做的事情之一，就是用自己的误会给大家带来几阵笑声，这一次我也并不吝啬。不过丹尼尔却没有笑，而是带着不解和微微不悦的神色，将一双大眼睛转向大人们那笑吟吟的脸庞。"是 brought，不

---

①理查德的昵称。

②这个句子的原文为"Father Christmas bringed Daniel an icicle"，在这里，丹尼尔将不规则动词 bring 的过去式根据规则动词的规律变成了 bringed，而正确形式应该是 brought；icicle（冰柱）则是"我"对 tricycle（三轮车）的误听。

是bringed，丹尼尔，"他妈妈补充道，"圣诞老人给你brought三轮车。"身为一名教师（虽然教的是数学而不是英语），玛西娅认为抓住一切机会纠正孩子的错误是她的职责。当然，丹尼尔的错误完全符合逻辑，而且表明他已经掌握了规则英语动词变成过去式的方法。在了解例外之前，你得先掌握规律。

关于礼物是应该在午饭之前还是之后交换，大家进行了讨论，甚至几乎演变成争论，最后达成一种妥协，即每个人应该马上打开一件礼物（尤其是为了满足小莉娜的迫切心情），其他的礼物则等到午饭之后才能打开，负责准备午餐的弗雷德和其他人到时候会更有空闲。接着是喝酒的时间——香槟酒和巴克鸡尾酒，贾尔斯带来了一箱宝林歇香槟酒作为送给全家的礼物（这是他可观的圣诞奖金的标志）——于是大家的兴致都高涨起来，一天中的第一杯酒往往会产生这种效果。

就在这时，理查德到了，不知怎么没有按门铃就进了屋子，并且悄悄地、完全不声不响地走进客厅，直到弗雷德指给我看，我才注意到他。他站在刚刚进门的地方，端详着墙上的一幅画，犹如一位在聚会上谁都不认识的客人。我示意他来到我正在分发酒水的餐柜旁。"理查德！圣诞快乐！"我说，并给他倒了一杯香槟。"您也一样，爸爸。"他说。他探究性地举起酒杯对着光线，闻了闻不断冒出来的气泡，抿了一小口，赞赏地点点头。"温度很好，"他说，"我给您带了几瓶圣伟利宝望红酒[①]，是高档酒，"他继续说，"放在

[①]产于法国勃艮第的红葡萄酒。

门厅里。我不能在午餐时打开——不会有人欣赏的。"他穿着一件粗花呢夹克和一条灰色法兰绒长裤,里面是淡雅的格子衬衣,系着一条素净的黑领带,与我四十年前的着装没有两样。他是整个房间里唯一系领带的人——就连我也为了庆祝这个节日而穿了一件敞领运动衫,还有弗雷德去年圣诞节送给我的一件颇为时髦的羊皮马甲。我发现他的头发变稀疏了——肯定是遗传于梅茜的父亲,我与梅茜结婚时他就已经严重秃顶了。"你还好吗?"我说。"很好,很好。""低温物理怎么样?"他笑了。"很有趣。"他说。他曾经试图跟我解释过,其目的显然是为了使物质的温度降到尽可能地接近绝对零度,从而使粒子以奇怪和有趣的方式运动。我记得他当时说:"你得识别某种物质内部的能量,然后设计出消除它的方法。"我觉得这是一种不可思议、无事找事的研究,似乎与炼金术反道而行。我们聊了聊他一路开车过来的情况。小莉娜拽了拽我的袖子。"外婆说您能不能去看看桌子。"她说。我走进餐厅,我和弗雷德已经将我们那张伸缩式餐桌与一张牌桌拼拢,在这里搭成一个不规则形状的平面,并将桌布重叠着铺在上面,便于十三个大人和两个孩子围坐在一起。我检查了一下酒杯和餐具,然后开了几瓶酒闻了闻。

在厨房里试图给弗雷德帮忙的女士实在太多,关于配菜该怎样烹调和食用她们各执己见,还有几个人喝过香槟之后有了几分醉意,结果有些菜煮得太老,有些又火候不够,而蔬菜还没有完全准备好,我就受命开始切火鸡;另外,弗雷德忘了——也可能是我忘了(至于到底是谁的责任,我们意见不一)把餐盘放进我们为此专门准备的机器里加热。到大家全部就座后,主菜很可能会只是温热而不是热乎乎的，所以我建议大家拿到食物后马上开始吃，但塞西莉亚却哀哀切切地问我们是否不准备先做饭前祈祷，于是我们只好停止分发食物，摆出适当的表情和姿势，而塞西莉亚则闭上眼睛，合起双手，吟诵着祈祷文——只有爸爸例外，他没有注意到她的干预，只管继续切着自己的食物。这一幕每年都会发生：我们忘记了塞西莉亚喜欢在圣诞午餐前做饭前祈祷，而且她有意等到最后一刻才提醒我们，以便能让所有的人觉得受到惩戒或教诲，或者让大家明白自己的地位。

"我觉得这简直不成体统，就连最虔诚的天主教徒似乎也不怎么做饭前祈祷了。"塞西莉亚一边说，一边展开餐巾准备吃饭，"我已故的丈夫过去每顿饭前都要祈祷，哪怕桌上只有我们两个人。"我朝吉姆看去，并眨了眨眼。我们去年圣诞节曾经打赌，预测塞西莉亚在这一天之内会将"我已故的丈夫"这个口头禅说多少遍（结果是九遍，我赢了）。经过这一番祈祷，菜变得更凉了，而爸爸又很不识时务地点破了这个事实，问他的那份能否在煎锅里热一会儿，并自告奋勇地要去自己动手。他的用餐礼仪总是给人带来无尽的乐趣、懊恼或难堪，只在于你从什么角度去看。爸爸认为，不管你吃的是什么食物，餐盘的边缘都必须有一大团芥末和一小堆盐，才能体现餐盘的功能，就算你告诉他火鸡不用蘸芥末或者吃盐太多对身体不好（尽管我们每年都这样告诉他），也毫无用处。把磨盐器递给他也是白搭——他要么拧错了方向，结果把它拧散了架并将颗粒状的海盐撒得满桌都是，要么会越来越没有耐性地捣鼓半天，才磨出足够的粉末，在盘子边缘形成一个明显的小盐堆。有一次，弗雷德对他这种行为非常恼火，于是在下一顿饭时，将一只装有半公斤萨克索盐的塑料盒放在他的盘子边，他非但没有领会这种暗示或感到生气，反而感谢她这么周到。今天，我记得在桌上他能够着的地方放了一个带盐瓶的老式调料架和一罐备好的芥末，却忘了他还会需要一片白面包，因为他不吃桌上那热乎乎的夏巴塔面包卷①，认为对他的假牙来说这种面包表皮太硬，而且还沾有难以消化的橄榄。所以我只好去厨房拿一片白面包，尽管弗雷德命令我不要太当回事，要我坐下。

因此，这一天过得就像预料之中的那样，吃过圣诞布丁和肉饼之后，便是放爆竹，戴纸帽，读出各种搞笑的谜语（如果为了让我听见而不得不更大声地重读一遍时，就显得更加搞笑了），然后是交换礼物，在客厅里留下满地撕破的包装纸。"历史重演一次是悲剧，重演两次就是闹剧，而圣诞节一旦重演就令人生厌。"我一边说，一边环顾着客厅，看着大家慵懒无力、醉意朦胧、消化不良、百无聊赖的各色姿态，手里拿着自己永远也不会去读的新书，或者永远不会去用的器具，或者永远不会去穿的衣物。"你说的是你自己，亲爱的，"弗雷德不客气地说，"反正我们很开心。对吧，莉娜？"她拥抱了一下坐在她腿上的外孙女。"是的，外婆。"莉娜乖巧地说。"外公是依唷②。"弗雷德说。"对，你是依唷！"莉娜高兴地叫了起来。弗雷德在照看她时，一直在给她读《维尼小熊》。嗯，也许我就是依唷。说到底，依唷也是聋子。她们讲到了依唷的生日

---

① 一种用橄榄油烘制的意大利脆皮面包。
② 指儿童读物《维尼小熊》中的驴子，是个忧郁悲观的人物，总是愁眉苦脸，自怨自艾。

聚会的故事。当小猪祝福他"年年有今日,岁岁有今朝"时,依唷请他再说一遍。

> 他用三条腿站稳,然后开始小心翼翼地把第四条腿举到自己的耳朵旁。"我昨天做到了,"他在第三次摔倒时解释道,"这很容易。这样我就听得更清楚……你瞧,成了。好了,你刚才说什么来着?"他用蹄子往前推着自己的耳朵。

耳聋总是具有喜剧性。

理查德离开之前,我跟他有过一番出乎意料的交谈。像往常一样,他一整天都彬彬有礼却高深莫测,避开大家对于他私生活的各种询问,不管别人问得多么谨慎或拐弯抹角。但在他起身离去时——实际上已经出了屋子,而我在送他上车,他把车停在路上——我们谈了一次话,虽然很简短,却是多年来我们最为亲密的一次交谈。我们在谈论安妮怀孕的事,我说:"她在盼着你到来时,那样子像极了你妈妈。"

他的话似乎答非所问:"我想正是因为这样,您才不喜欢圣诞节,对吧?"

"你这是什么意思?"我说。

"它让您想起了妈妈的死。"

"也许吧,"我说,"尽管我对圣诞节一贯都兴致不大。"

梅茜是在圣诞日后过了一周去世的。当时我在孩子们的帮助下做好了圣诞餐,然后我们围坐在她的床边一同进餐。她勉强吃了一点点。我们都尽量装出高兴的样子,但那顿饭并不是很喜庆。"这几乎是我对她最后的记忆了,"理查德说,"我们围坐在她的床边,盘子放在膝头上。紧接着,我和安妮就去滑雪度假了。"

"是的,我还记得。"我说。我的朋友莱德夫妇当时准备带他们十几岁的子女去奥地利,我们觉得孩子们应该从家里的病房氛围中稍微解脱一下,便做出了这种安排。

"我当时并不想去,"理查德说,"我觉得妈妈活不了几天了。"

"你没有这样说啊。"我听到这话很惊讶,说道。

"是的,我不想解释。我不愿意把这种话说出来。"

我们来到他停着的车旁。他按了一下钥匙圈,车灯闪了闪,驾驶座一侧的门也"咔嗒"一声顺从地开了。"没想到她会走得那么快,"我说,"我们以为你和安妮需要休息一下。"

"我知道,"他说,"但我一直都很后悔妈妈去世的时候我不在她身边。当您跟莱德太太打过电话,而她在度假屋里告诉我们时,以及我们从滑雪的地方回来时,安妮号啕大哭,而我却想:'我不能这样。安妮这样没关系,但我不能哭,现在不行,不能当着别人的面哭。'结果我从来没有为妈妈的死而哭过。后来我试过,但是哭不出来。于是我为此感到很难受。"

"对不起,儿子。"我说。

"这不是您的错,爸爸。您是一番好心。"

他伤感地笑了笑,伸出手来。我握住他的手。在这个时刻,我们本该相互拥抱,但是在我们的肢体语言中,却没有拥抱这个词。

我们所能做出的最好表示就是握手时比以往更有力,更持久。

"再见,爸爸。"他一边说,一边上了车。

"再见,谢谢你能来。"

他关上车门,摇下车窗:"很抱歉我不能留下来参加明天的聚会。"

"哦,天啊——你不知道自己有多么幸运!"我说。

我们动情的时刻过去了。他笑了起来,挥了挥手,开车离去。

14

在拥挤的客厅里，那位戴着眼镜、头发花白的高个子男人穿着颇为时髦的深黄色羊皮马甲，正在眉飞色舞地与一位站在圣诞树旁、满脸困惑的中年妇女交谈。他知道，在聚会才进行到一半的阶段，自己已经喝了不少的酒，却又不由自主地经常从他那杯红酒中喝上一口，他的动作很快，以便不等那位女士插嘴说上几个词，他就继续高谈阔论。对方是诺福克太太，他几分钟之前让她给他写下来，才知道她的称呼，此刻他正在跟她解释诺埃尔·考沃德的《私生活》中那句著名的台词"Very flat, Norfork[①]"为什么那么有趣。

"你肯定记得，埃利奥特告诉他的前妻阿曼达，他与现在的妻子西比尔是在诺福克的一次家庭聚会上遇到的，阿曼达说'Very flat, Norfork'，观众就哄堂大笑。每次都是这样。但如果她说'Norfork is very flat'，这样传达信息虽然是最合逻辑的方式，却一点都不好笑了。阿曼达通过将正常的主谓语序倒装，并省略谓语动词，把'Norfork is very flat'变成'Very flat, Norfork'，从而对这

[①] 直译为"很平坦，诺福克"。Norfork 既可以是地名，也可以是人的姓氏。而 flat 一词有双关意义，既指"平坦"，也有"平淡、乏味"之意。

个普通的事实陈述赋予了修辞色彩。这样就既在位置上也在语调上突出了 flat 这个词。在'Norfork is very flat'这句话中，语调几乎完全是平的，但是当我说'Very flat, Norfork'的时候，我的声音抑扬顿挫，在 flat 一词上读得最重。而在 Very flat 之后，还有一个短暂的停顿，有点像是休止符，从而为观众创造出了一瞬间的悬念。我们在心里想，这个如此突出强调的形容词短语 Very flat 修饰的会是什么呢？答案却是平淡至极：Norfork。这句台词很好笑的原因之一也就在于此——它似乎在表明，尽管阿曼达努力想让自己的话显得新颖有趣，话中的语义内容却让她无法如愿。它仍然是无从弥补地、不可救药地 flat。就像 Norfork 一样。"

他猛地喝了一大口酒。诺福克太太目瞪口呆地看着他，接着似乎想说什么。他急忙拦住了她。"不过这里还有一种恍然大悟的效果，因为我们马上看到另一种可能性，同样也很好笑——flat Norfork 是一种转喻，指代乡村别墅的乏味聚会，在那里你会遇到像西比尔一样乏味的女人。接着，在几句台词之后，阿曼达抱怨埃利奥特对她的新丈夫维克多有不敬之词，说：'好歹我还很有风度，没有对西比尔冷嘲热讽。'他不高兴地反驳道：'你说过诺福克很 flat。'她则回答：'那并不是指她呀，除非她让诺福克变得更 flat 了。'要么是她不诚实，假装自己说'Very flat, Norfork'时不是那个意思，要么——另一种有趣的可能性——就是埃利奥特在错误地指责阿曼达含沙射影时，承认自己已经发现西比尔很 flat，也就是很乏味。说到底，如果埃利奥特是在别的什么地方——比如威尔士——遇到了她,而阿曼达的台词是'Very hilly, Wales'①,就一点儿也不好笑了。'Wales is very hilly','Very hilly, Wales'——效果上没有区别,因为 hilly 不像 flat 那样一语双关,它不存在比喻和指称上的对应……"

他妻子走了过来,朝他瞪了一眼,又笑盈盈地转向诺福克太太,跟她说了些什么,并将她领向餐厅,根据飘进客厅来的柠檬草、椰果、豆蔻和其他香料的气味,他推断那里的自助午餐已经开始上菜。如果他跟着她们过去,吃点东西垫一垫刚才喝的那些酒,也许是个好主意,但是他知道,那里现在肯定排起了队,身为主人去插队会有失礼貌。于是他转而去了书房,他在这里藏有一瓶他儿子头一天送给他的圣伟利宝望红酒,他给自己又倒了一杯。想起妻子对他的怒目而视,他稍稍有些忐忑。在过去的一小时里,他接受了一连串类似的皱眉、不满的眼神和对着他耳朵所说的悄悄话(那些话就像从轮胎阀里漏出来的气一样毫无意义),他估计它们传达的意思是,她认为他要么喝得太多,要么说得太多——还可能二者兼而有之。但话说回来,这两者密切相关:没有酒精的刺激,他就不可能与各种各样的人这样娓娓畅谈。他觉得在极端困难的情况下,自己的表现非常出色。

那天上午,第一批客人再过大约二十分钟就要到来时,他的助听器的两粒电池几乎同时用完,这是极少发生的事情。当他在厨房

---

① Wales 直译为"很多山,威尔士"。Hilly 意为"多山的"。

里难以听清雅姬对他说的话时（她与几位系着白围裙的亚裔厨子一起来得很早，他们带着一些不锈钢餐盆，里面装着为自助午餐准备的香喷喷的咖喱和米饭），他就意识到其中一粒没电了，在一片为聚会做准备的忙碌中，还没等他找到机会去更换，另一个耳塞也没有了声音。他走进书房，打开存放各种助听器附件的抽屉，却发现与他自信满满的预期相反，里面根本就没有备用电池。或者更准确地说，抽屉里倒是有备用电池，但不是他的助听器所需的型号。根据其用来安装的助听器的类型，这些小圆片在厚度和直径上有细微的差别，但除了印在上面的数字代码之外，它们那小小的转盘式气泡包装袋看上去却一模一样。他习惯于一次买六包，把摆在药房货架上的电池一股脑儿地拿走；上次这样大采购的时候，他肯定是忘了检查这些电池是否都是他所需要的型号，也就没有注意到某位粗心的店员把两种不同型号的电池摆在了同一个货架上，因此，虽然他以为自己把三十六粒电池放进了抽屉里，足可以一直用到新年，实际上却只放有十八粒对他真正有用的电池，而其中最后的两粒刚刚用完。

怎么办？今天是节礼日，附近的商店都不开门。在市中心的什么地方，也许哪一家药房今天上午会开门，可是如果去找，他就很可能错过弗雷德的聚会的头一个小时；而且为了壮胆以应对即将到来的社交考验，他已经喝了好几杯酒，所以也不知道自己驾车会不会是谨慎之举。另外，尽管他可以从这一大家人中派谁出去跑一趟，但就算有这样一家药房，也很可能还没找到就关了门，因为在圣诞日和节礼日它们只在上午开门几个小时；而就算还没关门，它们也很可能拒绝出售电池，因为在公共假日里，它们的经营只限于药物的配发和销售。他一边愕然地盯着手掌上那三包没有用的电池，一边在大脑里以闪电般的速度思考着各种可能的措施及其反对理由。他把它们扔进了废纸篓。其实已经别无办法，只能在不用助听器的情况下尽力将聚会对付过去。

当你听不见别人在说些什么的时候，你有两种选择：要么保持安静，只管点头微笑，喃喃称是，假装在倾听你的交谈对象的话，偶尔附和两句，但总是面临完全理解错了的危险，很可能导致令人难堪的后果；要么你也可以掌握主动，不顾通常的话轮转换原则，就你自己选择的话题滔滔不绝地讲下去，不让对方插一句嘴，这样就不存在听不见和不理解他们在说什么的问题了。在刚刚过去的一小时左右的时间里，他采取的就是第二种选择。

首先必须找到他可以长篇大论而不必停下来思考的话题。他所使用的方法是，运用他在心里放了很久但一直没有机会说出来的观点，或者是机会过去之后才想到的观点，即所谓"楼梯上的灵光"[1]，然后一旦开始交谈，就尽快将其中似乎最为合适的话题引入进去。他运用这种策略的第一个对象是一位左翼剧作家，他几年前在剧院的小剧场看过对方的一部关于矿工罢工的宣传剧。由于对话是用浓重的泰恩赛德方言进行，他多数都没有听懂，但剧中的同情态度不容置疑，而且在最后一幕全体演员合唱《红色的旗帜》时得到确认。他十分得意地向该剧的作者解释矿工的罢工为何宣告失

---

[1]据传语出法国哲学家狄德罗，他有一次在别人家做客时，与人辩论却一时语塞，直到走到楼梯下才想起该如何应对。

败——有个原因被这一问题的所有评论家,包括作者本人,都不可思议地忽视了。不是因为撒切尔政府要瓦解工会权力的决心,尽管这一点毫无疑问,而是因为除了得到相关的矿区、激进的工团主义者以及原则上支持一切罢工的左翼知识分子的声援之外,罢工没有获得公众的支持。之所以没有获得广泛的支持,是因为从总体上说,英国人由于文化上的影响,认为采矿业是一种最不人道、最为残酷的工业工资奴隶制。由于他们的能源需求有赖于那些几乎终日在距地面数英里以下的黑暗、狭窄、幽闭的隧道里作业的矿工,有赖于矿工们在那里开掘煤层,流淌汗水,身上撒满乌黑的煤灰,呼吸都很艰难,所以他们内心有负罪感。他们看过的那些描写矿井和采矿的读物,从学校里有关早期工业革命的历史课本——上面还配有孕妇手足并用地在低矮的隧道里拖着煤车的骇人插图,到左拉的《萌芽》、劳伦斯的《儿子与情人》、奥威尔的《通往维根码头之路》,以及报纸上经常出现的发生伤亡的矿难和事故的报道,都强化了同一个意思:采矿业是一种残酷和压迫性的工作,如果没有了它,世界将变成一个更加美好、更加文明的地方。矿工自己及其家人希望保住饭碗,担心失业,尽管这一点不难理解,但相对而言,这似乎是一个小规模的、暂时性的问题,可以通过社会福利政策(再培训、良好的失业保障等)来解决,而不能仅仅是为了给矿工提供危险、肮脏和非人性的就业机会,就让效率低下的矿井继续存在。矿工的罢工之所以失败,是因为大多数民众都有意识或无意识地认为,如果经济条件和能源供求的变化意味着英国不再需要其大多数的煤矿,那么,这是一件值得欣喜而不是抗议的事情。剧作家在刚刚听到自己的作品被人提起时,还露出开心的笑容,但是越听这长篇大论,就变得越不安,几次张口想说点什么来打断这番话,都没能成功。不过当他自己想不出接着能再说什么时,便说了句非常高兴跟对方讨论他的剧作,然后以要去看看酒水为由抽身离开。

所谓看看酒水,就是去自己的书房倒上一满杯圣伟利宝望红酒。接着他又回到客厅的人群之中,有位穿着紫色无袖衫裤套装的女人跟他打招呼。他忘了她的名字,但是记得她从事的是广告工作。"你好,"他说,"圣诞日过得怎么样?"她回答了一句什么,他没有听见,其间他绞尽脑汁地寻找着交谈的话题。广告,广告……啊,对了,他知道该谈什么了。

"你知道,当你看到一则广告却并不真正理解时——哦,你可能没有这种经历,但我经常碰到这种情况。我在一块广告牌上看到一幅广告,可是不明白它在推销什么,或者不明白它在说些什么。广告越是无处不在,你就越感到迷惑,而且也越难向别人承认你其实并不明白。你在心里想,肯定有某种简单的解释,非常显而易见,如果你去问别人,就会显得你很蠢。另一方面,你又怀疑别人是不是都在不懂装懂,或者是忽视了只有你观察到的广告中的某些矛盾或反常之处。但是没过多久,宣传活动结束了,广告不见了,于是再也没有机会去随意地问问别人,他们认为那个广告是什么意思,你就只好带着这个不解之谜度过余生了。比如说,我一直都不明白——这是我有生以来第一次向别人承认——我一直都不明白那个著名的'奇妙文胸'广告。在广告上,那个穿着内衣的金发碧眼的姑娘说:'嗨,哥们儿!'——她可能是在这么说,或者是在这么想,不是特别明确——你知道我说的那个广告吧?"那个女人非常敷衍地点点头,礼貌的笑容从她脸上消失了,取而代之的很像是眉头紧皱。他有些后悔地想,与一位他几乎不认识的女宾探讨这个话题究竟是否合适,而且他现在才注意到,对方的紫色上衣里面的胸部十分巨大,但现在改变话题为时已晚,因此他接着说了下去:"嗯,我一直都没能弄清楚她是在对谁或什么东西说话。'哥们儿'指的是谁或什么东西?这里用的是字面意义还是比喻说法?如果你仔细观察画面,就会发现她在低头往下看,几乎是以垂直的角度,所以你简直看不到她的眼睛,而只看到眼皮,上面涂满了睫毛膏。她可能在低头看着,又惊又喜地欣赏自己那对被'奇妙文胸'重新定型和托起的乳房。如果是这样,那么'哥们儿'就是比喻用法。但一个女人会把自己的乳房称为'哥们儿'吗?似乎不合常理。她肯定会把它们比拟成女性吧?她会说:'嗨,姐们儿!'也可能她是在跟一群真正的哥们儿说话,我们应该假想她正低头看着一群在她下方、在画面之外的年轻人。可他们在哪儿?——这个场面是发生在什么地方?也许是有人敲门,而她是一位思想开放的年轻姑娘,便穿着内衣开了门,然后低头看着这些无法抗拒地被她美妙的酥胸所吸引而拜倒在她脚下的哥们儿?好像不大可能。如果真是那样,要观看和欣赏她的胸部,他们所处的就是最不利的位置了。他们匍匐在那儿,看不到她的乳沟。你明白其中的问题了吧?我试过在谷歌上搜索这个短语,但居然也没怎么讲清楚。埃拉·惠勒·威尔科克斯出过一部关于一战的爱国诗集,名为《嗨,哥们儿!》,似乎也没什么关联。在竞技体操中,'嗨,哥们儿!'这个短语好像在口语中用来指男运动员表演倒立时伸开双腿的一个特定动作，大概是因为这样会显出他们紧身衣里的睾丸的形状，这就有力地证实了我所说的有关拟人化的观点，但并不能解释那个'奇妙文胸'广告中的'哥们儿'的含义……"他的听众流露出不耐烦的神色。他突然想到，她也许知道这个问题的答案并准备告诉他，如果这样，他就得装出听懂的样子。不过，好在她的注意力因为看到另外某位客人而转移了，那显然是一位很亲近的朋友，她转过身去打招呼并亲吻双颊，顺便为他们的交谈画上了句号。

接着，他向大学里的一位音乐学者讲起自己思考了很久的一个理论，即美国流行音乐的歌曲写手享有一个巨大的优势：因为大量的美国地名都是源于西班牙语或土著印第安语，所以是抑抑扬格，重音落在第三个音节上，如California、Indiana、Massachusetts、Carolina、San Francisco；或者是抑扬格，如Chicago、Atlanta、Missouri[①]，这些词在配乐时易于进行切分。而英国的地名则是典型的扬抑抑格，如Birmingham和Manchester；或者是扬抑格，如Brighton和Leicester[②]，它们原本就没有乐感。为了说明这一点，他哼起了"如果你要去Birmingham，一定要头戴花一朵"，接着又惟妙惟肖地模仿起法兰克·辛纳屈，"Leicester, Leicester, 那个小镇很悠闲，Leicester, Leicester, 我会带你去转一转"。房间里，一张张好笑的面孔转了过来。那位音乐学者似乎本来想反驳他的观点，

[①] 以上美国的地名依次为：加利福尼亚，印第安纳，马萨诸塞，卡罗莱纳，旧金山，芝加哥，亚特兰大，密苏里。

[②] 以上英国的地名依次为：伯明翰，曼彻斯特，布赖顿，莱斯特。

这种演示却好像引起了他的兴趣，并显然让他闭口不言了。

总体而言，他觉得自己在寻找话题上相当成功，这些话题不仅他自己可以侃侃而谈，还适合他所遇到的客人。他躲在安静的书房里为自己斟上满满一杯酒，一边不得不在心里承认，那番关于"Very flat, Norfork"的长篇大论有些牵强，仅仅是受到交谈对象的姓氏的启发，不过他希望她会觉得他精彩的解释能充分弥补这一点。就在这时，他妻子走进房间，随手关上门，说了句什么。"什么？"他说。她更大声地、一字一顿地重复了一遍，他毫不费力地读懂了她的唇语。

"你——以——为——你——在——干——什——么？"

弗雷德生气了，非常生气。而当我回答她的问题，说我正在把理查德圣诞节送给我的一瓶酒倒进我的酒杯时，她更是气不打一处来。她连珠炮似地说了一大通，我只偶尔辨别出其中的几个短语："喝得太多……羞辱我的客人……你和你父亲……毁了我的聚会……"我求饶性地举起双手。

"没有用，弗雷德，你说的话我听不见。"

她停止叫嚷，说了句什么，我猜是在询问我的助听器。

"两粒电池同时没电了，就在聚会开始之前。我没有告诉你——我想你要操心的已经够多了。"

她说了句什么，我唇读出了其中的"备用电池"这个短语。

"我以为还有，但实际上没有了。我抽屉里的那些型号都不对。"

她翻了翻眼睛，抬眼望天。

"我买错了。一不小心就会这样。"

她好像说了句："哪个抽屉？"

"那个。"我指着钢制多屉柜最上面那个我存放助听器附件的抽屉说。我的内心已经隐隐有些不安。我原本非常自信地以为会在那里找到正确型号的电池，结果找到的却是错误的型号，也许因为太过意外，我并没有在抽屉里彻底查找一遍。

弗雷德拉出抽屉，把里面的内容一股脑儿地倒在我的书桌上。她翻查着那堆乱七八糟的东西——广告传单；使用手册；属于前几代助听器的小袋、小盒和小包，有些还装着用于清洁和保养的小刷子、小器具和浸渍布；国民健康保险提供的耳背型助听器，已经用旧破损，几截塑料管戳了出来；各种型号的已经用完废弃的电池——然后从中找出一个转盘式气泡包装袋，里面有四个空出来的小圆坑和两粒电池。她把它们递给我，问了一个问题，最后几个字是："这种型号吗？"那是312ZA电池，上面的棕色小塑料片原封未动。

"是的。"我说。

她等待着，默默而不屑地看着我把电池装进助听器，再把助听器塞进耳朵并确认它们已经开始工作。然后，她将我的无礼行为细细地数落了一番。我喝了太多的酒，说话声音太大，任何人只要倒霉地跟我搭上话，我就对着他——而不是与他——说个不休，自己气都不歇一口，也不让别人插一句话，而那些话题要么是别人毫无兴趣，要么是让人十分难堪。原来那位穿紫色套裤的女士从事的根本就不是广告工作,而是莉娜所上小学的校长,她做过乳房切除手术,现在带着一副义乳文胸,所以她并不欣赏我对"奇妙文胸"的戏谑性解构;诺福克太太则是德珂装饰最有价值的客户之一,她刚刚买了第二套房子,正在为里面的每一个房间订购窗帘,我对她姓氏的负面含义的胡乱分析显然让她感到费解并有几分羞辱;而左翼剧作家则是剧场董事会的成员,弗雷德曾多次邀请他参加聚会和餐会,直到今天才好不容易把他请动,但自从我和他交谈过后,他就一直在一个角落里跟他的女友说话,背对着所有其他的人。而且,我在客厅里唱歌是什么意思?我爸爸在前花园里小便被人看见之后,又在厨房里唱歌,本来已经够丢人现眼了。

"你说什么?"我问,"爸爸干什么了?"

几小时之后,根据多位证人和爸爸自己的描述,我才弄清事情的来龙去脉。弗雷德昨天告诉爸爸他可以不用参加聚会,因为用她的话说,到时候吵吵闹闹的,人又多,大部分还是他不认识的人,吃的也是他可能不会喜欢的外国食物,所以他可能更愿意在自己的房间里来一盘冷火鸡和泡菜,跟一台便携式电视机作伴,可以把音量想调多大就调多大而不会打扰任何人。可是他没有领会这种暗示。相反,他上午花了不少时间梳洗打扮,穿上自己最好的衣服——哈里斯毛呢夹克,裤缝笔挺的精纺毛料裤子,干净的衬衣和一条只有一小团不太明显的污渍的领带——然后在离聚会开始还有约半个钟头时下了楼,说自己要去散步。那是在我的助听器即将没电之前的事情。我问他打算去哪里。他说去附近的商业街。我提醒他所有的商店可能都关了门,但他认为也许能找到一家开门的报亭，他可以在那儿买张彩票，再说他也需要透个气。我想他出去转转不可能出什么乱子，于是让他去了，还问安妮和吉姆，如果我到时候腾不开身的话，等他回来后他们能否照顾一下他，帮他弄点吃的喝的。我得承认，在那之后，由于助听器危机所造成的紧张情绪，以及为了尽量掩饰这种情绪而在高谈阔论中强装出来的开心，我把他完全忘记了。

在散步途中，他似乎进了一家酒吧，要了半品脱散装苦啤酒——他在伦敦已经多年没有这样了。这种难得的放纵可能是源于对很久以前——也许是在他结婚之前——的圣诞节的某种怀旧记忆，当时每逢节礼日，只要酒吧一开门，家里所有的男人就会进去喝上一通，然后去看一场足球赛；另一个原因可能还在于知道聚会上可喝的只有葡萄酒和听装汽啤酒。反正这半品脱他喝得很痛快，然后没有多想就又要了一份。回家的路上，膀胱的压力让他非常难受。快到家门口时，他怀疑自己能否走到前门而不尿湿裤子，而且认为在他进门后，万一楼下的卫生间被人占用，他肯定无法爬上楼梯走到二楼的洗手间。于是，他比较镇定地钻进我们家前门旁边的茂密的月桂树丛，对着界墙的内侧解决了问题。一位迟到的客人看到了他，一边脱下外套一边对大家说，好像有个流浪汉在灌木丛里小便。塞西莉亚听到这个消息，便叫来弗雷德，建议她报警，但是安妮说"可能是爷爷等不及了"，并让吉姆出去把他带回来，吉姆连忙去了。他们把爸爸带进厨房，让他坐在桌子旁。由于不知道他已经喝了一品脱啤酒，又给了他一大杯甜味白葡萄酒，还劝他尝一尝泰式咖喱。爸爸自己都没有想到他会说味道很好，并吃得津津有味。本和马克辛接替了安妮和吉姆,开始跟他聊天,本又给他倒了一杯酒。爸爸渐渐兴奋起来,邀请马克辛坐到他的腿上,她也大方地坐了一会儿,直到他说他的腿麻木了。他跟他们讲起自己战前在伴舞乐队里当乐手的生涯,讲起自己当歌手时录制的唯一一首歌曲《夜色,星辰与音乐》,当时由亚瑟·罗斯伯里的乐队伴奏,词曲也是他所谱写;当马克辛说很想听听时,他就为她唱了起来。圈内的人将这种歌称为民歌,家里的收音电唱两用机上多次放过那张老式的78转塑料唱片,它的旋律早就铭刻在我的记忆中,后来爸爸把这首歌转到一盘盒式磁带上。他给了我一盘,我把它放在了某个地方。"夜色,星辰与音乐/神奇的什么什么……"他似乎站了起来,唱了两段副歌,歌词记得很清楚,节拍也掌握得很好,得到厨房里的人的一阵掌声。接着他坐了下去,由于吃了咖喱而放了个响屁,他回过头来,喊了一声"出租车!"(本不由得捧腹大笑,还被自己的啤酒呛住了)然后他说他觉得最好去躺一会儿,便想不要人搀扶地走出厨房,但是在门槛上绊了一下。为了稳住身子,他伸出双臂一把搂住这时正好端着满满一托盘用过的酒杯走进厨房来的塞西莉亚。她手上一歪,杯子全都摔到了瓷砖地面上。最后他不得不由吉姆和本扶着上楼回到自己的房间。"我不怪他,"弗雷德说,"他是个老人。我怪的是你。你该照顾好他。"

"对不起,"我说,"我根本就不知道这些。"在聚会上嘈杂的整体背景噪音中,与这一插曲相关的各种声音我完全没有听见。

有人在敲我书房的门,玛西娅探进头来:"妈妈,杰索普夫妇要走了。你要不要去道个别?"

"这么快啊?"弗雷德叫道,狠狠地转向我,"瞧见了?你们把别人赶走了,你和你爸爸合起伙来这样!"她大步走出房间,从玛西娅身边经过,玛西娅也恨恨地看了我一眼,然后匆匆地追了过去。我慢慢地跟在她们后面。

杰索普夫妇其实接受了两处的邀请,正在为提前离开而深表歉意。其他的客人们大部分正在享用布丁,丝毫没有想走的迹象,而且大多数人都喝了够多的酒,不会为厨房里的小小龃龉和摔杯子而不安。但对于聚会该怎样高雅得体地举行,弗雷德自有主见,她觉得我和爸爸合伙毁了这次聚会。我沮丧地躲在门厅,她送别杰索普夫妇后回到客厅,我从门厅里看着她若无其事地与人寒暄、微笑,但我能肯定她还在怒火中烧,而且会有好一阵子不给我好脸色。

门铃响了。我有些纳闷,不知道这个时刻来参加聚会的到底会是谁。我对那些可能听到门铃的人喊道"我去开门",并走去打开了前门。亚历克斯·卢姆站在门廊上,穿着那件发亮的黑色棉外套,戴着一顶编织的红色尖顶帽,捧着一束用玻璃纸包着的插瓶花。

"嗨!"她莞尔一笑,说,"我猜你看到我很惊讶。"

"我以为你应该在美国。"我说。

"原计划是那样,"她说,"但希思罗机场关闭了。我等了两天自己那趟航班后,终于放弃了。我能进来吗?我是受邀而来的。"

"聚会快结束了。"我傻傻地说,仿佛希望这样就能让她离开。

"是谁呀,亲爱的?"弗雷德在我的背后说。我知道,这声"亲爱的"完全是为了做样子,并不意味着她的怒火有所消退。

"哦,是你呀,亚历克斯!"她叫了起来,"看在老天的分上,快让这可怜的姑娘进来。进来!快进来!你到底在这里干什么?我还以为你会回家过圣诞节。"

亚历克斯解释说,她的航班被推迟了好几次,最后被取消了,由于无法搭上另一趟可以让她赶回家过圣诞节的航班,她干脆放弃,然后乘坐一辆机场巴士——那几乎是唯一还在运营的公共交通工具——在圣诞日很晚才回到公寓。"于是我想,如果我还是接受你的聚会邀请,你应该不会介意。"她说。

"当然不会——我们见到你很高兴,对吧,亲爱的?"我勉强地笑着点点头来回答弗雷德的问题。"但怎么这么晚呢?"她问亚历克斯。

"我想买点花儿,但结果比我想象的要困难,"亚历克斯说着,把花递给了弗雷德,"我还不习惯英国的节礼日,到处都关着门。我拦了一辆出租车,带着我到处转,终于在一处墓地外面找到一个卖花的摊子。"

"哦,你真不该这么麻烦的,不过非常感谢你,它们很漂亮。"弗雷德说。

"是哪一处墓地?"我问。

"我不知道。"亚历克斯笑着说。

"别问亚历克斯这么愚蠢的问题,亲爱的,把她的外套接过去。"弗雷德把那件滑溜溜的黑色尼龙外套塞进我的怀里,一边带着亚历克斯走进餐厅,一边说:"好了,快过来吃点午餐,还剩很多呢!"

由于只在几次谈话的间隙吃了一点坚果和小吃,我自己也很饿了,所以,在挂好亚历克斯的外套之后,我跟着她们进了餐厅。亚历克斯手上端着一杯白酒,已经在向一小群客人讲述希思罗机场的可怕场面:从航站楼一直排到露天里的长龙般的队伍,靠在行李上或者趴在地板上睡觉的人们,忧心如焚的家长和啼哭吵闹的大小孩子……所有这些我们当然已经在电视新闻上看过,不过,从前线回来的人的现身说法更能让人真切感受到那种恐怖情景,并万分庆幸自己当时不在现场。弗雷德从女主人推车[①]上给亚历克斯端来一盘热气腾腾的泰式咖喱鸡,然后也留下来倾听。我则伺候起自己来。

我不知道自己是否相信亚历克斯关于坐车满城找花的故事。如果那些花是从墓地那儿弄到的,那么更有可能是她从瑞克特里路尽头教堂墓地的某个坟头上掐来的,而不是她花钱买来的。我想她是有意姗姗来迟。作为到得最晚的客人,她就可以理所当然地最后一个离开。事实上,在除了家里人之外的所有客人都离去之后,她还逗留了很久,并主动帮忙收拾用过的杯盘,把它们放进洗碗机里。弗雷德邀请她留下来喝一杯茶,她欣然接受。令我吃惊的是,到下午快过完的时候,她已经完全像是回到自己家里一样,轻轻松松地对所有的人直呼其名。我不得不佩服她的能说会道。她可以跟贾尔斯谈钱,跟妮可拉谈孩子,跟吉姆和本谈房地产,跟马克辛谈化妆。她甚至有办法讨好本却不让马克辛吃醋,而可能不太容易接近

[①] 一种通常带有电热装置的推车,以放置要上桌的食物。

的玛西娅呢，午饭后不久就已经与彼得和孩子们一起回家。我想，在家里这一大群人中，只有安妮对亚历克斯存有几丝疑虑。

最后她说，她猜自己该走了，并问我们能否帮她叫一辆出租车。"你可不要再花钱乘出租车了，"弗雷德说，"而且在节礼日，你可能会等上很久。德斯蒙德会送你回家的，对吧，亲爱的？"我还没来得及回答，她又面孔一板补充道："不过你是不是很醉了？"

"我根本就没醉。"我生硬地说。事实上，我喝最后一杯圣伟利宝望酒已经差不多是三小时之前的事情了，我感觉非常清醒，尽管用酒精测试仪检测可能并非如此。本说他无疑是过量了，否则他会乐意效劳，而贾尔斯已经与妮可拉一起上楼为宝宝洗澡了，因此为了不让弗雷德亲自出马，我坚持要充当亚历克斯的司机。弗雷德语气严肃地说了句："嗯，如果你很确定的话……"算是应允。

就这样，我又与亚历克斯单独在一起。对一个在机场待了两天、想回家与亲人共度圣诞却未能如愿的人来说，她的心情似乎出奇地好。在车上她喋喋不休，说聚会真是太棒了，我有一个多好的家庭，对这些话我只是三言两语地回应。当我把车停在沃夫塞德小区后面的停车场时，她说："你还没问我的研究进行得怎么样了。"

"进行得怎样了？"

"非常好。我刚刚发现了一个很有趣的现象。在我搜集到的所有自杀遗书样本中，suicide[①]一词本身极少出现。不到百分之二。说杀死自己的比例略高。约一半的作者用的是死，或者想死，其

[①]即"自杀"，为照顾下文而保留英文形式。

他的则小心翼翼地避开这类说法,把他们准备做的事情说成'道别',或者'我再也不会是你的负担',等等。还有些使用委婉语,如'赶上那趟车'——简称为'赶车'。但几乎没有人说他们要实施 suicide。你对此怎么看?"

"这让我想起博尔赫斯[①]的一句话,"我说,"'在一个谜底为"棋"的谜语中,唯一不能出现的词就是棋。'"

"太棒了!"她说,"这一点我可以用。但是你对此怎么看?"

我思考片刻。"也许 suicide 这个词显得太冷淡,太超然,太像法医词汇,无法表达他们当时的强烈感情,尤其是你得将它与特别具有法律色彩的词'实施'连用来构成动词。你不能说,'我打算 suicide' 或者 '我要 suicide 自己'。Suicide 只是一个名词,一个带有学术色彩的、从拉丁文衍生的词。'死'是一个简单、基本的动词,源于英语的盎格鲁-撒克逊词根,在所有已知的自然语言中肯定都有对应词。它几乎界定着人的状态,而 suicide 则将自杀归类为某种边缘的、反常的、偏离常规的行为。这也许是部分的原因。"

"哎呀——真了不起!你可真棒,德斯蒙德。这一点我能用吗?"我犹豫着,心里想要不要说"我肯定你反正会用的"。这时她又补充道:"当然,我会附上致谢的。"

"其实,我宁愿你不要提及得到我的任何帮助。"我说。

"好吧,如果你希望这样的话。"她高兴地说。

我又一次感觉到,我一方面想尽量避免显得我们之间有任何约

[①] 阿根廷诗人和作家。

定，另一方面又莫名其妙地肯定了这种约定的继续。

"要不要上去喝杯咖啡？"她说。

"不用了。"我说。

"那好吧——谢谢你送我。也谢谢你们的聚会。"她从副驾驶座上探过身来亲了亲我的脸。我感觉到她的手放在我的大腿上。"你确定不上去吗？"她对着我的耳朵说。

"不用了，谢谢。"我说。她快速地下了车，我目送她穿着发亮的黑色长外套走过停车场，心里想，如果我接受了她的邀请，不知道会发生什么事情。走到大楼的拐角后，她转过身来，挥了挥手，从我的视线里消失了。

15

12月27日。爸爸今天上午状态不佳。他没有睡好,说昨天晚上因为"老毛病"而不得不起来了五次,而"另一个毛病"则给他带来了不同的麻烦。"我想那咖喱让我出现了便结。"早上喝咖啡的时候,他私下里对塞西莉亚说。我们围坐在厨房的桌子旁,因为弗雷德在清洗其他房间地毯上的酒渍和咖喱渍,在湿迹变干之前,谁都不能在上面走动。那些湿迹上盖着一张张厨房纸,犹如雷区的标志。"你会以为是刚好相反的,对吧?"爸爸说。

"我肯定不知道,贝茨先生。"塞西莉亚说,并夸张地用纸巾擦了擦自己的嘴唇,想暗示爸爸也该这样——他喝了弗雷德为他准备的卡布奇诺咖啡,弄得胡子上都是白色的泡沫——但无济于事。

"爸爸,您的嘴。"我说,并示意他应该怎么做。

"什么?哦,好的。咖啡很不错,维妮弗雷德,但泡沫都跑到我鼻子上了。"他从裤子口袋里掏出一条皱巴巴、脏兮兮的棉质大手帕,擦了擦嘴,又嗤嗤有声地擤了擤鼻子。"我需要一点液体石蜡,"他说,"你们有吗?"

"石蜡难道不都是液体的吗?"弗雷德问,"我想温室里有一些。"

"什么？你是说炉子里用的粉色石蜡吗？天啊，那会要了我的老命的。亲爱的，我说的是从药店里买的液体石蜡。是通便的良药。"

"哦。"弗雷德说。

"我们下午出去时顺便去买点儿，爸爸。"为了让他转移话题，我说。

"怎么，我们要去哪儿？"

"去看看布莱德尔家园。您没忘吧——我在伦敦给您看过资料，我们上次吃午饭的时候。"

他脸上显出闷闷不乐的神情。"我可不会搬到那种地方去。"他说。

"您答应去看看的，"我说，"我已经跟人约好了，下午三点。"

我们争论了一会儿。公平地说，弗雷德和她妈妈给了我支持，向爸爸不断灌输搬进布莱德尔家园那类地方的好处，尽管我能肯定，对于爸爸成为我们的近邻和常客的前景，她们两人都不看好。"好吧，我去看看，"最后他说，"但这是白费时间。"

他陪着我和园长在布莱德尔家园四处参观，始终带着那种沉默、嘲弄、事不关己的神态，走在落后于我们一两步的地方，让我来提各种问题，而对威尔逊太太的回答也不大理睬。威尔逊太太是一位亲切随和的中年妇女，对应付固执的老人显然已经习以为常。现在这里没有空房间，但她已经征得一位住客的同意，可以趁他在休息室喝茶时，让我们看看他的卧室客厅两用房间。她为我们开了门。爸爸假装对走廊墙上的一幅水彩画有了兴趣，我站在门口叫他过来看一看。房间比资料图片上显示的要小，但干净整洁。里面有一张带靠垫的沙发床，一把扶手椅，一个按空间大小定制的衣柜和五斗柜，一张配有一把直背椅的临时茶几，角落里有一台电视机。

"挺舒适的，对吧？"我说。

爸爸哼了一声，一言不发。

威尔逊太太指着那扇通往配套浴室的门，说："其实里面有一个步入式淋浴房，而不是浴缸。当然还有马桶。"

"你是说没有浴缸？"爸爸说。这是让他终于开口的第一个细节。

"我们认为淋浴更安全，"威尔逊太太说，"里面有扶手，还有一把折叠椅，如果您愿意坐着的话。"

爸爸摇摇头。"淋浴和浴缸是两码事。"他说。上了年纪之后，爸爸又恢复了早年每周一次晚上泡澡的习惯，泡澡成为一件大事，要花上几个小时而不是几分钟，在浴室里形成大量的蒸汽和水珠。

"我们倒是有一间配有升降椅的浴室，"威尔逊太太说，"不过主要是给坐轮椅的人用的。"

"我还没有坐轮椅啊。"爸爸说。威尔逊太太笑了，说她能看得出来。

我们参观了公共餐厅，里面有两个穿着蓝色工作服的女人正在摆桌子准备晚餐。接着又看了休息室，住客们坐在高背扶手椅里，有人正推着一辆小车向他们分发下午茶和饼干。少数老人在彼此聊天。大部分都独自默默地坐着，陷入了——什么呢？思绪？回忆？还是忧虑之中？也可能仅仅是感到迷茫？当我们走进房间时，他们的眼睛里闪出一抹好奇的光彩，但转瞬即逝。我们看到一块布告板，上面写有惠斯特牌、宾果游戏和健身课堂的时间。

"好了，您觉得布莱德尔家园怎么样，贝茨先生？"威尔逊太太在我们回到她的办公室时问道。

"我觉得是个很不错的地方，"他说，接着顿了顿，等我的嘴边露出满意的笑容时，他又补充了一句，"对那些无家可归的老人来说。"

"哦，许多住客在来这儿之前都有挺好的家，"她说，"但总有一天，操持一个家会让我们觉得吃不消。"

"没错，不过我还没到那个地步，"他说，接着转向我，"现在我们可以走了吗，儿子？"

出来的时候，我为爸爸的无礼向威尔逊太太道歉。"没关系，老人都不愿意离开自己的家，这很自然。"她说。我问她能否把爸爸的名字登记在等候名单上。"我们没有这样的等候名单，"她说，"等他改变主意了再跟我们联系。经常会有房间腾出来的。"

在某种程度上，我能理解他的抵触心理。布莱德尔家园是个不错的地方，干净明亮，管理有序，但是一看到那间休息室，我就有一种想出来的强烈愿望；还有我们看过的那个卧室客厅两用房间，虽然装备舒适，但看上去更像牢房而不像是家。不过，正如在回瑞克特里路的途中（我们半路上在一家药店停了停，去给他买液体石蜡，给我自己买电池）我所说的那样，由于住得离我们很近，他不会整天陷在那里，而是可以经常搭公交过来看我们。

"你很快就会烦的。"他直率得令人难堪地说。

他当然说得对。他不愿马上搬进布莱德尔家园,让我在嘘了一口气的同时又心有愧疚。当我把此行的结果向弗雷德和塞西莉亚汇报时,我能感觉到她们也有同感。不过,由于之前大家都尽心尽职、好心好意地劝他搬家,现在我们恐怕又会因为他的拒绝而怪他顽固不化,不知好歹。

"你只是在拖延不可避免的事情,哈里,"弗雷德对他说,"你如果不搬到这里的养老院,就得搬到伦敦的哪一家去。"

"我不明白我为什么就非搬不可。"爸爸不高兴地说。

"因为您应付不了,爸爸,"我说,"在那座房子里,您会出事的。您甚至不愿戴求救报警器。"

"求救报警器是什么?"

"您知道是什么,我告诉过您的。是一个戴在脖子上的东西。"

"哦,那玩意儿。我不需要。没准我不小心按响了,闹得警察或消防队三更半夜来砸我的门。"

"如果你住在一个有监控的地方,就不需要戴了,贝茨先生。"塞西莉亚说,她住在切尔滕纳姆的一家很高级的老年公寓里,"在我住的公寓里,每个房间都有一个按钮,我可以用它叫管理员。"

爸爸现在把自己的辩护转移到他最关心的问题上。"说到底,那地方得花多少钱?"他问我。

"我这会儿想不起来了,"我搪塞道,"得要一点儿,不过您付得起,如果不够的话我们——"

"每周两百七十五英镑,哈里。"弗雷德插嘴道。

"什么?"爸爸叫了起来,"我怎么可能弄到那么多钱?"

"很简单。你卖掉房子,"弗雷德说,"根据伦敦的房价,会卖出一大笔钱,足够让你在布莱德尔家园一直住到……"弗雷德犹豫着,爸爸帮她说完了这句话。

"住到我不需要了为止,是这个意思吧?而且真住在那里的话,也不会太久,这一点我可以告诉你们。然后你们就能继承我所有的钱了。"

"哦,看在老天的分上,哈里!"弗雷德说,"别胡说了。"

"我可以向你保证,贝茨先生,我压根儿就不图你的钱,"塞西莉亚说,"我已故的丈夫给我留下了足够的赡养费。"

"是啊,我敢说是这样的。"爸爸阴沉着脸咕哝道。

后来,当只有我和弗雷德两个人时,我对她说,我觉得她对爸爸太过分了,用布莱德尔家园的费用来吓唬他。

"遮遮掩掩毫无意义,"她说,"他必须面对现实。如果他被送进一家政府养老院,他们会没收他的房子来支付费用。"

"其实你现在已经让他打消了搬到这儿来的念头,"我说,"不过,也许这正是你的本意。"

这话说得很刻薄。我为什么要这样说呢?我也不知道。就归咎于圣诞节的紧张气氛吧。

"我无法相信你会这么想,更何况亲口说出来,"弗雷德说,"你爸爸在这儿我一直待他不错,尽管他开口闭口就说他的膀胱呀大便呀什么的,我的确觉得很让人受不了。我知道妈妈就受不了。"

"我想我最好明天就送他回伦敦。"我说。

"行啊,随你的便,"弗雷德说,"但是请别装作是我把他赶走的。"

我对爸爸说,明天送他回伦敦可能是一个好主意,因为正值圣诞节和新年之间,一号高速上的车辆可能相对较少。他没有争辩就答应了。"你怎么说就怎么办吧,儿子。只要你觉得合适就行。"在今天接下来的时间里,他摆出一副大义凛然的样子,似乎觉得有人在迫害他,可他不打算抱怨。他也许感觉到了我与弗雷德之间的不和,并且凭直觉知道与他自己有关。总而言之,晚上的气氛很紧张不快。在他一言不发地吃过晚饭后,我提出把我的头戴式耳机给他戴,以便他可以看电视,同时又不会打扰我们(我们都想看书)。可他谢绝了,而是选择靠在一把扶手椅上,闭着眼睛,用一只耳机听自己的小半导体收音机。

"你能不能让他别那样?"弗雷德从书上抬起头来,恼火地对我说。

"怎么了?"我说。

她叹了口气,抬眼望着天花板。"哦,当然了,你听不见。你能听见吗,妈妈?"

塞西莉亚正在读我们的《卫报》,并带有偏见地时不时拿它跟《电讯报》比较,这时说道:"听见什么,亲爱的?"

"上帝啊,给我耐心吧!难道我是这座房子里唯一听力正常的人吗?"弗雷德叫道,"有个尖细的小声音不断地从那台收音机里漏出来。简直要让我发疯了。"

"是从他的耳朵里漏出来的,他可能把音量调得太大了,"我说,"我去让他调小点儿。"

"算了,别费神了,我肯定还是会听到,"她说,"我到床上去看。在他和妈妈也要上床之前,你可以照顾他们。"

"我不会很久的。"塞西莉亚对她说;在弗雷德离开房间后,她又对我说:"我已故的丈夫直到去世之前听力一直非常好。而我的耳朵呢,我得承认,不如以前了。"

"但您已经相当不错了,都到了这个年纪,"我说,"您不知道自己多么幸运。"

"是啊,我还不用向塞尔斯的圣法兰西斯祈祷,"她有些得意地说,"你知道他是聋人的守护神吗?"

我坦白地说不知道。"那他也聋了吗?"我问。

"没有,但他用问答式方法与聋人交流,这样聋人就能接受圣餐礼。我猜他发明了某种手势语。如果你是天主教徒,德斯蒙德,你就可以向塞尔斯的圣法兰西斯祈祷了。"她带着几分恶作剧的笑容说。她喜欢偶尔嘲弄一下我的无神论状态。

"让他治好我?"

"有过这样的情况。不过,实施神迹的当然不是圣人。这是一种常见的误解。"

"他们把你的祷告传给上帝,对吧?"我说,并想起了那次祈愿式祷告的讲座。

"他们代你向上帝祷告。"塞西莉亚更正道。

"你既然可以直接向上帝祷告,干吗还要通过他们?"我问。

塞西莉亚考虑了片刻,仿佛以前从来没有想过这个问题。"也许对直接向上帝提出我们的问题,我们感到有点不好意思。通过圣人或者圣母来祷告,感觉会更自在一些。"

"这让我觉得天堂就像文艺复兴时期的宫廷,"我说,"所有的圣人就像朝臣一样,手里拿着请愿书,簇拥在上帝的宝座周围。"

塞西莉亚笑了。"没有什么能阻止你直接向上帝祷告,"她说,"我们的主在这个世界时,治愈过许多聋人。"

"但他们是彻底聋了,对吧——而且往往还是哑巴。"

"看来你还记得《新约》。"塞西莉亚赞许地点着头说。

"我知道那是一种非常了不起的奇迹,让聋人恢复听力,让哑巴开口讲话,"我说,"但听觉受损却是一种不太令人关注的残疾。几乎不值得去麻烦圣人,更不要说上帝了。"

"你总是可以祈祷有耐心忍受痛苦。"塞西莉亚说。

"弗雷德刚刚试过,"我说,"但似乎没有成效。"当塞西莉亚一脸迷惑时,我解释道:"她说'上帝啊,给我耐心吧!'但紧接着就上床了。"

"哦,可那不是真正的祈祷,"塞西莉亚说,"维妮弗雷德从来不认为耐心是值得培养的美德。她连出生都没有耐心——我的四个孩子中她出生得最快。"

这是我与我岳母之间最有意思的一次交谈。其间,爸爸站起身,挺直自己颀长的身躯,关掉收音机,一声不吭并且没有朝我这边看一眼,就走出了房间。我以为他去厕所了,但是他没有回来,当我去找他时,却发现他已经上了床。

12月28日。今天我送爸爸回家。他昨晚服了一些液体石蜡,效果不错,所以早上的情绪好了一些。"见效了。"他早餐时沙哑着嗓子小声跟我说,塞西莉亚则假装没有听见。他已经收拾妥当,做好了十点钟动身的准备。弗雷德可能因为昨天对他不客气而有些内疚,所以给了他一包食物让他带回家:有切成片的火鸡胸肉和火腿,还有不少奶酪、肉饼、苹果和橙子,都是分开包装。他热情地感谢她,并亲吻她的脸颊。"谢谢你所做的一切,亲爱的。"他说。"再见了,西莉亚。"他握了握塞西莉亚的手,说。"再见,贝茨先生,"她说,"一路顺风。并祝你新年快乐!""对,新年快乐,哈里。"弗雷德跟着说。他做了个苦脸:"哦,我可以告诉你们,我才不会坐在那儿守岁呢。新年现在对我毫无意义。我最大的希望就是新的一周快乐。"

当我们开车从房前离开时,他一边回想着往事一边说:"是啊,在过去,一到新年前夜,射手街上的所有人都会有演奏会,不管是独臂鼓手,还是音盲的萨克斯演奏者,而且报酬是平常的两倍。你的新年前夜提前几个月就被早早预订。那种日子一去不复返了。"接着,他又老一套地唠叨起了现场舞蹈音乐的衰落。在高速公路上时,他安静下来,我以为他睡着了,但是他突然冒出一句话,让我吃了一惊:"昨晚在你家的那个男人后来怎么样了?"

"哪个男人,爸爸?"我问。

"昨晚客厅里有个男人,在跟西莉亚说话。"

"那是我,爸爸。除了您之外,我是客厅里唯一的男人。"

"不,是另一个人。我没有跟他道晚安,因为我忘了他的名字。

今天早上我本来想向他道歉,可他肯定是走了。"

这种错觉让我很担心,但是我没有追问下去。

旅途还算顺利。我提前做了准备,在副驾驶座下放了一个小酒馆里常用的宽口酒瓶,但是并没有用上。根据周密计划的时间,我们途中在三家服务站停留过,于下午三点左右回到青柠街,这时冬日的天色已经开始变暗。屋子里的窗帘都放了下来,所以显得黑暗而冷清。把爸爸送回这个令人压抑的家里,我感到一阵愧疚,尽管这是他自己的选择。唯一让我觉得宽慰一点的是这里还比较暖和。"天啊,我让门厅里的暖气片一直开着!"我们进来时,爸爸把手放在上面说,"我可以发誓我关掉了。"其实他的确关掉了——是我在离开这房子前的最后一刻又重新将它打开了。但是,厨房里那油腻的油布和破损的福米卡面板,餐厅里那磨旧的地毯和凹陷的椅子,让我不禁想起品特[①]早期剧作中的舞台场景。"想想我们昨天看过的那个干净明亮的地方,您难道不宁愿待在那儿吗?"我说,"还有人为您做热乎乎的饭菜?""不,"他说,"我很高兴能回到家里。而且我还有你妻子给我的那么多美食。"我们在高速公路服务站的一家便利店里买了些牛奶和面包,所以他眼下的确是吃喝不愁。我陪他喝了杯茶,然后起身离开。

开车返回的路上,我把收音机的音量调得很大——在伦敦市区时听爵士乐调频台,接着在高速公路上听的是四号电台和古典音乐

---

①哈罗德·品特(1930—2008年),英国当代剧作家,2005年获诺贝尔文学奖。

调频台——停了一次车去吃饭,并在车上打了个盹,九点半左右终于到家。听到我进了门厅,弗雷德从客厅出来,说了句什么。她面无笑容。我说:"什么?请稍等。"然后戴上助听器。她说:"你爸爸已经来过几次电话了。我不知道他说些什么,但他听上去很不安。"

我走进书房给爸爸打电话。他马上就接了,似乎一直就坐在电话机旁。"喂,你是谁?"他没好气地大声说。

"我是德斯蒙德,爸爸,"我说,"出什么事了?"

"出什么事了?我想知道是怎么回事,"他说,"我被扔在这儿了,就我一个人。开车送我来这儿的那家伙连一声再见都没说就走了。"

"那个人是我,爸爸,"我说,"我走之前,还陪您喝了杯茶啊!"

"你这是什么意思,那个人是你?我说的是住在北边的那个人。他有一所大房子,里面有四个洗手间,还有自动开关的窗帘,像电影里一样。他还有一位漂亮的妻子,好像是叫弗雷德,而且有一群亲戚。他开车送我到这儿,一整天都没怎么说话。"

"那是我,爸爸,"我说,"我住在北边,我有一所大房子和一位叫弗雷德的妻子。她的全名是维妮弗雷德。她给了您一些火鸡和火腿带回家。"

"没错,"他顿了顿,说道,"我刚刚吃了一点当晚茶。"他的语气很苦恼,"原来是你。"

"是的。"

"那我这是怎么啦?"

"这是因为您出去了几天,现在又回家了,所以有点儿糊涂。没什么可担心的。"

但其实很让人担心。

12月29日。塞西莉亚今天走了。我和弗雷德将她送到车站,登上去达勒姆的火车。她要去住在那儿的大儿子儿媳家;她经常与我们一起过圣诞节,再跟他们一起过新年。所以,终于只有我和弗雷德两个人了。我期待着一个安静的周末,除了新年前夜去参加邻居家的聚会,吵吵闹闹地应酬几个小时之外——那个聚会我们每年都会参加,往往去得很晚,在例行公事般的亲吻和唱过《友谊地久天长》之后尽快开溜——但雅姬和莱昂内尔已经邀请我们与他们一起去一个叫"林中世界"的地方。那好像是位于森林中的一个高档度假村,离这儿大约六十英里。他们原本打算与莱昂内尔的哥嫂去那儿共度新年假期,但莱昂内尔的哥哥因为支气管炎和发烧而卧病在床,所以他们在最后关头不得不退出,雅姬就问弗雷德我们是否愿意补他们的缺。弗雷德向我转达了雅姬的描述:"你住在散布于林中的一些小屋里。她说里面非常舒适,他们预订了一栋超豪华的高级木屋。有配套的浴室等。你可以自己做饭,也可以去随便哪家餐馆用餐。还有一个加热的室内游泳池,上面是巨大的塑料顶棚,里面有人造波浪、激流和棕榈树,还有水疗馆,室内健身中心,等等。那里没有汽车,你把自己的车留在停车场,所有的人都是租自行车或者步行。"

"听起来很可怕。"我说。

"哦，我觉得听起来很有趣，"弗雷德说，"那里特别火爆——雅姬说你得提前几个月预订。她和莱昂内尔能想到问问我们真是太好了。"

"我们是不是要自己买单？"我问。

"哦，我们那一份当然自己付。"

我问她是多少钱，她说了一个数字，我觉得非常贵。"这么说，我们其实是在帮他们一个忙，或者是在帮莱昂内尔的哥哥一个忙，而不是他们帮我们，对吧？"我说。

弗雷德不屑地一甩头，没有理睬我这种评价。"你总是在抱怨多么讨厌新年前夜，几乎就像讨厌圣诞节一样——好了，现在你有了躲避的机会，换一种过法，"她说，"运动一下，呼吸点儿新鲜空气，充分地放松。这对我们两个人都有好处。"

"跟雅姬和莱昂内尔一起被关上三天？"

"雅姬是我的朋友，莱昂内尔也非常随和。而且我们也不必干什么都总是在一起。再说只有两个整天。反正，"弗雷德最后说，"如果你不去，我就自己去。"

看得出我只能让步，因为我不能冒险在一周时间里与弗雷德吵上三次架。我用一个玩笑给自己找了个台阶。

"你怎么知道他们不是在筹划自己的主题之夜？比如'换妻之夜'。车钥匙放在碗里，电视里放着艳情录像。"

弗雷德哈哈大笑，"你对雅姬有兴趣吗，亲爱的？"

"绝对没有！"

"我对莱昂内尔也一样。反正也没有很多车钥匙可选。你没准会挑上我呢!"

"也可能是莱昂内尔。"我说。

她又笑了,"那么你会去了?"

"我想最好还是去,"我说,"要不然他们可能会建议来一个'三人行之夜'。"

"好的,我会告诉雅姬你同意了——但不会告诉她原因。"她心情大好地跑去给雅姬打电话了。

你没准会挑上我呢!这句话颇有意味地在我的脑海中回荡,我不禁想到,林中世界可能有助于修复我们之间的关系。自从几周前那次打屁股事件后,我们就一直没有做爱过。尽管我通常不喜欢剧烈的运动,尤其不喜欢在氯化过的室内泳池里游泳,但是我得承认,运动过后你会有一种通体放松的感觉,这对性生活比较有利。而雅姬和莱昂内尔肯定会在隔壁卧室里像猴子似的鏖战,这也可能产生催情效果。我已经很期待周末了,尽管我当然不会承认。

16

午后之聋[1]

林中世界。多么奇怪的现象。就像一个有房屋的地方,具有诸如失去自由和承受痛苦的负面形象,所以你通常会认为这些房屋本身也带有负面色彩,但这种形象却有一种不可思议的效果,能将负面色彩变成正面因素,起码从住客们那心满意足的神情看去是这样。一座和气的集中营。一所宽松的监狱。一个快乐的地狱。它占地一二平方英里,四周有一圈高高的围墙,上面还有铁丝网,唯一的入口就像军事检查站,有一道升降栏,当游客驱车到达时,穿着制服的保安会仔细检查他们的证件,然后再放行。在围墙之内,数以千计的男人、女人和孩子住在单层木屋里,比他们原来的家要小得多,木屋巧妙地分布在林中,形成一种隐秘的假象。他们穿着一种囚服:运动服、短裤、休闲鞋,下雨时便穿着防雨衣。他们整天忙上忙下,忙前忙后,或者步行,或者骑着自行车,在从他们的小

---

[1] 美国作家海明威 1932 年出版过一部讲述西班牙斗牛的作品,名为《午后之死》(*Death in the Afternoon*),本章标题 (*Deaf in the Afternoon*) 是对该名的套用,而且两者谐音。

屋通向各种集聚地的柏油碎石路或小道上常常可见他们的身影。那些聚集地包括：一家超市，你可以在那里购物，就像在家里购物一样；但是不那么方便，因为东西不那么好，价格却更高，而且你得拎着沉甸甸的购物袋返回自己的小屋，因为汽车都留在停车场。再比如，一个大型健身中心，如果再交一笔并非微不足道的费用，你就可以在人造光和人造空气中从事各种运动（网球、羽毛球、软式壁球、短网拍壁球、台球、斯诺克、乒乓球等），旁边还有一群客人在挑剔地观看，并等待你的规定时间结束，轮到他们自己上场。而最典型的地方是"热带水中世界"，那是一个巨大的网格状塑料穹顶结构，里面的空气热烘烘、湿漉漉的，有许多游泳池和形状各异、大小不一的水上景点：迷宫般的水道和隧道，里面有水泵驱动的强大水流；弯度很急的斜道；螺旋式管状滑道；在玻璃钢中形成造型的白浪翻滚的激流，它起于露天穹顶的最顶端，接着，先是在穹顶的墙外，然后又在墙内越来越猛、越来越快地飞泻而下，最后直冲进底部的一座深水池。虽然这里从理论上说是用于游泳，其设计却让人无论朝哪个方向都划不了几下。主游泳池的形状很不规则，使人无法弄清哪个方向是长，哪个方向是宽，于是人们四处乱游，经常撞到一起；而且有一台看不见的机器时不时地掀起一阵巨浪，他们在其中根本无法游泳，而只能像在海中等待救援的空难幸存者一般在那里随波起伏，只不过他们的大喊大叫是因为开心而不是恐惧。

如果改变一下音效，用尖叫哭号取代欢笑嬉闹，并在镜头上放一块红色滤光镜，使这种场面泛出一层火光，那么，你会以为自己置身于某种现代版的但丁的地狱,或者是中世纪画家所描绘的地狱。这些半裸着身子的人们在汹涌的波浪中翻滚,或者从半透明的螺旋管中以惊人的速度猛冲下来,或者被激流冲得晕头转向,口里呛满了水,眼睛上糊着泡沫,在漩涡中团团转,然后又被大浪打回去,与别人的胳膊腿缠在一起,被玻璃钢墙壁碰得青一块紫一块,最后掉进底部一个浪花飞溅的池子里。这种情景无疑会让人想起古代那些被判定反复受罚、永无尽头的受诅咒者的形象。因为这些游客刚刚跳进急流的底部,或者刚刚从螺旋管的尾端被水流冲出,并浑身透湿、头昏眼花地爬出水面,就顺服地踏上在人造岩石之间盘旋而上的阶梯,加入在高处排队等候管道滑水的长龙,或者纵身跃入通向急流的热气腾腾的户外泳池,重新去承受恐惧和痛苦。

第一个整天结束时,德斯蒙德对弗雷德、雅姬和莱昂内尔讲起了这种相似之处。现在是新年前夜,他们决定在自己的"别墅"——这栋带两间卧室的小屋被颇为夸张地冠以此名——动手做饭,因为林中世界唯一一个看起来勉强过得去的用餐之处已经被预订一空,而且几乎可以肯定附近的所有餐馆也是如此——"就算门口的保安会让我们出去几个小时。"在讨论晚餐的安排时,德斯蒙德说道。"他们当然会让我们出去。"雅姬说,她的反讽意识没有得到很好的开发。"别理他,"维妮弗雷德说,"他就喜欢这样。"尽管她这样提醒,雅姬还是缺乏想象力地反对他对于热带水中世界的比喻性描述。"恐惧和痛苦?"她对他皱着眉头说,"真不知道你是什么意思。你能看到所有的人玩得多么开心。"

"那是玩笑,亲爱的,"莱昂内尔说,"德斯蒙德只是在开玩笑。你们知道吗,"他接着说,"这地方全年的入住率达到了百分之九十五?百分之九十五啊!他们肯定是干对路了。"

"嗯,我认为这里很适合家庭旅游,"弗雷德说,"我要向玛西娅和彼得推荐。我想孩子们肯定会喜欢的。"

"当然,只有很爱动的人才能充分享受这里。"雅姬说。她和莱昂内尔早餐前曾出去慢跑,午餐前又去树林里骑他们租来的自行车;德斯蒙德和维妮弗雷德自告奋勇地去为晚餐采购,从他们的小屋步行一英里左右到超市,再拎着鼓鼓囊囊的塑料袋返回,已经是很辛苦的锻炼了,起码对德斯蒙德来说是这样。他们将下午的时间安排出来,去热带水中世界放松。他觉得热带水中世界是他有生以来到过的令人最不放松的地方。从更衣区开始,这里有一系列地板很滑的迷宫般的小隔间,每间有两扇门,一扇通向游泳池,另一扇通向入口或出口,有个简单的装置可以同时让一扇门锁上、另一扇门打开,但是他花了二十分钟才弄清楚。这里还有几排储物柜,塞进一枚一英镑的硬币就可以转动钥匙并拔出,钥匙上有一根橡皮圈,你可以戴在手腕或脚踝上。他把眼镜和助听器稳稳当当地存放在储物柜里。当他在同伴之前早早地回到更衣区时,却看不清印在橡皮圈上的数字,而当他请一位经过的游泳者帮他看看时,又听不见别人的回答,所以最后他只好把钥匙交给一个小孩;而孩子则像带着一个无助的傻瓜一般,将他带到自己的储物柜前并帮他打开。

在这两个有失面子的环节之间,他将自己在穹顶下的活动局限于在主游泳池和顶部的加热露天水池中转着圈缓缓游动,每次只划几下,而远远地避开通向急流的水口。不过,尽管在水中的时间不长，活动也很有限，却让他的四肢有了一种令人舒适的通透的暖意，一种清爽的倦意；而现在，吃过了一顿丰盛的晚餐——有维妮弗雷德做的红酒炖鸡和雅姬做的枣馅烤苹果——尤其是他颇有先见之明地从家里带来两瓶柏美洛葡萄酒，他一个人喝了不少，所以觉得浑身轻松，忘记了白天的懊恼和挫败，正在为即将到来的销魂之夜想入非非。

两间卧室中一间有双人床，另一间则是两张单人床。雅姬和莱昂内尔先进木屋，于是抢占了双人床的房间。"你们不会介意的，对吧？"雅姬说，接着咯咯一笑，"你们随时可以把两张单人床拼到一起。""我想我们不会费神的。"维妮弗雷德说，听起来好像没有希望。不过那是昨晚的事情，他们白天在高速公路上被堵了很久而使得一路上很无聊，然后又费力地从车上搬东西，接着把车开到停车场，再走回木屋，而木屋与停车场之间的距离似乎是围墙范围之内最远的距离。他和弗雷德两人都累坏了，很早就回到房间，在各自的单人床上盖着羽绒被沉沉地睡了一觉。但今天晚上，他想，维妮弗雷德可能愿意亲热一番。她的神经系统肯定也充满了因运动而释放出来的恩多芬，她肯定也跟他一样体会到那种短暂却舒适的全身通畅之感。他还觉得，当他们隔着餐桌偶尔四目相对时，她的眼中闪着一种温柔诱人的光彩，她的微笑温暖而真诚。

所以倒霉的是，现在恰好是新年前夜。于是，在他们收拾完餐桌，把用过的碗碟放进洗碗机里（雅姬强调说，这种电器是只有高档别墅里才有的奢侈品，配套浴室里的水流按摩浴缸和后廊上的私人桑拿房也是这样），接着一起喝了杯脱咖啡因咖啡或花草茶之后，当德斯蒙德一边朝维妮弗雷德悄悄地眨眨眼，一边说他觉得既舒服又疲惫，因此准备上床时，雅姬和莱昂内尔却反对说这绝对不行，并坚持要大家一同熬夜守岁。而更为倒霉的是，莱昂内尔还带来了一瓶单一纯麦威士忌，用他开玩笑的话说，好"给咱们助助兴"。

当雅姬和莱昂内尔裁决德斯蒙德的提议违反规定时，时间才到十点半，维妮弗雷德也就默认了这个决定（他猜是出于礼貌，而不是赞成），因此在半夜之前，他们无所事事，只是天南海北地闲聊以及喝那瓶单一纯麦威士忌。维妮弗雷德不喜欢威士忌，而雅姬则酒量有限，所以到莱昂内尔打开电视时，两个男人已经喝掉了一瓶酒的三分之二左右。被灯光照得通明的大本钟钟面占据着整个屏幕，指针指向十二点差七分。摄像机的镜头追随着分针的移动，并不时切换到特拉法加广场和全国各地其他公共场所里热闹期待的人群，直到最后，那熟悉而低沉的声音响起了。街道上的人群伴随着敲钟声大声数着——"一——二——三……"，当十二点的钟声敲响时，人们一片欢呼和尖叫，彼此热烈拥抱。烟花在泰晤士河上绽放。他们四个人站起身——两位男士有点摇晃——祝福各自的伴侣新年快乐。莱昂内尔搂住雅姬，给了她一个长久的热吻，德斯蒙德也想对维妮弗雷德这样，可她很快就挣脱并转过脸去。"对不起亲爱的，但你知道我不喜欢威士忌的味道。"她说。"那就上床吧，我可以吻你另外的双唇。"他贴着她的耳朵低语。她不禁满脸通红，并推开了他。莱昂内尔和雅姬终于松开，与维妮弗雷德和德斯蒙德互道新年祝福。莱昂内尔在维妮弗雷德的脸上恭恭敬敬地亲了一下，雅姬则吻住德斯蒙德的嘴巴，把舌头伸进他的牙齿之间，看到他惊愕的表情，仰头大笑起来。"新年快乐，德斯！"她说，"现在你可以上床了。"

一走进卧室，他就想脱掉维妮弗雷德的衣服，动手去拉她裙子背后的拉链，但是她摆脱了他的手。"停下，你会把它弄坏的。""怎么了？"他说，"难道你不想亲热一下吗？""是的，我不想，"她一边从上往下脱掉裙子，一边加重语气用他刚刚能够听见的声音说，"而且就算我想也没有用，因为你已经喝得太多。""我们可以先来一点前奏，看看会怎么样。"他哄道，并从背后拥住她，双手握住她的乳房。她拿开他的手，朝他转过身来。"你当着雅姬和莱昂内尔的面说那话是什么意思？"她生气地说。"说什么话？""关于双唇。""他们没听见。""如果没听见，那肯定是聋了——跟你一样聋。""哦，"他说，"我想他们不会吃惊的。雅姬刚才给了我一个法国式亲吻。"维妮弗雷德愣愣地看着他，似乎不相信他的话。"是吗？那她显然也喝得太多了。"

她继续忙着睡觉前的准备工作，但是他能看出这个消息让她有些不快，种下了一颗怨恨的小种子，而这可能对他有利。当他说要把两张单人床拼到一起时，她没有同意，但是也没有反对。当他行动起来的时候，她去了浴室——这样更好，因为他发现难度很大。床是由轻型结构做成的，底下装有可以自由滑动的脚轮，当他将其中一张猛地一推时，它们在房间里令人难堪地四处乱撞起来。他几乎怀疑另外一张还故意将他撞倒。不过他终于将它们并排摆到了一起——在房间的中央，看上去的确有点怪异，更像是灵柩台而不像双人床，但它们之间的床头柜被固定在墙上不能移动，所以别无他法。他把羽绒被铺在拼起来的床上,让它看起来更自然;又将一件红色马球衫罩在床头的台灯上,制造出暗淡而浪漫的光线,再关掉其他的灯。他听到浴室里传来淋浴的水声,这是一个鼓舞人心的信号。他脱掉衣服,只穿着内裤躺在床上,等待维妮弗雷德洗完澡,然后他就可以奔进浴室,飞快地冲洗一下自己的下身。他凝望着天花板,开心地期待着即将到来的亲热,不知不觉就沉沉睡去。

他由于睡在羽绒被上面而不是下面而被冻醒,觉得脖子僵硬,脑袋很痛,嘴里发干,于是下了床,在黑暗中摸索着朝浴室走去。他打开灯,从白色瓷砖上反射过来的灯光刺得他一时眯住了眼睛,但是借着灯光,他的手表显示出新年已经过去了四小时十五分钟。他解了小便,但没有冲厕所,以免吵醒弗雷德。他让一缕光线从浴室的门缝里透出来,看到她已经把自己的床推回原位,贴着像床头柜一样固定在墙上的床头板。他自己那张床仍然孤零零地立在房间的中央,枕头掉在地上,这无疑是他脖子僵硬的原因。浴室里没有茶杯或口杯,而僵硬的脖子使他无法低下或扭转头去就着水龙头喝点水。再说,仅仅是水也无法缓解他嗓子冒烟般的干渴;冰箱里有一盒橘子汁,也许可以帮他解渴。他蹑手蹑脚地走出卧室,小心地随手关上门,朝开敞式起居室和厨房走去。途中他经过雅姬和莱昂内尔的卧室。当他隔着廉价的空心门听到里面那含意明确的低沉声音时,才意识到自己之前戴着助听器就睡着了,而现在由于昏头昏脑,也没有想到取下来。四点一刻了,他们还在战斗!精力真是好。欲望真是强。这进一步证明了他自己在性生活上的挫败。由于担心那对情人听到他走动而怀疑他在偷窥或偷听什么的,他没有去冰箱旁解渴,而是溜回了卧室。他走进浴室,取下助听器,服了四颗布洛芬胶囊,用捧着手接起来的水吞了下去。他没有试着把自己的床推回到墙边,而是马上钻进被子里,把枕头像救生圈一般垫在脑袋下面,重新进入了梦乡。

八点半钟醒来时,卧室里只有他一个人。他穿上晨衣,戴好助听器,走进起居室。雅姬和莱昂内尔正在吃早餐,他们穿的很难说是睡衣还是运动衣。"早上好,德斯,"雅姬说,"睡得好吗?"

"不算太糟,"他说,"弗雷德去哪儿了?"他感到一阵担心,唯恐她已经开着他们的车离开林中世界回了家,而留下他有损脸面地让雅姬和莱昂内尔捎回瑞克特里路。

"她去骑自行车了,"雅姬说,"我把自行车借给她了。"

他在桌旁坐下,给自己倒了杯橘子汁,一口气喝了下去。

"你们需要那样。"莱昂内尔没话找话地说。照在他光头上的朝阳刺得德斯蒙德的眼睛发痛。

"恐怕你们两位男士昨晚喝得太多了,"雅姬说,一边给他倒了杯咖啡,"我还在刷牙,莱昂内尔就睡着了,然后在下半夜他居然有脸把我闹醒,并开始骚扰我。"

"雅姬!"莱昂内尔低声抗议道。

"嗯,这是实话……维妮弗雷德也说,你把两张床弄得乱七八糟之后,自己马上就睡着了,德斯。"

"是吗?我记不太清楚了。"他说。他大口喝着咖啡。事情不像他所担心的那么糟糕。他妻子没有撇下他,莱昂内尔也根本没有上演四小时的做爱马拉松。

"我们想,今天上午我们要去水疗馆。"雅姬说。

"这是消除宿醉的好办法。"莱昂内尔说。

"你的意思是,去那儿喝水?"他问。

"干吗要去喝水?"雅姬皱着眉头说。

"他又在逗你呢,雅姬,"莱昂内尔说,"那真的是个很不错的地方,德斯。有桑拿房、蒸汽房、户外温水泳池……比较贵,但是很划算。"

"我们这儿也有桑拿房,"他说,"还是免费的。"那是位于屋子背后露台上的一间小木房,大概容得下两个人,他们昨天为了烘干泳衣和浴巾已经把它加热。外面有一个简易的淋浴装置,也就是一个装满冷水的木桶挂在一根横梁上,用绳子来操作。"那玩意儿?那不值一提,"莱昂内尔不屑地说,"水疗馆里有三种桑拿房,四种不同主题的蒸汽房。罗马式、日式、印度式……"

"我明白那儿为什么可能吸引人了。"他说。

"而且你还可以做各种按摩和美容护理。"雅姬没有听出他话中有话,也附和道。

就在这时,维妮弗雷德回来了,她脸泛红光,看上去自我感觉很好。"我骑得很开心,"她说,"我已经有许多年没骑自行车了。在不必去应付汽车卡车的情况下真是愉快,我都忘了这种感觉了。"

"你去哪儿了?"他问。他并非真的感兴趣,而是借此让她跟他讲话。

"哦……围着可以划船的湖边,还有树林里……非常宁静优美。人也不是很多。"

"如果我醒了的话,我会跟你一起去的。"他说。

"是啊,可你睡得那么沉。"她淡淡地说。"哦,我还经过了水疗馆。"她转头对雅姬说。

"我们想,今天上午我们可以去那儿。"雅姬说。

"太棒了。"维妮弗雷德说。

当他们回到关起门来的卧室,将房间重新恢复几分秩序时,他为晚上的扫兴而道歉。

"你喝太多了,德斯蒙德。"她说。这声"德斯蒙德"表明了她的不快。哪怕是一声尖酸嘲讽的"亲爱的"也比"德斯蒙德"要强。

"是莱昂内尔的错,他拿出了那瓶威士忌。"

"你不是非喝不可呀。再说也不仅仅是昨晚,大部分晚上你都这样。你都快上瘾了。"

"胡说。"

"才不是胡说。"

"那好吧,我会证明给你看,"他说,"今天我会滴酒不沾。"

她将信将疑地看着他。"你知道我们今晚要出去吃饭吗——去所谓的法国餐厅?"

"知道。"

"而你一点儿酒都不喝?"

"不喝。"

"哪怕饭菜不怎么样?"

"哪怕饭菜很难吃。而且我估计肯定很难吃。"

她笑了起来。"嗯,如果你坚定决心,亲爱的,我会感到惊讶的——不过还会很高兴。"

他为自己的策略暗暗得意。他戒酒的誓言给弗雷德留下了好印象,并让她开始原谅他。一天不喝酒对他没有坏处;事实上,反而好处多多。另外,如果他成功地履行了诺言——他决心一定要做到——他就会保持最佳的身体状况,可以要求重新得到头天晚上失去的做爱机会作为奖赏。

水疗馆之行就算稍稍有点滑稽,但令人特别开心,这有助于实现他的计划。那是一座傲然挺立的大型场馆,工作人员是些指甲修得整整齐齐、裹着头巾、身穿白衣的女人,建筑风格兼收并蓄(综合了希腊寺庙和泰姬陵的特点),内墙贴着可以以假乱真的仿大理石,地上铺着防滑瓷砖。中央地区有喷泉、沐足区以及古典雕像的复制品,周围则坐落着各种主题的桑拿房和蒸汽房。他们体验了罗马高温浴、蒂罗尔桑拿、土耳其浴、印度花香蒸汽浴以及日式盐浴;他们在水疗冥思房里冥思,然后裹着这里提供的毛巾浴衣,光脚踩在禅意花园的踏脚石上。在多感淋浴下,他们任由从各个角度喷向他们的冰冷水流冲洗并关闭他们汗津津的身体上的毛孔。这种淋浴有多种模式可供选择,包括带有雷电效果的热带风暴式,还有薄荷气味的喷雾式。接着,他们懒懒地漂在户外温水泳池里,每隔一会儿,泳池就变成一个巨大的按摩浴缸,用有力的泡沫拍打他们的肌肉,让他们十分舒爽。在这些体验的间隙,他们靠在躺椅上,慢慢地喝着水，看看书，或者仅仅是休息放松。他们告诉他，有一种柔和的、不令人反感的背景音乐，不过他当然听不见。其他人已经去做各种按摩——维妮弗雷德选的是触摸式按摩，雅姬是指压按摩，莱昂内尔则是瑞典式按摩——可他却情愿待在休息区读自己带来的小说。他找到了一个舒适的角落，这里有一把铺着长毛人造皮的长软椅，就像帖木儿或成吉思汗打了胜仗后可能会躺在上面的椅子。他默默地想，如果水中世界是一个快乐的地狱，那么水疗馆就是一座大受欢迎的媚俗天堂。

他们在那里待了几个小时，在里面的小餐厅里胃口大开地吃了午餐，接着又去打保龄球。他记得有位作家曾经说过："玩这个简单而重复的游戏时，其中一半的乐趣就在于看着机器摆好木瓶并把球推回来。"他和弗雷德以前从来没有打过保龄球，但他们却表现出色——维妮弗雷德甚至显示出真正的天赋，得到了最高分。然后，在下午四点钟，他们回到木屋喝了杯茶，休息一会儿，接着去林中世界最好的餐馆吃饭，德斯蒙德现在称之为"所谓"。一切都进展得十分顺利，可是，他却因为信口开河而把谈话和事情引入了一个注定要倒霉的方向。

当他们在讨论水疗的好处时，他说："水疗本身是挺好，但一定要穿游泳衣当然就很蠢了。洗桑拿或蒸汽浴时，其实应该光着身子才能充分受益。""你说得对，德斯，"莱昂内尔说，"在泳裤里流汗可不太舒服。""但那样的话就得男女分开，"雅姬说，"对我们这样的夫妻或伴侣来说，就不大好玩了。""我曾经去过德国的一家公共桑拿浴室，男男女女的混在一起，所有的人都光着身子,"德斯蒙德说,"大家面不改色毛不动①。""连阴毛都不动吗?"莱昂内尔说了句俏皮话。"你这又是玩笑吗,德斯?"雅姬怀疑地问。"不,这是真的,"他说,"那是在不莱梅。我当时在参加英国文化委员会组织的巡回讲座。"能够提醒他的同伴,他曾经是这个世界上的一位游历丰富、见多识广的公民,让他颇为得意。"嗯,我们的门廊上就有自己的私人桑拿房。"莱昂内尔说。"你在建议什么,莱尔?"雅姬说着,开玩笑地给了他一巴掌,"咱们全都光着身子在那外面走来走去?""天黑之后谁都看不见,"莱昂内尔说,"从餐馆回去后我们可以试一试。不是大家一起上——而是一次一对。""坏主意,"德斯蒙德说,"饭后千万不能马上洗桑拿。""嗯,现在差不多要天黑了,"莱昂内尔说,"我们出去之前还有时间。""我今天体验的热气和冷水已经足够了,谢谢,"维妮弗雷德说,"别算上我。""对,我也是。"出于女人间的团结,雅姬说,"你们男士们如果愿意,可以去试试。""你觉得怎么样,德斯?"莱昂内尔说。既然把自己说成了桑拿专家,现在拒绝似乎显得他是孬种。"行啊。"他说。"你确定这是个好主意吗,亲爱的?"维妮弗雷德说,"你没准会着凉的。"这声"亲爱的"有一丝冷冰冰的意味,他假装没有听出来。"不会的,如果你接着再来个冷水浴的话。"他不假思索地说。

为了烘干他们的游泳衣,雅姬早已打开桑拿房的蒸汽,德斯蒙德调高了温度,然后才回卧室脱掉衣服,用浴巾裹住自己。当他出

---

① 原文是 turn a hair,其中的 hair 本指"头发""汗毛"等,整个短语意为"惊慌",与否定词连用意为"面不改色""无动于衷",为照顾下文才有此译。

来时，莱昂内尔也裹着浴巾，正在露台的玻璃门旁等着他。维妮弗雷德在厨房清洗茶具，这时不满地望着他。"但愿你不要后悔。"她说。"我们不会洗太久的。"他向她保证道。外面一片漆黑，起居室里的灯正亮着。"把我们背后的帘子关上，否则在灯光的照耀下，我们冲淋浴时整个林中世界都能看到，"莱昂内尔对雅姬说，"而且不准偷看。"他补充了一句。"我们才懒得看呢。"雅姬说。他们出去后，她走向露台门。"哇，越来越冷了。好在去的是你们而不是我。"她说着关上滑动门，并把他们身后的帘子拉上。空气中已经有了一丝霜意。他和莱昂内尔迅速走进比岗亭大不了多少的桑拿房，把叠好的浴巾垫在高凳上，然后两人紧挨着坐了下来。桑拿房的一角有个小灯泡，室内光线暗淡，但又不是太暗，所以他不可避免地看到莱昂内尔那天生的好身体。他坐在那儿，双手放在分开的膝头上，那松弛的小弟弟就像一根橡皮棍似的耷拉在他的大腿之间，接着他开始说话，似乎与电脑会计软件有关。"恐怕我听不见你的话，莱昂内尔，"德斯蒙德说，"我没戴助听器。"莱昂内尔点点头，用手势表示自己明白了。大量的汗水从他脸上淌下来，消失在他胸部那片浓密的胸毛中。"这才是真正的桑拿，比水疗馆那儿的热多了。"他对着德斯蒙德的耳朵喊道。德斯蒙德也在大汗淋漓，他怀疑自己也许把温度调得太高。过了大约十分钟，莱昂内尔示意他已经蒸够了，于是走进夜幕中，随着门的开关，一股冷空气飘进桑拿房。过了约十秒钟的工夫，尽管没有戴助听器，德斯蒙德还是听到了水泼在露台上，接着又过了一两秒，才听到莱昂内尔缓过气来后发出的惊呼。德斯蒙德等了好几分钟，待木桶里的水重新注满，然后走了出去。

莱昂内尔已经回到室内，并随手拉上了帘子。周围洒上了一层清冷的月光。在他的右侧，有条杂草丛生的堤岸通向一条小溪和一座池塘，到了早晨，那里的鸭子和水鸟会出来觅食，大摇大摆、毫不怕人地来到露台的门外，而池塘的另一边则是一大片幽黑的树林和灌木。现在那里一片寂静，他看不见被遮掩其中的附近的木屋。这是一种奇特的感受，光着身子独自站在这冰冷潮湿的木板上，头顶就是那只木桶，一只手里抓着根粗麻绳，心里知道只要用力一拉，几加仑刺骨的冷水就会浇在你一丝不挂的身体上。这不像在水疗馆的多感淋浴下按镀铬按钮，而是更加实在，完全是自讨苦吃。这就像是自杀。绳子与那悬挂着木桶的绞刑架般的横梁一起，使这一动作就像在对自己施以绞刑。他的全身似乎在大喊：别这样！但是他越犹豫，行动起来就越难。他已经可以感觉到桑拿在他体内燃起的热火正在开始熄灭。如果现在不动手，他就永远不会动手了，而只好仍然满身是汗地溜回室内，去接受同伴们的嘲笑。动手吧。马上！一、二、三……拉！

起初让他感到惊愕的不仅是水的温度，还有那一大桶水的重量，仿佛一座小冰山当头砸下，让他什么都看不见，脚下也踉跄了几步；接着，寒冷向他全身袭来，他犹如掉进北极冰层的一个冰窟里，把寒冷吸入肺中，堵在那里，（似乎）几分钟之内都无法通过呼喊而把它排解出来；接着，当他能够呼吸之后，他倒抽了一口气，大叫出声，骂骂咧咧，一边跺着脚，抓着浴巾徒劳地想把自己裹起来。屋里有人拉开了帘子，灯光顿时照到露台上，玻璃后面现出雅姬那张笑眯眯的脸。他请她把门打开,顾不得用浴巾遮好自己,就跌跌撞撞地跨过门槛走进起居室。

"天啊!"他说,"真是要命。"

雅姬对他说了句什么。莱昂内尔已经把浴巾换成浴袍,一手端着酒杯,另一只手拿着瓶底还剩下几英寸琥珀色液体的威士忌酒瓶,这时也说了句什么,他猜是要他来一杯。"不用了,谢谢,我今天不喝酒。"他说。维妮弗雷德原本在看书,这时抬起头来说了句什么。"我去拿助听器。"他说。他走进卧室,戴上助听器,手忙脚乱地穿上衬衣和裤子。他很高兴自己拒绝喝威士忌时维妮弗雷德也在场。他觉得没有喝酒的必要:他的全身已经开始焕发光彩,并洋溢出强烈的暖意了。

他回到起居室。雅姬说了句什么。莱昂内尔说了句什么。维妮弗雷德说了句什么。他一脸茫然地望着他们。"我想我的电池肯定用完了,"他说,"对不起,请稍等。"他回到卧室。真是奇怪,两粒电池竟然又一次同时没电了——也许他买的这一批质量不好。他把新电池装进助听器里,回到起居室。维妮弗雷德说了句什么。莱昂内尔说了句什么。雅姬说了句什么。他还是听不见。他心里涌起一股巨大的恐惧。他聋了。真的聋了。完全聋了。那么多冷水突然淋在他过热的脑袋上,肯定对毛细胞或者连接着毛细胞的皮层部位产生了灾难性后果,切断了所有的交流。他想象着这样一幕:他大脑中的某个部分突然变暗,就像刹那间灯光全灭的房间或隧道一样,永远地黑暗下去。他看到自己的不安反映在其他人焦急、询问的脸上。维妮弗雷德说了一句话,他可以唇读出来:"怎么了?""我聋了,"他说,"我的意思是,真的聋了。你们说的话我一个字都听不见。肯定是因为冷水浴。"她又说了一句他可以唇读出来的话:"我提醒过你的!"

四小时之后,他的恐惧才得以消除。那是惶恐不安、担惊受怕的四小时,他希望永远不再经历:慌乱地捣鼓助听器,清洗助听器,试过更多的电池,都无济于事,他听不见妻子和朋友们的建议和评论,除非他们写下来或者用口型说出最简单的句子。雅姬建议他去林中世界的医务中心,他却尖刻地回答说,他认为那里不会有驻院的耳鼻喉专家,雅姬就说她只是想帮帮忙。莱昂内尔给总服务台打电话,他们说医务中心上午会开门,但当班的只有一位护士。他们觉得在元旦这天很难找到医生来看德斯蒙德,于是建议去大约二十英里以外一座工业小镇的医院的事故急诊科。维妮弗雷德说,准确地说是写道,她觉得没有用,但如果他真的认为会有益处的话,她可以开车送他去,而且说到做到。她一路上一言不发,阴沉着脸,在空荡荡的街道上绕了好一阵才找到医院,然后陪他在候诊室里坐了两个半小时。候诊室里人满为患,都是因为头天晚上受伤或者吸毒和酗酒引起不适,已经等了一整天。最后,一位满脸疲惫的年轻医生接待了他们,他用耳窥镜看了看他的耳朵,写了一张处方交给他,说了些什么。他求助地朝维妮弗雷德看去。她在她的记事本上写道:他说:"我想药店还没有关门,不过如果关了的话,用一点热橄榄油也行。"

他看着处方单。"这是什么?"他问医生。

医生在一张纸上写了些什么,然后从桌上推过来。他读道:是放进婴幼儿耳朵里治疗咽鼓管堵塞的东西。桑拿的热气溶化了你耳朵里的耳垢,而突然当头浇下的冷水又使它凝固,将里面完全堵住了。

当他们十点半左右回到木屋时,雅姬和莱昂内尔说,"所谓"那儿的饭菜出奇地好吃。

17

1月3日。昨天我们从林中世界回来后,发现录音电话里有很多爸爸的留言,听起来都没头没脑,不知所云。他似乎不明白自己是在对一台录音电话讲话,也可能是忘了怎么使用,每次不等我的外出留言说完就开了口,所以,他的头一两句话都没有录下来,而我刚刚能听懂一点点,他就终于恼火地明白这边无人接听,于是挂掉了电话。"……不知道拿它们怎么办……喂?……你在那儿吗?……喂?(嘟嘟)……除了老太太,我听见她在楼上走动,我想是她……喂?……你听得见我说话吗?……(嘟嘟)……那么另一栋房子怎么样了?……你知道吗?……你的电话又坏了吗?……(嘟嘟)……还有关于税款的这一大堆信……你知道我是指什么……你在听吗?……没有。真该死!(嘟嘟)。"

我拨通了他的电话。"喂,爸爸,我们回来了。"

"那你们去哪儿了?"

"一个叫林中世界的地方。"

"是另一家养老院吗?"

我笑了起来。"不是,是一个度假村……我们与几位朋友一块儿去的。我走之前跟您说过的。"

"我整个周末一直在给你打电话。我还以为你的电话坏了。我说的话总是被切断。"

"那是录音电话,爸爸。您应该在听到提示音后再留言。"

"哦……是这样,我收到了那个人写来的很多信,他叫什么来着,莫伊尼汉,还是莫格东什么的。"

"您是指关于税款的吗?"

"是的。他在苏格兰那儿,你知道,在那儿的左边,有很多岛的地方。"

"是坎伯诺尔德。在格拉斯哥附近。您的税务局在那儿。"

"没错。我收到了他寄来的很多信。"

"我想您会发现那都是以前的信,爸爸。是有关退税的。我已经帮您处理过了。几周之内您应该就会收到钱了。"

"是吗?有多少?"

"具体我也不清楚。几百英镑吧。"

"老天爷,这是我很久以来听到的最好消息了!谢谢你,儿子!"

"您打算拿它怎么办?"

"放到地板下面。不想让税务局的人知道。"

"爸爸,那是税务局的人返还给您的。是退还的税款。这个您不用交税。"

"哦,是这样,那就更好了。"

他高高兴兴地挂掉电话,可是过了大约一小时之后,他又打来了。

"我想问你一件事,"他说,"另一栋房子怎么样了?"

"哪一栋房子,爸爸?"

"在布里克利的房子啊!"

"您现在就住在那儿啊,爸爸。您就在布里克利。"

"是吗?你确定?"

"您住在布里克利的青柠街。隔壁住的是巴克夫妇。"

"这倒是真的,"他顿了顿,说,"今天早上我透过后花园的围墙看到她了。那么,另一栋房子怎么样了?"

"它看起来是什么样子?"我说。

"跟街上其他的房子都连在一起。前门有彩窗。"

"那是达利奇的房子,您是在那儿长大的,爸爸。"我小时候去看望过爷爷奶奶,所以还记得那些窗户——两块红绿两色的狭长玻璃,还有午后的太阳照进来时在门厅的地板砖上投下的两团斑斓的色彩。

"哦,是吗?我什么时候去那儿?"

"您不去那儿。它现在是别人的了,就算还没有拆毁的话。"

"哦……这里真安静。只有她在楼上走动的声音。不过我从没看到她。为什么会这样呢?"

"您是说妈妈?"

"不是,我妈妈已经死了。好多年前就去世了,在达利奇。"

"是的,没错。"我说。

"你都弄糊涂了,儿子。"他说。

我给爸爸的医生西蒙兹打了电话,告诉他我很担心。他这个人话语不多,而且说出来的话也往往令人沮丧,但是他认真负责,很有能力,已经照顾爸爸二十五年左右。他说等他一抽出时间就会去家里看看他,然后给我回电话。

1月4日。西蒙兹医生今天打来了电话。"你父亲有轻度痴呆,"他说,"我会安排一次心理健康评估,但需要一点时间。"
"他自己单独生活能行吗?"
"差不多吧。"西蒙兹说。
"我本来想让他搬到这儿的一家养老院,"我说,"可他根本不听。"
"是啊,看来他的直觉还不错。"西蒙兹说,让我不禁感到意外。
"那是个挺好的地方。"
"我毫不怀疑。但老年人有一种关于自己家里的心理地图,可以告诉他们该干什么和什么时候去干。如果把他们扔到一个陌生的地方,他们就会彻底失去方向感。"
"如果他变严重了会怎么样?"
"最后他总得要人照料。如果必要的话,我就只好让他强制入院治疗了。"
"天啊!"我想象着几个穿白大褂的人将爸爸从屋子里带出来的情景,还有巴克太太在自己家门前的台阶上看着,并在救护车开走时挥手道别。
"也许不会到那一步,"西蒙兹说,"如果能有人到家里帮帮他,可能会改善他现在的状况。社会福利部门可以做些安排。"

"他不让任何人进门,"我说,"任何他不认识的人。他怕他们会偷走他藏起来的钱。"

西蒙兹医生干笑了一声,"当然,他还有前列腺的问题。我为他预约过了,准备去做外科检查。"

不出所料,过了一会儿我就接到爸爸打来的电话。

"老西蒙兹今天来过了。"他说。

"他真是好。"我说。

"我可没有请他来。他想图什么?"

"他什么都不图。他是您的医生。只是来看看您是否健康。"

"我觉得他想把我弄到医院去做手术。"

"不是这样的,爸爸。"

"他帮我预约了,是下周一。我想我是不会去的。"

"您一定得去,爸爸。只是做个检查。"

"对,他就是这么说的。可我知道他打的什么主意,他和他医院里的那帮朋友。他们想在我身上做实验。"

我花了好几分钟时间想让爸爸相信,西蒙兹医生绝对没有任何职业或经济上的动机,来伙同他人用已经不堪重负的国民健康保险强行给他做手术。最后他说:"你相信他,对吧?"

"是的,爸爸。"我说。

"那我在这个世上就没有指望了,"他伤心地说,"哈里·贝茨已经无依无靠了。"

我告诉他别傻了。接着,我提出要去伦敦陪他去医院,但他却

281

生气地回答道:"你把我当成什么了——小孩子吗?我完全有能力自己一个人去医院。"

"好啊,那就证明一下,"我说,"去呀!"

"我要看看星期一感觉怎么样,"他咕哝道,"你呢,你还好吗?"

"还好。"

"你听起来不是很快乐。"他说。

是的,我不快乐。有一位痴呆的父亲和一位不愿搭理我的妻子,我没有理由快乐。弗雷德因为我毁了林中世界之行还在生我的气。为了试图消除那次经历所带来的羞辱和难堪,我已经将它写成一个小故事。我想,如果不是因为她在跟我讲话时,我有一半的时间听不见她说的话,她根本就不会跟我搭腔。她已经迫不及待地回到德珂装饰去上班。她们现在在做促销活动。她一大早就出门,傍晚很晚才回家,敷衍了事地做顿晚餐,不然就是我用从玛莎超市买回的已经变冷的熟食做一顿饭。她把店里发生的事情滔滔不绝地讲上一遍,逐字逐句地复述那位刁蛮的顾客对雅姬说了什么,雅姬又对那位刁蛮的顾客说了什么,而她自己为了安抚那位刁蛮的顾客又对她说了什么,后来为了安抚雅姬又对雅姬说了什么,就这样唠叨个不停,以避免与我好好地交谈,然后就去洗澡再早早上床。晚餐时我喝了太多的酒,在电视机前睡着了,醒来时觉得太清醒无法入睡,于是来到这里,把我目前的种种不快记了下来。圣诞装饰要等到主显节①才能取下并收拾起来,当我白天在安静的屋子里走来走去时,它们成为一种不协调的背景,反衬出我郁闷的心情;而天气和新闻也推波助澜,让我的情绪更加低落。一阵阵大风大雨使我无法出门,尽管对一月份的第一周来说,气温已经高得反常,进一步证实了全球变暖的现状。萨达姆·侯赛因被施以绞刑,行刑的方式反而让历史上最大的暴君之一显得威严、凛然和受到虐待。是的,我不快乐。

我想起多年前为一本语料库语言学的书写书评时,曾经对 happy② 的搭配词语有过有趣的发现,我稍稍查找了一下就找到了。在一个包含 150 万词汇量的小语料库中,就三词短语而言,在 happy 之前和之后出现频率最高的搭配词是 life(生活)和 make(使)。这毫不奇怪:我们都希望过快乐的生活,我们都喜欢使我们快乐的东西。接下来最常见的搭配词为:entirely(十分地)、marriage(婚姻)、days(日子)、looked(看起来)、memories(回忆)、perfectly(完全地)、sad(悲伤)、spend(度过)、felt(感到)、father(父亲)、feel(感到)、family(家庭)。我没有想到其中许多都是我自己追求快乐或缺少快乐的生活中的关键词,尤其是那些名词:婚姻、回忆、父亲、家庭。在动词中,如果把感到的现在时和过去时视为一个词,那么感到显然就是最经常与快乐连用的

---

①指每年一月六日纪念耶稣显灵的基督教节日。
②即上文的"快乐",也指"幸福",与不同的词语搭配时可有不同的译法。为了真实反映该语料库的数据,并便于读者的阅读,下文中的相关词语在第一次出现时会列出原文,括号中则为该词的基本含义。

的动词。可以想见除了 happy 本身之外，这些词中唯一的形容词就是它的反义词 sad（悲伤）。让我感到意外的是，在语料库中，修饰 happy 的最常见的副词是十分地和完全地，而不是 fairly（比较地）或 reasonably（相当地）等。我们究竟有没有十分地、完全地快乐呢？如果有，就不会很持久。最有趣的词是日子。不是单数，而是复数。拉金有一首很好的诗，题目就是《日子》，里面也包含快乐这个词。

>日子的用处何在？
>日子是我们生活所在。
>它们到来，唤醒我们
>一次又一次。
>在其中应该快乐：
>除了日子，我们还能生活于何处？

在诗中，快乐的日子这个熟悉的、充满怀旧意味的搭配其实并没有出现，但人们会不可避免地想起它；当我们阅读时，它在我们的脑海中回荡，让我们想到快乐的短暂和虚幻。我们生活在其中的日子总是不可避免地令人失望，因为它们不如"遥想当年""在过去的那些美好日子里"时那么快乐，或是不如我们错误地以为的那么快乐。但是除了日子，我们还能生活于何处？

>啊，为了解决这个问题

神父和医生,

穿着长袍和大褂,

从田野上匆匆而过。

为上文加一条脚注:我突然想到,在分析快乐的搭配词语时,可能省略掉了否定词,于是我查了一下保存在家里的CD上的小语料库。果然,在十分地快乐之前常常有not(不是)或诸如never(从不)等其他的否定词。不过完全地通常没有修饰词。事实上,其分布几乎刚好相等:不十分快乐几乎与完全地快乐一样常见,而十分快乐则与不完全快乐一样少见。不知道这是为什么?语料库语言学总是提出这种有趣的小疑问。几年前,我在一个包含大约5000万词汇量的语料库中查找deaf(聋)这个词,那是已有的英语书面语和口语最大的语料库,发现最常见的搭配短语——约占总数的10%——是fall on deaf ears[1](把fall作为代表这个动词的所有形式的词条)。因此,deaf对英语话语的主要贡献就在于成为一条习语的组成部分,用来表示愚蠢而不懂或固执己见,也就不足为奇了;令人不解的是动词fall,因为人类的耳朵是从两边接受声波,而不是从上方。而且,这种令人费解之处还并非英语所特有。我很快地查了查字典,发现德语有auf taube Ohren fallen,法语有tomber dans l'oreille d'un sourd,意大利语有cadere sugli orecchi sordi。这可以是另一篇论文的话题,但是我一直没有动笔去写。

---

[1] 意为"对牛弹琴",其中fall的基本含义为"落下""下降"。

1月5日。今天我接到一个意想不到的电话，是西蒙·格林史密斯打来的，他在英国文化委员会工作，我们已经多年没有联系了。当年我在西班牙做巡回讲座时，他是英国文化委员会驻马德里办事处的一位初级职员，为人非常友好，曾领着我游览那座城市，并带我去过一些最好的小吃店。后来，他在伦敦的委员会专家巡讲处工作过一段时间，在派我去其他几个国家时起了不少作用，我对此非常感激。现在他在华沙担任要职，电话就是从那儿打来的。在新年问候和客套性询问我近况如何、圣诞节过得好不好之后，他就言归正传。"有点急事，德斯蒙德。我希望你能帮我们一把。"他解释说，兰卡斯特大学的一位语言学家原本应该在一月底去波兰做一次短期的巡回讲座，在几所大学的英语系向教师和研究生讲话语分析，但几天前却在上萨瓦省发生了严重的滑雪事故，在接下来的六周将在那里的医院接受牵引治疗。西蒙问我能否救救场。"我知道，现在找你是太仓促了，"他说，"可这是你的研究领域，而且我敢肯定你保存有很多可以用的讲座资料。只需要十天，三个地方，华沙、罗兹和克拉科夫。顺便说一下，克拉科夫很漂亮，如果你还没有去过的话，是欧洲的文化之城，而且所有的——"

"我以前从没去过波兰。"我说。

"好啊，那就更应该来了。这是一个非常有趣的国家。学英语的热情很高涨——你肯定会有很好的听众。而且，能再次见到你也太好了。"

"问题在于，西蒙，我现在再也不做这类事情了。我耳聋太严重了。"

"嗯，我知道你有点儿小问题，不过我们可以想办法解决。"

"现在比我们上次见面的时候严重多了，"我说，"我当然可以做讲座，但我听不见提问。"

"你会有一位主持人，他会把问题重复给你。"

"但主持人会是波兰人，讲话会有浓重的口音，我会听不懂的。元音会说得变了样，辅音我又听不见，"我说，"波兰语本身都主要是辅音，对吧？如果一个波兰人患了高频性耳聋，肯定特别不容易。"

西蒙笑了起来。"这种语言的确不大好学，"他说，"不过你瞧，讲座完毕我们可以休息一下，请观众把问题写下来，再传给你。"

他非常坚持，最后我就同意了。其实我很想被他说服。我很想去波兰——乃至任何地方，以逃避作为家庭妇男的那些枯燥的日常事务，逃避患有轻度痴呆的父亲的那些令人忧心的问题，逃避一位纠缠不休、不择手段的研究生追星者的危险关注；去任何一个人们会根据对待访问学者的礼节而让我重新受到尊重、敬佩、款待和照顾的地方。我就像一个在不得不退役后闲得无聊的残疾的牛仔，一碰到可以重新上马、在众人面前最后一次展身手的机会，就欣然接受。西蒙还在继续说话，我就已经在想象他满脸笑容地等在机场出站口，身旁还有一位穿着深色制服的司机，准备把我的行李搬到委员会那辆正在恭候的豪华轿车上了；我想象着自己在讲座之后的招待会上一边品着鸡尾酒，一边享受大家的恭维；想象着自己在一家镶着木墙板、铺着洁白的台布、亮着柔和的罩灯的高雅餐馆里享用丰盛的美食；还想象着自己在一位年轻漂亮、说一口纯正英语的女教师的专门陪同下，游览历史上有名的某座教堂或城堡……

"太棒了！"听到我说同意去时，他高兴地叫道，"我马上跟伦敦方面联系。他们会寄给你一份合同以及机票。我今天就把行程安排用电子邮件发给你，下周我们再商量你可以讲些什么。当然，你可以在三所大学做同样的讲座。"

我想，在表态之前我该征求一下弗雷德的意见，但西蒙很急。现在是星期五的下午，他很想赶在伦敦和华沙的办公室关门之前，将代替那位受伤的讲座者的人选落实下来。周末他自己要外出滑雪。（"是越野滑雪，"他说，"很安全。"）一想到由于我犹豫不决而让这个机会落到别人头上，我就无法忍受；而在潜意识里，我无疑也不想给弗雷德留下劝我放弃的机会。

她回来后，我告诉她我要去波兰，她便提出一大堆反对理由，都是我在同意去时不愿去想的理由。她提醒我，我最后几次出国归来时总是抱怨既受挫又疲惫，主要是由于无法听懂别人对我说的话，不管是在问答环节还是在各种社交场合。她还说，在一年中的这个时候出这样一趟差很不合适——一月份的波兰会天寒地冻，出行非常困难。在一个星期多一点的时间里跑三个地方，这种安排似乎让人疲于应付。我可能会感冒并且/或者因为大吃大喝而引起肠胃不适，就像我过去出这种差时几乎总是出现的那样，但那时我更年轻、更健壮，能够很快从这些小毛病中恢复过来。总而言之，她认为这是一个糟糕的主意。

"嗯，我现在已经推不掉了。"我说。

"你当然推得掉,"她说,"只要拿起电话就行。"

我告诉她为时已晚:要到星期一我才能联系上西蒙,而我到那时再说退出,会觉得自己太拆他的台。

"那我是白费口舌了,"她说,并耸了耸肩,"你最好跟你父亲说一声,你不在的时候,我可不想去应付他那些颠三倒四的电话。"我说在出发之前我会去伦敦看望他,而且当我在波兰期间,还会请西蒙兹医生去看看他。

1月6日。今天收到亚历克斯的一封电子邮件,还有一个她称之为"初稿"的附件,里面是一个题为"'自杀'的不在场与作为不在场的自杀"的章节,用我所引过的博尔赫斯的话作为题词,几页纸的内容差不多都是重复我节礼日那天在车上的即兴之言。她请我告诉她是否觉得她的研究思路是正确的,还说"你可以随意充实我粗浅的想法,并把你想到的其他观点补充进去"——这是她迄今为止最直言不讳地表示想让我帮她写论文。我不无得意地告诉她,我刚刚接到邀请要去波兰做几场讲座,在接下来的两周里会全身心忙于相关的准备工作。我以为她看了之后会有些恼火,但她却平静地回复道:"没关系,这事儿不急。我自己可能也要忙着做些准备——我在申请这学期做一点教学工作。瑞默博士在休病假,他们要聘一位研究生来接手她的辅导课。祝贺你收到邀请。祝此行愉快。"我没有想到她居然以为自己在英语系能得到教学的机会,因为这件事情必须经过巴特沃斯的同意才行。

1月7日。像往常一样,我星期天晚上给爸爸打电话。他现在完全被自己的所得税退税、储蓄存单和有奖债券弄糊涂了——它们就像大不列颠的地理一样,在他的脑海里不可救药地混为一团。"你寄给北边那个人的那封信,你给我弄了一份——你知道我指的是什么吧?(他指的是复印件)——关于比赛的,嗯,也不完全是比赛,不过你知道我是什么意思,你在邮局买那些玩意儿,五年后钱就自动翻番……最近我没有收到他的信,不知道会不会得到什么……布莱克浦那边那帮人都是些手脚不干净的混蛋,我不是说布莱克浦,而是苏格兰西海岸的哪个岛屿,谢佩岛或者锡利岛或者马恩岛……我今晚再把那些票据查一下,看能不能弄清是在哪里……"

"我可不会那样做,爸爸,"我说,"先留着吧,等我下次来看您的时候再说。"为了转移话题,我问他今天晚餐吃了什么。"一只味道很不错的鸟。"他说。"您指的是鸡吗?"我说。"可能是一只很小的鸡,"他说,"我昨天在市场买的。你用手一指,他们就抓给你。""您是怎么做的?"我问。"我把它放进烤箱,看上去熟了之后再拿出来。我配了一点土豆泥,半个西红柿,还有……叫什么来着?是绿色的。""卷心菜吗?""不,不是卷心菜,像卷心菜,不过是生着吃。""生菜?""不,不是生菜……它有一层鳄鱼般的硬皮……""黄瓜吗?""对,是的,是黄瓜,我把它切成片,在上面撒些胡椒和盐……"

我提醒他明天约好了要见西蒙兹医生,他的语气顿时变得不高兴起来。"我觉得他想把我弄到医院去做手术。"他说。"他没有,爸爸，"我说，"只是去检查一下。""那他要干什么呢？""可能会抽取个血样——""就是用针，扎进去，对吧？我讨厌扎针。""还要取个尿样。""哦，那倒没问题，我每五分钟就会有一泡尿。"他还能开玩笑，我觉得这是个好迹象。

我给安妮打了个电话。她除了背痛之外，情况还好。我告诉她我要去波兰，但是会在宝宝出生之前早早地回来。"那您是想帮我生吗，爸爸？"她开玩笑道。"不，我会把这事儿留给吉姆，"我说，"但我想守在旁边。"她对我这趟行程非常支持。"换个环境对您会有好处。我觉得您最近的生活太单调乏味了。""这就叫退休之味。"我说。她无奈地叹了口气。"您总是喜欢抠字眼玩双关，对吧？我们小的时候，您也鼓励我们这样——我记得妈妈简直受不了。""这是一种教育方法，"我说，"好增强你们的语感。""哦，现在您可以谋一份退休后的差事，专门编一些可以放进圣诞爆竹里的笑话。""谢天谢地，我们又送走了这样的一年。"我说。今天下午，我和弗雷德把圣诞装饰取了下来，重新放回纸箱，保存在阁楼上，还把掉了不少松针的圣诞树从落地窗抬出去搬到后花园，并用吸尘器吸起客厅里的松针。

我给理查德打了电话，这一次终于直接联系上了他，而不是他的录音电话。我把波兰之行告诉了他。"我想你已经去过那儿了。"我说。"是的，几年前我去克拉科夫参加过一次会议，"他说，"那儿非常漂亮，在二战中没怎么遭到破坏——几乎是波兰唯一未遭破坏的城市。有各个时期的精美教堂——有罗马式的，有哥特式的，还有巴洛克式的——是各种建筑的集萃。"理查德是一位很有修养的科学家，对于建筑艺术他懂得比我还多。"当然，奥斯维辛也在附近。"他又补充了一句。

"是吗？"我说，"我还不知道呢。"

"是的，您应该去看看。"

"嗯，不知道我会不会有时间……"我说。

"您一定得去，"他说，"每个人都该去，只要有机会。"

我跟他讲起了爸爸，说如果他碰巧去伦敦，并且有点空闲的话，能去青柠街看看就太好了，尤其是到时候我不在家。他兴致不高地说，他会尽力的。"一定要先给他打电话，"我说，"否则他可能不认识你的。甚至可能连门都不开。"

我但愿理查德没有跟我提起奥斯维辛。这给我即将到来的行程蒙上了一层阴影。当然，我也读过有关它的报道。我知道装满了鞋子和头发的玻璃柜，还有毒气室和焚尸炉……但我不确定自己是否想亲眼去看。在我看来，把这种令人发指的暴行的发生地变成博物馆，变成旅游景点，好像很不合适。我已经读过太多关于大屠杀的描述——普里莫·莱维的书，其他的回忆录，第三帝国的历史——因此相信，纳粹分子对数百万计的犹太人所实施的有计划、有步骤的残忍谋杀是一种史无前例的罪恶行径。我想，奥斯维辛现在肯定有十字转门、导游和一车一车到来的游客，我不知道参观这样一种遗址能带来什么益处。不过，这也许是因为我懒惰和怯懦。理查德的"应该"一词似乎表明这是一种责任，一种道德上的义务："您应该去……每个人都该去，只要有机会。"这几乎肯定是我一生中最后的一次机会，所以我想我是得去，哪怕只是为了回来后能够在我儿子面前抬起头来。我已经看过西蒙发给我的行程安排,好像最后一天在克拉科夫时空出了一个下午,不过当我答应邀请时,这可不是我想象的旅程中的高潮。

1月8日。今天上午,我在翻阅我的讲座大纲和研讨会论文,找出波兰之行可能用得上的材料,我很享受能够再一次全神贯注于一项目的明确的脑力工作。就在这时,我被科林·巴特沃斯打来的一个电话打断了。"如果今天什么时间能见见你,我会非常感激。"他说。他听上去很紧张不安。我告诉他我很忙并且解释了原因——我很高兴有机会让他知道我不完全是一位过气的学者——但他说事情紧急。他愿意在我认为合适的任何时间登门拜访我,如果这样更方便的话,不过越快越好。我问他是否与亚历克斯有关。他说是的,但他不希望在电话里细说。我请他在下午两点之后的任何时间过来。

下午两点他准时来到。他以前从未来过我家,当我把他领进书房时,他说了些赞美之辞。我说家里的装饰主要是弗雷德负责。听说她不在家,他似乎松了一口气。我请他坐在扶手椅上,我自己坐的是办公椅,并把椅子移近他,以确保能听见他说的话。他的穿着还是平时一贯的时髦而休闲的风格,不过他的皮夹克的肩膀上掉了些头皮屑,胡子也没有刮干净。他的眼神显得很疲惫。他拿出一包烟,问我是否介意他抽烟。我说介意。

"你是对的,这是个坏习惯。我已经戒过几次,但是压力很大的时候……弗朗茜丝对我很恼火。"他把烟放回了口袋。"我猜你还经常见到亚历克斯·卢姆,"他说,"她告诉我,她完全是你们家的朋友了。"

"我可不会这么说,"我说,"她节礼日来参加过一次聚会。她本该回家去过圣诞节的,因为她父亲给她寄来了机票钱,你可能也知道,但她被大雾困在希思罗机场,所以只好放弃。"

巴特沃斯一脸愕然。"她是这样告诉你的吗——关于她父亲?"当我肯定这一点时,他说:"她十三岁时她父亲就自杀了。"

我不知道自己是否听错了,所以请他把这个令人震惊的消息重复一遍。

"她是这样告诉我的——谁知道是真是假?她说正是因为这样,她才对自杀遗书产生了兴趣。你瞧,她父亲没有留下自杀遗书。她想通过阅读别人的自杀遗书来弄清他为什么要寻短见。至少这是一位治疗专家的说法。"

"她告诉我说,她是因为一位对自杀从事心理学研究的男友而对这个问题产生了兴趣,"我说,"就是他写了那篇文章。"

"是的,嗯,他也许是她的男友,也许不是……总之,我来这儿不是为了跟你谈论这件事。她申请了我们在内部招聘的一个助教职位,因为海蒂·瑞默患了肌痛性脑脊髓炎,请了病假。这当然没有可能。我们绝对不可能让亚历克斯去忽悠一些本科生,再说还有几个更符合条件的人选。麻烦就在于,她自己不这么看,而且她相信这份工作是我说给谁就给谁。嗯,以前也许是这样,但现在要根据程序来……"他停住话头,望着我,"我得请你对这次谈话严格保密。"

"好吧。"我说,我的好奇心现在被彻底激发起来了。

"上个夏季学期,在我开始指导她不久,那时我还没有意识到她是个性情很不稳定的人,我干了一件非常愚蠢的事。我和她……呃……发生了不正当关系。"

"你是说性关系?"我问。

"前总统克林顿会说不是,"他苦笑着说,"但是我想,师生关系委员会的投诉分委员会将会持不同的观点。我妻子也会。"

他所讲的是一个老套的故事,一位风流倜傥、才华横溢的教授受到一位对他心怀仰慕、年轻貌美的学生的诱惑,这位学生从这种关系中有所企图。"当然,我那样做不对,"他说,"但都是她主动的,并不是我在占某个天真无邪的大学生的便宜。毕竟她已经二十七岁了。她是个成熟的成年人——起码我以为她是。而且当时我和弗朗茜丝之间有些不和……"他的手不自觉地从口袋里掏出那包香烟,接着想起我的反对,又放了回去。"有一次指导结束时,她吻了我,我就第一次越了界,回吻了她而不是告诉她别这样。第二次吻的时间更长,还伴随着爱抚的动作,接着就一发而不可收。那种感受是很刺激的,不仅是因为每次她来接受指导时,我们两人都知道会以怎样的方式结束,在她离开之前我们会在门边几乎无言地爱抚亲吻一番,还因为那样非常大胆冒险。有一天,她跪了下来,拉开我的裤链,用嘴巴帮我解决了,当时门都没有锁,外面的走廊上还人来人往。除了严格意义上的性行为之外,其他的一切她都愿意干。即使在我开始去她的公寓之后——她在运河边的那些大楼里有一套公寓——她也不愿让我进入她的身体。她喜欢让人打屁股。就是从那时起,我才开始担心自己卷入了某种麻烦。而且老实说,一直都不能痛痛快快地来一场,也让我厌倦了。我很庆幸暑假开始了,我们——我和弗朗茜丝——去了西班牙,在我们位于那儿的住所待了几个月。我们回来后,我告诉亚历克斯这种性关系得结束了。我道了歉,我责备自己,而没有说她的任何不是,但她很不高兴。我想把她转给其他的导师,可又担心她会告发我。事实上,她现在正是这样威胁我的,如果我不给她那份教职的话。"

原来是因为这样,他才这么火急火燎地来见我。"我在不违背事实的情况下尽力为她写了最好的推荐信,"他说,"但是,今天上午我们开会确定人选时,我不能为她说话。大家认为她令人难以捉摸,而且她没有拿出表明自己在语言学上的能力的任何证据。她是第一个被淘汰的人选。这份工作会给别的人,她很快就会发现这一点。"

"你干吗要告诉我这些?"我问,尽管我心里已经明白了八九分。

"我希望你能说服她不要投诉我。我知道她喜欢,尊敬你。她总是热情洋溢地评价你。我想她会听你的。"

"我明白了。"我说,然后陷入沉默,寻思起来。

"你很可能会问,'我凭什么要这样?'"他说。

"的确有此一问。"我说。

"你对我几乎毫不了解,也不欠我任何东西,可能还反感我的所作所为——"

"没错,我是反感。"我说。

"但这会毁了我,你知道。不仅仅是我的事业,还有我的婚姻,家庭……弗朗茜丝会崩溃的。我还有两个十几岁的女儿,一个十三,一个十五。如果这件事被捅出去,想象一下她们的生活会成什么样子。"

"你真的觉得亚历克斯会正式投诉吗?"

"如果不是这样,我就不会告诉你这一切。"

"既然她是这样一位强迫性妄想狂,别人凭什么会相信她呢?"我说。

他做了个苦脸。"她保留了一些纸巾,上面有我的DNA,反正她是这么说的。当然,她有很多的机会弄到这个。"他肯定是瞥见了我脸上的厌恶之情,因为他说,"我很抱歉拿这种龌龊的故事来烦你,不过如果你能跟她谈谈,我会感激万分。越快越好。"

我说我会看看能做些什么。

1月9日。今天下午我和亚历克斯如约在帕姆饮食店见面。这一次是她在等我。她坐在饮食店后部我以前坐过的同样的位置,手里捧着一杯咖啡。店里几乎空荡荡的。我在柜台买了一杯拿铁,然后坐到她的旁边。她看上去比以往更加苍白,那头金发软塌塌的,毫无生气。她也许是来例假了,不过更有可能是她所玩的这个危险游戏带来的压力。我开门见山,把巴特沃斯告诉我的他们之间的关系简述一遍,省去了性方面的细节。她面无表情地听着,然后说:"我不知道你跟科林是好朋友。"

"我们不是。"我说。

"但在这种情况下,男人总是团结一致,对吧?"

"听着,"我说,"我不喜欢科林·巴特沃斯,从来都不喜欢。如果他受到公开的谴责,或者不得不辞职,我不会有丝毫的恻隐之心。我认为他对你的行为很不道德,就算事情是由你挑起。"我注意到她没有否认这一点。"可如果你正式投诉他,痛苦的就不会是他一个人。他的妻子和孩子们也会很痛苦。他有两个十几岁的女儿。你可能会毁了一个家庭——这又有什么好处呢?它不会让你得到那份工作。那份工作会给别的人。"

"你是怎么知道的?"她语气激烈地说。

"巴特沃斯告诉我的。"

亚历克斯转过头去,面对着墙,低声说了句:"混蛋!"

"相信我,就算他尽力,他也决不可能让你得到任命。所以你瞧,告发他毫无意义。你会接受一些非常令人不快的质询——他会有一位律师,学校工会帮他请的——他还会指控你企图讹诈他。你也的确是这样。到头来你也会颜面扫地,并被学校开除。"

"没有任何书面的证据,"她转过头来,在桌子对面看着我说,"我可以否认。他有他的说法,我也会有我的说法。"

"但你的说法不是很可信,对吧,亚历克斯?"我说。

"你这是什么意思?"她说。

"你告诉弗雷德,你父亲给你寄来了回家过圣诞节的机票。你还告诉巴特沃斯,你父亲在你十三岁那年就自杀了。哪种说法是真的?"

亚历克斯低下头去,搅动着咖啡,尽管咖啡已经变凉,并且只剩半杯。透过奄拉在眼前的头发,她低声说了句什么。

我隔着桌子探身向前,"你说什么?"

"我爸爸的确是自杀的。"她说。

我说听到这个我很抱歉,但不明白她为什么要编出机票的故事。她说有一次讨论课后,她与英语系的一些研究生坐在一起,大家都在谈回家过圣诞节的事情,当有人问她准备怎么过时,她马上编出一个回美国与家人共度圣诞的故事,因为她不愿承认会独自在公寓里过节。"有时我就是这样,"她说,"一时心血来潮,就编个故事,或者撒个谎,或者来个恶作剧。完全是不由自主。我倒不是很在意一个人过圣诞节。我无亲无故。我妈妈五年前患癌症去世,在我的祖父母和外祖父母中,除了一个患有老年痴呆症之外,其他人也都死了……我跟我姐姐没什么来往。在美国我已经无家可归。可我不想被人怜悯或高高在上地关照,所以才编出这个回家过圣诞节的美好故事,就像《星期六晚邮报》上的老故事。我以为谁也不会知道我藏在自己的公寓里,用一堆冷冻快餐来对付。"当她收到弗雷德的邀请函,请她来参加我们的聚会时,她巴不得能接受,可又不得不继续假装要回美国度假。"我想,如果我爸爸寄给我买机票的钱,可就太好了,"她说,"既然是编故事,我想不如就尽量编得漂亮一点。所以,在给弗雷德的信中我就那样写了。这样似乎显得更可信。后来圣诞节到了,我看到那么多人因为大雾而困在希思罗机场,于是觉得自己有了绝好的理由,终于可以去参加你们的聚会了。"

"你是说,你就根据电视上看到的新闻,编出了关于希思罗机场混乱不堪的那些故事？"

"这并不难，"她说，"我还看了报纸。"

"你知道，你应该将自己的创造才能派上更好的用途，"我说，"你应该尝试写小说。"

她微微一笑。"也许有朝一日我会的。"她说。

我问她，关于对自杀遗书感兴趣的原因，她为什么给了我和巴特沃斯两种不同的解释。"它们并不矛盾，在不同的意义上，两者都是实话，"她说，"是哥伦比亚大学那个人最先激发了我对自杀遗书做语言学研究的念头。不过，我当然也有心理动机。爸爸没有留下自杀遗书，让我一直耿耿于怀。我们一直不明白他干吗要那样。我们不知道他有什么心结，也从来不曾发现他有任何动机，比如做了什么可怕的事情而担心被人发现，或者是被诊断出患了严重的疾病。没有这类事情，根本就没有。他只是在一个晚上乘着划艇去了我们家附近的一座湖上，用一把猎枪自尽了。"

"也许只是一场意外。"我说。

"他把枪管衔在嘴里，"她说，"用脚趾头扣动的扳机。"

这是真的吗？我实在不知道，尽管我假装相信——否则就会令人非常受伤。总体而言，我愿意相信这是真的。小时候如此痛苦的经历不仅可以解释亚历克斯对自杀遗书的浓厚兴趣，也可以很好地解释她其他的行为：喜欢胡思乱想，迷恋年纪大的男人，通过玩弄和折磨他们而得到快感。它还可以解释她在谈论自杀这个话题和评论"写作指南"网站——不管是否出自她自己之手——时那种非常冷漠、甚至是鄙夷的语气。很显然，当她还是个十几岁的孩子时，她很爱自己的父亲，但是对他的行为却深感愤怒，而且现在仍然是这样。"他怎么能那样对我们？"她说，"自己一了百了，却没有留下只言片语解释一下。让我们永远想不明白他为什么要那么做，想不明白是否是因为我们在哪些猜不到的方面的过错。这意味着我们永远无从解脱，永远！"我想，她研究自杀遗书的心理动机与其说是为了解开这个谜团，不如说是为了排解自己的愤怒。

回家后，我给巴特沃斯打了电话，告诉他我已经与亚历克斯谈过，并且比较肯定她不会投诉。我本可以说得更有把握一些，但我不想让他太过轻松，或者太快地把一颗忐忑的心放下来。无论如何，听到这个有点保守的好消息，他还是如释重负，对我千恩万谢。

1月11日。在我目前事事不顺的生活中，唇读课堂成了一个让人忘却烦恼、无忧无虑的宁静去处。新学期于今天开始。我们先以一月份的促销上了一堂活动课。贝丝发给我们一些纸条，上面写着一句话，"在一月份的促销中，我买了……"我们必须填入一个名词短语（尽管她当然不会这样说），然后用唇语在班上读出来。我说我在一月份的促销中买了几件衬衣，说这话时，我不禁希望自己真的买了，我的波兰之行需要一些新衬衣。贝丽尔说她买了一样东西，我们大家都无法唇读出来。原来她说的是一张中国地毯。"中国"这个词难住了我们。如果是"波斯地毯"，我想我们就能读出来，可"中国地毯"不是一个熟悉的短语或概念——尽管商店里的东西如今都是中国制造，可能连波斯地毯也包括在内。

我们又上了一堂关于新年前夜的课，但好在没有问我们是如何庆祝的。贝丝讲了"跨年第一步"的要求，先无声地念一遍，然后再有声地念一遍。半夜后第一个跨过门槛的人必须高大魁梧，不能是瘸子或斜视眼，必须拿着一块煤、一片面包和一瓶威士忌，而不能拿刀，不能是平足或者两道眉毛连在一起，不能穿黑衣服或说话，直到把面包放在桌上、把煤放在火里、把威士忌交给一家之主以后，他才能说"新年快乐"，然后从后门出去。他似乎不需要听得见别人对他说的话，所以我符合条件。

然后我们就 Scot、Scotch、Scottish[①] 这三个词的运用进行了一个小测验，我们必须与同伴一起尽量用唇语回答。我又一次与格莱迪丝搭档。我想她是有意要坐到我旁边，因为她知道我受过良好的教育，而她自己则非常争强好胜——她迫不及待地想最先完成，结果常常忘了无声地读给我看。答案提示都相当简单：裹在碎肉里的鸡蛋……一位著名的探险家……孩子们玩的一种游戏……把大家难住的是一种常见的税收。我假装不知道答案是 scot。当然这与苏格兰毫无关系——这是古英语，现在已废弃不用，尽管在 scot-free[②] 一词中保留了下来。

茶歇之后，特雷弗给我们作了一场关于助听犬的报告，他也是聋人，自己就有一只。他把它一起带了过来。这是一只讨人喜欢的杰克拉瑟短腿犬，名叫帕奇，就坐在他的脚边，似乎也能听懂报告。它显然已经听过许多遍了，因为特雷弗就代表训练这些动物

---

① 这三个词都可以指苏格兰人，但除此之外还各有含义，如 scot 可以指赋税，scotch 可以指一种儿童抓人游戏，也可以指苏格兰威士忌，Scottish 还可以指"苏格兰蛋"，即将煮好的鸡蛋裹上一层碎肉后再炸熟。
② 意为"免税的"。

的组织到全国各地给我们这样的人作报告。训练一只狗要花五千英镑，因为耗时长，而且需要很大的耐心。它们学会了听出和辨别主人家里的闹钟、炊具计时器、电话、烟雾报警器、火警等发出的声音。听到一种声音后，它们会判断它的来源，然后用爪子抓挠主人来引起他们的注意，并将他们领到那里。如果是烟雾报警或火警，它们会用爪子抓，还倒在地上，示意有危险。由于不言而喻的原因，助听犬很少叫，尽管有人告诉过特雷弗，在他睡觉时帕奇有时也叫过。他为帕奇带了通行证和身份证，上面说这只狗可以合法地进入餐馆和食品店，虽然他说偶尔也会受到阻拦。商店或餐馆会阻拦一位盲人的导盲犬吗？我很怀疑。

特雷弗婉转地表明他是单身，仔细想想，如果你有配偶或同居的伴侣，你就不会真正需要助听犬了。很显然，对他而言，帕奇的陪伴与它的实际帮助同等重要。想到这个由聪明的狗、敬业的驯犬员和心怀感激的主人所组成的网络，各方都从中既得到又给予有价值的东西，就这样日复一日，年复一年，在大多数人一无所知的情况下，无声地完成它的使命——想到这里，就令人感到愉快。

1月15日。在过去的一周里，我没有时间坚持写日记——波兰之行将于后天开始，各项准备工作使我忙得不可开交。当我回头翻阅自己那些没有发表的论文和讲稿时，却发现没有哪一篇令人完全满意，所以，我花了大量时间对其中三篇进行了修改和更新。

昨天安妮那边传来令人担心的消息。她流了一点血，因此他们把她送到产科医院观察和休息。我跟她通了电话，她说这只是一种预防措施。宝宝平安无事，不过他们想避免早产。但我还是不由自主地担心。

我直到很晚才告诉爸爸我要出远门——我是有意这样，因为我知道他听了会很不安，留给他考虑这个问题的时间越短越好。"波兰？波兰？看在上帝的分上，你要去那儿干什么？就我从报纸上所见，所有的波兰人都恨不得要来这儿。我从没听说波兰有什么好的。况且，我还以为你已经不再干这种没用的事儿了。"我解释了相关的情况，尽管我眼下其实也兴致不高，还是装着很有兴致地说，我期待着这次旅程。"哦，好在去的是你而不是我，伙计，"他说，"你怎么去那儿——坐飞机吗？但愿不是波兰的飞机。""不是，是英国航空公司的。"我说，尽管从克拉科夫回来时我其实是乘坐波兰航空的飞机。我将搭乘清早的航班从希思罗机场起飞，并且已经在机场旅馆订好了头天晚上的房间，所以我明天要去伦敦，路上绕道去看看爸爸。听到这话，他似乎平静了下来。

18

2月18日。在过去的四个星期中,我没有在这里写任何东西,因为大多数时间我都不在自己的电脑旁;而在家里时,我要么太忙,要么太累,所以没有坚持每天写日记。在波兰期间,我沿途随手做了些笔记,记下了我对华沙、罗兹和克拉科夫的印象,还有我与波兰学者和他们的学生见面的情况,但现在我懒得把它们转写出来。与行程接近尾声以及随后回英国时发生的事情——我下面即将回忆它们——相比,那一切都微不足道。至于整个的行程,值得一提的是我的讲座很受欢迎,我对自己的听力问题也应付得不错——倒是在餐馆和招待会等非正式的社交场合,反而比讲座和研讨会难度更大。我遇到的多数波兰人英语都说得很好,尽管有时也夹杂着诸如河口区或布鲁克林的不太好懂的口音,这与他们在哪里以及跟谁学的英语有关。我吃了很多肉、野味和香肠,喝了太多的葡萄酒、啤酒和伏特加。波兰人和英国文化委员会可没让我歇着,到克拉科夫时,我就开始觉得累了。

这座城市正如人们所说的那样风景如画,但我没有太多的时间去欣赏,因为我一直在杰哲隆尼安大学和英国文化委员会中心忙个不停。不过，我还是忙里偷闲去参观了圣玛丽教堂的内部，那里有令人叹为观止的满是雕刻和绘画的高耸的圣坛，还去看了克罗斯大楼的外观、陈列在查托尔斯基博物馆的达·芬奇名画《抱银鼠的女子》和其他一些著名景点；不过我留出了那个空闲的下午去参观奥斯维辛。那是我的第一个失误，因为一月份时那里三点钟就关门，我是在去那儿的路上才从旅游指南上发现的这一点，但为时已晚。当我说最后那个下午要去奥斯维辛时，克拉科夫的人谁都没有提醒我。不过更有可能是有人其实提醒了，我没有听见却假装听见了。那一趟我基本上是独自出门。有很多人自告奋勇地带我游览克拉科夫的风景名胜，可谁也不愿陪我去奥斯维辛。我猜这并不奇怪：如果你去过一次，可能就再也不想去了。不过我想，在我所遇到的波兰人中，不知道有多少人真正去过那里。当我告诉他们我要去时，他们礼貌地点点头，然后就转移了话题。他们生活在这座美丽而具有古老文明的城市，而近在咫尺的却是一个名字本身就意味着种族灭绝的地方，我觉得这让他们有些尴尬。联合国教科文组织已经将它列为世界文化遗产，但波兰并不愿意将其视为自己的遗产之一，尽管许多波兰人都在那里丧命。

那个星期五的上午十点，我在大学里作了讲座，接着与部分教师一起喝了咖啡，直到十一点四十五分才返回酒店。由于公共交通不仅很慢而且很不方便，西蒙·格林史密斯建议我叫一辆出租车去奥斯维辛，然后就车回来，所以我在酒店服务台预定了十二点一刻的车，好给自己腾出时间在酒吧吃一份三明治。对于奥斯维辛距离克拉科夫有多远，我得到的是一个错误的概念——这是我的第二个失误。当我向服务台的年轻女人询问有多远时，我以为她说的是"三十分钟"，但是当路途不断地延续时，我就想肯定是我听错了——也许她说的是"三十公里"。在往机场方向的高速公路上行驶几英里之后，通向Oswieçem（这是波兰人对奥斯维辛市的称呼）的路变成了一条拥挤的单行道。头天晚上下了一场雪，田野和树木一片银装素裹，可道路却泥泞湿滑，让我们行进缓慢。我乘坐的出租车是一辆黑色的旧菲亚特，柴油发动机隆隆直响，减震器也很破旧。司机身材壮实，穿着皮夹克，他很少说英语，似乎也不打算通过练习来提高自己的水平。"还有多远？"我不停地问，而他总是耸耸肩，咕哝一句什么，并从方向盘上抬起手来，用手势表示，"这得看交通状况。"快到奥斯维辛时，我们在一个道口耽搁了几分钟，因为有一长列密闭的车厢里载着货物的庞然大物般的火车轰隆隆地缓缓驶过，为我的参观拉开了与沉重的心情相呼应的序幕，同时也令人沮丧地进一步拖延了时间。最后，路上花了整整一个多小时，我发现自己只剩下一小时四十分钟，来了解有文字记载的历史以来最为骇人听闻的大屠杀的情况。

在遗址的入口处有个游客中心，里面有图片展览和自助餐厅，还有一个电影院正在放映营地被占领的电影片段，但我没有时间去看。参观是免费的，除非你想请私人导游；我拒绝了请导游。我得根据自己的节奏行进，而这种节奏会很快，快得几乎不大合适。进入营地主体的这座闻名于世——或者说臭名昭著——的大门竟然小得出奇，门上方的铁栅上焊有"劳动带来自由"的口号。当你怀着恐惧的心情进入后，却发现营地的里面有些出乎意料，与在这里犯下的滔天罪行并不相称。它看上去就像两次大战之间所建的伦敦的某个普通的居住区，或者像一座军营——它原本也正是一座军营。清一色的三层楼的砖房呈方格状布局，楼房之间的小路或大道旁种有树木。我没有想到会有树。在景区内参观的游客并不多，我猜是因为一年中这个时间的缘故，大小道路上覆盖着一层薄薄的积雪，留下了他们的脚印，我跟着他们的脚印往前走，而没有去琢磨旅游指南上的地图。

许多楼房都变成了展厅，用来展示营地生活的某些方面——阴暗的宿舍，铺着草席的床，非常有限的洗衣设备，粗糙的条纹囚服——或者是展示在这里受尽折磨的特定的种族和民族群体。墙上是一排排的囚犯照片，既有正面照也有侧面照，体现出典型的德国式高效率。这些面孔让人难以忘怀：有的毫无表情，有的怒气冲冲，有的气急败坏。还有些甚至露出淡淡的笑容，也许希望这样能讨好那些将他们抓来的人。二号楼是刑罚楼。这里有狭窄的"站立室"，小到让人无法躺下，还有些房间里有用来鞭打囚犯的长凳，以及将囚犯反剪双手悬空吊起来的挂钩。在这里，被判处死刑的男男女女被迫脱光衣服，走到外面，靠着墙壁，被开枪打死，而旁边那栋楼的窗户则已经用木板钉死，所以没有人能看见行刑的情景。营地的界墙之外就是焚尸炉，他们的尸体就在这里烧毁，这里还有一间毒气室。有人在炉边放了一个花环。还有一栋楼叫"灭绝楼"，玻璃展柜里摆着一堆堆女人的头发，以及孩子的衣服和鞋子，看了令人心碎。

我从旅游指南上得知奥斯维辛包括两个营地——一个是我所

置身的集中营，旨在让囚犯服苦役至死，对他们可以残暴虐待，但这里不是用来杀人的地方；另外还有一个更大的营地，名叫奥斯维辛－比克瑙，那才是实施灭绝政策的所在。我还以为它们连在一起，但从司机那里得知比克瑙距离这里有两三公里。他说他会在游客中心外面的停车场等我，然后送我去那里。冬日下午的阳光渐渐黯淡，我担心自己赶不及去比克瑙，于是加快步伐，在主营地里观看着。我觉得自己很愚蠢无能，虽然硬起心肠勉为其难地来这里参观，却没有给自己留出足够的时间来充分了解；我还暗骂自己听力不好，我相信正是因为这样才导致我的失算。我们离开主营地时已经三点差一刻，我只能希望可以在比克瑙待上五分钟，或者如果不行的话，能够在天黑之前从围栏外远远地看看它。在比克瑙待上五分钟：这句话似乎是对我的愚蠢行为的概括。

我们到达那里时，我的表已经到了三点。四处几乎空寂无人，只有很不起眼的停车场上还停着几辆车。那里没有游客中心，没有旋转门，也看不到工作人员的身影。入口处是一座红砖楼房，窗户里亮着寥寥的几盏灯，楼房的轮廓在电影和照片上已经多次出现，整体设计普通得不能再普通，简直像是用儿童积木搭建而成：一座正方形的塔楼，上面是坡状瓦屋顶，两边各有一栋单层的配楼，塔楼下方有一道拱门，铁路线穿过拱门通向营地，似乎一直没有尽头地延伸下去，一直延伸到天边，那里是几乎所有乘火车到这儿的人很快就要奔向的地方。拱门上有一道铁栅栏。"关门了。"我懊丧地对司机说。"没有，你可以进去。我等着。"他指着大楼一侧的一个入口说。

虽然根据规定，比克瑙与主营地同时关门，但游客似乎可以在无人监管的情况下留在里面四处参观。在那个寒冷的下午，我加入到了还在那里的几位游客的行列。进去之后，你的第一个感觉是它的漫无边际，从铁路线右边一望无垠地绵延开去，一排排的小屋只剩下屋基，以及矗立在每一处长方形中央的砖砌烟囱，那些烟囱犹如一块块高耸的墓碑。大多数的小屋都遭到了破坏，它们要么被德国人在撤离之前摧毁，或是在战后被波兰人偷走了木料，要么因为长年累月的风吹雨打而垮塌，但是有少数几间保存了下来，以便让人们了解住在里面是什么情景。小屋都是由薄木板搭建而成，墙板上到处是缝，室内是泥土地面，摆着粗糙的木床，只有一个小炉子，在炎炎夏日肯定闷热难耐，而到了冬天肯定冷得要命。这就是被认为身体强壮可以干活的囚犯们的栖身之地，但不是可以让人活得很久的住所。

沿着铁路线和供火车下客的站台边，有一条小路，告示牌上用几种语言写着即将发生的事情：男人与妇女孩子分开，然后党卫军医生又将那些可以再活一段时间的人挑出来，剩下的人则马上被赶往营地尽头的毒气室，这些人相信——或者宁愿相信——他们听到的话，以为自己是要去冲个澡，而由于许多天来挤在只放了一只尿桶的拖牲口的车上，能够冲澡他们肯定求之不得。在到达后不出几个小时，他们就会被毒死并烧掉，每天有数千人，总共有一百多万人就这样丧命。

人们常说，对于在奥斯维辛以及纳粹分子在撤退时更为彻底地毁灭了证据的其他灭绝营地发生的惨绝人寰的事情，简直无法用言语来形容。同样，对完全生活在另一个世界的游客来说，他们现在的思想，他们的感受，也无可名状。当然会觉得同情，还有悲伤和愤怒，但是与这里发生过的巨大灾难相比，这些感情简直就像掉进大海的眼泪一样微不足道。也许流泪的确能让人轻松一点，但是像理查德一样，我没有轻易流泪。说到底，也许你所能做的就是对这里发生的一切表示谦卑，并且永远庆幸自己没有被卷入这罪恶的漩涡，不管是承受苦难还是参与犯罪。出于偶然——由于自己的无能——我就这样感受着这个荒凉的地方，我知道对此我将永生难忘。

起初我还看得到其他的游客，大多是三三两两的，在铁路线的旁边走着，或者在保存下来的木屋之间转来转去，还有几个人从我身边经过，朝出口走去。但是当我往营地里面不断前进，天色也渐渐暗淡，夜幕正在降临，温度降到零度的时候，我越来越看不到他们的身影，也听不见他们的声音，到了最后，似乎只剩下我一个人。在这种情况下，我通常会取下助听器让耳朵轻松轻松；可当时我却一直戴着助听器，因为我想倾听那种寂静，只有我的鞋子踩在冰冻的雪地上的沙沙声以及远处偶尔的狗叫和火车忧伤的汽笛声才能打破那种寂静。每隔一段距离，高高的灯柱上都装有弧光灯，照在下面的小路上，也给铁路的对面以及覆盖着积雪的近处小屋的屋基投下一点亮光。在白茫茫的背景下，一排排光秃秃的烟囱显出黑色的轮廓，不断地绵延开去，直到所有看得见的物体渐渐融入黑暗之中。营地的边缘无法看到——它似乎无边无际。最后，在铁路线的尽头，我来到奥斯维辛遇难者纪念碑前，碑的两侧是专门建造的毒气室和焚尸炉，在苏联军队的进逼下，德国人在撤退之前已经将它们炸毁。那成堆的砖头和钢筋混凝土的残块断片原封不动地保留了下来。在其中一处废墟的一角，有人摆了一盏许愿蜡烛或小灯，放在一个红色的玻璃容器里，就像我们在教堂——也许是犹太教会堂——里看到的那样。那微弱而摇曳的火苗是这片营地唯一的亮光，也是这个死亡之国唯一的生命迹象。我希望它能一直亮到天明。我伫立在那里，看着那点火苗，直到寒意开始侵入我的骨髓；然后我转身往回走。我的出租车还孤零零地留在停车场，发动机开着，以保证暖气的运行。我是当天最后一个走出奥斯维辛的人。

我向司机道歉让他久等了。他咕哝了一声，把变速杆挂到一档，随着后轮在雪地上一阵打滑，就飞快地驾车离开。在回克拉科夫的路上他一言不发，我正好求之不得。我想将那个下午看到的一切在脑海里回顾一遍，确保将它完好地保存在我的记忆中。根据安排，我将与英国文化委员会的语言官员一起共进晚餐，但我决定给他打个电话取消饭局。原本就是一项非正式活动，只有我们两个人，是为了在我待在这儿的最后一个晚上礼节性地陪陪我，可我实在不想跟他谈论奥斯维辛，也不想谈任何其他的事情。突然之间，我恨不得马上回到家里告诉弗雷德这一切。我只给她打过两次电话，分别是从华沙和罗兹，每次的时间也不长。如果我戴着助听器用酒店里的电话，耳朵里就会有巨大的反馈噪音，而不戴的话，要听见她说的话又很吃力。她告诉我，安妮已经被产科医院送回家，他们要她尽管放松——完全没有必要惊慌。她给爸爸打了电话，他好像糊里糊涂，但总体还好。他问她理查德是谁。"有个叫理查德的人说要来看我——你觉得他想干什么？"她告诉了他。我很高兴理查德对我的建议做出了回应。

在返回的路上，我在后座打了个盹：车里很暖和，我也很疲惫。当我们在靠近市中心的一个路口突然停住时，我醒了过来。那是个星期五的晚上，人行道上熙熙攘攘，摆满食物、笔记本电脑和名牌运动衣的橱窗里灯光明亮。奥斯维辛犹如月球一般遥远。当我们到达酒店时，我向司机支付了车费，还给了他一大笔小费，让他露出了这一天来的第一个笑脸。服务台的姑娘也笑脸相迎。"有消息给您，教授，"她说，一边从身后的格子架里拿出一张折好的纸条，"是我接的电话。恭喜您！"

我展开纸条："贝茨太太下午三点一刻打来电话。您女儿今天生了一个男孩。母子平安。"

我回到自己的房间给弗雷德打电话，她告诉了我从吉姆那里了解的全部细节：孩子是当天上午出生的，早产了四周，个头很小（体重五磅七盎司）但很健康；分娩持续了约六个小时，安妮精疲力竭，但十分开心；吉姆全程陪伴在侧，欣喜若狂。总而言之都是好消息。"你还好吗，亲爱的？"讲完这个话题之后，弗雷德问。"我很好，"我说，"今天我去了奥斯维辛。""是吗？"她听起来很惊讶：我事先没有告诉她这个计划，以免自己改变主意。"很可怕吧？""永生难忘，"我说，"回家后我会告诉你。""是的，亲爱的，一定，但现在不要提，"她说，"我们不要用这叫人难受的话题破坏你抱长孙的好心情。对了，他们打算叫他德斯蒙德。""可怜的孩子。"我说，尽管我其实很开心。

我给英国文化委员会的那个人打电话取消了饭局。他知道我下午去了哪里之后表示理解。"许多人去过那里之后，都想自己待一会儿。"他说。我告诉了他安妮生孩子的消息。"哎呀，太好了！"他说，"这应该可以让你高兴起来。"当然，我的确感到高兴，可我不知道该如何在个人的快乐与奥斯维辛的经历、在一个新生命与数百万逝去的生命之间寻求平衡。拿出小冰箱里的香槟独自庆祝好像不太合适。于是我叫了房间服务，让他们将晚餐和半瓶保加利亚红酒送到我的房间，在等待的间隙，我将下午的经历简单地记录下来，现在就是根据那些记录写出了这篇日记。

我第二天的航班时间是下午两点半，所以上午还有一点空余时间出去购物。我给安妮买了一条琥珀项链，给弗雷德买了一枚复古式银胸针，在集市的一个小摊上为丹尼尔和莉娜买了些可爱的木玩具——有只关节可以活动的骆驼可以凭借自身的冲力摇摇摆摆地走下一段斜坡，它尤其让我爱不释手。我带着买到的这些东西高高兴兴地回到酒店，走到服务台前，告诉他们我很快就要退房。值班的男人递给我一张纸条："请尽快给您妻子打电话。情况紧急。"

我的第一个念头是：安妮的孩子出事了！这就像给我的心重重一击。我急匆匆地往房间走去时，可能默默地做了祈愿式祷告，我想也许可以说这声祷告应验了——不过并没有解除我的忧虑。出事的不是安妮的孩子，而是爸爸。"你爸爸进医院了——他们认为是中风。"弗雷德接到我的电话时说。在那糟糕的酒店电话里，我没有完全听清她的话，不过还是听出了个大概。根据约定，理查德那天上午去了青柠街，用力捶门，但里面没有反应，于是他去询问巴克夫妇,可他们一无所知,他便从家里的后门爬进去,透过落地窗向餐厅张望,却看到爸爸躺在地上,一旁的电视机还开着。理查德从花园的工具房里拿来一把大凿子,撬开窗户,发现爸爸已经不省人事,连忙打电话叫了救护车。医务人员认为是中风而不是心脏病突发。理查德给弗雷德打了电话,告诉她他正随救护车送爷爷去当地的医院,于是她马上给我打电话。她知道的只有这些。"谢天谢地,我联系到了你,亲爱的,你就可以从希思罗机场直接去医院了!"我也已经想到了这一点。

我到达泰威医院时已经是晚上,我穿着厚厚的冬装,在伦敦这反常的暖和天气里汗流浃背,手里还拖着有滑轮的旅行箱。服务台遗憾地说,出于安全原因,他们不能保管箱子,所以我只好一路拖着它来到爸爸所住进的老年科病房。那些靠在床上的老人都有气无力,患有不同程度的痴呆。当我穿着黑色的大衣,把箱子轱辘辘地拖在身后的复合地板上,从他们旁边经过时,他们都惊恐地望着我,似乎害怕我是丧事承办人,来看看他们还能活多少时日。理查德坐在爸爸旁边,他说他才进病房一小时左右,他们在急诊室等了好几个小时,才有医生来做检查。爸爸的样子很可怜:摔倒时,他的一边脸撞在餐具柜上,现在还是青的,额头也经过包扎。他看上去憔悴而茫然,假牙也被取了出来。他的手背上在打点滴,床尾有块牌子,上面写着"禁饮食"。很显然,中风病人吞咽困难,可能会吞下自己的舌头。他似乎认出了我,含糊地说了几个字,我想我听到的是"真他妈倒霉",也可能是"真他妈可悲"。

弗雷德给我讲了事情的经过，现在理查德更具体地告诉了我来龙去脉，然后说他最好赶回剑桥去。我衷心地感谢他所做的一切。我从没想到理查德会是一个行动者，居然会爬上后门，撬窗进屋，但他把这一紧急事件处置得非常漂亮。没人知道爸爸在餐厅的地上躺了多久，不过由于电视机还开着，就表明他是晚上摔倒的。弗雷德最后一次与他通电话是星期四晚上，而巴克夫妇星期五没有看到他的人影，所以他可能是星期四跟弗雷德通电话之后摔倒的，也可能是星期五晚上。但是，如果不是因为理查德去看他，他可能会在那里再躺一天。"再见，爷爷。"理查德一边说，一边握住爸爸那只没打点滴的手。爸爸也捏了捏他的手，并咕哝了两声，大概是表示感谢。我陪了爸爸一会儿，再次告诉他我去过了波兰，还说起安妮生了宝宝的事情，但是他没有理睬；甚至当我说"您现在当上曾祖父了"的时候，他也毫无反应。他只是愣愣地盯着缠在他手腕上的输液管，不解地把那只手翻来转去，似乎不明白输液管怎么到了那里。由于找不到医生可以咨询，我便告诉管房护士我早上再来。她问我能否为爸爸带些洗漱用品以及睡袍、羊毛衫和拖鞋过来。

我在青柠街的家里过了一夜。我知道在哪里可以找到一套备用钥匙，它们装在一个罐头盒里，埋在前门附近的薰衣草花丛下，以备这样的急需。进门后，我觉得家里似乎比以往更加冷清：阴沉沉、冷飕飕的，弥漫着一股霉味。我把中央暖气的温度调高，打开放在油腻腻的厨房里的一台半导体收音机，以驱散坟墓般的死寂，一边用些熏肉和一罐烤豆给自己准备晚饭。我给弗雷德打了电话，告诉她爸爸的情况，然后又给同样在住院的安妮打了电话，将刚才的汇报经过删节之后说给她听,并就孩子的平安降生向她表示祝贺。对爸爸的病情她当然感到难过,并且抱歉自己帮不上忙,但是我能感觉得到,当时她最最关心的事情就是让孩子吃奶。

我把后面卧室的床铺好,我从小到大乃至上大学后的假期都是住在这里。在我永远离开家之后,爸爸因为自己各种各样的爱好而把它利用起来,房间里到处都摆着或留有当时的证据:一个画架,从明信片上仔细临摹下来的乡村景色的油画,他自己凑着画出来的静物画;"古董"瓷花瓶和瓷碗,其中一两个还有裂缝和缺口;一堆高尔夫球杂志;关于书法的书;一本平装本《如何在股市中赚钱》;一张他自己在布赖顿西码头的照片,只见他满面笑容,举着一条很大的鲈鱼,那是他所钓到的最大的鱼。在壁炉架和被封死的壁炉上方的挂镜线之上,还有我自己住过的一丝痕迹:墙上画着一幅画,在绿茵场的背景中,显示出查尔顿竞技队——我小时候所支持的足球队——的红白两色盾形队徽,那是我十四岁时爬到梯顶用海报涂料涂上去的。爸爸很喜欢它,当他重新装修房间时,舍不得再刷上一层白乳胶漆将它遮盖。在我关掉床头灯之前,那是我的目光最后看到的东西。单人沙发床的床垫似乎软塌塌的,而且凹凸不平,但我已经用一个热水瓶把它捂热,再说也因为太累,我轻而易举就睡着了。

第二天,我带着护士要我带的东西回到医院。爸爸正坐在他床边的椅子上,穿着一件别人帮他找来的旧毛巾浴袍,被一张之前塞在床底下的可移动折叠餐桌拦在里面。管房护士告诉我,他表现出了想起身走动的迹象,这是为了防止他那样做。头天晚上,他还闹出了一点事，不仅拉掉滴注器，还想揍那个帮他重新扎针的护士。他仍然在直愣愣地盯着缠在手腕上的输液管，并把手翻来转去。他好像认出了我，但是当茶点车靠近他的病床时，他对车上的东西显出了更大的兴趣。他可以在有人照看的情况下喝点饮料，我端起装在一个防溢水杯里的温茶，凑到他的唇边。他贪婪地喝着，但大部分茶水都从他嘴里流了出来，滴在他的病号服的胸前。他很少说话，即使说了也含糊不清。

我见到了康纳格拉医生，他是老年科的会诊医生，爸爸就由他负责。他是一位身材矮胖的亚洲人，戴着一副无框眼镜，长着一张毫无表情的圆脸。他确诊爸爸是中风。他说他们会让爸爸留院观察几周，然后再把他转入当地一家有人护理的老年公寓。医院的福利部门会向我解释相关的手续。我问如果在我们家附近能找到一家私人养老院，能否用救护车将他转到那里。他似乎有些意外，不过还是说他觉得这样也可行。我问他爸爸能否恢复语言能力，他说可能不会有什么大的改观。他的身体右侧有些麻痹，表明中风影响了控制语言功能的左半脑。

想到也许再也不能与我父亲进行正常的交谈，我心里非常难过。不过让我感到欣慰的是，在去波兰之前，我提前两周去看过他，他当时比近期更为平静，头脑也更加清晰，时不时地想起很久以前发生的事情，犹如太阳突然破云而出，在阴暗模糊的地上投下几小团亮光，连我都感到惊讶。我问他记得的最早的事情是什么，他说是他父亲用肩膀扛着他去烟草店买烟。"他要店里的人给他二十支威尔金焰牌香烟，那人从货架上拿下来交给了他。嗯，别忘了,我爸爸就叫威尔,所以我以为那种烟就是专门为他生产的。这让他哈哈大笑。他还有个兄弟叫埃尔夫,他有一只典型的酒糟鼻,你知道,毛细血管都是破的,我就叫他'鼻子上有字的叔叔'。这也让他们哈哈大笑。"他甚至还想起一些我以前从没听过的关于他音乐生涯早期的故事。"有一段时间,我晚上要打两份工——去摄政街上的五十三号夜总会参加乐队的演奏,大约九点钟开始;而在那之前,在去西区的路上,还要在大象城堡区的一所舞蹈学校演奏——他们称之为舞蹈学校,其实只是一种幌子,是为了开舞厅而不交娱乐税。那只是一支三人组乐队,有钢琴和鼓,还有我吹萨克斯和单簧管,都是些节拍感很强的曲子,快快慢,我睡着了都能吹出来,事实上,我吹奏的时候常常还在看书,书就摆在乐谱架上,舞池里的人都看不到……不过那钱很有用。我当时在攒钱结婚。着急的倒不是我,而是你妈妈。有一天,她跟我说:'我们什么时候结婚?我爸妈想知道。'于是我说了个日子,然后我就得考虑在银行里存点儿钱。不过结婚之后,我就放弃了舞蹈学校那份工作。我能见到诺玛的时间太少了。"想到这里,他似乎有些伤感。"我想她从来没过什么好日子,嫁给了一位乐手,每天晚上出去工作,大多数周日还要去犹太人的婚礼上演奏。特别是在你出生之后。可她从没怨言。"我记得第一次带梅茜到我们家的情景,当她了解到妈妈大半辈子都待在家里,很少出门,靠着她的乐手丈夫和学者儿子从更广阔的世界带回来的趣闻轶事来过日子时,她为妈妈感到多么难过。"她把自己变成了你们这两个男人的奴隶。"梅茜曾说。回头想想,我觉得她的话很有道理,但当时再告诉爸爸已经为时太晚,而且那是我与爸爸很久以来最为开心的一次交谈,所以我不想煞风景。

那个家里虽然既不舒服又令人压抑,我还是在里面多住了几天,以便能经常去医院看望爸爸。那是位于伦敦城里相对贫困一带的一所非常典型的公立医疗系统医院:里面人满为患,需要翻新整修,卫生状况也不理想。医生和主任护士显得疲惫而焦虑,其他人员则无动于衷,不慌不忙。在病房里过热的空气中,你能感觉到对于抗甲氧西林金黄色葡萄球菌和最新的超级病菌——梭状杆菌——的恐惧。小偷小摸时有发生。我作为圣诞礼物送给爸爸的那件羊毛衫在拿来两天后就不见了。我发现他穿着一件破旧的腈纶衣服,上面的扣子掉了两颗,可能是哪位去世的病人留下的,工作人员就拿来给他对付着穿。管房护士向我道歉,还说她会去找找那件羊毛衫,不过找到的希望不大。我想尽快把他接出来,于是决定回家去,在我们附近找一家合适的养老院。

在连着好几天搭乘公交车在爸爸那又暗又脏的家和泰威医院的老年科病房来回奔波之后,我现在回到瑞克特里路,比以往任何时候都更像是进入了一个文明而舒适的天堂。弗雷德不在家,但家里并不显得空荡:那反光的白墙、熟悉的画幅,地板和家具的表面、质地以及搭配巧妙的色彩,铺着地毯并镶有铜压条、装有抛光木扶手的楼梯,都在表示欢迎,犹如一队悄无声息、带着谨慎笑容的仆人在恭迎自己的主人归来。我打开行李箱,将一堆脏衣服扔进洗衣篮,在温暖、一尘不染的浴室里长长地泡了个热水澡,再穿上干干净净的衣服。弗雷德进来后,我们默默地拥吻了一两分钟。要说的话实在太多,她已经提前准备好晚餐,我们边吃边聊。我们早早地上了床,并充满激情地做爱。在欲望的驱动下,也因为好久没有过性生活,我表现起来毫无困难。然后我们沉沉地睡去。

圣诞节和新年假期中的小小不快和争吵,以及一直到我去波兰之前我们之间的冷冰冰的关系,一概成了翻过去的一页。弗雷德对我为爸爸已经做过和准备去做的事情非常赞成和支持,并在黄页上查找养老院的电话,很快就列出一张可供选择的名单,还约好了去其中的三家看看。我们准备周末去看望安妮,她与小宝宝已经回到家里。我对弗雷德在我家里这些事情上的帮助和同情心怀感激;不过促成我们和解的还有另一个因素,尽管我当时并不十分清楚,弗雷德则更是一无所知。当我向她说起我的奥斯维辛之行时,她专心地听着,我的描述让她不寒而栗,她说她很钦佩我能面对如此令人痛苦的经历;不过当我讲完后,她似乎如释重负,并且很愿意转移到别的话题。我意识到,对于那个地方——尤其是比克瑙——留给我的印象,我永远无法用言语向她描述。

在随后的那个星期一回到伦敦时,我在车站的书摊上买了一本关于奥斯维辛和"最终解决方案"[①]的平装书,路途中和接下来的几天里我读了那本书,充实了我对那个地方的历史的大致了解,对遇难者以及他们的遭遇有了一些具体的认识。许多人知道自己必死无疑,于是留下了写给亲人的信,装进罐子或水壶埋在营地里,希望有朝一日,这些信件会被人发现和投递,或者起码有人读到。书

[①] 指灭绝欧洲犹太人的纳粹政策,由亨利希·希姆莱提出,阿道夫·艾希曼执行,导致1941—1945年间集中营里六百万犹太人被杀害。

中引用的最为感人的一封信是一位名叫切姆·赫曼的特遣队员[①]于1944年11月写给他妻子的,1945年在比克瑙一座焚尸炉旁的骨灰堆里被人挖了出来。特遣队员都是身强体壮的囚犯,被迫参与灭绝过程的本身,将不知情的受害者领进毒气室,然后将他们的尸体搬到焚尸炉里烧掉。拒绝这种差事就等于立即送死;而做这项工作则可以享受更好的生活条件——在有限的一段时间之内。从某种意义上说,在奥斯维辛的所有遇难者中,特遣队员最为不幸。在那里丧命的绝大多数人都是毫无疑心地走进毒气室,只需承受两分钟的恐惧和痛苦就会死去。特遣队员们则可以活上几个月,心里清楚地知道自己迟早也会被杀害,因为纳粹分子不可能冒着风险让他们作为证人而活下来。实际上,他们的首项任务可能就是处理在这条可怕的死亡生产线上的前任们的尸体。根据切姆·赫曼的描述,奥斯维辛"简直是地狱,不过与这座人间地狱相比,但丁的地狱则荒谬至极,而我们是这座地狱的目击证人,所以不可能活着离开"。他还说他打算死得"很平静,也许很勇敢(这将视情形而定)",暗示他最后可能会反抗,但他是否做到,我们不得而知。他自己无从知道他妻子最终能否收到他的信,不过在这滔天的罪恶中,他请求她原谅,原谅他没有充分享受与她在一起时的生活。他信中让我最受触动的一句话是:"如果说在我们生活中的许多时候,发生过一些小小的误会,那么现在我终于明白,人们是多么不会珍惜正在逝去的时光。"

[①] 纳粹德国集中营里负责处理死者的囚犯分遣队的队员。

我们看了三家私人养老院。只有一家没有那种混合着空气清新剂的令人作呕的尿臊味，其他方面也可以接受，但价格高得惊人。不过我觉得爸爸现在肯定已经时日不多，所以留给他的日子应该尽可能过得舒适。他们还有一间空房，并准备保留一两个星期，可当我周末之后回到医院时，情况却不太妙。在过去的几天里，爸爸的病情没有好转，实际上还愈发严重了。康纳格拉医生不在，不过我与一位年轻医生谈了谈。我猜他是实习医生，是康纳格拉医生的主要助手。我问他爸爸在接下来的一两周里是否有可能适于乘救护车去北方，他面带疑虑地摇了摇头。爸爸仍然吞咽困难，由于缺乏实实在在的营养而体重下降。他仍然需要接受静脉注射，当我向他打招呼时，他正坐在床边那把固定的椅子上，用无力的右手虚弱地扯着输液管。我把那家养老院的宣传资料翻给他看，并用开心的语气说他很快就会搬到那儿。他抚摸着印有卧室和暖房的彩色图片的蜡光纸，但他是否听懂以及听懂了多少我却不得而知。更令人悲哀的是，当我告诉他在此前的星期天，我们去看望安妮和吉姆，当我把我的外孙——他的曾外孙——抱在怀里的那一刻，心情是多么激动时，他显然没有理解。我当时很紧张，宝宝看上去那么瘦小和脆弱，但安妮却温柔地坚持把他放进我的怀里。他刚刚吃过母乳，眯缝着眼睛安详地望着我，一副醉奶的样子，直到嗝出一个不消化的气泡使他嘴角上扬，似乎露出了笑容。"快看，他对您笑了！"安妮叫道，我接受了这种说法。"他的嘴巴长得像梅茜，跟你一样。"我说。"鼻子像您。"她说。"我猜耳朵是我的遗传，"吉姆说，"好

323

像跟我的一样是招风耳。"我向我面前这位漠不关心的听众转述着这一切,因为这比一言不发地枯坐要好,而且话说回来,我很享受回忆这次令人愉快的探访。

爸爸似乎不仅注意力涣散,还昏昏欲睡,当我跟一位护士说起这一点时,她说:"那是因为今天早上我们帮他起床时,他跟我们大闹了一场。"他们用一种设计巧妙的带有帆布托架的升降机把他从床上吊起来,放到椅子上,然后又放回去。我对这些护士渐渐产生了一种深深的敬意,在这间拥挤的病房里,她们从事着一项艰难的工作,照顾着这些头脑不清醒、身体无法动弹的病人,其中许多人还像爸爸一样,对她们的照顾似乎毫不领情。

病房里没有固定的探视时间:探访者几乎可以随时进出,大概是希望他们能给病人排解一下心情,并在喂饭递水之类的事情上帮帮忙。我已经习惯拿着一个婴儿用的防溢水杯送到爸爸嘴边,间或还用勺子给他喂点水果酸奶,一边在心里想,六十多年前,他可能也这样照料过我(但仔细一想,也可能没有;当时男女角色的分工更加明确)。那个星期的一天早上,我正陪他坐在那儿时,管房护士卡罗琳身后带着一位加勒比黑人助工走了过来,并开始拉上床边的帘子。我问我是否应该让开。卡罗琳用带着几分挑战的眼光看着我,说:"不,我想让你帮黛尔芬给你父亲洗一洗。"我不禁大为愕然。在内心里,我对这件事很畏怯,但一时又想不出可以拒绝却不让她们看低我的办法。"好的,"我说,"要我做些什么?""黛尔芬会告诉你的。"卡罗琳说,就这样把事情交给了我们。黛尔芬系上一条防水围裙,从一个密封包装袋里取出一双橡胶手套戴上,然后满脸怀疑地看着我。"最好脱下那件漂亮外套。"她说。

这是一次不寻常的经历，它让婴儿与家长之间被颠倒的关系穿越了禁忌的障碍。从根本上说，我是在帮一位八十九岁的老人换尿布，但他碰巧是我父亲。首先，我们得脱下他的睡衣和背心，这就意味着得帮他坐起来，并让他侧过来，翻过去。他的身体看上去十分消瘦，不过由于身材高，骨架大，他仍然很沉，扶起来很吃力。他的塑料内裤里面穿着纸尿裤。黛尔芬用一条毛巾遮住他的下体，然后为他洗上身，我则帮他擦干；接着，她脱掉他的内裤和纸尿裤。他拉了一点大便，但闻起来不是太臭，也许是因为没吃什么东西。她用一种不乏敬意又例行公事的神态洗了他的私处，并擦了些粉，再在他的阴茎上插根管子，把一只尿袋绑在他腿上。然后，我们帮他重新穿上睡裤，接着是背心和睡衣。看到他赤条条、叉着腿的身体重新穿上衣服，令人如释重负。由于一直费力地扶着他，我感到胳膊酸痛。在整个过程中，爸爸几乎都很被动和顺从，尽管有一两次他想把黛尔芬的手推开，所以我只好抓住他的手。"他通常没有这么好对付，"黛尔芬简洁地说，"肯定是因为你在这儿。"

当我们忙乎完毕，爸爸重新靠在枕头上之后，她脱下橡胶手套，扔进一个脚踏式垃圾桶里。"谢谢你帮忙。"她说。"这种事情我以前从没做过。"我说。梅茜当年即使病得很重时，也从来没有像爸爸这么无助，她总是可以在我或护士的帮助下走进浴室。"我想我会永生难忘。"我接着又说了一句。当卡罗琳过来检查一切是否顺利时，黛尔芬将我的话说给她听。"你现在明白我们每天都干些什么了。"卡罗琳说。当时，我以为她只是趁机推掉一项平常的杂事而去处理某件更重要的事情，但我后来想到，说不准她是有意让我了解一下对爸爸的长期护理意味着什么。那天晚上（我又住到了青柠街的家里），当我在电话里告诉弗雷德我帮忙给爸爸洗澡时，她说："我无法相信！"我说我自己几乎也无法相信。我很高兴这样做了，但我并不迫切希望重复这种经历，我最突出的感受是，衷心希望我自己永远不需要任何人这样来侍候我。

康纳格拉医生在那个星期总是看不到人，令人懊恼的是，我还错过了他周四的查房。不过，我倒是见到了那位名叫威尔逊的年轻实习医生。他把我叫到一旁，带进病房尽头的一个储物间，用一种非常推心置腹的语气跟我谈了起来。他告诉我，专家将于下周一对爸爸的情况再进行一次评估，然后将见我。"他可能会建议插一根经皮胃造瘘管，"他说，并解释这是一种将营养直接输进胃里的装置，"你爸爸的中风情况有所加重，这进一步降低了他的吞咽能力。如果不能摄取更多的营养，他会渐渐地越来越虚弱。""有了这根管子，他就会好起来吗？"我问。"不妨说，他会维持一种稳定状态吧。跟他现在一样——当然，除非是再一次严重中风。"他若有所思地看着我。"你父亲已经很高寿了，快九十岁了。碰到这类情形，我们一般都听从家属的意愿。我们可以让他活着，但是活得没什么质量。我们也可以尽量让他舒服一些，然后听天由命。这完全由你决定。"

我不喜欢面临这样的选择。我非常不喜欢。那天晚上，当我把情况告诉弗雷德时，她听出了我语气中的沉重，觉得我需要精神上的支持。"我明天就来伦敦，在那儿待上几天，"她说，"雅姬可以看店。罗恩会帮忙的。"我没有去劝阻她，尽管我还是提醒她这儿的家里一团糟。

第二天早上，我到国王十字车站去接她，然后我们乘坐一辆豪华出租车直奔医院。爸爸看上去不太好。之前有人试着给他刮过脸，我猜他肯定拒绝配合，因为他留下了几道划伤，还有几处的胡茬动都没动。他似乎认不出弗雷德，尽管当她开始跟他讲话时，他的眼睛顿时直盯着她，仿佛她的声音触发了某种模糊的记忆。我不清楚他是不是还认得我。当我和弗雷德扮演着医院探视者的角色，强打精神与一位愿意答话的患者聊天时，他的视线却紧跟着那些在他床尾走来走去的身穿制服的护士和护工，眼神热切而关注，他仿佛知道自己的吃喝以及其他的生理需要都有赖于那些人。我觉得从进化的层面说，他似乎已经退回到人类的童年期之前，他的各种本能反应令人不安地与一头困兽无异。

弗雷德对自己亲眼所见感到十分震惊。后来，当我们回到青柠街，坐在脏乎乎的餐厅里的电炉前喝茶的时候，我们讨论起经皮胃造瘘管的问题。她说，对处于爸爸这种状态的任何人来说，她看不出用这种介入和人为的方法来维持生命有什么意义。"既然有这种手段，医生当然就得提出来，但实习医生已经很清楚地暗示你，他们认为现在该听天由命了。"

"但这就把全部责任放到了我身上，"我说，"我得决定他的生死。"

"我们大家迟早都有一死，亲爱的。"她说，这声"亲爱的"说得温柔而充满同情，"你真的想让他躺在医院里，可能一躺就是几个月,说不出话,认不出人,像孩子似的被人照顾,通过胃里的一个洞来进食吗?让他走反而会更好。"我点头赞同,不过我肯定显得将信将疑,因为她接着又说:"假设你处于这种情形,你希望我怎么办?"

"哦上帝,那就让我走!"我说,"不要经皮胃造瘘管,不要呼吸机,拜托!"

"那不就行了。"她说,仿佛完成了自己的陈述。

"我猜我之所以觉得这么难,"我说,"是因为这是我有生以来第二次将另一个人的生命掌握在手中。"接着,我告诉了她一件我从没告诉过任何人的事情——我曾经帮助梅茜结束了她的生命。

最后那个圣诞节时,她病得很重,非常虚弱,也非常痛苦,虽然她勇敢地对孩子们隐瞒着自己的严重病情。癌症已经扩散到她的全身,她知道自己没有好转的希望。当我安排孩子们去滑雪度假时,她看到了一个最佳的时机,可以静悄悄地结束这种毫无快乐、只会令身心两方面更加痛苦的生活。她不想死在医院或安养院里,被陌生人照料,不管他们多么友善。"我已经受够了,德斯,"她说,"我不知道我还能保持多久的自制。我累了。现在该走了,你得帮帮我。"我想我们的医生也猜到了她的意图,并决定心照不宣地予以配合。她缓解疼痛的主要手段是一种电动注射器驱动器——在当时是一种很新的装置——可以将吗啡不断地注射到皮下,而吗啡则由上门的护士按要求重新添加。梅茜能根据需要给自己加量,但仅限于安全的水平。疼痛难忍时,她还服用右旋丙氧酚药片。圣诞节那一周快结束时,我们的医生开出了比平常更大的药量,"好让你们一直用到新年假之后",他把处方交给我时,直视着我的眼睛说:"这种药如果与酒一起大量服用,就会有危险。"在当年的最后一个夜晚,我捣碎二十颗右旋丙氧酚药片,帮助梅茜用兑有热牛奶的白兰地将它们服下。她将注射器驱动器调到最大。我吻了她,在床边点起一支夜明烛,再躺到她身旁,握住她的手,直到她沉沉睡去。然后,我坐在一把扶手椅上,看着她呼吸,直到我自己渐渐睡着。凌晨四点我醒来时,蜡烛熄灭了,她已经离去,面容十分安详,四肢也很放松。我六点给医生打了电话,他过来了,什么都没有问,很快就签署了死亡证明。那天上午晚些时候,我给奥地利的滑雪场打了电话,让他们告诉安妮和理查德。

"你真是不容易,亲爱的。"听我讲完后,弗雷德说。在我们交谈期间,窗外的天色渐渐暗淡,电炉里的红光成了房里唯一的亮光。她走过来跪在地上,捧住我的双手。"这太难为你了,你太勇敢了!"

"不如梅茜勇敢,"我说,"可你愿意这样帮我吗?"

"我不知道,"她犹豫地说,"当然,天主教徒不应该这样……但如果真到了那一步,如果你要求,我可能会的。你对梅茜所做的是爱的行为。"

"我愿意这么去想,"我说,"可问题在于,我希望她死。我希望结束那所有的痛苦——我想我的愿望几乎跟她的一样强烈。事后,我不得不努力掩饰自己的解脱之感,用悲伤来掩饰。这给我留下了一种负罪感,我想我一直都没有完全摆脱这种负罪感。而现在那一幕又重演了。我当然不想让爸爸的生命毫无意义地拖延下去——但不只是因为对他来说很痛苦，还因为对我来说也很痛苦。"

我们谈了很久，弗雷德尽力让我相信，我没有理由为梅茜的死而自责，如果我不同意为爸爸使用经皮胃造瘘管，也同样不该感到自责。她引用了天主教关于"双重效果"的某种深奥的决疑法——如果你做某件事情是出于好的原因，但产生了坏的副作用，那么就不是罪，诸如此类。我不知道它是否适用于我的情形，但我很感激她的支持。到了最后，决定却不需要由我来做。周末时，爸爸的胸腔受到感染，等到我与康纳格拉面谈时，爸爸的病情显然在不可逆转地急剧恶化。在此期间，我和弗雷德暂时住在青柠街的家里。我们两人都不想睡在爸爸的床上，也不想分床而睡，于是我们将两张床上的床垫搬出来，在客厅的地板上拼成一张床——在整栋房子里，客厅是唯一一个勉强还看得过去的房间。我们没有想做爱，但我们彼此抚摸着，舒服地拥在一起渐渐睡去，我的手还放在她温暖的大腿之间。我想，如果我们活得很久的话，我们的性生活迟早会变成这样——温柔亲昵地抚摸；人们不妨接受这种显然聊胜于无的前景（另一方面，当然也但愿那种日子来得越晚越好）。

在不去医院探视的间隙，弗雷德买回了清洁用品，我们开始擦洗厨房里蒙上的油污，并清除家里其他地方的灰尘，只是为了有事可做；几天之后，住在那里再也不像原来那样是一种令人难受的煎熬。我每天都去看望爸爸，有时与弗雷德一起，有时自己一个人去。最后，她觉得自己应该回去替换雅姬，因为店里的事情主要是雅姬在独自应付。有一天，理查德来到医院，当他跟爸爸说话并握住爸爸的手时，我看到爸爸眼里闪出最后一抹认出人来的光芒，也许是因为模糊地想起理查德当初发现他并送他来医院的情景。快到周末时，他的模样已经让人不忍细看。由于一次次地插上和取下输液管，他的左手腕留下了很多针眼和青紫，输液管现在插到了他的胃里。他已经虚弱得无法坐在椅子上，只是躺在床上，在为他的肺部输入加湿氧气的面罩的帮助下粗声呼吸，一动不动，直到护士来挪动他。系面罩的松紧带套在他的脑后，他似乎觉得面罩很不舒服，时不时地想把它扯掉，有时还成功了。如果我在旁边，我会把面罩罩在他的口鼻上，同时握住他的手，他就会更安静。但有天下午，当我想这样做的时候，他一次又一次地拉掉面罩，直到自己筋疲力尽，然后闭上眼睛，任由用松紧带系着的面罩被重新戴上。那天晚上，在我回到家里之后，我接到管房护士打来的电话，说他情况危急，我最好马上过去。我叫了一辆出租车，不到半个小时就赶到医院，但管房护士告诉我，在我们通话之后过了五分钟他就去世了。她离开了，留下我陪着他，他床边的帘子放了起来。死后的他显得很严肃，几乎很高贵，我并不因为没有看到他最后的艰难呼吸而难过。我心里想，那天下午，他一次次地拒绝戴面罩是否就是一个征兆，表明在他被破坏的意识里，他已经决定放弃为生命而战，决定放手离开。

19

2月22日。爸爸终究还是踏上了漫长的北上之旅,不是在救护车上,而是在灵车里。B.H.吉尔伯特父子殡仪公司的人今天把他的遗体从泰威医院运了过来,今晚就停放在路旁的太平间里。妈妈是在布里克利的地方公墓被火化的,当时那里一片荒凉,被政府廉租房和一条铁路线团团包围,每隔几分钟就有火车轰隆隆地驶过。我记得她的葬礼特别凄凉。当时正在举行一场全市大罢工,无人清理的垃圾被三月的大风吹得满地都是,到处都是成堆的鲜花,在玻璃包装纸里渐渐腐烂。出席葬礼的人很少,而且我知道,如果爸爸的葬礼在伦敦举行,到时候人会更少。我已经给他的两位表姐妹写信告知父亲的死讯,但她们都年老体弱,无法从自己位于海边的家里赶来。大概除了巴克夫妇之外,我想不出布里克利还有谁会去参加葬礼。当我拟出一份名单时,主要都是弗雷德家和我自己家的人,想到葬礼结束后邀请他们回到青柠街的家中(尽管现在已经打扫干净),或者在布里克利那个并非以像模像样、持照经营的场地而闻名的城区租个地方,我就没有信心。所以,我们决定在这里举行葬礼,然后在家中招待客人。时间安排在下周一的十二点。遗体将被火化，然后我会把骨灰带回当年妈妈被火化的布里克利公墓，把它撒在爸爸当年为妈妈撒骨灰的纪念花园。很显然，他没有就自己的葬礼留下任何吩咐，不过我想他一定希望这样。

他去世之后的第二天，我在医院的太平间又一次看到了他的遗体，不过我宁愿没有看到。他们肯定没有及时把他的遗体摆好，而到他们着手时，他已经变得僵硬。他们显然很难把他的假牙装好，因为他张着嘴，牙齿怪异地露了出来。我觉得看着他心里很难受，便坐到他的脑袋背后，回想他漫长的一生。头天晚上，我翻看了一些从他乱糟糟的书桌里找出来的老照片，将注意力集中在那些起皱、卷角的棕褐色或黑白照片中的图像上，感觉轻松了一些：年轻时的爸爸脖子上挂着中音萨克斯管，与五人乐队"达利奇南方人"的其他成员一起摆着姿势，乐队的名字印在低音鼓上；爸爸与妈妈的合照，两人年轻漂亮，穿着20世纪30年代的沙滩服装，在平坦和多沙的某地度假；爸爸在青柠街的后花园，三岁的我骑在他肩上，紧紧抓着他高举的双手；一张在照相馆拍的照片，爸爸穿着英国皇家空军的军服，戴着一顶有角的军便帽，一副貌似英勇的神态；爸爸和亚瑟·雷恩穿着热带短裤，皮肤晒得黝黑，朝相机咧嘴而笑；还有经纪公司为他当模特和上电视而拍摄的照片，爸爸穿着各种各样的服装，扮出各种表情——一会儿是头戴鸭舌帽的滑稽的伦敦佬，一会儿是身穿细白条纹西服的严肃的商人……

后来，我在当地登记处进行了死亡登记；过程比较长，因为工作人员被一种新的计算机系统弄得手忙脚乱（我在一个显示屏上瞥见了"死亡菜单"几个字）。接着，我锁上屋子，回家来为葬礼做准备。弗雷德已经邀请她的教区牧师来主持仪式,她真好——他也是,因为爸爸几乎算不上是基督徒,更别提天主教徒了。不过,天主教神职人员如今对这类事情似乎都很随和,我猜想,他们认为自己主要的职责是为丧亲者带来安慰,如果这就要求对逝者的信仰含糊其辞,那么尽管含糊好了。仪式会很简短,因为火葬场里每隔半小时就有一场葬礼。迈克尔神父让我们根据基本的天主教仪式自行安排一些活动。安妮和理查德将朗读。我要讲几句关于爸爸的话——"悼词"这个词似乎太夸张——我还为葬礼录制了几段他最喜欢的古典音乐。另外,我还想播放几段《夜色,星辰与音乐》,但是被弗雷德否决了。

在过去的几周里,由于要考虑其他的事情,我很少想到亚历克斯·卢姆。弗雷德告诉我,我在伦敦期间,她在录音电话里留了几次言,想跟我通话,但是我懒得去理睬。而当我回到瑞克特里路时,我发现自己的收件箱里有好几封她发来的电子邮件,说听到我父亲病了她很难过,但是她急切地需要见我,在我能腾出时间的情况下越快越好,如果必要的话,她愿意前往伦敦。今天,我给殡仪公司送完音乐磁带刚回来,弗雷德就说,亚历克斯又来电话了,她已经把爸爸去世的事情告诉她。"她说听到这个噩耗她非常难过,还说她想来参加葬礼。"

这个消息让我心烦意乱。如果她来参加葬礼,事后我们可能就免不了要请她来到家中。"希望你没有邀请她,"我说,"这样很不合适。她甚至从没见过爸爸——她节礼日那天过来时,他正喝多了酒在楼上睡觉呢!"

"没有,我假装具体的安排还没有确定。如果我是你的话,我就会敷衍她一下。而在敷衍她时,亲爱的,你可以巧妙地提醒她,她还欠着我们的窗帘钱呢!"

"你是说她从德珂装饰买的窗帘?"我吃惊地说,"那是很久以前的事了。"

"是呀,"弗雷德说,"她交了少量订金,当罗恩一月中旬为她安装好的时候,她就该付清余额了。她也收到了催款单。"

我问还欠多少,弗雷德说有四百英镑——"正如我当时所说,她非常有品味。"

我走进书房去给亚历克斯发邮件,却发现收件箱里又有一封她发来的新邮件,就爸爸的去世对我表示同情,并重申她希望能参加葬礼。我回了一封信,感谢她的慰问,说葬礼的规模会很小,只限于家里的人参加。我觉得如果提起窗帘之事,就会削弱我信中那正式而疏远的语气。

2月23日。今天上午,弗雷德去市中心后,亚历克斯给我打来电话。她说对于葬礼的事情她可以理解,但是她非常迫切地想见我,要跟我商量一件事。我说我太忙了,而且会忙上一段时间,因为要解决我父亲的遗嘱认证问题,还要处理他的财产和房屋。我问她是什么事,她说她宁愿在她的公寓里当面向我解释。我说这不可能,她就建议去帕姆饮食店。我还是拒绝,于是她不情不愿地在电话里解释了自我从波兰回来后她一直想找我的原因。

"我无法继续接受科林·巴特沃斯的指导,"她说,"出于显而易见的原因,这已经不可能了。这是我们唯一达成一致的地方。他问我是否愿意转到系里其他的人手下,我说不行,没有这样的人。不过我很想让你做我的导师。他认为这是个好主意,而且他确定得到学校的同意不会有什么问题。你会有些报酬,我猜不会太多,但多少有一点。而我不用告诉你我会多么开心。"

"不行,亚历克斯。"她话音刚落我就说。

"为什么?"她叫了起来,"我以前求你的时候,你说这对科林是一种羞辱,可现在不存在这个问题了。"

"我根本不愿意。"我说。

"但是为什么?"她追问道。

"如果你真想知道,那么是因为我不了解你,不相信你,而且我真的怀疑你是否有能力完成一篇博士论文。我担心到头来会由我代你写论文。"

她沉默了片刻。

"我猜你父亲的去世让你很难过,"她说,"对此我可以理解。我会让你考虑一段时间。"

"我不会改变主意的。"我说。为了转移话题,我又补充道:"顺便提一下,弗雷德告诉我你还欠她一笔账款,好像是买窗帘的。如果你能结清的话,就会避免难堪。"

亚历克斯在电话那头又是一阵令人费解的沉默。"没错,对此我很抱歉。事实上,我眼下手头很紧。你不会借钱给我,对吧?"

"你是说让我借钱给你来还我妻子?"

"是呀，只要四百五十英镑。"

"弗雷德说是四百英镑。"

"哦，没错。我付了五十英镑的订金，现在我想起来了。"

现在轮到我停下来快速思考了。我十分肯定她是故意说错的，还十分肯定如果我借出这笔钱，她永远都不会还。她的厚脸皮让我感到惊讶，不过一时间，我还真想用这个忙来把她打发掉。但我转念一想，她拿着一张上面有我签名却不为弗雷德所知的四百英镑的支票不知道会惹出什么麻烦，而在帕姆饮食店的桌子底下交给她一个装满旧钞票的褐色信封也同样会埋下隐患。"不行，亚历克斯。"我第三次说，然后挂掉电话。

今天的晚些时候，我收到巴特沃斯的一封邮件，上面说，鉴于我已经了解的原因，他不可能继续指导亚历克斯，他试图找到一位愿意接受她的其他同事，但是没有成功。她自己建议可以找我，甚至是力促这一点，因为她已经从我这里得到了非正式的宝贵意见。他想不出还有谁比我更适合指导她，而且他相信任命我为一位享受适当薪酬的校外导师将不成问题。如果我能接受这个职位，他自己无疑会感激不尽。

我回复说很抱歉，但出于几个我不想多谈的原因，这绝对没有可能。

2月26日。今天的葬礼进行得很顺利。到殡仪礼堂出席葬礼的人还真不少：安妮和吉姆当然来了，带着小宝宝德斯蒙德；还有理查德；但让我感激的是，弗雷德家的那么多人都尽力赶了过来，不仅有住得比较近的玛西娅、彼得以及他们的几个孩子，还有从伦敦赶来的本、马克辛和贾尔斯，就连塞西莉亚都大老远地从切尔滕纳姆过来了——想到跟爸爸相处时她很少有开心的时候，她能这样真是太好了。还有他住在我们这里时见过面的一些朋友和邻居，他们友好地回忆起他，说他是个"人物"，是弗雷德想到邀请他们的。有这么多人到场，让我既意外又感动。葬礼办得很成功——这样说似乎有些大不敬，但葬礼就是一场戏，可能演砸，也可能大获成功。坦率地说，请一位牧师来主持很有好处。我曾经参加过一位人道主义者的葬礼，尽管我自己也是人道主义者，我却不希望有那样的葬礼。当迈克尔神父问我爸爸是否接受过洗礼时，想到在爸爸那个时代，值得尊敬的工人阶级社会里的所有人都接受过洗礼，我就说是的，尽管我也无法保证，于是我们以基督教祷告的语言来开始。礼堂的环路系统几乎是我遇到过的最好的，每个字我都听得清清楚楚：

> 我主耶稣基督的恩典、神的慈爱、圣灵的陪伴与你们同在……在洗礼的圣水中，哈里与基督一起死去，与他一起重生……相信神会永远记住我们所行的善，原谅我们所犯的罪，让我们祈祷吧，请神把哈里带到他的身旁……

超验的语言在葬礼上似乎颇为贴切，就算你对它并不相信。我想，它们就是我们对其说"阿门"的祈愿式（或者更准确地说，是代为祈求式）祷告。但话说回来，祷告不就是许愿吗——就这种情形而言，希望有一种来生，到时候，将不再有这辈子的罪恶、苦难、错误和失望——而许愿正是人之常情。动物会许愿吗？电脑会许愿吗？我想不会。据说贝多芬最后的遗言是："我在天堂会听得见。"我猜他其实并没有说这句话，但它表达了我们对他的祝愿。

理查德朗读了 20 世纪早期一位博物学家布鲁斯·卡明斯所写的一篇激情有力的日记，表现出更加振奋人心的唯物主义情感，在他回剑桥之前，我把它复印了下来：

> 对我而言，属于宇宙就足以让我感到荣耀——如此伟大的宇宙，如此伟大的系统。就连死亡也夺不走我这份荣耀。因为没有什么可以改变我曾经生活过的事实；**我曾经是我**，哪怕时间非常短暂。而在我死去之后，构成我身体的物质是不灭的——是永恒的，所以不管我的"灵魂"如何，我的肉身将永远存在下去，我的每一个单独的原子会发挥各自的作用——我仍然会以某种方式存在。在我死去之后，你们可以煮我，可以烧我，可以把我投入水中，可以把我四散撒掉——但你们无法毁灭我：对这些沉重的报复，我那些小小的原子只会不屑地一笑置之。死亡充其量只能杀死你而已。

听到这些话的时候，迈克尔神父微微噘起了嘴巴，但后来我听到他用浓重的爱尔兰腔对理查德说："你刚才读的那一段很有意思，嗯，请问那是谁写的？"安妮充满感情地讲起她小时候对于爸爸的记忆，然后以朗读从网上下载的一首小诗作为结束：

> 人们死后,将去什么地方?
> 是要去地下,还是到天上?
> "我也不知道,"爷爷说,"但是好像
> 他们只是把家安在我们的梦乡。"

也许不是最杰出的诗篇,可它表达了一个事实:爸爸死后,我就已经梦见他好几次。接着我们唱了那首最不具有教条气息的赞美歌《成为朝圣者》,然后是我的简短讲话。我讲起爸爸不屈不挠的精神,讲起他在漫长的职业生涯中不断适应各种变化和挫折,讲起他一定要在自己的家里过自己的生活,而且他几乎坚持到了最后。我解释说,我挑选了德留斯的《走向天堂乐园》作为进入殡仪礼堂的音乐,节奏缓慢的拉赫玛尼诺夫的《第二交响曲》作为交托时的曲子,还有埃尔加的《谜语变奏曲》中的"猎手"在退场时使用——因为这都是他所钟爱的曲子,他喜欢用他的组合音响播放,自己就靠在扶手椅上听,脸上蒙着一条手帕,好挡住光线和其他视觉上的干扰。那是他保持多年的一个习惯,源于他在夜总会工作那段时期,白天里总是要脸上蒙个枕头,脑袋下塞个枕头,尽量睡上几个小时。

我们回到家里,招待了大家一点吃喝之后,我播放了用磁带从爸爸那张有擦痕的老唱片上转录下来的《夜色,星辰与音乐》。尽管那张唱片只是试录,并没有在市面上发行,但亚瑟·罗斯伯里乐队的成员却全部参与,也许临时还有所补充。开始是一段时而和缓、时而激越的长长的过门，听得出有用和声演奏的萨克斯管，有弱音小号，有钢琴独奏，甚至好像还有曼陀铃演奏的几节，接着爸爸的声音出现了，高得令人难以置信，却毫不费力而且动听，他的音调很准，但吐词有一点过于急切。

> 夜晚，星辰和音乐，
> 与你幽会令人着迷。
> 爱情，舞蹈和音乐，
> 你的可爱与美丽，
> 我最大的梦想终于成真……

歌词大致就是这样。原声唱片本来就有很多瑕疵，现在听的是第二代的复制带，不可能听清所有的字眼，但这其实并不重要。我们听到的是一个声音，它似乎是从坟墓的另一边传来的，那是一个年轻人的声音，热切，充满活力，能够假想浪漫爱情的欢乐。磁带放完后，听众里有人轻轻叹息，有人低声赞赏，还有人鼓起掌来，小丹尼尔见了，连忙跟着用力拍起了巴掌。玛西娅和彼得居然带他和莉娜来参加葬礼，我稍稍有些意外，不过心里非常满意。在一项以生命结束为中心的活动中，有这些孩子以及安妮怀里的宝宝来代表人类生命周期的开始，是一件好事。在礼堂里，他们的举止非常得体，都聚精会神，似乎并没有因为这些程序而感到不安。我问丹尼尔最喜欢葬礼中的哪一部分，他说："我喜欢看他下去的时候。"指的是棺材在交托时缓缓下降并消失的一幕。我想，在他幼小的认识中,那一幕肯定显得非常神奇。我饶有兴致地注意到,丹尼尔已经开始使用第一人称代词了。

2月29日。今天上午十点左右,我打开电子邮箱,发现亚历克斯发来的一封邮件,主题框里只有一个词:"别了"。

亲爱的德斯蒙德:

你说的当然完全正确。我性格古怪,喜欢骗人,没有能力完成一篇博士论文。我的人生就是一长串失败、挫折和荒唐行为,所以我决定结束这一切。我读过太多的自杀遗书,自己要写时,难免又成为一次最终的失败,但这也许是第一封用电邮发出的自杀遗书。仔细想想,也可能并非如此。但是我敢说,你不会像我经常所做的那样,半夜起床查看邮件,所以当你读到这封信的时候,我将已经离开,再也不会打扰你了。不要为此而难过。我已经吞了药,割了腕,趁着还有一丝力气,现在我马上就要按"发送"键。

别了,德斯同德。

亚历克斯

我看了看信件的发送时间:三点二十一分。差不多过去了七个小时。我顾不上开启家庭防盗警报器,就冲进我的车里,在交通允许的情况下以最快速度开到沃夫塞德小区。我根本不知道信中所说到底是真的,还是个玩笑——不知道我找到亚历克斯时,她是陷入昏迷,还是已经死去;是蜷缩在浸透鲜血的床上,还是一丝不挂地靠在满是血水的浴缸里;也可能她会笑盈盈地打开门,像以往那样穿着黑衣黑裤,清秀而苗条,柔润亮泽的金发轻轻一甩,说,"嗨!快进来。我知道你看了就会马上赶过来的。"她曾经告诉过我,多数自杀者都避免使用"自杀"这个词,可是她却用了,这到底是暗示她的信是一个恶作剧呢,还是刚好相反,是为了保证它的真实性?有一处打字错误"德斯同德"没有修改过来,这是表明药物或者失血已经开始生效呢,还是为了制造那种假象而使用的一种巧妙的伎俩?

在我驶往沃夫塞德小区的途中,有一处测速摄像机闪了一下,我心里想,如果我以情况紧急为由,不知道能否避免罚掉三分。如果信中所言属实,也许可以;如果是恶作剧,恐怕就不行了。我说了一句祈愿式祷告,但愿这是恶作剧,不只是为了亚历克斯,更是为了我自己。我可以清楚地预想到如果她死了会有什么后果:会进行死因调查,她的硬盘中的内容会作为证据提交,她的邮件会被当庭阅读,死因裁判官会提问("你跟死者到底是什么关系,贝茨教授?")。"不要为此而难过,"她写道,但邮件一开头就是有意要让我难过,"你说的当然完全正确。我性格古怪,喜欢骗人,没有能力完成一篇博士论文。"("这里指的是你说过的什么话,贝茨教授?是否可以说那些话可能促成了卢姆小姐自尽的决定?")

到达停车场后,随着刹车的一阵吱吱声,我将车停在尽量靠近小区门口的地方,两边各有一辆轿车和一辆大货车,然后我朝电梯奔去。电梯显然卡在了三楼,于是我三步并着两步地冲上楼梯,气喘吁吁地来到亚历克斯的公寓门口。两个穿着牛仔裤和运动衫的男人正在把她的沙发从门口搬出来。

"这是怎么回事？"我喘着气说。

其中一人说了句什么。我意识到自己因为匆忙而在出门之前忘了戴助听器，现在它正放在我的书桌上，舒舒服服地躺在拉着拉链的小袋子里。

"什么？"我说。

那人又说了句什么，见我似乎还是不明白，于是将脑袋朝房子里面一摆。他们搬着沙发朝开着门的电梯走去，我则走进公寓。客厅里几乎空空如也，一位身穿黑色西服的年轻人站在窗前，看着外面的运河。我进来后，他转过身来，带着礼貌而询问的神态说了句什么。

幸运的是，杰里米·霍尔有一位上了年纪、耳朵很不好的父亲，所以他习惯了提高嗓门，把话说得清清楚楚——这是他在我们交谈的过程中告诉我的。多亏是这样，经过可以忍受的几次重复之后，他得以对着我用手拢住的耳朵解释清楚是怎么回事。亚历克斯的所有家具都是从一家大商场赊购的，可她没有如期付款，所以今天上午，法院的执行员便来收回这些家具。为了确保亚历克斯在家，他们到得很早，但发现公寓的门没有锁，里面却没有人。除了一些书之外，大部分衣服和其他的私人物品都已经搬走了，一位邻居说，三天前看见亚历克斯拎着两只大箱子上了出租车。执行员联系了将公寓出租给亚历克斯的房产中介，请他们派人来见证家具被授权搬走，并在他们离开后锁好房子。这项差事落到了霍尔的头上。他告诉我，亚历克斯已经拖欠了三个月的房租，他们正准备起诉她。"她好像逃之夭夭了。"他平静地说。

他问我为什么来公寓，这当然问得合情合理，我说我上午收到亚历克斯的一封令人不安的邮件，信中暗示她可能会做出伤害自己的事情。"但不可能是从这里发出去的。"我环视着几乎空荡荡的房间说。

"可能是从美国发的，"他说，"她是美国人，对吧？我敢说她回那儿去了。"

"你们会追到那儿吗？"我问。

"意义不大，"他耸了耸肩说，"那会让我们花更多的钱，不值得。她的名字会被列入一个名单，如果她想返回这个国家，就会有麻烦，不过我想她很聪明，不会冒这个险的。"

两个执行员中年长的那位走进房间，对他说："好了，我们这儿已经完事儿了。"

霍尔环顾一下房间，朝窗户点点头："那些窗帘呢？面料挺不错的。"

"清单上没有这个，"执行员说，"那不是我们的客户的。"

"没错，那是我妻子的。"我说。

霍尔笑了起来。"怎么会这样？"

我做了解释后，他说："我知道那家店铺，在里亚尔托购物中心，对吧？东西的质量很不错。你干吗不把它们拿走呢？"

我想：干吗不拿呢？那些面料是很昂贵的红黑两色的天鹅绒锦缎，可以用来做软垫套。霍尔似乎不想要任何证明或收据——只要

345

了我的名字和地址,他还站在窗台上,帮我从滑杆上取下窗帘。

我正把窗帘放进车后的行李箱时,一辆沃尔沃旅行车快速驶进停车场,停在执行员的货车刚刚腾出的空位上。科林·巴特沃斯下了车,看到我吃了一惊。他虽然穿着一套漂亮的西服,却显得苍白而紧张,胡子也没有刮。他一边朝我走来,一边说了句什么。

"你得说大声点儿,"我说,"我没戴助听器。"

"亚历克斯在哪儿?她没事儿吧?我今天上午才从巴黎回来,看到那封信,说她准备自杀。"

"我也是。"我说。

我简单地向他讲述了事情的经过。他如释重负,几乎瘫倒在地。"谢天谢地!"他叫道,"谢天谢地!"他从上衣口袋里摸出一包香烟和一个打火机,点上烟,深吸了一口。"这可能吗,那小婊子永远走出了我的生活?"他怀疑地说,"这真是好消息,好得让人难以置信。"接着,他突然想起一个令人惊恐的念头:"没准她给其他人也写了邮件呢?"

"你是说,比如写给师生关系委员会的主席?"

"没错。"他又吸了一口烟。

"哦,你很快就会知道的。"我毫不同情地说。他恨恨地看了我一眼,但没有接话。我心里有些不忍,便说:"反正据我所知,只要她回到这个国家来提出对你不利的证据,就一定会因为欠债而被捕。"

"很好,"他说,"不知道她接下来会干什么?我猜,她会凭着自己的三寸不烂之舌混进另一所大学,再勾搭上另一个可怜的色鬼,毁掉他的生活。"

"她也许会尝试写小说,"我说,"她有从事那一行的想象力。如果有一天,我们两人被稍稍改变一下而出现在哪本校园小说里,我是不会感到意外的。"

我是在开玩笑,但他似乎把这种威胁当真了。"天啊,但愿不会。"他说。如果说我以前觉得,由于我的帮助,他得以从与亚历克斯的关系中轻易脱身,那么现在我却发现,他永远都不会无忧无虑,永远都会担心有朝一日她会重新跑出来给他惹麻烦。

当然,对于亚历克斯突然让自己从我的生活中离开,我也与巴特沃斯一样感到如释重负,不过我对他的行为的反感并不像他所想的那么理直气壮。就算我拒绝了她提出的那些变态胡闹的机会,那么也是既有原则的关系,也有胆小的原因;而即使如此,我对于跟她的来往还是编织了一张欺骗的网,只不过我毫发无损地侥幸逃脱,而我妻子也对我信任如初。等弗雷德晚上回家时,我就可以把上午发生的事情告诉她,而不会牵连到我自己——或者是巴特沃斯,因为亚历克斯完全有可能给他也发一封假自杀遗书。她对亚历克斯的所作所为无疑会十分震惊,不过我想,她已经开始对她的性格持保留意见了。而我随机应变地取回了窗帘,她一定会感到有趣。我是个幸运的男人。

至于亚历克斯,很难说她到底是疯了,还是品行不好,或者二者兼有;但既然她已经走了,我不禁有些为她难过,希望在某个地方,以某种方式,她不安静的心灵会找到几分安宁。

20

3月7日。我又到伦敦待了几天,最后一次睡在后屋那张软塌塌的窄床上,关灯之前,我抬头看了看挂镜线之上的查尔顿竞技队的盾形队徽,下任房主肯定会用油漆把它涂掉。只有在经过遗嘱认证之后我才能把它拿出去销售;而由于爸爸没有留下遗嘱,所以得花上一段时间,不过我已经把它清理干净,为此做好了准备。我是开车来的,以便可以带走一些纪念品:爸爸制作的几件比较漂亮的、完好无损的陶瓷罐,还有他画的几幅最好的画可以供安妮和理查德挑选。我把他的旧衣服放进垃圾袋里作为废物处理,而把较好的送给了救世军[1]。我给黄页上一家从事房屋清理的公司打了电话,不到一个小时,公司老板就出现在门口。他穿着讲究,留着八字胡,那两撇胡须就像测到一大笔财富的占卜棒一样微微颤动。如果我那颇有修养的声音使他误以为这个家里装满了各种精致的古董家具的话,那么他很快就失望了。他到各个房间看了看,叹着气,口里啧啧有声,最后终于说,除了餐厅里那张樱桃木折叠桌值大约

---

[1] 一种准军事形式的国际性基督教福音派教会组织,以其对穷人的救助和铜管乐队而闻名。

一百二十英镑外，其他的就没什么值钱的东西了。以把桌子送给他和再加上三百英镑为条件，他答应帮我把房屋清空，将里面所有的东西作为垃圾处理掉。我毫无异议地接受了，第二天，他手下的人就开了一辆货车过来。他们走后，屋子里显得格外空荡和冷清，我在离开之前，最后一次四处打量了一番，我的脚步在满是灰尘的光地板上发出空洞的响声，想到我们对生命的把握如此脆弱，我们留在人世间的痕迹如此轻易地就被抹掉，我心头不禁涌起一阵伤感。托尼·哈里森用几行诗就表达出了这一切：

> 救护车、灵车和拍卖商
> 将心爱的家里的所有生命清除无踪。
> 五十来年辛苦挣来的财富
> 被当成废品，一天之内就搬空。

我从小就不喜欢这所房子，我想妈妈也不喜欢，她希望住在一个更好的地区，住在一所更现代、更宽敞的房子里，但爸爸讨厌变化和花钱，她也就依从爸爸的意愿。不过他喜欢这里，我真的觉得他喜欢，尽管很难相信有人会喜欢一所仓促建成于两次大战之间的半独立式住宅。我请了一位房产商来给它估值，他居然估出二十五万英镑，真是令人难以置信。我找到了爸爸藏在两处松动的地板下的钱，一处在他的卧室，另一处在楼梯下的橱柜里：两个褐色的大信封里共装着大约五百英镑，都是旧钞票，可能是他没有进行纳税申报的演出报酬。我怀疑它们是否还是法定货币，也许得拿到银行兑换,那无疑会招来工作人员好奇的目光。想到它们一直藏在那里,经过几十年的通货膨胀而大量贬值,可能只顶得上他当年挣钱时的百分之十,我心里就一阵难受。当然,他的房子的钱迟早会派上用场,正如钱总是有用一样,我会分一部分给安妮和理查德;但我最主要的感受是痛惜,痛惜他留下了这么多,自己在世时从中得到的快乐却那么少。我想这一定是因为他小时候生活穷困所致,在他成长的环境中,谁都没有积蓄,国家没有为失业者和不幸者提供安全保障:他亲眼目睹过贫穷的后果,对贫穷的恐惧影响了他的一生。

我把他的骨灰也带回到伦敦,昨天送往布里克利公墓。根据事先的安排,我从殡仪馆领取了装在一只素雅的金属盒里的骨灰(当我在电话里问盒子有多大时,接电话的那个女人说"想一想糖果盒吧",我还担心会是透明的)。到了火葬场,我把盒子交了出去,过了一会儿,一个穿着黑色制服的男人走了过来。他已经把骨灰转移到一个"撒灰器"里,也就是一个金黄色的小坛子,顶部有个启动装置,可以让骨灰从底部撒出来。此时正好临近妈妈的葬礼的周年纪念日,又是一个冷幽幽的三月天,不过没什么风,而且阳光明媚,公墓看上去也比我记忆中的更整洁,更有生气。以前耸立在周围的那些难看的政府廉租房已经被拆除,取而代之的是一片小型的联排住宅,不过电气火车还是在另一边的铁路上隆隆地行驶。陪同我的那个人将我带到一处被树木和玫瑰花丛所环绕的草地上——"到了夏天,玫瑰花都开了,这里就非常美。"他说——并建议我把骨灰撒成十字形。我能看到草地上还有一两个十字形的模糊痕迹,那里的骨灰已经从草叶的缝隙掉进土里,但是还没有完全消失。我拿起撒灰器，在草地上一横一竖撒出一个十字。骨灰的颜色浅得出奇，几乎是白色，而且有黏度，更像是颗粒而不是灰。我心里想，不知道是人体烧成灰后原本就是这样，还是他们在炉子里添加了什么东西，才烧出这种干净、毫无杂质、可以自由流动的颗粒。在奥斯维辛的焚尸炉旁，当年找到切姆·赫曼写给他妻子的信的那堆骨灰看起来也是这样吗？我有些怀疑。

　　过去几个月里发生的事情不停地这样浮现，这样互相打搅：奥斯维辛焚尸炉的废墟上在黑暗中闪烁的许愿烛，会让我联想起梅茜开始长眠时我放在她床头柜上的夜明灯；从医院的病号服我会想到条纹囚服；我帮爸爸擦洗时他瘦骨嶙峋的光着身子躺在病床上的情景，会让我联想起堆放在死亡营地里的那些赤条条的尸体的布纹照片。最近这几周的经历是一种教育。我早先在这部日记中曾经写道："失聪具有喜剧性，失明则具有悲剧性。"我还拿 deaf 和 death 的谐音做过文章，但是现在，说"失聪具有喜剧性，死亡则具有悲剧性"似乎更意味深长，因为死亡具有终结性、必然性和神秘性。正如维特根斯坦所言："死亡不是生命之中的一个事件。"你无法经历它，只能带着不同程度的同情和恐惧，看着它发生在别人身上，心里明白有朝一日它也会发生在你的身上。

> 我们奔赴那注定的灭亡，
>
> 也总是会消失于其中。不是在这里，
>
> 也不在任何地方，
>
> 而且会很快；可怕之极，真实之极。

菲利普·拉金，那位失聪并害怕死亡的诗人。

我时常想起登记处电脑显示屏上那个"死亡菜单"的标题，胡思乱想地琢磨着，如果死亡天使真的提供这样一种单子，就像餐馆里的菜单一样，那人们会如何选择。显然是会选择毫无痛苦的方式，但是不能太突然，以便你有时间去接受，去向生命告别，去把它握在手中，然后再松开；但另一方面，也不要拖得太久，以免令人讨厌和恐惧。要毫无痛苦，保持尊严（不要便盆和导尿管），意识清清楚楚，全身完整无缺，不要太快，不要太慢，要在家里而不是在医院，所以不要发心脏病，不要中风，不要患癌症，不要遭遇空难或车祸——哦，这有什么意义呢，这毫无益处，问题在于我们根本就不想点这种单，不想点任何形式的死亡，除非是自杀（自杀式人弹为所有人点了死亡之单）。你可以说出生本身就是一种死亡宣判——我估计某位能言善辩的哲人在什么地方已经说过这种话——但这是一个怪异而无用的想法。最好是多想想人生，并尽量珍惜不断流逝的时光。

3月8日。在间隔很长一段时间之后，我又回到了唇读课堂。我给贝丝写了信，解释了我缺课的原因，当我在围成半个圆圈的可堆叠式座椅上就座时，大家带着同情的笑容欢迎我归来。在这个聋人圈里，大家彼此之间十分友善和同情。上课一开始是猜谜，根据一个年轻姑娘的面部照片和三句话："菲利普踢足球。""芭芭拉喜欢看足球。""莎朗不喜欢足球。"如果照片上的姑娘要说其中一句话，会是哪一句，她会是谁？我没有弄懂是什么意思，但其他人似乎觉得很容易，也许是因为他们之前玩过这种游戏。正确答案是莎朗，她准备说"芭芭拉喜欢看足球"，因为她做出了发"b"音的口型。接着，我们上了一节关于花园的课。花园小矮人原本是大地精灵的形象，19世纪40年代由一位性情古怪的准男爵从德国引入英国，直到20世纪20年代才在这里大量生产。割草机是爱德华·巴丁发明的，他是格洛斯特郡的一位织布工，在观看当地纺织厂裁衣机的刀片时得到了灵感，却失去了工作。有位英国牧师用割草机把自己家两百英尺的花园割成了不列颠群岛的形状。

我们还有一节课是关于可能引起误解的唇读同形词，比如，married 和 buried，wet suit 和 wedding suit，big kiss 和 biscuit。笑声不断。大家踊跃讲出自己发生误会的故事。在超市的收银台，玛乔丽被问到是否想要一份 free gateau，她连忙接受了，结果收到的却是一份 free catalogue。瓦尔丽特的朋友对 laxative porridge 赞不绝口，让她大感不解，后来才明白对方说的是 wax-free polish。[1] 我讲了我自己那个 long-stick saucepan[2] 的故事。我们还就各种塔进行了简短的讨论。比萨斜塔好像在建到第三层时就开始倾斜，为了保持平衡，后面的塔层越往上就直径越小。埃菲尔铁塔原本是为1889年巴黎世博会修建的一座临时建筑，当时还饱受抨击，事后本来应该拆除，但民众开始喜欢上它，当塔顶安装上无线电发射台后，它就被保存了下来。在唇读课上，我总是能学到一些新的东西。

---

[1] free gateau 意为"免费蛋糕"，free catalogue 指"免费商品目录"；laxative porridge 字面意思为"通便粥"，wax-free polish 是"无蜡上光剂"。
[2] 指第六章开头弗雷德想找 non-stick saucepan（不粘平底锅），"我"却听成了 long-stick saucepan（长棒平底锅）。

致　谢

　　叙述者的耳聋和他的父亲源于我自身的经历，但小说中其他的人物，还有作为大部分故事的发生地的那座不知名的北方城市及其大学，则均属虚构。至于亚历克斯·卢姆的博士论文题目，除了我自己的想象之外，唯一的资料来源是查尔斯·E. 奥斯古德的一篇文章，名为"动机对编码风格的部分影响……基于对自杀遗书和伪自杀遗书的样本研究"，收录于托马斯·西比奥克所编的《语言中的风格》（1960）一书。我四十多年前阅读过那本书，当时我正准备撰写我的第一部学术论著《小说的语言》（1966），并在书里的一条脚注中对此有所提及。我并没有引用奥斯古德的文章，因为它与我的主题无关；但我肯定想过可以把它作为一个想法在小说中展开，因为它一直若隐若现地保存在我的记忆中。由于这部小说，它终于等来了时机。当《失聪宣判》写到约一半时，我偶然听说有篇博士论文正在运用语言学分析研究自杀遗书，而且我得知还有另外一些语言学家目前也在从事这一课题的研究和著书立说。为了避免我的小说与事实互相混淆，我有意不让自己去接触这方面的研究成果或作者。亚历克斯这个人物及其对自杀遗书的见解纯属编造。

不过，第七章的自杀遗书中的简短引文取自乌多·格拉霍夫选编的《请让我说完》（标题评论出版社，2006）。在创作这部小说的过程中，我觉得有帮助的其他出版物包括：J.L.奥斯汀的《如何以言行事》(1962年第2版)；约翰·盖瑞编的《菲柏科学》（我在第十九章引用了布鲁斯·弗雷德里克·卡明斯的那个段落）；让·弗朗索瓦·夏布朗的《戈雅》(1965)；马尔科姆·库特哈德的《话语分析导论》(1977)；彼得·弗兰齐的《阿克巴先生对付朗巴德反射的最近的耳朵》一文，载于《法庭语言学》（1998年第5卷第1期）；布莱恩·格兰特编的《安静的耳朵："文学中的失聪"作品选集》(1987)；彼得·格伦迪的《语用学入门》(2000)；尼尔·默瑟的《语言与思想》(2000)；彼得·罗奇的《英语语音学与音位学》(2000年第3版)；泰耶尔著、艾略特·福布斯编辑并修订的《贝多芬的一生》(1964)；迈克尔·斯塔布斯的《话语分析》(1983)和《文本与语料库分析》(1966)；安东尼娜·瓦朗坦所著的《我之所见：戈雅的生平与时代》(1951)。

我非常感谢查尔斯·欧文和维贾伊·瑞楚拉，他们分别就小说中的语言学和医学方面提供了信息与建议，还要感谢对我的几稿做过笔记和评价的其他人，包括伯纳德·贝贡奇、托尼·莱西、茱莉亚·洛奇、艾莉森·卢里、杰夫·穆里根、约翰尼·佩格、汤姆·罗森塔尔、麦克·肖、保罗·斯洛伐克，我还一如既往地感谢我的妻子玛丽。也感谢我的孙女菲奥纳贡献了一条关于玛莎百货的双关语。

译后记

戴维·洛奇是一位不走寻常路的作家,即使在这部小说开篇之前的献词中,他也背离常规,心思细密、情真意切地将此书献给那些多年来一直孜孜不倦地将他的作品翻译成各种语言的译者,而对早已习惯为人作嫁、苦乐自知的译者而言,这无疑是一种难得的荣幸。

戴维·洛奇出生于1935年,曾就读于伦敦大学和伯明翰大学,并有过二十七年的大学教学经历,在文学研究和创作上成就斐然,其左手文论、右手创作的潇洒姿态已成为学界的美谈。进入古稀之年的洛奇仍然笔耕不辍,迄今已出版文学批评和理论著作十余部、小说十五部。中国读者对洛奇的接受和了解主要源于其著名的"卢密奇学院三部曲"《换位》(1975)、《小世界》(1984)和《好工作》(1988)。学院生活显然是洛奇最为熟悉、最难割舍的领域。于是,在间隔二十年之后,洛奇于2008年为我们带来了另一部校园小说《失聪宣判》。由于主人公的失聪及其父亲都是以作家自己的生活为原型,所以,重返校园的洛奇少了几分青壮时期的辛辣和犀利,多了几分步入老年的宽容与平和。不过,洛奇式的幽默和游戏依然随处可见。这既增加了翻译的难度，也提升了翻译的乐趣，并让我们近距离地仰望到了一位娱乐的、卖弄的、高明的、睿智的洛奇。

洛奇是娱乐的。《失聪宣判》的主人公贝茨教授因为耳聋日益严重而不得不提前退休，回家当起了家庭妇男，而比他年轻八岁的妻子却绽放出迟来的青春，事业也蒸蒸日上。退休生活的单调及由此产生的心理落差，耳聋引发的诸多不便，与妻子之间的差距导致的婚姻危机，原本会连缀成一幅阴郁、悲凉的风景，但洛奇却巧妙运作，在这道风景内大大地娱乐了一番。一方面，他充分发挥贝茨教授作为语言学家的专业敏感性，对信手拈来的谐音、双关、暗指、讽喻等语言现象大做文章，使各种晦暗和凝重转眼就化作云淡风轻。另一方面，他以耳聋——尤其是高频性耳聋——为抓手，通过不经意的误听和误读来平添人物的喜感：由于听不清辅音，non-stick saucepan（不粘平底锅）就变成了 long-stick saucepan（长棒平底锅），wax-free polish（无蜡上光剂）就变成了 laxative porridge（通便粥）。作家对于失聪的"喜剧性"的渲染常常让读者忍俊不禁或拍手叫绝。

洛奇是卖弄的——这是一种典型的学院式卖弄。如前所述，作家自己是文论和创作齐头并进，他笔下的主人公显然也身手不凡，是一位经常以文学作品为语料的语言学教授，不仅可以驾轻就熟地引用或改写菲利普·拉金、托马斯·哈代、约翰·弥尔顿等人的诗篇，还对话语分析、言语行为、语料库语言学等大发宏论如数家珍。这种精英式的学术跨界不乏沾沾自喜的成分。实际上，对前文提到的献词，我们丝毫不怀疑作家的诚意，但我们也不难品咂出几分得意和炫弄。洛奇的作品在世界上的确已经被翻译成二十多种文字，这部小说也的确"从英文书名开始就为译者制造了特殊的难题"。但作家似乎唯恐译者和读者忽略他的用心，还特意从《新简明牛津英语词典》摘录 sentence 词条，对其不同的词源和词义进行解释。根据这些解释，sentence 一词除了常见的"句子""宣判"等意义之外，还有观点、格言、感悟等含义。纵观整部作品，贝茨教授对失聪、死亡等也的确发表过很多有趣的观点和感悟，说过不少格言式的话语。由此看来，译者对洛奇的献词无论多么领情，在翻译过程中无论多么尽心，对作家仍然是难免亏欠的。

洛奇是高明的。这部小说的情节相对简单，而且主要由日记体写成，只是偶尔在第一与第三人称之间转换。简单的情节顺应和凸显了主人公的生活情状：一方面是因为听力缺陷和避免"单边对话"的尴尬而不得已为之的简单，另一方面是因为退休而社交圈急剧变小后既成事实的简单。不过，洛奇却凭借高明的技艺将简单的情节串联成一个扣人心弦的故事，特别是展示出他擅长拼贴的拿手好戏，将身边的广告、文摘、歌词、涂鸦等顺势剪贴，为单调的情节和主人公的生活平添几分趣味和色彩。日记体的形式则无疑十分契合主人公的身份和心理："当听说交流变得越来越困难时，游刃有余地驾驭书面话语的能力就显得越来越有吸引力。"于是，作品中的叙述恰似听觉钝化、深居简出的聋人的自言自语、自我欣赏、自得其乐。尤其值得一提的是，全书由二十章组成，开篇是朗巴德效应影响下美术馆大厅的无效交流，经由主人公对失聪与失明、失聪与衰老、失聪与治疗、失聪与学术等问题的冥思，至全书唯一出现标题的第十六章《午后之声》而达到"失聪"的高潮,再在一连串的渐降之后,终于以装设有完好环路系统的唇读班的多方互动而结尾。这种架构赋予文本一种不可思议的"隐声"或"隔音"效果,仿佛叙述者的"失聪"传染到了文本本身。

洛奇是睿智的。这种睿智不仅基于他的娱乐精神和在专业知识及创作手法上的炫技表达,还在于他让贝茨教授从塔顶下到地面,成为一位淡定、从容的智者和哲人。像大多数知识分子一样,贝茨教授虽然自认风雅,却也常常不能免俗,甚至偶尔还玩点小暧昧。他体察了渐入老境的不甘、落寞和无奈,亲见了象牙塔里的学术泡沫和不端,以及潜规则与被潜规则。但洛奇虽然鼓励他的主人公在学术疆界上自由穿越,却始终在暗地里把握着学术的良知和道德的底线,使贝茨教授有惊无险地度过各种危机,特别是让他通过对生与死的追问,而终于谦卑地弯下身去,捡起散落在庸常现实中的智慧,重新接受人生的启蒙。贝茨教授退出了大学校园,进入了小学一般的唇读班,在学历上是降级,在智略上却是升华。这是贝茨教授对生命的参悟,也是洛奇先生与生活的和解。

DEAF SENTENCE: A NOVEL
Copyright © DAVID LODGE, 2008
Simplifed Chinese translation rights arranged through BIG APPLE AGENCY, INC.
All rights reserved.
Simplifed Chinese translation rights © 2018 by New Star Press Co.,Ltd.

著作权合同登记图字：01-2018-3692

图书在版编目（CIP）数据

失聪宣判／（英）戴维·洛奇著；刘国枝，郑庆庆译. —— 北京：新星出版社，2018.8
（戴维·洛奇作品）
ISBN 978-7-5133-3094-7

Ⅰ.①失… Ⅱ.①戴… ②刘… ③郑… Ⅲ.①长篇小说－英国－现代 Ⅳ.①I561.45
中国版本图书馆 CIP 数据核字（2018）第 107946 号

失聪宣判

[英]戴维·洛奇 著；刘国枝 郑庆庆 译

策划编辑：程　卓
责任编辑：孙立英
责任校对：刘　义
责任印制：李珊珊
装帧设计：冷暖儿

出版发行：新星出版社
出 版 人：马汝军
社　　址：北京市西城区车公庄大街丙3号楼　　100044
网　　址：www.newstarpress.com
电　　话：010-88310888
传　　真：010-65270449
法律顾问：北京市岳成律师事务所

读者服务：010-88310811　　service@newstarpress.com
邮购地址：北京市西城区车公庄大街丙3号楼　　100044

印　　刷：北京汇瑞嘉合文化发展有限公司
开　　本：889mm×1194mm　　1/32
印　　张：11.5
字　　数：245千字
版　　次：2018年8月第一版　2018年8月第一次印刷
书　　号：ISBN 978-7-5133-3094-7
定　　价：69.00元

版权专有，侵权必究；如有质量问题，请与印刷厂联系调换。